二見文庫

ゆるぎなき愛に溺れる夜

トレイシー・アン・ウォレン／相野みちる＝訳

HAPPILY BEDDED BLISS
by
Tracy Anne Warren

This edition published by arrangement with
The Berkley Publishing Group, an imprint of Penguin Publishing Group,
a division of Penguin Random House LLC,
through Tuttle-Mori Agency, Inc., Tokyo

愛されているペットとのあいだにのみ存在する特別な絆とよろこびを知る、
すべての方々に

ゆるぎなき愛に溺れる夜

登　場　人　物　紹　介

エズメ・バイロン	クライボーン公爵の末の妹
ガブリエル・ランズダウン	ノースコート子爵
エドワード（ネッド）・バイロン	クライボーン公爵。エズメの長兄
クレア	エドワードの妻
アヴァ	エズメの母。先代の公爵未亡人
マロリー	エズメの姉
アダム・グレシャム	マロリーの夫
ローレンス	エズメの兄で、レオの双子の兄
レオ	エズメの兄で、ローレンスの双子の弟
タリア	レオの妻
ミセス・グランブルソープ	エズメの侍女。愛称グランブリー
エヴァーズリー卿	エズメに恋慕し、求愛している男性
ドレーク	エズメの兄
セバスチャン	ドレークの妻
ケイド	エズメの兄
メグ	ケイドの妻
ジャック	エズメの兄
グレース	ジャックの妻
シドニー	ガブリエルの叔父
アーサー	ガブリエルの父
マシュー	ガブリエルの兄
マーク・デニス	ガブリエルの学校時代の友人

1

一八一八年九月
イングランド、グロスターシャー

空色のモスリン地のスカートを、ストッキングで覆われたふくらはぎの上まで引きあげながら、レディ・エズメ・バイロンはブラエボーンの広大な地所とその東側の隣人ミスター・クレイの所有地とを分ける木製の踏み越し段をまたいだ。

ミスター・クレイは、四十歳になるエズメの長兄エドワードと同年代の男やもめで、こちらに滞在することはほとんどない。地所にエズメが不法に入りこんでも文句を言わず、彼女が幼いころからずっと、自分の土地のように歩き回るのを許してくれた。といってバイロン家の領地であるブラエボーンに、美しい眺望を楽しめるところがないわけではない。グロスターシャーのほぼ半分、そして、それ以外にも広大な土地をエドワードが所有していることを思えばもちろん、数えきれないほどたくさんある。だが、ミスター・クレイの地所には天然のすてきな淡水湖があり、ブラエボーンの屋敷からも歩いていける。湖には多様な野生生物が集まっていて、スケッチしたくなるような魅力的なものがあるのが常だ。それに、そこではだれにも邪魔されない。気晴らしがしたいときにひそかに訪れることができる格好の場所だった。

上等の革のハーフブーツより、絵を描く道具の入った肩掛けかばんのほうを気にしつつ、踏み越し段の向こう側に飛び下りる。すると、足首のところまで泥に沈みこみ、少しよろけてしまった。だめになったブーツをしばし眺めながら、エズメは思った。また侍女から小言を言われるだろうけれど、愛すべきグランブリーはいつだって最後はこちらの言うことを聞いてくれる。心配することはないわ。

柵をつかみながら片足ずつ引きあげて、こってりついた泥を近くの草になすりつける。エズメはスカートを翻し、目指すべき場所へと歩を進めた。

歩きながら太陽のほうに顔を向けると、このうえなく幸せなため息がもれた。

何週間もロンドンで過ごしたあとの我が家は、何とすてきなことか。

ふたたび外に出て、いつでも、どこでも好きなところを歩けるってすばらしい。

かすかな罪の意識に、エズメは黒い眉をくもらせた。本来ならばブラエボーンの屋敷に戻り、訪れた客人たちをもてなさなければならない。しかし、七人のきょうだい全員がそれぞれ家族を伴って帰ってきていた。レオとタリアの新婚夫婦でさえ、イタリアへのハネムーンからお祝いムードとともに帰国したばかり。バイロン一族がこれだけ揃えば、わたしがいなくてもにぎやかなはずだ。

それに兄たちは、末の妹が近くの森や丘、野原をひとりで歩き回って何時間も姿を消すのにも慣れている。夕食には間に合うよう戻るのだから、それでじゅうぶんだ。

元気いっぱいに吠える声がうしろから聞こえた。振り向くと、犬のバーが踏み越し段をジャンプして駆けてきた。エズメはしゃがみこみ、黄金色をした毛むくじゃらの頭を掻いてやった。「やっと戻ってきたのね？　ウサギを追いかけるのはやめたの？」

バーは明るい色の旗のようなしっぽをぶんぶん振り、桃色の舌を垂らして楽しげに笑っていた。少し前に飼い主を置き去りにして、茂みにいる猟獣を追いかけていったのを悪びれるふうでもない。

「いいわ、いらっしゃい」エズメは声をかけると、遠くに見える木立までふたたび歩きはじめた。

その横を、バーが速足で駆ける。

十分ほどすると、湖にいたる低木林に着いた。彼女たちを取り囲むような緑を抜けようとしたところ、水の跳ねる音がした。

エズメは足をとめ、バーにも同じようにするよう身振りで示した。

だれかが湖で泳いでいる。ミスター・クレイ？　ふいに帰郷したとか？

音をたてずに木陰からのぞいてみると、水面から男が顔を出した――どう見ても、ミスター・クレイではない。

そして、どう見ても一糸まとわぬ姿だった。

たくましいながらも、すんなりと優美な長身。濡れた肌が光を浴びて白く輝くさまに、エズメは目を丸くして見とれた。

わずかに開いた唇から感嘆のため息がもれてしまう。自然のままの全《まった》き美を目にしたときに感じる畏敬の念が、五感にあふれてくる。

といって、いままで目に入ったなかでいちばんハンサムな顔というわけではない――鋭角的ではっきりした顔立ちは、ふつうならあまり魅力的には映らない。しかし彼にはどこか、天界を追われた堕天使のような近寄りがたいところがあった。均整のとれた長身。広い肩にたくましい胸板、長い腕、きゅっと引き締まった腰に伸びやかな脚。口に出しては言えない男らしさの証しの部分さえ、筋骨隆々とした太もものあいだで誇らしげだ。

彼は見られていることには気づかぬまま、濡れた黒髪をさりげなく撫でつけると、湖のほとりの奥、背の低い草っ原へと歩いていった。ミスター・クレイの地所の管理人が定期的に短く刈っているところだ。

エズメは下唇を噛んだ。柔らかな緑の絨毯のような草地に彼が体を横たえるのを眺めるうち、心臓が早鐘を打つ。静かにするよう、バーにふたたび手振りで示しながら、自分も同じようにした。いま動いたら、この謎めいた男性に聞こえてしまう。

一分はたちまち二分に、そして三分になった。

思いがけず、低い音が聞こえてきた。まぎれもない、いびきの音だ。

彼は眠っているの？

そうにちがいないと気づいて、エズメは微笑んだ。

もちろん、この場を去るべきだとわかっている。だが、そっと抜け出そうとするあいだにも彼が体を動かし、顔がこちらに向いた。片方の手が平らな腹部に置かれ、脚は足首のところでなんとも優美に組まれている。

その瞬間、エズメは動けなくなった。

こんなに美しい輝きを放つ光景を目の当たりにしたら、動けるはずなどない。これはまるで、天から与えられた贈り物だ。

どうしても、彼を描かなくては。

エズメはそれ以上考えることもなく、近くに転がっていた丸太に静かに腰を下ろした。画材に決めた対象はよく見えるが、あちらからはまったく見えない場所だ。バーもそばに陣取り、前足にあごを乗せて寝そべるなか、エズメは鉛筆と写生帳をかばんから取り出して、一心にスケッチをはじめた。

ふいにガブリエル・ランズダウンは目を覚ました。傾きかけた陽の光がまぶしい。目をしばたたいて体を起こし、蜘蛛の巣のように絡みついてくる眠気を追い払おうと、頭を少し振ってみる。

いつの間にか眠っていた。思った以上に疲れているらしい。しかし、だからこそクレイの屋敷にやってきたのだ。少しのあいだひとりになり、のんびり泳いだりして、だらだら過ごす以外は、なにもしない。もちろん自分の領地でもできることだが、テン・エルムズを訪れるとたいてい、機嫌が悪くなる。

あそこには、いやな思い出がありすぎる。痛みや苦しみのほかにはなにももたらしてくれなかった場所を維持する多大な責任など、こちらから求めたことはないのに。テン・エルムズに足を踏み入れることはめったになく、地所に関しては管理人にほぼ任せきりだが、それでもときおり、ガブリエルが直接当たらなければならない事態が起きる。コーンウォールにある屋敷のハイヘイヴンやロンドンのタウンハウスも、維持のための方策をとるよう求めてくるが、それは問題ない。どちらもガブリエルだけの所有物で、過去の苦い記憶に不愉快な思いをすることもないからだ。

それでも最近は、いつものように仲間を引き連れて遊興に耽るのにも飽きてきた。悪魔でさえ、ときには骨休めが必要だ。

そんなとき、昔からの友人でいやになるほど品行方正なクレイがスコットランドに狩猟に——ガブリエルは好まない趣味だが——出かけるから、自分が留守のあいだクレイ・ハウスを使ってかまわないと言うのだ。そこならば、いつもの取り巻き連中にも決して見つからない。ガブリエルは申し出を受けることにした。実際、だれにも詳細は知らせなかった。ドアのノッカーは外し、主人は現在留守にしておりますと言って、来た客は追いかえせと執事にも指示して、ロンドンを離れたのだった。

ひとりで午睡に耽るなどという退屈極まりないことに興じるぼくを見て、品のない悪友たちは笑うだろうか？　いや、まったくの素っ裸で戸外にいれば無理もないと言うに違いない。

ガブリエルはにんまりしながら立ちあがり、むき出しの尻についた草をはらった。服を置いておいた低木の茂みに向かって歩き出そうとしたところ、かさかさという音が背後から聞こえてきた。振り向いて、葉陰をじっと見る。

「だれだ？　だれかいるのか？」

問いただしても、返ってくるのは沈黙だけ。

もう一度あたりを見回してみたが、動くものはなにもない。ひとの声もしない。

風の音？　それとも、餌を求めて森を走り回る動物か？

いきなり、犬が木立の陰から飛び出してきた。太陽の光を浴びて、小麦色の毛がふわふわと輝く。中型犬だが、ハウンド、あるいはレトリーバーの混じった雑種だろうか。栄養は足りているように見えるから、野良犬ではない。とはいえ、このあたりは猟獣の巣穴がたくさんある。鳥やウサギを追い出すのに長けているのかもしれない。

犬は足をとめてガブリエルを見た。目をきらきらさせて様子をうかがっているが、敵意をもっているようではない。

「おまえはいったい、どこのだれなんだ？」

犬はしっぽを振り、二度吠えた。かと思うと、現れたときと同じようにいきなり向きを変え、ふたたび木立に姿をくらました。

その瞬間、青いものがよぎるのがガブリエルの目の端に映った。

鳥か？

犬もそれを感じて、追いかけようと去っていったにちがいない。
ガブリエルは最後にもう一度、木立を見つめると、肩をすくめて服を取りにいった。

2

「お戻りになるべき時間はとっくに過ぎましたよ、お嬢さま」侍女は、着替えの時刻を知らせる銅鑼《どら》が鳴ってから十五分もあとに寝室に飛びこんだエズメに小言を浴びせた。「もう少しで、お嬢さまを探すよう従僕に言いつけるところだったんですからね。まあ、そのブーツはなんですか。いったい、今日はどんな悪さをなさったんです？　また、泥のなかをずかずか歩いたんですね、まったく」

侍女のしかめ面はしなびたプルーンを思わせた。

「そんなにうるさく言わないで、グランブリー」エズメは、まだよちよち歩きのころにミセス・グランブルソープにつけた昔の愛称まで添え、ご機嫌をとるように笑顔で答えた。「散歩に出かけてから、厩舎に寄ってアイオロスの具合を見てきたの。翼がまだ治りかけで、日に二度は餌やりと運動が必要なものだから」

アイオロスというのは、二、三か月前にエズメが森で見つけた鷹のこと。矢で撃たれていたのを保護し、最悪な状態から看護してやった。時間をかけて世話してやれば、ふたたび空を舞うこともできるだろう。

グランブルソープはたしなめるように舌を鳴らすと、エズメの体をくるりと回転させ、泥で汚れたドレスのボタンを手早く外していった。「また、動物の話ですか。はぐれたり、怪我をしたりしたかわいそうな生き物の心配ばかり。ウサギに鳥、ハリネズミにハコガメ。いつだって、なにかしら引きずって帰ってきてしまうんだから。お屋敷に連れてきた猫や犬は言うまでもなく」

エズメは侍女の言葉を聞き流した。グランブルソープは口やかましく言うけれど、じつは一家のペットをかわいがっている。ただ、自分が仕える令嬢の寝室に、あまりにもたくさんの動物がいるのは賛成できないらしい。この件については以前もやりあったが、侍女はエズメの意見を変えさせるのをとうの昔にあきらめていた。

そうしてくれてなによりだった。というのも、六匹の猫――ブラエボーンの厩舎で生まれたか、エズメが拾ってきたかしたもの――のうち四匹が、いまも寝室のあちこちでうとうとしているからだ。大きな茶トラのオスのトビアスはベッドのまんなかで背中を丸めて、すっかりくつろいでいる。気立てのいいメスのぶち猫、クイーン・エリザベスが寝そべっているのは窓下のベンチの指定席。モーツァルトは白の長毛がゴージャスなオスで、さいわいにもブラッシングされるのが大好きだ。そして、ナイアスは片目の黒のメス。子猫のころに溺れそうになっていたのをエズメが助けてやった。ペルセポネとラフというあとの二匹は、いかにも猫らしく外をぶらついている。午後犬のほうはといえば、バーは暖炉前の敷物にゆうゆうと手足を伸ばしたまま。午後の冒険で疲れたのか、静かに寝息をたてている。彼と一緒に夢の世界で遊んでいるのは、まだら模様のスパニエル犬のヘンリー。老化で衰えた関節をいたわるよう、ビロードのクッションを敷いたドッグベッドで丸まっている。いたずら好きなスコッチテリアのペア、ヘンデルとハイドンの姿は見えない。きっと四階で、にわかに増えた甥っ子や姪っ子たちの相手をしているのだろう。彼らはこどもと遊ぶのが大好きだからだ。

グランブルソープは〝グランブリー〟という名に恥じずにぶつくさ文句を言いながら、エズメをシュミーズ一枚と裸足という姿にすると、きれいな水とタオルを置いていくから顔を洗うよう言い残して、汚れた衣類を持って出ていった。

エズメはたらいの水に両手を浸しながら、湖で見かけた裸の謎めいた男性のことを思い出していた。彼を描いた絵は写生帳に収められている。

肌が熱く赤らみ、口元にひそかな笑みが浮かぶ。彼はじつに……うっとりするほどすてきだった。いままで見たどのギリシア彫刻の像よりも美しかった。

だけど、彼に対する興味はあくまでも芸術的観点からのものだ。エズメは自分に言い聞かせた。わたしは芸術家で、描くべき対象に彼を選んだだけのこと。姿かたちが目に心地よく、興味をそそられる男性の体のある部分を描くのに時間をかけたとしても、すぐれた芸術作品を完成させようという思いからで、それ以上にはなにもない。

とはいえ、絵を描いているのを気づかれなくてさいわいだった。なかには、似顔絵を描かれるのさえ嫌いだというひともいる――もっとも、裸で泳いでいたところから察するに、彼は恥ずかしがり屋には見えなかったけれど。

それにしても、バーがいてくれてほんとうによかった。あの場を去ろうと背を向けたほんの数秒間、ふと出会った裸の美男子に見つかるのではないかと怖くなったけど、バーが茂みから飛び出して彼の注意をそらしてくれたおかげで、こちらが茂みにいるのを気づかれずにすんだ。

エズメは蜂蜜の香りのする石けんを取りあげると、両手に泡を塗りたくった。そうしながらも、あの男性がだれなのか思いを巡らせる。このあたりに住んでいるひとではない。彼のような男性なら、きっと覚えているはず。ではなぜ、不思議と前にどこかで会ったような気がするのだろう？　しかし、どう頑張ってみても思い出すことはできなかった。

まあ、いいわ。そのうちわかるでしょう。わからなくてもかまわない。どのみち、偶然にでも彼とふたたび出会うことはないだろうから。

ちょうどそのとき、イブニングドレスとシルクの上履きを持ってグランブルソープが戻ってきた。これ以上思いに耽る時間はないと気づいて、エズメは真剣に手を洗った。

ふつうのひとが思う以上にあっという間に、エズメはきれいさっぱりと立っていた。髪も優美に結いあげられ、慎み深い白のシルクのイブニングガウンをまとい、だれの前に出しても恥ずかしくない姿だ。

社交シーズンが終わってしまえば、こうしたもてなしの機会はまた来年まで考えずにすむと思っていた。しかしクレアは、領地のブラエボーンで秋の恒例のカントリー・パーティーを催すことにした。いつものように家族や友人を呼び寄せるとともに、ロンドンで新しく知り合いになった人々も何人か招いたのだ。

エズメはひそかにため息をついた。家族だけで過ごす静かなゆうべだったら、早めに自分の部屋に戻って本を読めるのに。

だが背筋を伸ばし、唇の端をあげて笑顔を作ってから、彼女は階下へと下りた。

「よろしければ、飲み物を持ってきましょうか、レディ・エズメ？」

客間の長いソファの端に座っていたエズメが見あげると、エヴァーズリー卿の熱っぽい灰色の瞳と目が合った。

紳士たちはほんの数分前に戻ってきて、葉巻とポートワインの香りを漂わせながら、レディたちと打ち解けた話をはじめたばかりだった。

最新のファッションについてほかのレディたちがあれこれ話しているのをエズメが聞き流しているところにエヴァーズリー卿がやってきて、じつにエレガントなお辞儀をしたのだった。

彼はディナーの席でもエズメの隣に座り、楽しく興味深い話をしていた。エヴァーズリー卿は魅力的な男性だ。にこやかで礼儀をわきまえ、知性も備えている。しかも伯爵位と、バイロン家の基準からしても目を見張るほどの財産を継ぐことになっている。

つまり、まともな娘が夫に求めるすべてを持った男性だ。

ではなぜ、わたしはエヴァーズリー卿の魅力に屈しないの？

彼のことが嫌いだとはとても言えない。むしろ、卿のことはかなり気に入っている。

楽しいひとだ。ユーモアのセンスがあって、友人としてなら、一緒にいてなんの不満もない。

でも、彼と結婚？

反射的にエズメは思った。そこにはもっとなにかが——火花というか、揺らめくような情熱の炎が必要だ。そこに愛があるべきなのは言うまでもない。そして、それこそが問題だった。エヴァーズリー卿には非の打ちどころがないが、とにかく、心に訴えかけてくる男性ではなかった。

とはいえ、今年のロンドンの社交シーズンで求婚してきた男性のなかでもいちばん熱心なのがエヴァーズリー卿だった。エズメはなるべく、卿をけしかけないようにした。もっと積極的に、思いとどまらせようとしたこともある。だが、彼に欠点があるとすれば、そう簡単にはあきらめないところだった。だからこそ彼は、ブラエボーンに二週間ほど滞在して狩猟や気晴らしを楽しんではどうかというクレアの招待を受けることにしたのだろう。

長兄エドワードの妻クレアと姉のマロリーがあまり隠そうともせずに、末の妹とエヴァーズリー卿の仲を取り持とうとしていることについては……

怒ってしかるべきだわ。まったく、もう。

ふたりが善意でやっているのはわかる。いまも、よからぬことを企むようにひそひそ話をしている。**でも、彼女はどう見ても彼を気に入ってるわ。あら、わたしたちみんなそうよ。ネッドでさえ認めている男性ですもの。あのふたりに必要なのは、ちょっとしたあと押しだけね。だれにも邪魔されずにふたりで過ごしたら、ウエディングベルを鳴らす日も遠くないわよ。**

だが、それこそが問題だった。

クレアとマロリーは幸せな結婚生活をおくっている――エズメのきょうだいはみなそうだ。ローレンスだけは、結婚という話題がもち出されるたびに首を振って笑い飛ばしているが、きょうだい全員が、末の妹も幸せな縁を結ぶよう願っていた。

それはありがたいのと同時に、癪に障ることでもあった。夫を見つけることに興味はないというのを、みんな信じてくれればいいのに。

意見を言わせてもらえるなら、少なくともいますぐに結婚はしない。とにかく、あとしばらくは。

さいわい、長兄のエドワードは――エヴァーズリー卿のことを認めているとはいえ――エズメを早々に縁づけようとは思っていなかった。いつ結婚するか、そもそも結婚したいかどうかを決めるのに急ぐ必要はない。このあいだ終わったばかりの社交シーズンがはじまる前に、彼はそう言った。好きなだけ同居していてもかまわないと末の妹に請け合ったのだ。

だがエズメも、いつかは結婚しなければならない日が来るとわかっていた。それまでは、求愛の言葉とともに寄ってくる若い男性をかわす方法を見つけなければ。家柄も財産も申し分なく、明らかに決意を固くしているエヴァーズリー卿に対してはとくに。

エズメはにっこり微笑み、空《から》に近いティーカップとともに会釈した。「親切にお声がけいただきありがとう、エヴァーズリー卿。でも、お茶ならじゅうぶんに頂きましたわ」

「なるほど」卿は両手をうしろで組んだ。気を取り直して、ふいに目を輝かせる。「では、散歩などいかがです？　ランタンの灯りのもとでもブラエボーンの庭園はなかなかすばらしいとうかがいました」

ほら、きた。庭園でふたりきりだなんて。その手には乗らないから。

「確かに庭園はすてきですが、そのお誘いもお受けできません。別の機会ではいかが？　ほら、今日はかなり歩き回って足が疲れたので、またしても外に出るのに耐えられるかどうか」

エズメの足が疲れることなどない――古参の歩兵のように道なき野原をどこまでも歩いていけることを家族はみな知っている――が、それをエヴァーズリーに教えてやる必要はない。こちらの話を聞いていて、秘密を明かすようなひとがいなければいいのだけど。

だがエズメの期待もむなしく、家族以外にも耳を傾けていた者がいた。

レティス・ワックスヘイヴン――ロンドンから招待された客人で、この春エズメとともに社交界デビューした――は身を乗り出して、薄青色の瞳をきらりと輝かせた。

「そうよ、今日はどこに行っていらしたの、レディ・エズメ？　午後いっぱいお見かけしなかったけど、それほどあなたが心惹かれるものとは何なのか、みんな不思議に思っていたんだから」

彼女に対する嫌悪感を隠しつつ、エズメはこわばった笑みを浮かべた。エズメの母とレティスの母親は幼なじみだそうで、どういうわけか先の社交シーズンに旧交を温めることになった。でもそのせいで、エズメは気づくと始終レティスと一緒にいるはめになったのだ。

「外にいただけよ。歩いたり、スケッチをしたり」

「そうなの？　なにをスケッチしたのか教えて」レティスはほんとうに関心があるか

のように言った――が、そうではないのは明らかだ。

ふいに、湖まで行ったことや、生まれたままの姿で眠る男性を描いたことを思い出してしまう。エズメは目をしばたたきつつ、客間の暖かさをありがたく思った。頬や首筋がぱっと赤らんだのも、暑さのせいにできる。

「自然の風景よ」何気ないふうを装い、肩をすくめる。「植物や動物。そのときどきの興味や関心を引くものはなんでも」

ああ、それに、ギリシア彫刻を思わせる体をした見知らぬ男性も魅力的だった。

「確かに、レディ・エズメはかなりの画才の持ち主ですね」エヴァーズリー卿は熱をこめて言った。「以前ロンドンにいたとき、幸運にも水彩画を何枚か拝見しました」

そして、感嘆もあらわにエズメに微笑みかける。「あなたは、じつにすばらしい」

レティスの口元がぎゅっと引き結ばれ、目がすうっと細くなる。ずいぶん前から彼女はエヴァーズリー卿に熱をあげているというのに、卿のほうはまったく気づいていない。このことは秘密でもなんでもなく――少なくともエズメは承知していた。レティスがもっと感じのいい女性だったら、気の毒にさえ思っていただろう。

ほどなくしてレティスは、ふたたび愛らしい笑みを浮かべた。愛想をふりまく偽りの仮面をほんの一瞬でも捨てて、自分が本性をあらわにしたのに気づいたのだろう。

「まあ、ぜひ拝見したいわ。見せてくださらない？」

「そうですよ、レディ・エズメ」エヴァーズリー卿も相槌をうつ。「最新の作品を目にする機会を与えていただけたらさいわいです」

「ご親切なお言葉をありがとう」エズメは逃げ道を探した。「でも、お見せしたらきっと、おふたりともがっかりなさるわ」

「まさか」エヴァーズリーは異を唱えた。「あなたはすぐれた芸術家だから、見た者をがっかりさせるような絵を描くはずがない」

「わたしを買いかぶりすぎだわ、エヴァーズリー卿。今日描いたのは取るに足らないものばかり。目についたものをなんとなくスケッチした習作。そんな程度なのよ」

そう、忘れがたき男性をスケッチした裸体画。

筋肉の畝《うね》が走る腕や脚。

ざらざらとした毛で覆われた、たくましい胸板。

きゅっと引き締まった腰からお尻にかけての線。

それに、あの顔……。

表情こそ険しいものの、端正な顔立ち。あの線と面が作り出す形は、描かずにはいられなかった。

魅惑的で、思わず惹かれた。

「お遊びみたいなものばかりだから、どなたにとってもお目汚しだわ」エズメは、エヴァーズリー卿がそれと感づいて話を終わらせてくれるよう祈った。

しかし、彼は聞く耳をもたなかった。「あまりにも謙虚ですね、レディ・エズメ。なぜ、ぼくにその判断を任せてくださらないのですか？」

「だれが謙虚だって？」兄のローレンスが顔をこちらに向けて、話に入ってきた。ほかにも何人かがぐるりと頭を巡らす。

「レディ・エズメですよ」エヴァーズリー卿が答えた。「今日お描きになったスケッチを見せてくださるよう、ミス・ワックスへイヴンと一緒に説得しているんですが、控えめなことばかりおっしゃるので」

ローレンスの双子の兄レオは妻タリアの隣に座っていたが、声をあげて笑った。「ぼくたちのエズメが？　自分の描いたものを見せたがらない？　それはあり得ないな」

「そうだよ、いつもなら自分から見せたがってうずうずするのに」ドレークもうなずいた。

「それは、彼女にとっては出来が悪いものでも、わたしたちが描いたものよりはるかにましだからよ」マロリーはそう言ってから、ちらりと義理の姉のグレースを見た。「もちろん、グレースは別よ。気を悪くしないでね、あなたもすばらしい芸術の才能の持ち主なんだから」

グレースは微笑んだ。「気を悪くなんてしないわ」そして、エズメを見る。「ねえ、絵を見せてちょうだい。あなたの最新作を一、二枚見たら、みなさんもきっとよろこぶわ。わたしは風景画が好きよ」

そのとおりだとばかりに周囲から歓声があがる。

エズメは胸が苦しくなった。「だめ、見せられない。今夜はだめなの。写生帳があるのは上の階だし、いますぐ取ってくるのはすごく面倒だから」

「面倒なことなどない」エドワードが言った。「召使いに取りにやらせよう」と執事に目をやる。「クロフト、メイドに言いつけて、レディ・エズメの写生帳をこの客間まで持ってこさせてくれ」

「かしこまりました、旦那さま」執事はお辞儀とともに部屋を出ていった。

だめよ！　エズメは両手を振ってクロフトを呼び戻したかった。

しかし、もう遅すぎた。これ以上いやだと言っては変に思われるし、どうしてスケッチをだれにも見せたくないと言い張るのか、憶測を呼んでしまう。自分の描いた絵について謙遜したことはあまりないと、きょうだいが口を揃えて言ったのはほんとうだ。

それでも、わたしがうろたえなければ、すべてこともなくすむかもしれない。写生帳にあるのは鳥や動物、野原の花、緑あふれる木々の絵と、グレースが好きだと言った風景画が大半だ。あの男性を描いたスケッチは写生帳のうしろにある。気をつければ、前のほうの差し障りのない絵だけを見せることができるわ。

あっという間に、従僕が青い布装の写生帳を手に入ってきた。エズメは跳びあがるようにして、だれよりも早く取りにいった。「ありがとう、ジョセフ」

すぐさまそれを胸に抱えるようにして気を落ち着け、待ち構えていた一同のほうに向き直る。

「お待たせしました」明るい声とともに、エズメは先ほどの席に戻った。「みなさんが見たがるから、この写生帳を回すより、わたしが絵を掲げることにするわね」

うしろのページには決して近づかないようにしながら、ゆっくりめくっていき、家族にまだ見せていないものはないか、ざっと目を通す。

「ああ、これよ」新しく描いたものを見つけて、エズメはほっとした。「丘から村を見おろした風景は、今日の早い時間に描いたもの」

じつは、描いたのは先週だ。

ページにしっかり指をかけつつ、写生帳を高く掲げる。

賞賛のつぶやきが部屋中に広がった。

「すてきだわ」レティスの母、レディ・ワックスヘイヴンがささやく。

「驚くべき出来栄えだ」エヴァーズリー卿が真顔で言う。「さっきも言いましたが、舌をまくほどの才能ですね、レディ・エズメ。ほかの絵も見せてください」

「いいでしょう」

ふたたび写生帳を見ると、別の絵があった。木の下に寝そべる犬のバーを描いたものだ。

それを掲げると、さらに笑みと褒め言葉があたりに広がった。といっても、レティス・ワックスヘイヴンだけはその輪に含まれていなかった。無邪気な仮面がまたしても剝がれ落ち、恨めしそうな目をしている。こんな話をはじめるのではなかった、と思っているかのようだ。

でも、そう思っているのはあなただけじゃないわ。

エズメは畑仕事をする農民たちを描いた絵を見せると、写生帳を閉じてひざに載せた。「さあ、今夜の展覧会はこれでおしまい。わたしを話題にするのはもう終わりよ。

おしゃべりでもお酒を飲むでもいいから、さっきまでなさっていたことに戻って、楽しいゆうべをお過ごしください」

「すてきなスケッチを見せてくれてありがとう。エズメの言うとおりね」クレアは満面の笑みで言った。「楽しいことをしましょう。カードゲーム、もしくはダンスなどはどう？　わたしは音楽が聴きたいわ」

「それはすてきですね、公爵夫人」レティスは大いに乗り気になり、エヴァーズリー卿に目をやった。「音楽はお好きですか？」

「ええ、もちろん」彼女の視線を受けたエヴァーズリーは答えた。「なにか演奏してくださいますか、ミス・ワックスヘイヴン？　ピアノフォルテがお得意だとうかがいましたが」そして、エズメのほうを向く。「レディ・エズメ、いかがです？　ダンスでもしませんか？」

レティスの顔がさっと青ざめた。

エズメは彼女が気の毒になった――そして、これほど鈍感なエヴァーズリーにむしろ腹がたってきた。誘いを断るつもりで立ちあがったが、その前にレティスがものすごい勢いで肩にぶつかってきた。悪気はないように見せているが、わざとなのは明らかだった。

写生帳がエズメの手を離れ、紙を四方に撒き散らしながら床に落ちていく。すぐにかがみこんで拾い集めようとしたものの、レティスが大きく息をのむ音で、すでに遅すぎたとわかった。

彼女以外の全員が振り返り、それを見てしまった。

エズメは息がとまりそうになった。

忘れられないほど美しく見事な男性の裸体を描いたスケッチをどう釈明しようか、思いが千々に乱れる。

「いったいぜんたい、何だこれは？」ローレンスが叫ぶ。

あまりの声の大きさに、エズメは跳びあがった。

「これが何なのか、だれだってわかるはずだ」レオが答えた。顔に、双子の弟ローレンスと同様のショックと激しい怒りを浮かべている。「ぼくが知りたいのはただひとつ。彼をどうやって殺すか、その方法だ」

「殺すって、だれを？」エズメはようやく出るようになった声で弱々しく尋ねた。

家族や友人の目がみなスケッチにくぎづけのままのなか、レオとローレンスは末の妹を振り向いた。

「ノースコート」いまわしい呪いの言葉のようにレオが言う。

「ロンドンのキャヴェンディッシュ・スクエアで隣に住む男だ」ローレンスが言葉を継いだ。

3

ガブリエルはブランデーを注ぎ直し、椅子の背もたれに体を預けた。ひと口含み、焼けつくような感じがのどに広がるのを楽しんでから、また読書に戻る。図書室の暖炉で炎が音をたてた。書籍がずらりと並び、凜とした内装が心地いい部屋。革と古い書物の羊皮紙、薪の燃える煙、そしてラヴェンダーの香りがあふれている。

ついさっきまで、女性と愉快に過ごせる可能性を求めて近くの村まで行ってみようかと考えていた。そういう方面での欲望が強いのは確かだが、ここへは田舎住まいを何日か楽しむためにやってきたのだ。ベッドをともにする目新しい相手を探して、地元の酒場をうろつくためではない。

そういった相手は、ここでなくとも見つけられる。だが最近は、いそいそとベッドに入ってくるような女にはいささか飽きていた。正直に言うと、それほど簡単には手に入らない女性にも食傷気味だった。

もちろん、世間知らずの処女にふれるのは厳禁だ。彼女たちは、はじめて男を知った代償に指輪を求めてくるのが常だが、結婚という足枷にとらわれるつもりはない。貞淑な未亡人や、情欲のはけ口を探している人妻を狙うのは最高だ。みだらな欲望など持ち合わせていないと言い張る女たちを説き伏せて屈服させるのは、とくにおもしろい。ガブリエルは長らく、そういう女性を獲物としてきた。

だが最近では、そういうタイプにも興味を惹かれなくなってきた。

何年も躍起になって酒色に耽ったせいで、すっかり飽きてしまったのだろう。関係のあった女性に残酷だと責められたことも何度かある。手段を選ばず誘惑しておきながら、未練も見せずに彼女たちを捨てた、と。

だが、ガブリエルに良心の呵責などなかった。悦びはそれだけで価値があるのだし、ベッドをともにする相手はいつも、たっぷり満足させてやった。愛を交わす行為自体については、だれからも文句を言われたことなどない。あれこれ言われるのはきまって、不愉快な状況になってから。しかも、相手の女性が自分は恋愛をしていると思いこんでいるときだけだ。

もちろん、恋愛関係など存在しない。愛なんてものは妄想だ。脳の働きや血流を乱す一時的な精神異常で、流行り病のように知らぬうちに犠牲者を生むが、そのうち、あげていた熱も冷めてしまう。

しかし、そういう衝動を理解していないわけではない。ガブリエルも若いころに一度、狂おしいほどの恋に身を焦がしたことがある。だが、愛だの恋だのといった感情はもともと不誠実なものだ。自己欺瞞や個人の精神の堕落にすぎないものに名前をつけただけの薄っぺらい代物だと見せつけられたのは、さいわいだったのかもしれない。

ガブリエルはため息とともに、さらにブランデーを口に含んだ。いまはひどい倦怠感に襲われている。なにをもってしても埋められないほどのむなしさ。あと先考えずに熱い愛欲にまみれても無理だ。もちろん、いまさら禁欲主義になるつもりはない。頭がおかしくなったわけでもないし、男としての本能的な欲望もまだ持ち合わせている。ただ、それ以外に自分を慰める方法を見つけなければいけないというだけのことだ。

親愛なる叔父シドニーの敵意をかきたてる、ほかの手立ても考えなくては。ロンドンのタウンハウスで乱痴気騒ぎを催したり、エロティックな美術品のコレクションを増やしたり、叔父の友人や政治的な盟友の若い夫人や娘たちを誘惑するだけでは足りない。

いまでは、叔父を愚弄することがぼくにとって人生最大の快楽だ。

ガブリエルは残っていたブランデーを飲み干して読書に戻った。だが、新しい章を読みはじめたとたん、ドアを激しくノックする音が屋敷の遠いところから響いてきた。時計を見あげると、もう真夜中に近い。こんな時間にひとの屋敷のドアをたたくとは、いったい何者だ？　だれだろうと、クレイの召使いたちがしかるべき返事をして帰らせるだろう。

だが一ページも読み進める間もなく、まぎれもない怒鳴り声が聞こえた。男の声だ。それもひとりではなく、何人もの声。

それから、慌ただしい足音。

すばやいノックの音に続いて、ガブリエルの許可もなくドアが開き、執事が飛びこんできた。

「お邪魔して申し訳ありません」と息もつかずに彼が詫びる。「紳士が何人かでいらして、お会いしたいとのことです。もう時間も遅いですし、お会いにはならないと申しあげたのですが、聞き入れていただけなくて」

「その紳士たちは、どういう用件か言ったのか？」

執事は首を振った。「いえ、ですが――」言葉を切り、聞こえそうなほど息をのむ。

「クライボーン公爵閣下もおいでです。ほかには公爵の弟君たちと、義弟のグレシャム卿です」

名前を聞いたことはあっても、彼らに会ったことはなかった。正確に言うと、バイロン一族のなかで知り合いと言えるのは、ロンドンで隣に住まうレオポルドとローレンスのふたりだけだ。バイロン家が屋敷を構えるブラエボーンの領地がクレイの地所に隣接しているのは承知していたが、社交が目的で来たわけではないので、地元の貴族やジェントリーはわざわざ訪問せずにいた。そもそも悪い評判が出回っているので、訪問してもいやがられるだけだ。

ではなぜ、こんな夜中にやってきたのか？　まったく見当がつかない。時間だけならどんちゃん騒ぎにふさわしいが、訪問自体が思いもよらないのと同じく、この状況ではそれもあり得ない。

ガブリエルは本を脇へ置いた。「よかろう。彼らを通してくれ」

「その必要はない」生まれながらの威厳を感じさせる、低く豊かな声がした。「勝手に入らせてもらう」黒い髪をした男が、かわいそうな執事をちらと見やる。クライボーン公爵にちがいない。「下がってよろしい」

執事はひょいと頭を下げ、逃げるように出ていった。

入ってきた男たちのひとりがドアを閉める。ガブリエルはバイロン家の人間を数えた――七人。いや、義理の弟をのぞけば六人だ。みなたくましい長身で、怒りに顔をこわばらせている。いつもはひそかに笑みを浮かべ、なにか企みごとをして冗談を言い合う双子のレオとローレンスさえも硬い表情だ。

どう見ても、親睦を深めようという訪問ではない。

ガブリエルは不安をおくびにも出さぬまま、ゆっくり立ちあがった。バイロン家でもっとも長身の人間よりも三センチほど上から見おろす形になる。「紳士諸君、こんばんは。ローレンス、レオポルド。きみたちのどちらかが紹介してくれないか？　きみのきょうだいが勢揃いしているのだとは思うが」

レオのあごがぴくりと動く――少なくとも、レオのはずだ。いまにはじまったことではないが、双子を見分けるのは簡単ではない。ふたりはほんとうによく似ている。ローレンスの目が険しくなるのを見て、ガブリエルは一瞬、拒否されるのかと思った。

「ケイド卿、ドレーク卿、それにジャック・バイロン卿」ローレンスはひとりひとり身振りで示した。「クライボーン公爵エドワード、そして義理の兄のグレシャム卿だ」

ガブリエルはお辞儀をした。「飲み物でもさしあげたいところだが、もっと急な用件でいらしたようだな。で、なんだろうか？」

レオは瞳をきらりとさせて前へ出た。ガブリエルの言葉で、みずからに課した抑えがきかなくなったかのようだ。「この思いあがったろくでなしが。よくも、ぼくたちの訪問の理由がわからないふりができるな。つぎは、彼女だったとは知らなかったと言うつもりか？」

「彼女？　彼女とはだれだ？　なにか、女性に関係があるのか」ガブリエルは胸の前で腕を組んだ。「もっと説明してくれなくては困るな。彼女と言われても知り合いが多すぎて、だれのことか思い出すのが難しいのでね」

「この、よくも――」レオはいきなり距離を詰めると、あごにパンチを一発見舞った。厳しい攻撃にガブリエルは頭をのけぞらせたが、無意識のうちに握り締めた両手をあげ、二発目を避けていた。でなければ、腹部にまともにくらっていただろう。彼はひそかにレオのリーチの外に出て、さらなる攻撃に備えた。

レオのボクシングの腕前はガブリエルも聞き及んでいたが、それを受ける側になったことは一度もなかった。屈強な男たちでさえレオポルド・バイロンの足をすくうようなまねをするのに二の足を踏む理由が、これでようやくわかった。

喧嘩がこれ以上エスカレートする前に、ジャックとドレークがレオの胸や腕のあたりをつかんで無理やり下がらせようとする。

だが、レオは抵抗した。「放せよ。一発ではまだ足りない」

「やつをたたきのめすのはあとでいい」ジャックが言った。「ぼくたちだって、よろこんで仲間に加わるさ。そうだろう、ドレーク?」

「ああ、まちがいない」ドレークも答えた。

「だが、まずは彼に話をしてからだ」ジャックが言った。

「話すことなど、なにがある?」レオが言い返した。「やつがなにをしたかは明白だ」

ローレンスは片手を拳にして、もういっぽうの手のひらにぱしりと打ちつけた。

「ぼくはレオと同意見だ。懲罰が先で、それから審問を行う。ノースコートが意識を取り戻したら、ということだが」

「弁護士にあるまじき発言だな」ガブリエルは言い返した。「せめて、どんな罪に問われているのか知らされてしかるべきだろう? 〝有罪と証明されるまでは無実〟という原則はどうしたんだ」

ローレンスは怒りに燃える目をガブリエルに向けた。「ここは裁判所ではないし、ぼくも法廷弁護士として立っているわけではない。きみの場合、細かい事情は除外してもかまわないはずだ」そして、ふたたび拳を手のひらにぶつける。「友人だと思っていたのに、あれほど不埒で、だれのためにもならないことをきみがしたと知らされるなんて。いくらきみでも今回の件は最低だ、ノースコート。そう言えば、じゅうぶんだろう」

「放せよ」レオはうなるような声でたたみかけた。「あと一度でいいから、あの不愉快な悪党を殴らせろ」

「一度だけでいいのか？」ケイド卿が脅すような目で睨みつける。

「せめて数回は殴らないと、気がすまないな」アダム・グレシャムが両手を拳に握る。

ガブリエルは全身を緊張させ、自分の拳を少しあげた。レオが解放されたり、ほかのだれかが代わりに殴りかかってきた場合に身を守るためだ。少し時間をとって、敵の力を見極める。レオ以外の面々については未知数だが、みな、格闘になったら相手を死に至らしめるような気迫を感じさせる。

ローレンスに関しては、この状況はいささか皮肉なものに思えた。かつて居酒屋での激しい喧嘩で協力し合い、ふたりとも留置所に入れられたことがあったからだ。ローレンスは殴り合いの経験も豊富で、レオと同様にその実力を過小評価してはいけない。だが、ひとりでもなんとか対処できるだろう。長年、素手でルールなしの殴り合いや乱闘をさんざんやってきたのだ。ローレンスやレオとは戦いたくないが、必要とあらば、数的にはひどく不利でも一戦交えるのもやぶさかではない。

「よし、そういうつもりなら、全員まとめて相手にしてやろう」ガブリエルは挑発した。「七対一か。同じ倍率で、ぼくが胴元になる」

「おまえなど八つ裂きにしてやる、ノースコート！」レオは引きとめる兄たちにふたたび抵抗して叫んだ。ジャックとドレークもこのときばかりは、彼を解放するかと思われた。

「いいかげんにしないか！」威厳に満ちた声で公爵が命じると、一同は瞬時に身を引き締めた。「ノースコート卿が申し開きをするのをみんなで聞こうじゃないか。それから、我々の怒りをどのように発散させるべきか決めよう。ぼくだって、昔ながらの馬用の鞭で打つのは嫌いじゃない。あるいは、煮えたぎるタールを全身に塗りたくったうえで鵞鳥の羽をつけてやるのも悪くないかもしれないな」

なんということだ。ガブリエルはひそかに思った。このなかでいちばん穏やかならぬ人物は、クライボーン公爵かもしれない。

レオは不満げにうなりつつも抵抗するのをやめ、ローレンスも拳を両脇に下ろした。ほかの面々も戦闘態勢を解いた。レオにこれ以上攻撃するつもりがないのにほっとして、ジャックとドレークも彼を放してやった。

ガブリエルもそろそろと攻撃態勢を緩めて、両腕を下ろした。「で、ぼくがなにをしたと思っているのか聞かせてもらおうか。それとも、ぼくがだれとやったのか、と言い直そうか。〝彼女〟がどうのと言っていたからな」

男たちがみな、気色ばむ。

ジャックがきらりと目を光らせた。「なんだと、この卑しむべきろくで――」

「黙らないか」クライボーン公爵が間髪入れずに命じると、混乱しかけた事態が一瞬にしておさまった。みなが落ち着きを取り戻すなか、公爵は氷のように冷たい視線をガブリエルに向けた。「これからきみに、無礼な言動をしたことを後悔させてやろう。さあ、ぼくの妹とどうやって知り合いになったのか聞かせてもらおうか」

「妹？」ガブリエルは顔をしかめ、過去から現在までベッドをともにした女性の膨大なリストを脳内ですばやく繰った。「レディ・マロリーということか？」

「レディ・グレシャムだ」アダムが言い返す。「おまえがぼくの妻のなにを知っているというんだ？　よくも彼女の評判を汚すようなことを。非のうちどころのない、天使のような女性だというのに」

「ああ、ぼくもそう聞いている。あのレディとは、顔見知りとも言えない仲だ。何年も前に一度ダンスを踊ったことがあるかもしれない。彼女は赤毛か？」

「違う。まちがいなく赤毛ではない」

ガブリエルは肩をすくめた。「ふむ、やっぱりな。結局のところ、ぼくは彼女を知らないんじゃないか」

アダムが怒り狂う熊のような声をあげる。

「落ち着け、アダム」クライボーン公爵は義理の弟だけに聞こえるよう低い声で言った。「いまはマロリーは問題ではないし、ノースコートが彼女を知らないのは明らかだ」

「だったら、やつは最初から彼女の名前など出すべきではなかった」アダムは言った。

ガブリエルは天井をちらと見てから、公爵に視線を戻した。

クライボーン公爵が彼に向き直る。「われわれが言っているのは、もうひとりの妹のことだ」

「で、彼女の名前は？」

「レディ・エズメ」

沈黙が流れる。その場にいた全員はガブリエルにふたたび襲いかかる機会をうかがい、彼の反応を待っていた。

だが、ガブリエルには反応のしようがなかった。「すまないが、そちらのレディのことも知らない。もしや、彼女は赤毛じゃないか？」

激しい怒りの声であたりが騒然となった。

「このげす野郎！」

「ならず者！」

「嘘つきめが！」

「ノースコート卿」テムズ川をも凍らせるような冷ややかな声で、クライボーン公爵エドワード・バイロンが言った。「きみはじつに際どいぎりぎりのところを歩いている。ぼくたちの妹を知らないと言っているが、それは嘘だな。どうやってレディ・エズメと出会ったのか、そして、この」——公爵は見るからにつらそうに目を閉じた——「ひそかな関係がどの程度続いているのか、話してもらおうか。キャヴェンディッシュ・スクエアの屋敷で？　エズメが兄のうちのどちらか、あるいはレディ・レオポルドを訪ねているときに見かけて、近づいたのか？」

ガブリエルはたちまち不愉快になり、両脇に下ろした手を拳に握った。この世に嫌いなものがひとつあるとすれば、嘘つきと責められることだ。「先ほども言ったが、彼女のことは知らない。レディ・エズメ・バイロンには会ったこともない。だいたい、エズメという名前の女性はひとりも知らないんだ」

レオとローレンスのほうを向くと、目が合った。「あのふたりは、いささかなりともぼくを知っている。きみたちの妹をぼくが誘惑すると、本気で信じているのか？　妻を寝取られた男が出てきて夜明けの決闘がどうのと言い出さないから、未婚の妹のことなのだろうが。確かにぼくの評判は真っ黒だし、放蕩ぶりは真偽を問うまでもないが、世間知らずの若い娘を追いかけるようなことはぜったいにない」

双子は揃って顔をしかめ、目を見交わしている。行き詰まるような無言の会話がしばらく続いたかと思うと、ふたりはガブリエルに視線を戻した。

「ふむ、いいだろう、きみの主張が正しいとして」ローレンスは経験と学識を積んだ弁護士にふさわしい口調で言った。「無垢な処女《おとめ》との色恋沙汰は避けようと努めてきたならなぜ、ぼくたちの妹の写生帳にきみを描いたスケッチがあるんだ？」

ガブリエルは目を丸くした。「ほんとうに？　これはまた奇妙な」

「しかも裸体画だ！」ローレンスがつけ加える。

驚くべきその情報を、ガブリエルはやっとのことで理解した。「それは、ほんとうにぼくを描いたものなのか？」

「見せてやれ」クライボーン公爵が命じる。

だれかが進み出た。ケイド卿だろうか。少し足を引きずっているのは、戦争の古傷かなにかだろう。「これだ」と彼は写生帳を広げた。

見ると、驚くほど上手に描けている。「本物そっくりだが、野原に群れる羊たちに見える。もっとも、自然のままの毛に覆われている点をのぞけば、こちらもみな、裸だな」

下を見たケイドは激しく顔をしかめた。「違う、これではない」つぎのページをめくった。「こっちだ」写生帳をふたたび掲げる。

こんどはガブリエルにも、彼らがなにを話しているのかわかった。描かれているのが彼自身だということは一目瞭然だったからだ——しかも、まぎれもなく生まれたままの姿をしている。

こちらも見事な出来栄えだ。描き手は、巧みな技術でガブリエルの特徴を上手にとらえていた。素人の若い女性の作品だとすれば、驚くべき才能だ。

描かれている情景をよく見ると、男が戸外で眠っている。そんなふうに時を過ごしたことはめったにない。この二、三年のうちで、素っ裸で草むらでうたたねしてしまったのは、今日の午後に泳いだあとだけだった。

青いものが緑の林をよぎったのを思い出して、ガブリエルは身震いした。そういえば、クレイの湖畔の木立で物音がした。だれかが小枝を踏んだような、乾いた音。だが、犬に気を取られて忘れてしまった。

しかし、よく思い出してみると、れんがで頭を殴られたような衝撃とともに真実が突きつけられた。なんということだ。このエズメ・バイロンとかいう娘はあの場にいたにちがいない。草むらで眠るぼくに目をつけ、のぞき見るようにしてスケッチを描いたのだ。

こんどはガブリエルが睨みつける番だった。

「それで？」ほかの男たちが期待に満ちた目をするなか、ローレンスが息巻いた。

「確かにこれはぼくだ」ガブリエルは答えた。「その事実を争うつもりはない。だが、ぼくの目を盗み、許可もなく描かれたものだ。今日の午後、泳ぎにいったあとにうたた寝をした。レディ……エズメは、ぼくの気づかぬうちにこちらに目を留めたにちがいない」

「なにを言うんだ、いいかげんにしろ」ケイドがせせら笑う。

「そんな戯言《たわごと》をわれわれが信じるとでも？　まるでわかってないな」ジャックは嘲りの言葉とともに胸の前で腕を組んだ。

厳しい目で見つめてくるドレークの様子に、ガブリエルは叫び声をあげたくなった。

「残念だな、ここがロンドンだったら、ぼくの実験器具もすぐ手に入るのに」ドレークが楽しげに言う。「電気を使った興味深い実験をしているところなんだ。真実を吐かせるのに役立つかどうか、ぜひ見てみたいものだな」

「必要な物のリストをくれ」アダムが言った。「急ごしらえでも、なにか作れるはずだ」

「そうだな。必要不可欠な品があるなら、ブリストルまで馬を走らせてもいいぞ」グレシャムが申し出る。

クライボーン公爵が青い瞳を輝かせた。話がこんな方向に転がったのをひどくよろこんでいるようだ。

レオとローレンスの双子はといえば、またしても問いかけるような視線を交わしていた。

「あれは彼女の仕業だと思うか？」ローレンスが低い声で言う。

「いかにもあり得る話だが——」レオは小声で答えた。

「しかも、彼女は今日の午後、外出していた——」

「ああ。だが彼女だって、こうなることは予想していたはずでは……？」

ローレンスの言葉にレオは肩をすくめた。「エズメがどういう人間か、きみも知ってるはずだ」

「しかし、よりにもよってこんな偶然があるとは。彼がここにいて、エズメが——」

「まったく、なんたる災難だ」

「くそ、なんということだ」

「腹に据えかねる」

レオとローレンスふたりだけの会話についていこうと、ほかの者はみな静かになった。

ガブリエルが見ると、公爵はひどく苦しそうな、それでいて不思議に観念したような表情をしていた。

「はっきりさせるために訊いておくが」公爵自身もガブリエルに視線を移して言う。

「きみが泳いだという湖は、クレイの地所内にあるものか？」

「そのとおり」

「で、自分のほかにはだれもいないと思っていた？」

「ああ。あなたの妹がいて、ぼくを観察して絵を描いているなどとは思ってもみなかった。少なくとも、あのときまでは——」

「あのとき、とは？」

ガブリエルは青いものが見えた一瞬と、犬のことを話した。

「犬がいたのか？　どんな見た目をしていた？」

それについても、ガブリエルは覚えているとおりを答えた。

バイロン家の男たちのあげるうめき声が部屋中に響く。

「バーのようだな」ジャックが言った。

「まちがいない」ドレークもうなずく。

「では、ノースコートの言うことを信じるしかないということか？」

「ああ、そのようだ」公爵はケイドの問いに答えた。「エズメも、ノースコートのことは知らないと言っているのだからなおさら。みんなが考えているようなことはなにもなく、ぼくが過剰に反応しているだけだと主張していた。正直言って、今夜は彼女の話を最後まで聞く気にはなれなかったので、すぐさま部屋に追いやってしまった。いまになって考えると、もっと落ち着いて耳を傾けるべきだった」

クライボーン公爵は射抜くような視線をガブリエルに向けた。「紳士として誓えるか？　ぼくたちの妹のレディ・エズメにはあとにも先にも会ったことはない、と？」

「ああ。一度も会ったことはないと神かけて誓う」ガブリエルは答えた。「とはいえ、自分で言うのもなんだが、紳士としてのぼくの評判は怪しいものだ」

クライボーンはため息とともにうなずいた。「なるほど、我らの末の妹エズメをきみが誘惑したのではないとわかったのはせめてもの慰めだ。とはいえ、これに続く事態になんら変化を及ぼすものではない」

「これに続く？」ガブリエルは問い返した。会話の流れがどうも気に入らない。「続く、とはどういう意味だ？」

「手筈が整いしだい、きみを我が一族に迎えるのが家長としてのぼくの務めということだ。じつに不本意ではあるが」

「なんだと！」ガブリエルは頬から血の気が引いていくのを感じた。「おい、ちょっと待ってくれ。ぼくは、あなたの妹と結婚するつもりはさらさらない」

「つもりがあろうがなかろうが、それがまさにきみのすることだ。レディ・エズメがきみを描いたスケッチは、ぼくと妻が催したハウスパーティーの客人たちにも見られてしまった。つまり、彼女の評判はまったく地に堕ちたというわけだ。

内輪だけの集まりで起こった事件なら、ここでことを収めてもよかったが、目撃者のなかには、沈黙を守れるとは言い切れない人物が何人かいる。末の妹には恋愛の末の結婚をしてほしいと望んでいたので、はなはだぼくの胸も痛むが、きみとエズメは結婚するしかないようだ」

「もし、拒絶したら？」

アダム・グレシャムとバイロン家のきょうだい六人は一丸となり、ガブリエルのほうにずいと歩み寄った。

「拒絶?」公爵は言った。「きみには拒絶などさせない、ノースコート卿。残念だが、ぼくの妹がきみに目を留めて紙に鉛筆を走らせた瞬間、きみの運命は決まったのだ」

4

翌朝、エズメはほとんど眠れないままベッドの上掛けを剝いだ。写生帳のハプニングが頭のなかで何度もよみがえり、みんなの表情が浮かんでくる。ショックに怯えた顔、怒りや信じられないという思いの顔、さらには、愉快そうに興奮している顔。楽しげにしているのはレティス・ワックスへイヴンだ。唇にカナリアの羽がついていないのが不思議なほど、意地の悪いよろこびに胸を膨らませている。

とはいえ、いちばん心が痛んだのは、落胆と悲しみに満ちた母アヴァの顔だった。末の娘がこれほど自分勝手で恥ずべき振る舞いをするなど、とても信じられないという表情。

そして、いちばん上の兄のエドワードは……

客人たちがそれぞれ部屋に急ぎ戻ってから、エズメはエドワードによって書斎に追い立てられた。そこで、あれはみんなが思っているようなことではなく、絵のなかの男性――ノースコート卿とかいう会ったことさえない男性――とのあいだにはなにもないと説明しようとした。単に芸術的観点から興味を惹かれて絵に描いたのだと言って、理解を求めた。

「男女の関係に類するものではまったくないのよ」エズメは、エドワードが聞く耳を持っているのかどうか心もとないながらも話を続けた。

だが、この部分だけは聞こえたのか、彼は奥歯をぎりりと嚙み締めると、きわめて辛辣な非難の言葉を繰り出した。エズメは黙って立ち尽くすしかなく、部屋に戻れと言われたときには、むしろうれしさを覚えたほどだった。

というわけで、いまはみずからの運命がどう決したのかを待つ囚われ人の状態だった。とはいえ、鍵をかけた部屋に閉じこめられるのでもないかぎり――その場合も、ちょっと動かせばドアは開くだろう――さらに芳しくない知らせを家族がもってくるまで、ただ手を拱《こまね》いて心配しながら待つつもりはなかった。

ゆうべ、兄たちとアダムは怒りに駆られたまま、激しい蹄の音とともに出ていった。ノースコート卿を見つけて、問い詰めたのだろうか。レオやローレンスがロンドンで構える屋敷の隣人だというのに、卿はそもそも、こんな田舎でなにをしているのだろう？

見覚えがあるような気がしたのも当然だ。ノースコート卿が馬車を乗り降りするとき、あるいはタウンハウスの玄関に続く階段をのぼる姿を、たまにキャヴェンディッシュ・スクエアを訪れたときに目撃していたのだろう。卿の存在には気づいていた——気づかないひとなどいるわけがない——でも、彼がどういう人物なのかはもちろんわからなかった。

いまはもう、わかってしまったけど。

ノースコート卿も、わたしがなにをしたのか知ってしまった？　彼はいまもまだ、わたしにとっては見知らぬ男性のまま。写生帳はエドワードが持っていったけど、卿にスケッチを見せたのだろうか？

でも、いまはそんなこと考えたくない。エズメは自分に言い聞かせながら洗面台に向かった。あとで、といってもそのときはすぐにやってくるだろう。でも選べるのなら、考えるのはずっとずっとあとにしたい。

呼び鈴を鳴らしてメイドに来てもらうにはまだ早すぎる。エズメは顔を洗い、着古した茶色の綿のドレスに着替えた。ひとりで紐を結んだりできる服だ。長い黒髪にブラシをかけると、わざわざピンを使って結いあげるのではなく、うしろでまとめて地味な緑色のリボンでくくった。

いままでにも自分で髪を結ってみたが、長くふさふさした豊かな髪を手際よくまとめるグランブルソープの技はものにできなかった。ひとりでやっても、惨憺たる結果にしかならない。無作法かもしれないが、きちっとまとめて背中に垂らしておくしかない。ゆうべのようなことがあったあとでは、ピンを使って髪を結いあげていないのなんて、取るに足らないことだ。

エズメが部屋を出ると、白黒の子猫のラフ、エリザベス、ナイアス、そして白と灰色のぶちのショートヘアのペルセポネがついてきた。朝食をもらえると期待しているのだろう。ほかの二匹の猫はみんなと一緒に厨房へ下りていくより、リスや鳥を狩りに出かけているにちがいない。

バーや、寝ぐらのかごからこわばった足取りで出てきた老犬のヘンリーもふわふわの一団に加わり、しっぽを振り振り、舌をちろちろさせながら階段を下りた。残りの二匹のスコッチテリアはまだ、こども部屋で眠っている。あと一、二時間もすればこどもたちの朝食時間になるので、そのおこぼれをもらうつもりらしい。

エズメが厨房に入っていくと、使用人は炉に石炭をくべて火をつけたり、お湯を沸かそうとやかんに水を張ったり、眠たげな顔をしながらも働いていた。動物をたくさん引き連れた令嬢が出入りするのにも慣れているのか、彼らは愛想よく会釈をすると、またそれぞれの仕事に戻っていった。

チャールズがやってきて、はやる思いを抑えてじっと待つ猫や犬にゆでた鶏やブラウンライスを盛った皿を用意するエズメを手伝った。彼は父親の農場で働いていたことがあり、動物が大好きな従僕だ。

客人が泊まっているときには、チャールズは動物たちの世話をするエズメに手を貸してくれた。なにも言わなくても準備をはじめ、傷ついた鷹のアイオロスのためにくず肉を集めたり、脚を怪我して療養中のウサギのポピーのためにりんごを細かく切ったり、ビートの根をわざわざ持ってくる。そして、馬にやるりんごをいくつか四等分したものを作ってくれる。そういったおやつをやらないと、馬は恨めしそうな顔をするのだ。

猫や犬の餌やりを終えると、エズメは手桶を持って厩舎に向かった。そのあとをバーがついてくる。途中で立ちどまって庭師やその見習いと話をした。庭師たちは、ポピーにいつも与えている干し草を補うものとして、チモシーグラスやコンフリー、ラヴェンダーなどをくれた。また、花壇にヤマネの巣があったと言って見せてくれたが、なかにいる住人を傷つけるようなことはしないと約束してくれた。

猫たちもそれに倣ってくれればいいのに、とエズメは思った。とくにトビアスはネズミ捕りが上手で、ときにはハタネズミや鳥まで捕まえてきて、それを得々と彼女の寝室に見せにくる。ミセス・グランブルソープやメイドたちは、そんな〝贈り物〟を見つけては恐怖に震えていた。死んでしまった生き物の姿にエズメも悲しくなるが、それでもトビアスを怒る気にはなれなかった。彼は自分の――猫としての――本能に忠実なだけだ。とはいえ、ヤマネには手を出さないでほしいものだわ。

そのまま歩きつづけて、最初にウサギ小屋で足をとめる。まだ幼いポピーの世話をするためだ。抱きあげて囲いの外に出した当初はポピーも脚をばたばたさせていたが、傷の具合を見ようとひざの上に乗せるとおとなしくなった。このウサギはあたりのこどもが見つけて、夕食のシチューにするのはかわいそうだとエズメのところに持ってきた。おそらくキツネに嚙まれたのだろうが、いい具合に治りつつある。特製の軟膏を傷に擦りこんでから小屋に戻して水を替えてやると、ポピーはうれしそうに朝食をむしゃむしゃ食べはじめた。

つぎはアイオロス。ウサギ小屋からじゅうぶんに離れた、納屋の隅の馬房に避難させてある。堂々たる姿の鷹は黄褐色の瞳をきらりと輝かせると、嘴を鳴らす挨拶をして、傷ついた翼の様子を確認させてくれた。まだ肉の色が見えるが、思った以上に状態もよく、治りかけている。エズメは餌をやりながら、アイオロスが勢いこんでぐず肉を喰らい、水を足した水入れからごくごく飲むのを眺めた。

アイオロスの回復ぶりにすっかり満足したエズメは、馬房の上部と下部の扉を閉めてしっかり掛け金をかけてから、厩舎の中心部へと向かった。

「おはようございます、レディ・エズメ」愛想のいい挨拶の声がかけられる。

「おはよう、ピート」

「みんな、お嬢さまを待っていますよ」ピートは馬のほうをあごでしゃくった。一頭ずつ順番に、それぞれの馬房から顔をのぞかせている。頭をのけぞらせて蹄で地面を掻くものが二、三頭。興奮していななくものも一頭いた。

エズメは声をあげて笑った。「よかった。りんごをたくさん持ってきたのよ」

ピートは微笑むと、のんびりした足取りで自分の仕事に戻っていった。

馬房に沿ってエズメは歩き、昔からの友人のように一頭ずつ話しかけては、首筋を撫で、りんごをひと切れふた切れ与えた。

そうしながら、通り過ぎる馬丁たちとも言葉を交わす。名前はみんな知っているし、なかにはこどものころからのつき合いの者もいる。三歳のエズメをはじめて馬――ポラスという名のポニー――に乗せてくれた馬丁頭のリドリーもそうだ。

詮索好きな目を向けたり、ゆうべの大混乱について尋ねてくる者がいなくて、エズメはほっとした。もちろん、彼らがそんなことをするわけがない。職業上の嗜《たしな》みをきっちり仕込まれているので、バイロン家で起こるあれこれを口さがなく話すようなことは一度もなかった——少なくとも、一族の人間に聞こえるようなところでは。もっとも、彼らもゆうべ起こったことについては知っているはずだ。アダムやバイロン家の兄弟六人が全員、鞍をつけさせた馬で闇夜に走り出していったのだから。

最後の馬にりんごをやり終えると、エズメは小さくため息をついた。ぐずぐずしているのは、まだ屋敷に戻りたくないからだ。家族と顔を合わせるのは気が進まない。あれこれ質問されたりお説教されるのは避けられそうにないし、彼らの目に映る非難や落胆の色にも耐えられない。期待を裏切ってしまったのはよくわかっていた。とくに、長兄のエドワードと母の期待を。ふたりとも昔から味方をしてくれたし、簡単には言うことを聞かない彼女にもやりたいようにさせてくれた。

ロンドンでは、エズメ・バイロンの奇抜な行動は貴族にはふさわしくないと既婚婦人が公然と非難する場面に出くわしたことがある。それも、一度や二度ではない。個人的な自由を享受して自分の意見を口にするのは、学校を出たばかりの未婚の若い娘には不適当だと言って彼女たちは愕然としていたが、それでも家族はいつだってエズメの肩をもってくれた。芸術の才能に恵まれているのをよろこび、もっと手綱を引き締めたほうがいいという意見や苦情には耳を貸さずにいてくれた。

ネッドとお母さまはいまごろ、なにを思うだろう。ああいう意見に取り合わずにいたのを後悔している？　わたしがやりたいことをやるのを許さず、もっと厳しく育てていれば、と思っているだろうか？

でも、同じ年頃の令嬢たちのように家に閉じこめられたままでは、頭がおかしくなっていただろう。どこへ行くにもシャペロンが一緒では退屈で息が詰まるし、屋敷を一歩も出ずに刺繍をしたりピアノフォルテを弾いたりする以外のことは許されないなんて、とても耐えられない。

いまにして思えば、いかに美しくとも、生まれたままの姿の見知らぬ男――どこの何者なのか知らされたのだから、ノースコート卿と呼ぶべきか――の絵など描くべきではなかった。草むらに寝ているのを見かけたときに、あの姿を残しておきたいという誘惑に屈服するのではなく、すぐさま背を向けるべきだったのだ。

でも、わたしだけが悪いんじゃない。写生帳の中身は個人的なもので、みんなに見せるためのものではないもの。どうしても絵が見たいとエヴァーズリー卿が言わなければ、そしてレティス・ワックスヘイヴンが悪意をもってぶつかってきた拍子に写生帳が手元から飛んでいったりしなければ、こんなことにはならなかった。考えてみれば、この件で悪いのはエヴァーズリー卿とレティス・ワックスへイヴンだ。わたしじゃないわ。

必要以上に厩舎をうろうろしているもうひとつの理由はそれだった。ブラエボーンに招かれた客人たち、とくにワックスへイヴン家の人々と顔を合わせるのはいやだ。こんな騒ぎになったからには、客人はみな早々に出立《しゅったつ》するだろう。ゴシップを広める絶好の機会を逃すわけがない。

でも、彼らが嬉々として話を広げたとして、なにを心配することがあるの？　そこまで言われるようなことをしたわけじゃない。わたしは芸術家で、絵を描いただけ。確かに男性の裸体ではあったけれど、しかるべき状況ですべて説明すれば、些細なことで大騒ぎしているだけだとわかってもらえるはずだわ。わたしとノースコート卿が恋人同士で、秘密の激しい情事に耽っているわけでもない。だって、彼とは一度も会ったことはない――少なくとも、〝会う〟という言葉どおりの意味の関係でもなんでもないのだから。

でも、問題はそこだ。裸体のスケッチについて聞いたひとたちはみな、最悪の想像をするの？　わたしがノースコート卿に誘惑されたと勝手に考えて、真実を無視する？　上流階級の人々がどちらの話を信じるかは、やはり目に見えていた。エズメは沈むような気持ちとともに眉根を寄せた。

わたしのきょうだいはみな、スキャンダルに巻きこまれたことがあるけれど、無事に乗り切った。今回の過ちだって、一時的なものとして切り抜けられるはずだ。

でも、切り抜けられなかったら？

いまは、もしもの場合を考えてもしかたがない。

屋敷に戻って着替えをして朝食をとり、今日はどんな詰問や説教が待ち構えているのか、それを耐えなければならない。

エズメもわかってはいたが、屋敷に戻る代わりに、自分の雌馬がつながれている馬房へとふらふら歩いていった。戸口の掛け金を外してなかへ入り、馬を撫でながら優しく話しかけてやる。額から首、肩甲骨のあいだの隆起部のあたりまで掻いてやると、雌馬は耳をピンと立たせ、ビロードのような茶色の瞳をよろこびに輝かせた。

馬の世話をするために馬ぐしやブラシ、蹄削りを取りに馬具収納室へ行こうとしたところ、厩舎で働く男の子が現れた。

「すみません、お嬢さま。最近迷いこんできた猫、あたりをうろうろしていたあの黒いやつが赤ん坊を生むみたいで、お嬢さまもお知りになりたいかと思って」

「アビゲイルのこと？」

「はい、お嬢さまがそうお呼びなら、その猫です。干し草置き場の餌やり場の隅に、すっかり腰を落ち着けてしまって」

「知らせてくれてありがとう。わたしも行って様子を見るわ。あなたは、しっかりした箱を探してくれる？　中くらいの大きさで幅広のもの。ハーブを入れる箱なんかがいいわね。それに柔らかな毛布と、洗ってある布切れも。最初の数週間は、アビゲイルも子猫たちもそういう場所のほうが安心できると思うの。少なくとも、子猫たちの目が開くまでは」

「承知しました、レディ・エズメ」

「それと、きれいな水を鍋で沸かしたまま持ってきて。お産のあいだになにが起こるかわからないから、必要とあらば、わたしもその場にいて手伝うわ」

指示を受けて少年が走り出すと、エズメもそのあとを追った。

5

バイロン家の広大な屋敷、ブラエボーンに馬で向かいつつも、ガブリエルはもう少しで引き返すところだった。いまならまだ間に合う。クレイの屋敷に戻って荷物をまとめ、ここから離れるのだ。

このエズメ・バイロンとかいう娘には会ったこともないのに。紳士にふさわしい振る舞いをするために結婚を申しこみにいくなど、常軌を逸している。

まったく、度し難い娘だ。今回の不始末の責めを負うべきはひとえに彼女だ。素っ裸でくつろいでいるぼくをこっそり見ていたばかりか、それを鉛筆と紙を使って永遠に残そうとしたなんて。頭でもおかしくなったのか？

これが恐るべきクライボーン公爵の妹でさえなければ、一切取り合わず、破廉恥なことをしでかした彼女の自業自得だと言ってうっちゃっておくのだが。ゆうべ公爵とバイロン家の男たちが言い張っていたように、拒絶するという選択肢はないらしい。

残念ながら、彼らはピストルなどなくてもその命令を実行することができる。ぼくの素性や住まいを知っているばかりか、ぼくを奈落の底に突き落とすことのできる――そして、それを厭わない――影響力をもつ人々をおおぜい知っているからだ。

彼らの妹に対してまっとうなことをしなかった場合には、ロンドンで名の知れた銀行――そして、いかがわしい噂のある銀行もいくつか――の頭取に命じて、ぼくとの取引を停止させると言われた。バイロン一族はロスチャイルド家や、悪名高き資本家のレイフ・ペンドラゴンとも友好的な関係にある。ロンドンのタウンハウスを抵当にしている銀行はもちろん、市中すべての銀行に言ってぼくを見限らせることなど、朝めし前なのだろう。テン・エルムズの農地や賃借人からじゅうぶんな金が入ってくるとはいえ、贅沢ができる額にはほど遠いし、借金をしている先がいっせいに取り立てに来たら、それを清算するにもまったく足りない。皮肉なことに子爵のぼくは、結婚したあかつきには信託基金からかなりの額を受け取ることになっている。財政的な面からすれば魅力的な案だったが、望まない結婚で足枷をはめられるのがいやで、それをずっと断ってきたというのに。

しかし、金が問題ではないとしても、社交界から追放されるよう処置を講じるとバイロン一族は言ってきた。貴族の地位はあっても、昔から上流階級に温かく受け入れられてきたわけではない。とはいえ、行きたいと思えばどんな豪壮な屋敷にも足を踏み入れて、それなりの歓待を受けてきた。真剣に花嫁候補を探すのであれば、社交場である〈オールマックス〉への入場許可証だって手に入れられたはずだ。もっとも、慎みと品位をかたくなに守ろうとする最後の砦のようなあの場所は、こちらとしてもずっと、天然痘を避けるように遠巻きに見ていたところだが。

独身のまま生きる決心を変えなければならなくなったことは一度もない。それを思うと笑えてくるが、今回ばかりは進退窮まった。しかも、一度も会ったことのない小娘のせいで。

レディ・エズメのほうはどういうつもりなのだろう。単に愚かで、よからぬ絵を描いたのが見つかっただけなのか？　それとも、わざとこんな騒ぎを起こした？　結婚などぜったいにしたくないというぼくを罠にかけようと、じつは待ち構えていた？　結婚まさにそうしようとした結婚適齢期の娘たちがこれまで何人いたことか。もっとも、みな失敗に終わっていたが。

まあ、いい。未来のノースコート子爵夫人がどれほどの嘘つきか、じきに見定められるだろう。

ガブリエルは奥歯を嚙み締めた。

バイロン一族の手によって社会的に抹殺されそうないまでも、やれるものならやってみろと開き直り、逃げてみるのもいい考えかもしれない。この時期のウィーンはなかなかすてきだと聞いている。

だが、大陸へ逃げるのにじゅうぶんな金をロンドンの銀行から引き出すことができたとして、ウィーンの金融もロスチャイルド家に牛耳られている。思慮分別の欠けた娘との結婚を拒絶するぐらいで自分の屋敷を追われ、友人たちとも会えずに一生逃げ回って暮らしたいか？

まったく、万事休すだ。

しかし、それはレディ・エズメのほうも同じだ。彼女の指に結婚指輪をはめてやってから、そのことをたっぷり思い出させてやる。

少なくとも、これで叔父はまちがいなく激怒する。ガブリエルは毒を含んだよろこびを覚えた。スキャンダルのにおいを感じ取っただけで、叔父は腸《はらわた》が煮えくり返るような思いをするはずだ。バイロン家は裕福で影響力もある一族だが、ぼくと同じくらい悪評を轟かせてきた。それどころか、愛ある幸せな結婚によって〝改心〟する前のバイロン家の男たちはみな、悔悟の念など見せぬ放蕩者として知られていた。彼らが姿を見せるところではどこでもスカートがまくりあげられ、周囲は眉をひそめたものだった。面汚しの一族があるとすれば、バイロン家をおいてほかにない。彼らに家族として迎えられるとは、ぼくにふさわしい運命じゃないか。

だが、まずは結婚の申しこみをしなければならない――この状況下でもうわべを取り繕う必要があるとして、の話だが。レディ・エズメはぼくの到着を待ちわびていることだろう。たぶん、この瞬間も客間にいて、ドレスや髪型がまともに見えるよう鏡の前で整えているはずだ。

これで、ぼくも終わりだ。

憂鬱な未来にため息をもらしつつ、ガブリエルはブラエボーンの屋敷に向かって馬を走らせた。

エズメは、きれいな水を汲んだ桶に両手をつっこんだ。お産の手伝いのために着けた前掛けには血や、ほかにも口には出せないようなものがいろいろついているが、とにかくすべて終わった。母猫も子猫も元気で、全部で五匹も生まれた！

四匹めと五匹めは少し手助けが必要だった。ほかのきょうだいよりも、母猫のお腹の外に出てくるのに時間がかかったからだ。ようやくこの世に出ると、生まれたばかりの猫はみなそうだが、目も見えず耳も聞こえないながらも母猫に擦り寄っていき、きれいに身繕いしてもらい、はじめてのおっぱいに吸いついた。

五匹とも——トラ猫と黒猫が二匹ずつに白猫が一匹——小さくかわいらしい姿で乳を飲むと、毛布をいっぱいに敷いてやった暖かな箱のなかで、母猫とともに満足そうにすやすやと眠っている。アビゲイルは、厨房から持ってこさせた鶏のひき肉を少し食べると、こどもたちとともに眠りに落ちた。お産ですっかり疲れたのだろう。

猫たちを見おろしながら、エズメは微笑んだ。子猫たちが乳ばなれして新しい環境に慣れるぐらい大きくなったら引き取りたい、という友人や隣人がたくさんいるのだ。もちろんエズメのきょうだいからも、ふわふわで小さな生き物が屋敷に加わってもかまわないと言われていた。甥っ子や姪っ子のうち年かさの子たちは子猫を見たがるだろう。ひと目でも見てしまったら、家に連れて帰りたいと言うにきまっている。

今夜はこのまま干し草置き場の餌やり場に置いてもいいけれど、立ち働く馬丁たちに踏みつけられないよう、明日には厩舎のなかでももっと離れたところに移動させてあげよう。

最後にもう一度ふわふわの小さな生き物に目をやると、エズメは厩舎全体の出口へと歩き出した。外に出てみると空は抜けるように青く、すでにのぼった太陽から振り注ぐ日差しが暖かい。思っていた以上に時間が経っていたようだ。

お腹がぐうと鳴る。いかに空腹か、エズメは唐突に気づいた。運がよければ、グランブリーに泣きついてビスケットとお茶にありつけるかもしれない。さもなくば、お昼の時間まで待たなければならない。そしてブラエボーンでは、午後一時より前に昼食が出されることはない。

エズメは屋敷に向かって歩き出した。立ちどまってあたりを見ることもなく、高い生垣のあいだをすり抜けて砂利敷きの馬車道に出る。とそのとき、激しい蹄の音がしたかと思うと、灰色の大きな雄馬が向かってくるのが見えた。エズメは叫び声をあげると、無意識のうちに片方の腕をあげ、迫り来る容赦のない一撃から身を守ろうとした。

だが、そんなことは起こらなかった。乗り手がすばやい反応でスピードを緩め、瞬時に馬に方向を変えさせたからだ。

雄馬はいななきとともに前足を高くあげた。大きな蹄が、エズメの顔のわずか数センチ先を切り裂く。怯える馬の向きを男がさらに変えさせたので、ふたたび地に着いた前足はエズメから遠く離れたところにあった。見事としか言いようのない手綱さばきだ。

エズメは目を見開いたまま浅く息をついた。アフリカの部族が打ち鳴らす太鼓のように拍動する心臓よとまれと祈りつつ、胸に手を押し当てて見あげる。そして、さらに上を見た。

どうしよう、彼だわ！　スケッチに描いた、あの男性。

ただし、いま目の前にいる彼は服を着ていた——そして、怒りに燃える恐ろしい顔をしている。不運な者は悪魔にとって食われるがいいという態度の兄を六人ももつ彼女でも、いままで見たことがないような表情だ。

「怪我はないか？」彼は厳しい口調で訊いてきた。「どこか傷を負っていないか、と尋ねているんだ」

「いいえ、べつに——」エズメは一瞬、自分の身を確かめた。「怪我はありません。少なくとも、身体的な意味では」

「ぼくの反射神経に感謝するんだな。いったいなにをしているつもりだった？　あんなふうに灌木の茂みのあいだを勢いよく飛び出してくるなんて。もう少しでぼくの馬に撥《は》ねられるところだったんだぞ、この愚かな小娘が」

エズメの側に、もう少しで大惨事になるところだったというしろめたさがあったとしても、〝愚かな小娘〟という言葉を耳にした瞬間に消えてしまった。彼女は腕を両脇に垂らし、その手を拳に握った。

「屋敷への近道を通っていただけよ」ぴしりと言い返す。「あなたがあんなに乱暴なスピードで馬を走らせていなければ、何の問題にもならなかったはずだわ」

「乱暴なスピード？　ぼくは駆歩《キャンター》で走らせていた。危険をはらむようなものではなかった」

「危険にきまっています。馴染みのない小道を走っているのに、自分の行く手になにが現れるかよくよく注意するのを怠るなんて」

「ぼくの側の不注意という問題ではない。いかれたウサギのように、きみがあの生垣からいきなり飛び出してさえこなければ、ぼくが気づいて対処する時間はたっぷりあった」

「まあ。わたしは愚かなだけではなく、おかしいと言うの？」

彼は肩をすくめた。「そのとおり。きみが自分の欠点を認められる娘だとわかって安心したよ」

「何ですって、あなたは――あなたっていうひとは――」エズメは両脇で拳を握り締めた。

彼の振る舞いがどれほど無作法で紳士にふさわしくないかぶつけてやりかったものの、それにふさわしい下品な言葉が浮かんでこない。彼が馬から下りてさえくれれば、サギのように首を伸ばして見あげずにすみ、自分の気持ちも表すことができるのに。こうして上を向いているだけで首の筋を違えそうだ。しかも、ふたたび彼を魅力的だと思ってしまうなんて。一糸まとわぬ姿で眠っているほうがずっと好きだけど。

「どうした？　遠慮するな。ぼくを何と罵《ののし》るつもりだ？」深みのある豊かなバリトンの声が挑発する。

黄褐色の瞳で全身を見つめられて顔が赤くなりそうだったが、エズメは必死でこらえた。表情から察するに、そちらの方面で彼の好奇心を喚起することはなかったようだ。といって、着古したドレスの上に汚れた前掛けをしたこの姿では、彼だけを責められない。それに、この髪。適当にまとめただけで背中に垂らし、アビゲイルがこどもを産むのを手伝ったため、汗で湿った額や頬にほつれ毛が貼りついている。

「言ってやりたいことはいろいろあるわ。納屋でよく言われるような下品な言葉もいくつかあるけれど、そこに住まう動物たちを侮辱することになるから、口にするのは控えます」

彼の唇がぴくりと動き、刺すように厳しい目が危険なほど光る。腹立ちと愉快な思いのあいだで葛藤しているのだろうか。「生意気な娘だな」つぎの瞬間、彼はウインクしてエズメを驚かせた。「どこへ行くのか知らないが、先を急げ。言いつけられた用事にきみがとりかかるのがこれ以上遅くなってはいけない。きみが叱られる原因になるのも、ぼくはご免だ。もっとも、きみは罰を受けてしかるべきだと思うが」

エズメは口を開けたが、言葉は出てこなかった。

召使いと勘違いしているような発言について彼女がまだ考えていると、ノースコート卿はシルクハットに指をやり、ひざを馬の脇腹に押し当ててふたたび走り出した――どう見ても、全速力の襲歩《ギャロップ》だ。

エズメは立ち尽くしたまま、いちばん大きな道から屋敷の正面へと消えていく彼の姿を見送ったが、時刻をふたたび思い出して我に返った。

急いで小道を突っ切って芝地を歩き、東棟の通用口を目指す。ふだんはあまり人通りもなく、彼女が使えるよう、召使いたちがいつも鍵をかけずにおいてくれるところだ。

ノースコート卿が思いがけずやってきたことについては、考えないことにしよう。

6

「もう少し紅茶をいかがかしら、ノースコート卿？」優美な客間のソファから、クライボーン公爵夫人クレアが尋ねる。

彼女の向かい、驚くほど座り心地のいいひじ掛け椅子でガブリエルは、ほぼ空《から》になった磁器のカップをひざに載せていた。「恐れ入りますが、結構です」カップとソーサーを脇に置き、炉棚にある置き時計に視線をさまよわせ、いつ終わるとも知れぬ時間を憂いた。もう、一時間もこうしている。

「エズメはなにをしているのかしら」公爵夫人も時計に視線をやる。「ちょっと行って、様子を見てきましょうか」

彼女はいきなり立ちあがって出ていった。

だが、それでガブリエルがひとり残されたわけではない。バイロン家の男たちが近衛隊のように部屋のあちこちに陣取っていたからだ。それも、みな押し黙ったまま。

クライボーン公爵は新聞を読んでいる。ガブリエルが紳士らしく振る舞って約束を果たすのを見届けるためだけにそこにいるのを、隠そうともしない。もっとも、ガブリエルにとっては、いかなる約束もそれほど重い意味をもつものではないが。

ケイド、ジャック、そしてアダム・グレシャムは窓そばのテーブルで静かにカードゲームに興じ、ドレークは暖炉に近い椅子に座り、ときおり小さなメモ帳に鉛筆でなにか書きつけている。

レオとローレンスはまだ腹を立てているのか、この一時間ずっと睨むような視線を向けてきたかと思うと、トレイの置かれたテーブルにしきりと通っていた。ふたりだけでスコーンやビスケットを半分以上、そしてレモンカードをほとんど平らげたほどだ。

自分の置かれた状況がここまでおかしさの欠片もないものでなければ、こんな場面も笑えたかもしれない。ガブリエルはここで立ちあがり、おまえたちのほうこそ失せろと言ってやろうかと思った。衝動を抑えられない小娘と結婚するつもりなどないと怒鳴りたかったが、数的には圧倒的に不利で、今回はバイロン家の屋敷にいることを思うと、考え直すしかなかった。客間の戸口を出る前に取り押さえられるのが関の山だ。

しかたなく、ガブリエルは腰を下ろしたまま待った。

そしてさらに、待った。

生意気な小娘め。ぼくをこれほど待たせるとは、なにさまだと思っているんだ？

ああ、そうだった。ガブリエルは、クライボーンがふと目に入った瞬間に思い出した。公爵の末の妹、それが彼女だ。

じっと座っているのにも我慢できなくなり、立ちあがって部屋の端の窓辺に歩く。一瞬、バイロン家の男たちは顔をあげたが、ガブリエルが逃げようと画策しているのではないと確信したのか、それぞれやっていたことに戻った。窓の外の芝生は手入れが行き届いており、大きな木々がそびえ、花壇には花が咲き乱れている。屋敷正面の車回しからは、土色のリボンのような道が果てしなく延びている。この道を見ていると、ガブリエルはさっきの召使いのことを思い出した。馬のマキシマスが撥ねていたかもしれない娘だ。

いまはどこで何の仕事をしているのだろう。染みや汚れのついたエプロンをつけていたから、厨房で働いているのだろうか。

確かにかわいい娘だった。白くなめらかな肌、薔薇色に染まる頬。青い瞳に激しい怒りを燃やし、小ぶりだが丸みを帯びた胸が古びたボディスを突きあげていた。相手をするには用心が必要だが、なかなか興味深い娘だ。しかも、かなりそそられる。

勢いよく反論してきたのも、驚きだった。使用人というのは職を失うのを恐れてか、貴族階級の人間に正面からやり返したりはしないものだが、彼女は堂々と自分の意見を言い返してきた。ああいう娘となら言い合うのも楽しいだろう。ベッドのなかではどんなだろうか。つぎにどんな手を繰り出してくるのか焦らしながら、彼女のほうからまたがってくるにちがいない。

ガブリエルはひそかに微笑んだ。このばかげた婚約話に片がついたら、彼女を探し出そう。ささくれ立ったこの気持ちを癒すには、ちょっとしたお楽しみが必要だ。いら立ちにふっと息を吐きつつ思った。あとどれくらい、〝未来の妻〟に待たされるのだろう。

まったく、不愉快な娘だ。

そのとき、前触れもなく客間のドアが開き、貴婦人たちがにぎやかに入ってきた。虹のように色とりどりの鮮やかなドレスがまばゆい光を撒き散らす。ガブリエルはあっけにとられたが、すぐに人数を数えた。全部で八人いる。広々とした客間でよかった。あまりの大人数に、公爵夫妻はいますぐパーティーを開けそうだ。

みなバイロン家の――いや、少なくともバイロン家に嫁いできた人間か？　そうにちがいない。三人には見覚えがあった。当代公爵夫人のクレア。先代公爵の未亡人アヴァには、この屋敷に到着したときにちらと会った。そしてマロリー。いまはレディ・グレシャムとなっている女性だ。しかし、とらえどころのないレディ・エズメとはいったいどれだ？

ガブリエルは進み出てひとりひとり顔を見ていったが、黒髪の若い娘に視線をやったとたん、れんがの壁にぶつかったかのように立ちどまった。まさか、この客間で出会おうとは。

「きみ！」彼は目を丸くして叫んだ。

そこに立っていたのは、先ほど妄想していた召使いの娘――だが召使いなどではなく、品のいい服装に身を包み、教養と洗練を感じさせる令嬢であることは明らかだった。顔には汚れもなく全身をすっきりとさせ、薄桃色のシルクのドレスをまとっている。足元にはお揃いの上履き。セーブルのような黒髪はより濃いピンクのリボンとともに結いあげられ、肌はいきいきとした若さに輝いている。

彼女はあごをつんとあげ、ガブリエルの目を睨んできた。「ええ、わたしよ。頭のおかしい愚か者がまたしても登場というわけね。あらためて、ごきげんよう、ノースコート卿」

部屋のあちこちでエズメの兄たちが立ちあがった。みな不審そうに思いを巡らしている。予想外の展開に公爵未亡人やクレア、マロリー、セバスチャン、グレース、メグ、そしてタリアも困惑の表情だ。屋敷からふたたび抜け出したりせずに階下へ下りてくるようエズメを説き伏せるため、彼女たちは上の階で待っていたが、ノースコート卿に思いがけず出くわしたことなどひと言も聞いていなかったからだ。

なのになぜ、いまさらそれを明かしたのか、エズメ自身にもわからなかった。ノースコート卿とまた顔を突き合わせたせいかもしれない。彼がそばにいると、いつもの口数の少ない落ち着いたエズメは近くの窓から飛んでいってしまいそうだった。

「いったいどういうことだ？　きみたちふたりに面識はないと思っていたが」エドワードが問いただす。エズメの言葉を聞き逃すつもりはないようだ。

「もちろん、聖書に出てくるような状況のあれは別にして、という意味だな」ジャックがちゃかす。「裸体を絵に描いたとかいう、あれだよ」

黙れ、とばかりにエドワードが彼を睨む。「ありありと場面が目に浮かぶような説明に感謝するよ、ジャック。だが、まったくもって余計だ」

ジャックはいたずら小僧のようににんまりした。とても、四人のこどもをもつ既婚男性には見えない。「どういたしまして、ネッド。いつでもお役に立つよ」

その向かいで、妻のグレースが首を横に振った。なんとか隠そうとするものの、唇に苦笑を浮かべている。ふと目が合ったジャックが眉をうごめかすと、彼女は口元を手で覆って視線をそらした。

「で、どっちなんだ、ノースコート？」ローレンスは胸の前で腕を組み、おもしろがっているとは言い難い口調で言った。「きみとエズメは結局、知り合いなのか？」

「ローレンスが言いたいのはつまり、きみはゆうべ、ぼくたちに袋だたきにされるのを避けるために嘘をついていたのかどうかということだ」レオは双子の弟と瓜ふたつの険しい表情をしている。

「まだ間に合うぞ。臓物が口から飛び出るほど殴ってやろう」好戦的な光を目に宿しながら、ケイドが声をあげた。

「異論はないな」ジャックが両手をこすり合わせる。「庭のほうへ連れ出そうか？それとも、森のほうがいいか？」

「湖という手もある」公爵が楽しげな声をあげる。「たっぷり水浴びさせてやろう。頭が先のほうがいいかもしれんな」

ケイドがうなずいた。「軍に昔から伝わるやり方がある。麻袋とバケツを使うんだ、そのほうが――」

「いい加減になさい」公爵未亡人が割って入った。静かだが厳しく容赦のない声が瞬時に彼らを黙らせた。「ノースコート卿はお客さまですよ。こんな不愉快な話はそれ以上、許しません」

だれもが目を伏せる。「承知しました、母上」男たちがいっせいに低い声で答える。それで気がすんだのか、公爵未亡人はノースコート卿に目を向けた。「さて、ノースコート卿、これ以上の混乱を避けるため、この件について明らかにいたしましょう。娘のエズメをご存じなの？　先ほど、私どもと部屋に入ってきた娘をご覧になったときのあなたの叫び声から察するに、まったくの初対面というわけではないように見受けられましたが？」

ノースコート卿に視線を向けられても、エズメは彼から目をそらさずに待った。

「おっしゃるとおりです」黄褐色の瞳で彼女をとらえたまま、卿は答えた。「まったくの初対面ではありません。レディ・エズメとぼくは本日、いささか思いがけない形で出会っただけです。彼女は灌木の茂みの陰から走り出し、ブラエボーンのこの屋敷に通ずる道を馬で走るぼくの前に飛び出してきたのです」

「走ったり飛び出したりなんてしていません。前を向いて歩いていただけよ」エズメは自分の言い分を口にした。「ノースコート卿が圧倒的な襲歩《ギャロップ》で馬を走らせてなどいなければ、もう少しでわたしにぶつかるような可能性はなかったはずです」

卿は皮肉っぽく片方の眉をあげた。「落ち着いた駆歩《キャンター》ではなく、きみの言うようなスピードで走っていたとしたら、危機一髪で衝突を避けようとまることもできなかったはずだが」

「むしろ、危機一髪でとまったのは馬のほうだわ。でも、馬はそんな証言ができないから、わたしたちは見解の相違を認め合うしかないわね」

「確かに」ノースコート卿は愉快そうに口元をゆがめた。「この件について意見の一致を見ることはなさそうだ。結果的にはきみやぼく、そして意思の疎通ができないぼくの馬も含めてみな、あとあとまで残るような傷を負わなかった。じつに運のいいことだ」

「ええ、ほんとうに運がよかったわね」

エズメは口をつぐんだ。ここでようやく、家族が興味津々といった顔で見つめていることに気づいたからだ。

しかしノースコート卿はちゃんと覚えていたようで、公爵未亡人のほうを振り向いた。「というわけでお嬢さんと出会ったことはあるが、知り合いではないと言えるでしょうか。ひとに紹介されたわけでもなく、偶然のできごとではじまった関係です。今日になるまで、ぼくは彼女に目を留めたことは一度もない。それは誓えます」

「承知しました、ノースコート卿」公爵未亡人は答えた。「みな、あなたの率直さに感謝することでしょう」

しかし、あたりを見回してみると、全員がその言葉に同意しているわけではないようだ。公爵未亡人はエズメに目をやった。「茂みのあいだを抜けて近道をするのがよほど好きなようだけど、危ないわ。この件についてはあとで話をしますからね。厩舎から戻ってくるときのことかしら？」

「そうよ、お母さま。アビゲイルがこどもを産むのを手伝っていたの。お母さまにも話したわよね、覚えてる？」

「ええ、そうだったわね。その帰り道、もう少しでノースコート卿の馬に撥ねられるところだったという部分を除外したのは不思議ね。だけど、さっきも言ったように、その件についてはあとで話をしますから、覚えておくように」

エズメはうなずいて目を伏せた。

「さてと」エドワードが言葉を継ぐ。「すっかり横道へそれてしまった。せっかくだから、義理の妹たちを紹介させてもらおうか」そして、女性たちひとりひとりにうなずいていく。「ノースコート卿、こちらはレディ・ケイド、マーガレットだ。レディ・ドレーク、セバスチャン。レディ・ジョン、グレース。レディ・レオポルド、タリア。妹のマロリーはレディ・グレシャム。公爵夫人と公爵未亡人はすでに紹介ずみだな」

「お目にかかれて光栄です」ノースコート卿はお辞儀をした。

「言うまでもないが、いちばん末の妹はレディ・エズメ。しかし、いまさっき確かめたように、きみたちふたりはすでに見知った仲だとか」

「たとえ最初の出会いを覚えていないとしても、彼は眠っていたんだからしかたないな」横のレオにささやいただけにもかかわらず、ローレンスの声は部屋中に響いた。

エドワードが彼を睨みつける。

ローレンスは両手をポケットに突っこんだ。「失礼。だが、ぼくは先ほどの件については判断を保留させてもらう」

「なるほど」エドワードは話を続けた。「みな、ノースコート卿の来訪の理由を思い出したようだから、そろそろ本題に入ろう。エズメとノースコート卿に、しばらく話をする時間を与えようじゃないか。十分程度で足りるだろう」

「えっ?」みんなが客間を出ていこうとするのを見て、エズメはふいに狼狽した。お母さままでいなくなるなんて。まさか、ノースコート卿とふたりきりにさせられるの？　彼は立ったまま、嘲笑うような楽しげな顔で一同が引き払うのを眺めている。

「わたしは残ったほうがいいかしら？」ためらいがちにマロリーが言う。

エズメは姉のほうに手を伸ばした。「ええ、お願いだからそうして」

「一緒においで、さあ」アダムは妻の腰に腕をそっと回した。「うるさい野次馬がいないほうが、ことは簡単にすむ。エズメは安全だ。すぐ隣の部屋にぼくたちがいるんだから」最後のひと言はノースコート卿に向けてのものだった。

卿は片方の眉をあげて微笑んだ。

マロリーはなおもためらいを見せたものの、エズメの手をぎゅっと握った。青緑色の瞳いっぱいに同情が映っている。「きっと、大丈夫よ」

「だけど――」

「すぐに戻る」エドワードが言った。覚悟を決めたような、不思議に悲しそうな口調だ。

エズメがそれ以上異議を唱えたり――というよりむしろ、行かないでと懇願したり――する前に全員が客間を出て、ドアは閉ざされた。ふうっと息を吸うと、エズメはゆっくりノースコート卿を振り向いた。

彼はしばらく無言だった。表情からはなにも読み取れない。「これをするのに座りたいか、それとも立ったままでかまわないか？」

する、ってなにを？　エズメは考えたが、たちまち、ノースコート卿についての艶《なま》かしい噂を思い出した。

ロンドンでの社交シーズンのあいだに会ったことはなかったものの、噂は耳にしていた。彼は、なにがあっても避けるべき紳士として語られていた。レオとローレンスの屋敷がノースコート卿の隣にあり……兄たちだって放埓な評判を轟かせているけれど——その大半についても、なにも知らないというふりをしなければならなかった。おまけに、姉のマロリーや義理の姉たちはひとの噂をするときも、いつもドアを閉めておくとはかぎらない。というわけでエズメは一瞬、言葉を失ったのだった。

でも、ノースコート卿が妙な振る舞いをするかもしれないという懸念が少しでもあれば、わたしを彼とふたりきりになどしないはず。いまは、気まずい恥ずかしさで命を落としてしまわないようにするので精いっぱいだ。卿がミスター・クレイの湖畔に裸で寝転がり、眠っていた姿をはっきり思い出してしまう。

彼もスケッチを見たにちがいない。それを意識して、エズメはひそかに身を縮めた。彼も、そのことを考えているのかしら？

「わたしは立っています、どうもありがとう。でも、あなたはどうぞ――」ソファのほうを身振りで示し、卿に座るよう無言で求める。

だが彼はその場に立ったまま、うしろで両手を組み合わせた。

「わたしのほうからはじめるべきね」

「ほう、そうか？」卿は驚いた顔を見せた。

彼の目を正面から受けとめて、エズメはふたたび思った。しみじみ、鷹を思わせる――美しい黄金色で、射抜くように鋭いまなざしだ。

「え、ええ、そうよ。みんなが部屋を出ていったのは、わたしが昨日したことを謝罪するあいだ、わたしたちがさらに気まずい思いをするのを避けるためだわ。ほら、あなたを絵に描いたこととか」

「ぼくがここにいるのは、それが理由だと思っているのか？」卿は頭をのけぞらせた。いかにも信じられないという口調。「謝罪を受けるためだと？」

エズメは顔をしかめた。「もちろんそうよ。あなたが今日、わたしを訪ねてくるのに、どんな理由がほかにあるというの？」

ノースコート卿が眉根を寄せる。とてつもない困惑の表情とともに、不可思議なものを見るような目をエズメに向ける。「きみは、まったくわかっていないんだな？」

「わかっていない、ってなにを？」

「ぼくが呼び出されたほんとうの理由」

エズメは両腕を胸の前で組んだ。「あら？　聞かせていただきたいわ。いったい、何だというの？」

「ぼくがここにいるのは、きみに対して紳士らしい振る舞いをするためだ。エズメ・バイロン、きみの評判を守るため、ぼくたちは結婚することになった」

7

ガブリエルの宣告を聞いて、レディ・エズメは鮮やかなブルーの瞳を見開いた。

はっと息をのんだまま、淡い桃色の唇をぽかんと開けている。

「結婚？ そんなのばかげてるわ。お互いのことを知りもしないのに」

「ぼくも、最初に聞かされたときにそう思った」

うんざりという口調のガブリエルの答えを聞いて、エズメが下唇をそっと噛む。艶《なまめ》かしい仕草に思わず目を吸い寄せられる。

だが、ふいに彼女はそれをやめ、ばかばかしいというように手を振った。「まさか、そんなはずはないわ。あなたは勘違いしているのよ」

「残念ながら、ぼくの側では勘違いなどしていない」

しかし、ガブリエルが言い終える前にレディ・エズメは首を横に振っていた。「いいえ、あなたの誤解よ。わたしがここにいるのは、あなたに謝罪するため。わたしの家族はただ、この嘆かわしい状況が引き起こした悪影響にわたしたちふたりで対処する方策を見つけたいと思っただけよ。できるだけ迅速に、この件を忘れるための方策を」

黙ったまま、ガブリエルはエズメを見つめた。彼女のこの反応をおかしがるべきなのか、それとも、ここまで無邪気なのを哀れむべきだろうか。

「確かに兄たちはみな頭に血がのぼりやすく、言い出したらきかない質《たち》よ」レディ・エズメは話を続けた。「怒鳴りちらしたり脅すようなことを言ったりするけれど、実際にはそこまで本気ではないの。兄たちが狼のように見えるというひともいるかもしれないけれど、じつは羊のように優しくておとなしいの」

ガブリエルは鼻で笑いたくなるのをなんとかこらえた。ぼくが見てきたところでは、バイロン家の男たちはみな狼で、彼らが口にした残忍で殺気立つ言葉は文字どおりの意味をもつはずだ。かつては友人とみなしていたローレンスとレオポルドでさえぼくを疑い、逆上している。今回の件では、ぼくの側になんら落ち度はないというのに。

羊とは、恐れ入った。

そのうち彼女は、クライボーン公爵を無害なウサギに喩えるにちがいない。一日中なにもせず、座ったままクローバーを食み、どこで眠ればいいか草むらのなかで柔らかな場所を探すウサギ。むしろ、クライボーンは朝食にウサギを食らうような男だ——皿を血で真っ赤に染めながら、生きたままのウサギを。

レディ・エズメが腰のあたりで両手を組み合わせた。頰はドレスと同じく、ふわりとした桃色をしている。「ゆうべ、あなたを訪ねていった兄たちと話をしたのでしょう？　兄たちはわたしのこととなると過保護になりがちで、写生帳のなかにあったスケッチを偶然に見て動転して、わたしたちの関係を早とちりしたの。説明する間も与えてもらえなかった。結果としてあなたにご迷惑をかけ、不安な思いをさせてしまったわ。そのことについては心から謝罪します。どうかお許しください、ノースコート卿」

ガブリエルはレディ・エズメを見つめた。なんとも不思議な感覚が全身を駆け抜ける。ひどく罰当たりな彼は、だれかを許すよう懇願される立場になることはあまりない。たいてい、赦免が必要なのは彼のほうだった——もっとも、わざわざ許しを請うようなことになった最後がいつだったか、それも覚えていないが。

「これ以上ぼくのために心を痛めることはない。ぼくにはその値打ちもないのだから。好奇心から訊いてみたいんだが、なぜ、あんなことをした？」

「あんなこと？」

「スケッチのことだ。自然のままの姿で眠っているぼくをたまたま見つけたとき、なぜ、鉛筆と紙を使ってそれを残そうとした？　たいていの若い娘なら、ぼくを見た瞬間にその場から逃げているだろうに」

頬をほんの少し桃色に染めたものの、レディ・エズメはガブリエルから目をそらさなかった。まっすぐな表情は挑戦的でさえあった。「わたしは芸術家よ。興味を惹かれたり心を動かされたら、絵に描くの。湖畔でたまたまあなたを見かけたときも、どうしても絵に描きたいという衝動に駆られたんです」

ガブリエルはゆったりとした笑みを浮かべた。「では、ぼくはきみの興味を惹き、心を動かしたんだな？」

「純粋に芸術的観点からの興味よ。それ以上のものではありません。すごく立派な体格の雄羊とか、群れからはぐれた山羊でもよかったんだから。あのとき、あなたはそこにいた、だから絵に描いたんです」

レディ・エズメが駆け引きをしているのかどうか確信がもてず、ガブリエルは眉を吊りあげた。「ぼくは羊でもなければ山羊でもない、それは請け合っておこう。もっとも、ここ何年にもわたり、そういう動物と同じくらい欲情していると非難されてはいるが」

今回ばかりは、彼女も顔を赤らめた。

ガブリエルは笑いたくなるのをこらえた。彼女を抱き寄せてキスしたくなる衝動も抑える。この跳ね返りの娘と結婚しなければならないことを思えば、実際にそうしてもなんらおかしくはない。もっとも、彼女は結婚なんてとんでもないと信じているようだが。

レディ・エズメのほうに手を伸ばそうとしたそのとき、ドアをすばやくノックする音がした。ふたりのどちらも返事をする前にドアが開き、公爵が入ってきた。

エドワードは期待するような表情でノースコート卿とエズメを見くらべた。「与えてやった十分間が過ぎた。きみたちのあいだで話が無事についたかどうか、確かめようと思って来たんだが」

「いや」

「ええ」

ノースコート卿とエズメが同時に口を開き、返事が重なり合う。

公爵はまたしても、ふたりの顔を見た。「うん？　どっちだ？」

「話はついていない。レディ・エズメは、ぼくが来たのは彼女の謝罪を受け入れるためだと思っている」ノースコート卿は答えた。

エズメもうなずいた。「謝罪はしました。ノースコート卿も寛大に受け入れてくださったわ。しばらくは厄介な状況が続くでしょうね。ミス・ワックスへイヴンはとくに、自分が目撃したことについて黙っていられる質《たち》ではないから。でも、ノースコート卿とも話をはじめようとしていたのだけど、最悪な噂好きをはぐらかす方策を考えつくはずだわ」

エドワードは鋭い視線をノースコート卿に向けた。「妹に説明していないのか？」

「説明しようとしたんだが、彼女は違うように思っている。あなたが前もって彼女を脇へ呼び、事情を言い含めておくべきだったのでは？」

兄は怖い顔で睨んだ。「そんな必要があるとは思わなかった。だれが見てもはっきりしているように見えたのだ。てっきり、彼女もわかっているものだと」

「どうも、そうではないようだな」

エズメは不愉快な顔で耳を傾けた。彼女がこの場にいないように、兄とノースコート卿が勝手に話しているのもおもしろくない。とはいえ、ふと浮かんだ不安に胸が重くなり、いきなり目の前が暗くなった。勘違いしているのはノースコート卿ではなく、わたしのほうだったの？　まさか、そんなことはみんなも考えていないと思うけど、違うの？　もしかして、みんなはわたしに……。

「ふたりが話しているのが結婚とかだったら、彼とそんなことはしませんからね」エズメはうっすら恐怖を覚えた。

エドワードとノースコート卿がぱっと目を向ける。どちらも、彼女を安心させるような表情はしていなかった。

「ほかに解決策があるはずだわ」必死に頭を働かせながら、エズメは言葉を継いだ。「バイロン家の人間はほぼ全員、少なくとも一度はスキャンダルで窮地に陥ったことがあるけど、いつだって終わりよければすべてよしというふうに事態は動いてきたもの。あのスケッチがみんなの目にふれてしまったのは申し訳なく思っています。あんなつもりはほんとうになかったのだけど、極端なことをするのはやめましょう。わたしたちはバイロン一族よ。巷の噂などどこ吹く風という流儀でここまできた。ノースコート卿だって、どんな嵐も乗り越えられる方のように見えます。違いますか？」

「どんな嵐も乗り越えられるという部分はきみの言うとおりだ、レディ・エズメ。なかでも、スキャンダルはとくに」ノースコート卿の声は深みがあり、驚くほど優しかった。「だがご家族は、きみにはそれほどうまく乗り切れないのではないかと心配している。社交界というのは、暗黙の了解や不文律を破ったとみなした者には無慈悲な場所にもなり得る。それが若いレディであれば、なおさらだ」

エズメを見つめる卿の瞳が深い黄金色に変わる。「ぼくたちはどちらも、おおぜいの目にふれる形でやましいことをしたわけではないが、こちらの言い分に耳を傾けようというひとは少ないだろう。また、スケッチのなかのぼくが生まれたままの姿をしていて、きみが破廉恥にもそんな絵を描いたという事実が見逃されるとも思えない。人間は、悪いように考えるものだ。ぼくたちのあいだによからぬことが起こったと信じて疑わないだろう。それはまったく真実ではないと言っても無駄だ。悲しいかな、そういう噂を払拭できるほどぼく自身の評判も誇れるものではない。むしろ、その正反対というのが事実だ」

エズメの頬から血の気が引いていった。

どうしよう。ノースコート卿にこんなふうに説明されてはじめて、家族があれほど動揺した理由がわかったわ。

追い詰められた動物のように胸が早鐘を打つが、まだ敗北を認められなかった。エズメは訴えるような目をエドワードに向けると、ふたりだけで話しているかのように近づいた。「だけど、ネッド、前に約束してくれたじゃないの。結婚するかどうかはわたしの意思を尊重する、わたしが好きになったひとを選べばいい、って。愛と尊敬の念を捧げられる男性に出会うまで待つ、お兄さまのときのように周りのお膳立てや手はずを整えたものにはしない、って。もっとも、クレアとの結婚は結果的にはとてもうまくいったわけだけど」

憂いがエドワードの瞳をくもらせる。エズメとそっくりな青い色と形をした目だ。

「すまない、エズメ。約束したことは覚えているし、それを果たすつもりでいたが、いまは事情が違う。おまえの評判は汚《けが》されてしまい、もう選択の自由などないことを認めなくては」

「だけど、ネッド――」

エドワードはエズメの手を取った。「いいか、事実は事実だ。おまえの写生帳からあのページが床に落ちてみんなの目にふれてしまった瞬間、おまえの運命は決した。ノースコート卿と結婚する以外どうしようもないのだよ。それを拒むなら、結婚は一生できないと思う」

眉根を寄せ、エズメは必死に考えを巡らせた。「そんなの気にしない。お兄さまやクレア、甥っ子や姪っ子とここで暮らすのはそんなにだめなこと？」

「だめじゃない。ぼくたちはいつまでだって、おまえにここにいてほしいと思っている」エドワードは大真面目な声で言った。「しかし、おまえがその選択を後悔する日がくるんじゃないかと心配なんだ。何年も経ったのち、自分の家庭やこどもたちをもたなかったことを悔やむのではないか？」

エドワードはエズメの手をきゅっと握ってから放した。「それに、この縁組みを拒絶するなら、社交界には二度と受け入れられないだろう。おまえが爪弾きにされるというノースコート卿の言葉は正しいし、おまえのためにもそんなことは耐えられない。ノースコートのようないかがわしい男の手におまえを託すことになろうとも、そのほうがまだましだ」

エズメとエドワードは卿のほうに目をやった。彼は礼儀正しく黙ったまま、じっと立っていた。彼との結婚生活に踏み出すことについて兄妹が意見を戦わせているのではなく、のんびりとお天気の話でもしているかのように、ふたりを見守っている。

頭のなかで渦巻くいろんな思いに、エズメは息をのんだ。「どうしたらいいのかわからない。考える時間が必要だわ」

「あいにく、その時間はあまりない」エドワードは真剣な面持ちで言った。「この屋敷を発ちつつある客人たちがなにをするか定かではないが、おまえもさっき言ったように、ワックスヘイヴン一家は躊躇せずに噂を広めるだろう。エヴァーズリー卿については――」

「エヴァーズリー卿？　彼のことは心配いらないわ。だって、わたしのことを好きだもの」

「以前はそうだっただろうが、いま彼がどう思っているかはわからない。紳士として、自分の胸に秘めてなにも言わずにいるかもしれない。だがそのいっぽう、おまえの言い分を聞きたいと申し出ることもなく、今朝すでに出立したのが気になるのだよ」

エズメは両手でスカートをぎゅっと握りそうになった。ノースコート卿の裸体を描いたスケッチが目に入ったとき、エヴァーズリー卿は衝撃を受けたような顔をしていた。そのあとは彼女の視線を避けたまま、じきに階上の部屋へと下がっていった。

もちろん、エズメは早起きして屋敷を出ていたから、エヴァーズリー卿が話をしたいと思っても、出立前には見つけられなかったのかもしれない。とはいえ本気で彼女を探す気があったのなら、だれでもいいから召使いに訊けば、すぐに居場所を教えてもらえただろうに。

だけど、いまさらエヴァーズリー卿のことをあれこれ考えてもしかたない。家族はふたりの未来を勝手に思い描いていたようだけど、わたしは求婚者の候補としては却下していた。そうでなくても、いまさらわたしの側で考えを変えるなんて遅すぎる。

エヴァーズリー卿はいなくなってしまったのだから。

でも、ノースコート卿はここにいる。快楽主義的で、みずからも認める放蕩者かもしれないけれど、ここにいてくれている。社交界の厳しい目をもってすればほかに選択肢がないとはいえ、まっとうな振る舞いをして、わたしと結婚しようとしている。

エズメはノースコート卿に視線をやった。揺らぐことのない、しかし謎めいた瞳と目が合った瞬間、小さな震えが背筋を駆け抜けた。やっぱり、彼はアイオロスを思わせる。獲物を冷静に追い詰め、一瞬の躊躇も後悔もなく肉を食いちぎる。鳥ならば、そんな行動も本能による自然なものだから理解できる。

だけど、人間の男性となると……。

どうしよう、ほんとうにこのままノースコート卿と結婚するの？　まったくつき合いがないも同然の男性。おまけに、周囲をすくませるような威圧的なひとだ。とはいえ、断ることはできない。わたしを待ち受けるもうひとつの可能性を考えれば、なおさらのこと。

認めるのはしのびないけれど、エドワードの言うとおり。一度も結婚せず、自分の家庭やこどもをもたなかったら後悔するだろう。だけど、その相手にノースコート卿を望む？　わたしと同じくらい、この結婚に対して気乗り薄な男性を？

いったいどうすればいいの？　彼のファーストネームさえ知らないのに！

「レディ・エズメと少し、ふたりきりで話をさせてもらえないだろうか」ノースコート卿がエドワードに言った。「そうすれば、彼女も最終的に決断できると思う」エドワードが眉根を寄せる。「エズメ？　どうだ？　子爵とふたりにしたほうがいいか？」

エズメは黙ったまま、ノースコート卿を探るように長いあいだ眺めてからうなずいた。「いいわ。卿とまたお話をすべきね。こんどはちゃんと筋道を立てて」

エドワードは最初にふたりを部屋に残したときよりもさらに心配げな顔になったが、数秒後には戸口のほうを向いた。「みんな、すぐ外の廊下にいるから」

彼はくぎを刺すような視線をノースコート卿に向けると、客間を出てドアを閉めていった。

「というわけで、振り出しに戻ったな、レディ・エズメ」

ガブリエルは彼女をじっと眺めた。あの回転の速い頭のなかをどんな思いがよぎっているのだろう。ぼくとの結婚を望む思いなどさらさらないということを、隠そうともしない。これから結婚しようという女性が、計算ずくで男を罠にかけるような嘘つきではないとわかってよろこぶべきなのだろう。とはいえ、さっきの公爵との会話の流れは気に入らない。別の男が存在するのか？　レディ・エズメが憎からず思う求婚者が？　そうならば、すぐに終わらせなければ。ぼくだって聖人ではないが、黙って手を拱いて寝取られ男になるつもりはない。それは父がおかした誤りだ。ぼくは、そんな轍は踏まない。

「この、エヴァーズリー卿というのは？」何気ない口ぶりだが、ガブリエルをよく知る人間にはなじみの冷たさがにじむ。「ぼくが承知すべきライバルがいるのか？」

その質問に、レディ・エズメは少し目を見開いた。「いいえ。というか、もうその心配はないようよ。エヴァーズリー卿のほうは期待を——期待以上の感情をおもちだったようだけど。この春、ロンドンでの社交シーズンのあいだはつきっきりでわたしの機嫌をとり、このブラエボーンの屋敷にもやってきた。よりくつろいだ環境のなかでお互いをもっと知りたいという心づもりで。エヴァーズリー卿は感じのいい男性だとは思うけど、こちらから気持ちをあおったりはしませんでした。むしろ、その反対よ。もっとも、うちの家族はみな、いい縁組みだと考えていましたが」

なるほど。バイロン家の人々は、レディ・エズメとこのエヴァーズリーとかいう男が結婚するよう希望していたのか。では、ぼくが想像する以上に落胆したことだろう。

ガブリエルは目をすうっと細めて、レディ・エズメを見つめた。「きみはこの男に心を寄せていて、それを隠そうとしているのでは?」

動揺のあまり逃げ出した恋人候補を思って胸を痛めているような、それとわかる仕草が現れるのをガブリエルは待った。そういう理由でぼくを夫として受け入れるのをためらっているのなら、すべて辻褄が合う。もっとも、湖畔でぼくを絵に描こうと思った理由だけは謎のままだが。

それとも、彼女には抑えきれないほどの〝よからぬ〟一面があり、昨日はそれが表に出てしまったとか?

〝よからぬ〟ことに関しては、ぼくもひけを取らない。

レディ・エズメが首をかしげた。青い瞳は澄み切っていて、悪意のかけらもない。

「隠しごとなどするつもりはありません、ノースコート卿。エヴァーズリー卿は友人です。少なくともわたしはそう思っていましたが、彼はもうお発ちになりました」

「ぼくの質問に対する答えにはなっていない」ガブリエルは一歩近づいた。「きみは彼を愛しているのか?」

「いいえ、愛した男性などいません」レディ・エズメは考えこむように、黒々とした眉を寄せた。「いえ、兄たちやおじ、甥、それにいとこは別かも。彼らには深い愛情を寄せているわ。気に入っている男性の召使いも何人かいますが、恋愛の対象として特定の紳士に心を寄せているのかとお尋ねなら、そういう存在はいまのところいないというのが答えです。そもそも、あなたが気になさることではないわ」

ガブリエルは、手を伸ばせば届く距離にまで彼女に近づいた。「きみの夫になるのなら、きみがだれを愛しているのか、それはまちがいなく、ぼくが気にかけるべき問題だ。恋愛の対象うんぬんという話に関しては現在も将来においても、その存在が許されることはない。いいか？　ぼくの妻がほかの男と情事に耽ったり、いちゃついたりということは許さない」

ちょっとした沈黙が訪れた。

レディ・エズメの瞳でなにかがきらりと光る。「では、あなたの求婚をお受けすると決めたら、あなたにも同じことを期待してよろしいですか？　もっとも、実際には求婚するおつもりなどないのでしょうけれど」

ガブリエルは唇がむずむずした。腹をたてるべきなのか、愉快だと思うべきなのかわからない。なかなか気性の強い娘だ。歯に衣着せぬ率直さには驚嘆せざるを得ない。

「まったくきみの言うとおりだ、レディ・エズメ。ぼくたちが結婚するものだとみんな決めてかかっているが、まだ求婚もしていない。この状況下ではわざわざそうするまでもないと思っていたが、ぜひとも正式な手順を踏もうじゃないか。そのほうが双方の意図を誤解することもないだろう。ぼくがひざをつくのと立ったままと、きみはどっちがいい？」

「どちらでもお好きなように、ノースコート卿。わたしの好みを伝えても、あなたは自分のなさりたいようにする気がするから。でもその前にお願いだから、さっきの質問に答えて」

「もし、答えないと言ったら？」ガブリエルは、レディ・エズメの願いを思い出せないというふりはしなかった。

「答えがないのはノーという意味だと受け取り、みだらな生き方をお続けになるつもりだと考えます」

「きみのようなうら若き乙女が、〝みだらな生き方〟のなにを知っているというのかな？」

「ロンドンで社交シーズンを過ごしているあいだ、かなり破廉恥な噂を聞きました。社交界デビューしたばかりの娘にも、ちゃんと耳はあるのよ。もっとも、聞いた話のすべてをいつも理解できるとはかぎらないけれど」

口元に笑みが浮かんだかと思うと、ガブリエルは頭をのけぞらせ、声をあげて笑っていた。これほど愉快な思いに胸を躍らせたのはずいぶん久方ぶりだ。

じつに気持ちがいい。いや、よすぎるぐらいだ。

だが、ガブリエルはすぐさま気持ちを引き締めて、レディ・エズメの生き生きとした瞳を見つめた。いまにも雨を連れてきそうな、しっとりとした夏の空を思わせる瞳。

「きみは予想していた女性とは違うな、レディ・エズメ。それだけは確かだ。ほんとうに、まったく予想外だ」

「で、あなたの答えは?」

ガブリエルは黙ったまま、質問されたことを考えた。みだらな女性をとっかえひっかえするような生活を手放す覚悟はできているか? 女性がいろいろな形で提供してくれるものを何年もかけて試してきたのに、いまさら、たったひとりの女性に縛られてもいいのか? 確かにエズメ・バイロンは申し分ない娘で、これほどそそられるのは久しぶりと言ってもいい。あのふっくらした唇にキスをして、すばらしく白い肌にふれたらどんなふうだろうかと想像してしまう。彼女の味わいについてはおそらく、ワインセラーに眠る極上のシャトー・マルゴーに負けず劣らず、柔らかく甘美なことだろう。

では、彼女を味わう機会と引き換えに、みずからの自由を差し出そうというのか?

「いいだろう。きみにとってそれほど大切なことならば、ぼくはきみひとりに忠誠を誓う」ガブリエルの宣言は、エズメはもちろん彼自身にとっても驚きだった。「だが、ひとつ忠告しておく。ぼくの誓いと引き換えに、きみも同様の約束をしたんだからな。それを厳守すること。ひとつの例外もなく、だ」

レディ・エズメは思わず息をのんだが、目をそらしたりはしなかった。

ノースコート卿はエズメの手を取って片ひざをつき、彼女の目をじっと見た。「レディ・エズメ・バイロン、ぼくの妻になってもらえるだろうか?」

長い数秒が経ったのち、レディ・エズメはぶっきらぼうに一度だけうなずいた。

「ええ、いいわ」

8

エズメは大きく目を見張った。まったくの見知らぬ男性との結婚を承諾したばかりだとは、自分でもどこか信じられない。

いいえ、まったく知らない男性というわけではないわ。生まれたままの姿を知っているのだから、その点ではなにを期待すればいいかはわかっている。

そう思うと、全身に緊張が走った。

でも、ノースコート卿のひととなりについては、悪魔のような評判や棘と毒のある言い回しをのぞいては、なにも知らないも同然だ。たったいま、彼に真っ向から反論したけれど——他者の意見に左右されることのない六人の兄たちに、戦いを挑まれたら決して退くなと教えられてきた——卿はまだ、エズメをぞくりとさせた。

それがいいのか、悪いことなのか。それは彼女自身にもわからなかった。

卿はつぎの瞬間にすっくと立ちあがり、エズメはいやがおうでも、彼がどれほど背が高いのか気づかされた。頭のてっぺんがようやく卿の肩に届くほど。だが弱みなど見せまいと、頭をぐいとそらしてノースコート卿の目をまっすぐに見つめる。

そこに映るものを見て、エズメは静かに息をのんだ。わずかに開いた彼女の唇にじっと注がれる視線。彼女のように経験の少ない娘にさえ、見まちがえようのない激しい欲望がそこにはあった。

ノースコート卿はゆったりと笑みを浮かべた。「指輪をあげるのはあとになる。グロスターシャーに休暇に来たときは、よもや婚約することにはなると思っていなかったから」

「ええ、それはわたしも同じよ」

卿の笑みが深まる。きれいに揃った白い歯。片方の犬歯がやや飛び出し気味だが、それとて彼の魅力を損なうものでは決してなかった。

ノースコート卿が少し近づいてきた。そこでようやくエズメは、まだ手を握られていることに気づき、放してもらおうとそっと引いた。

だが、卿は手を放してはくれなかった。

「ノースコート卿」

「レディ・エズメ」愉快そうにからかう声だ。

「もう、放してくださっても結構よ」

「もちろん、そのうち放す。だが、ぼくたちの契約を確かなものにしてからだ」

「それはどういう意味？　すでに、あなたとの結婚を承諾したわ」

「確かに。だが、ぼくたちの相性がどうなのか、いささかなりとも知りたくはないか？」

ノースコート卿の空いているほうの腕が腰に回されて抱き寄せられた瞬間、エズメの全身を電気が駆け抜けた。兄のドレークが実験でやっているような、あれだ。

「でも、まだ出会ったばかりだわ」彼女は慌てふためいた。「あなたの正式な名前さえ知らないのに」

ノースコート卿を寄せつけまいと、彼の胸に手のひらを押し当てる――とてつもなく男らしくがっちりとした胸板は、抱き寄せられたときに感じたとおり、どこも引き締まっていた。

「家名はランズダウン、ぼくの名前はガブリエルだ」

「まあ、大天使と同じ名前ね」エズメは深く考えずに言った。

卿の目尻にしわが寄る。「そのとおり。もっともぼくは、天界から追放された天使のルシファーになぞらえられることのほうが多い。叔父には、議会に申し立てをして正式に名前を変えたほうがいいとまで言われた。そのほうが、ぼくが悪魔だということがみんなにもよくわかるから」

冗談なのかどうかわからずにエズメは顔をあげたが、それ以上考える前に、あっという間に下りてきた彼の唇が唇に重ねられた。

これまでにキスをされたのは一度だけ。エズメが十六歳になった年の夏で、相手はいとこだった。しかし、あのときの唇をただ合わせただけのぎこちないキスに比べたら、ノースコート卿の情熱的でいながらゆったりとした口づけは、春の小雨と真夏の荒れ狂う嵐ぐらい違っていた。それも、風が吹き荒れ、稲妻が轟くように空を切り裂く嵐だ。

ノースコート卿は力でねじ伏せるのではなく自信たっぷりに、この世の時間はふたりだけのためにあるというように隅々までエズメの唇を探索した。だんだんに激しさを増していき、口をあちらに這わせたかと思えばまたこちらへというふうにして、ふたりの唇がぴたりと合わさる角度を求めて顔を動かす。そして、なにを求められているのかエズメがわからぬうちに、まんまと唇を開かせて舌を挿し入れた。彼が先端でつつくようにして少しずつ味わい、舌を這わせたり押し当てたりして焦らすうち、エズメは頭のなかが真っ白になった。上等のウールでできた卿の上着をびくっとした手で握り締めたり開いたりするうちにもっと欲しくなり、思わず爪先で伸びあがっていた。

ノースコート卿はのどの奥で押し殺すように笑いながら、体をゆっくり引いた。エズメは一瞬の戸惑いとともに、自分だけが置き去りにされたような気がした。悦びと快感がふいに奪われた感覚に、全身が震える。

卿の瞳が金貨のようにきらりと光った。「見た目を裏切らず、どこまでも甘い味わいだった」そして、エズメの頰を指の背で撫でる。「ぼくたちが交わしたばかりのこの契約は、それほど悪いものではなかったのかもしれないな」

ふいに、エズメは彼の言葉で現実に引き戻された。自分を取り巻く状況が頭から抜け落ちてしまい、卿にすっかり魅了されてしまった。彼にキスされているかぎり、足元で地面がぱっくり割れたとしても、まったく気づかずにいただろう。

どうしよう。彼は堕天使ルシファーそのもので、わたしはすっかり圧倒されている。激しく取り乱した数秒のあいだ、エズメはすべてを取り消そうかと思った。遅すぎるということはないはずだ。いまはまだ。家族にもなにも知らせていない。帳消しにできないような約束もしていない。気が変わったから結婚するのはやめるとノースコート卿に伝えればいいだけだ。彼もきっと理解してくれるはず。そうでしょう？彼だって、解放されたように安堵するのでは？

それでも、彼がどんな反応を見せるのか予想もできない。

エズメは、なにをするか予測のつかない野生動物の扱いにも慣れていた。飼い慣らして言うことを聞かせるのも得意だが、ガブリエル・ランズダウンという男性はまったく未知の存在だ。自分の思うがままに行動する彼は、いままで出会ったひとたちとは全然違う。

この結婚を進めてノースコート卿の手のなかにとらわれたら、なにが起こるの？彼のような強烈な個性に張り合って生きていけるのだろうか？それとも、ただひたすらに圧倒され、いいように奪われたが最後、あっさり捨てられるの？そのとき、わたしにはなにか残されているのだろうか？

ふたたびドアが開いて兄たちが入ってきたときも、エズメはそんな葛藤に苦しんでいた。もう少しでエドワードのところに駆け寄り、ガブリエル・ランズダウンの庇護下に入るよりも身の破滅に耐えるほうがまだいい、と兄の胸に飛びこんで訴えるところだった。

しかし、ふと見あげるとノースコート卿と目が合った。そこには人生に疲れたような皮肉や、みずからを嘲るような色があった。エズメがなにを考えているのかわかっていて、自分が拒絶されるものだとはなからあきらめているような感じでもあった。

その瞬間、エズメはふいに悟った。そんなこと、とてもできない。

傷ついた野生の生き物のように、ノースコート卿にはどこか訴えかけてくるものがあった。彼に背を向けることなどできない。社交界から追放されるのを避けるため、わたしには彼の名前と庇護が必要だ。でも、それ以上に彼のほうにもわたしが必要な理由があるのかもしれない。不思議なことに、エズメはそんなふうに思った。


「あと五分もすれば終わるわよ――そうよね、ミセス・ベンソン?」エズメの寝室で椅子に腰かけながら、マロリーは言った。

バースから急ぎ駆けつけた仕立師は口いっぱいにまち針をくわえたままなにやらつぶやくと、効率的な動きを少しもとめることなく、ゆったりした白いドレスを小柄なエズメに合わせるために忙しく立ち働いた。そのうしろでふたりの助手も、必要に応じてミセス・ベンソンにあれこれ手を貸していた。

エズメは両腕を案山子のように掲げたまま、咎めるような目をマロリーに向けた。

「お姉さまは、十分前にもそう言ったばかりよ」

「よきファッションを生み出すには時間がかかるのよ」マロリーは励ますような笑みを妹に向けた。「あなたは、婚礼の日に美しくありたいと思わないの?」

「死ぬほどの苦しみを与えられるなら、ご免こうむりたいわ」エズメは答えた。「悪くとらないでね、ミセス・ベンソン」

「気を悪くなどしておりませんよ、お嬢さま」仕立師は口から最後のピンをとって生地を留めると、慎重に裁断を行うために助手から鋏を受け取った。「半歩ほど左のほうを向いてくだされば、こちら側の切り替え布の仕上げができます。それが終わったら、両腕を下ろしてくださっても大丈夫ですよ」

「ほらね? もう少しで終わりだわ」マロリーはふたたび笑みを浮かべた。

エズメの手が届くところに、取って投げられる物体がなくてさいわいだった。もしあったら、姉のほうへ放っていただろう。ヘアブラシなら最高だ。あるいは、炉棚の上にある、じつに醜い青の花瓶。二、三年前におばがくれたものだが、壊してもいい理由をエズメはずっと探していたのだ。

いつもは仲のいい姉妹だが、ノースコート卿とエズメが婚約して以来ずっと、マロリーは少し驚くほどはしゃいでいた。もっとも、エズメは一瞬たりとも騙されなかった。姉は幸せな顔をすることで、自身はもちろんほかの家族にも、エズメは必要に迫られてやむを得ず嫁ぐのではない――実際にはそうなのだが――と言い聞かせようとしているようだった。

マロリーは、悪い状況のなかで精いっぱい前向きな面を見ようとしているだけだ。エズメもわかってはいたが、だんだん不快感が増してくるのも事実だった。

「そのへんにしておきなさい、マロリー」公爵未亡人アヴァ・バイロンが低い声で言う。「エズメはただでさえ精神的に押しつぶされそうなのに、あなたの言ったことはあまり助けになっていないようだわ」

「どういうこと？」マロリーは驚いたような顔をした。「わたしは元気づけようとしているだけよ、お母さま。エズメは昔から仮縫いが好きじゃないから、少しでも励まそうとしたのに。彼女を苦しめるようなことだけはしたくないと思っているのは、エズメだってわかっていると思うわ。そうよね、スイートハート？」

期待するような姉の目を見てすぐ、エズメはうしろめたさを覚えた。「ええ、もちろんよ」そして、なんとか笑顔を作る。

マロリーも笑みを返してうなずいた。「ドレスは年代物だけど、すばらしくうまくいきそうね。みんな、そう思わない？」

近くの椅子にはセバスチャン、メグ、タリア、そしてグレースが座っていた。犬二匹と猫四匹はエズメ以上に仮縫いには無関心で、大きな部屋のあちこちでまどろんでいた。

女性陣は同意の言葉を口にした。

「お母さまが昔お召しになったウエディングドレスを使ってはどうかと思いつくなんて、タリアはすばらしいわ。ロンドンに使いをやって新しいドレスを誂《あつら》える時間はないんですもの」メグが言った。

「すばらしいというより、実用に迫られてのことなのよ。でも、お褒めの言葉はありがたいわ」タリアは、すみれ色の糸を通した針をひざの上の刺繍から引き抜いた。「長年の倹約生活で、古くなった洋服を新品のように仕立て直す必要があったから」

セバスチャンもうなずいた。「そう。必要に迫られると、独創的な解決策を思いつく。じつにすばらしい」

「あなた、ドレークみたいな言い方ね」マロリーがまぜかえす。

「むしろ、彼がわたしのような言い方になってきたのでは？」セバスチャンはにっこりした。「わたしの旦那さまは地球上でもっとも頭の切れる人物かもしれないけど、知っておかなければいけないことをすべて知っているわけではないの。結婚してから教えてさしあげたことだって、ひとつやふたつじゃないわ」

「だったら、ディナーパーティーの席では自分ひとりの世界に思考をさまよわせるのではなく、もっと周囲に配慮するようにできないかしら？」

セバスチャンはいかにもフランス人らしく大仰に肩をすくめた。「わたしは〝教える〟って言ったのよ。奇跡を起こすわけじゃないんだから」

みなが声をあげて笑った。といってもエズメと仕立師だけは別だった。

「さあ、腕を両方下ろしても大丈夫ですよ、お嬢さま」ミセス・ベンソンが声をかける。

「ああ、やれやれ」エズメは小さくつぶやいた。

「つぎはこの箱にちょっとあがっていただいたら、裾の処理をいたします」

エズメは、ミセス・ベンソンの助手が差し出してきた木製の踏み段を疑うような目でちらと見たが、胸のなかでため息をつきつつ言われたとおりにした。

「ああ、あなたの言ったとおりね」違った角度からドレスを見ようとグレースが頭をかしげると、王冠が浮かびあがるように赤い髪が艶やかに輝いた。「ミセス・ベンソンが仕立て終わるころには、このデザインがもとは一七七〇年代にまで遡《さかのぼ》るものだとはだれも気づかないわ」

タリアは、自分の義母となったばかりの公爵未亡人に微笑みかけた。「ご自身のウエディングドレスを差し出すなんて、とても寛大な行為ですわ。こんなふうに大胆にスタイルを変えられるのは、どんな女性でも二の足を踏むでしょうに」

「最愛の娘エズメが私のウエディングドレスを着るのを目にできるなら」アヴァは言った。「どんなに形が変わったとしても、それだけの価値はありますよ。私はただ、何十年も経ったものだというのにこれほど保存状態がよかったのが嬉しくて」

その瞬間、象牙色のサテン地でできたサックドレスに全員の視線が注がれた。かつては木製のパニエの上で大きくたっぷりとしたスカートが広がり、ひじまでの袖にはレースのトリミングがつき、肩から床までのひだ飾りがバックについていたドレスだ。生地全体に金の小花模様の刺繍が施され、豪奢な雰囲気さえ醸し出している。ちょうどそのときミセス・ベンソンが鋏を入れて、袖のレースを何か所か、そして、装飾的だが現在の流行からは不必要なリボンを三つ、胸衣《ストマッカー》から切り取っていく。

アヴァははっと息をのんだ。ドレスに鋏が入れられるのを見ても身をすくめないよう、必死でこらえている。「ドレスは屋根裏の箱のなかでほこりをかぶっているだけでしたからね。こうしてあらたな命を与えられるのを目の当たりにして、わくわくしているわ。それに、ふたたびウエディングドレスを必要とするような機会が私に訪れるというわけでもないし」

だれも口を開かなかった。数年前に二、三週間だけ公爵未亡人が婚約していたのを、ふいに思い出したからだ。その間の彼女はだれも見たことがないほど幸せそうで、女学生のようにすっかり恋にのぼせていたが、相手のサクソン卿が急に結婚を取りやめたのだった。ことの詳細はだれも知らないが、サクソン卿は投資の失敗で財産を失って海外へ行ってしまったという噂だった。以来、アヴァは彼の名前を一度も口にせず、バイロン家のみなも話に出さないよう気をつけてきた。

「そんなことはおっしゃらないで」グレースはしんみり声をかけた。「いつ、ふさわしい男性が現れてお義母さまをさらっていくか、だれにもわかりませんよ」

公爵未亡人は悲しげに微笑んだ。「あなたはほんとうにロマンチストね。それに、私のような年齢の未亡人に関心を寄せる紳士がいるかもしれないと言ってくれるなんて、とても優しいわ」

「まるで、もう耄碌《もうろく》したようなことをおっしゃるのね。でも、そんなことありませんから」マロリーは言った。「お母さまは美しくて生き生きとした女性だわ。お気づきではないのかしら、お母さまに求愛できたら嬉しいという独身の紳士が何人もいらっしゃるのよ」

「そうですとも」メグも同意した。「ロンドンからこちらに来る直前、ポドモア卿が熱に浮かされたようにおっしゃっていたわ。お義母さまがいかにすばらしく、魅力にあふれた女性かと」

アヴァは楽しげな顔を見せた。「まあ、耳に心地いい話だこと。でもね、ユーフェスティス・ポドモアは昔からだれにでもおべっかを使う最悪の紳士なの。オレンジ色のボンネットをかぶらされた雌豚を見たら、肌の色によく合っていると言いかねない。だれかがそう噂しているのを聞いたことがあるわ」

はっと息をのむ音、そしてくすくす笑う声が部屋中に響く。

「それにね」アヴァはかまわず続けた。「ユーフェスティスにせよポドモアにせよ、そんな名前の男性と結婚はおろか、恋愛を楽しむだなんて想像できない。結局はひどいあだ名をつけられるだけだと思うわ。フェジー（トルコ帽の意）とか、もっと悪いことにはポディ（子牛の意）とか」

「ユーフィー（婉曲的な言い回し）という可能性もありますよ」タリアがにっこりしながら茶々を入れる。

「ポドモアからとって、ポーポーというのはどうかしら？」グレースは芝居がかったふりで胸に手を当てた。「ああ、わたしの愛するポーポー、あなたの胸に抱かれるのをどれほど心待ちにしていたことか」

あらためて、全員が声をあげて笑った。ミセス・ベンソンとふたりの助手でさえ、手を休めずに口元を緩ませていたほどだ。

エズメも笑顔が連なる輪に加わった。音楽のように口から笑いがこぼれるのと同時に、気持ちも少し軽くなる。それを聞いて興奮したのか、スコッチテリアのヘンデルとハイドンが元気に吠えはじめた。黒く短いしっぽをぶんぶん振りながら寝床から飛び出し、部屋中を駆け回る。

笑いがおさまったあともエズメの母や姉、義理の姉たちが楽しげにおしゃべりを続けるなか、仕立師は最後の調整をようやく終えた。二匹の犬も静かになり、また夢の世界へと戻っていった。

「そろそろ終わりですわ、お嬢さま」ミセス・ベンソンが穏やかな声で言った。

エズメは感謝の笑みを見せ、もう少しじっと立っていられるよう気力を奮い起こした。そうしながらも、ノースコート卿との結婚を決めたせいでこんなふうに急いで支度を整えるはめになったことを思わずにはいられなかった。

いったん結婚を承諾すると、エズメはノースコート卿や家族と話し合いを行い、特別許可証を入手してすぐに結婚式をあげることにした。

バイロン家の領地内の教区牧師が結婚予告を読みあげるのを待つなど、問題外だった。三回の予告が終了するまでには時間もかかるし、すでに傷ついたエズメの評判をさらに危険にさらすことになる。さっさとものごとを進めて、詮索してくるひとたちには、エズメとノースコート卿は以前から婚約していた仲で早く夫婦の契りを交わしたがっていると説明したほうがいいと考えたのだ。

エズメとノースコート卿をこの窮地に陥れることとなった、例の恥ずべきスケッチについては、婚約中の男女のあいだの他愛もない過ちだと言い抜けることになった。エズメは絵を描くのが好きだし、ノースコート卿は泳ぐのがなによりの楽しみで――というふうに話を合わせる。戸外で眠っている卿に思いがけず出くわしたエズメは、もうすぐ夫となる男性をスケッチに残さずにはいられなかったのだ、と。

もしかしたら違うようにお聞き及びかもしれませんが、やましいことなどまったくない、無邪気なできごとだったんですよ。

ノースコート卿とバイロン家が共同戦線を張れば――そしてエズメとノースコート卿がすみやかに婚姻の儀をすませれば――例の騒動は単なる悪ふざけで、社交界でつぎに刺激的なスキャンダルが起こればすぐに忘れ去られるものだと期待された。

そして、特別許可証を調達する役目を負って、ノースコート卿は二日前にロンドンへと発っていた。夜にこっそり姿を消してブラエボーンに戻ってこないなどということとのないよう、レオやローレンス、ケイドが同行している。

だが不思議なことにエズメには、ノースコート卿がどこかへ行ってしまうという心配はなかった。彼のことはよく知らないものの——実際、見知らぬ他人とまだ同じだが——一度でも約束をしたら、なにがあってもそれを守る男性のように思われた。

それに——ロンドンに発つ直前に卿にされたキスのせいもあった。

「特別許可証を取りにロンドンまで行くのはなんのためか、ぼく自身に思い出させるために」卿はそうつぶやくと、エズメの兄たちが怖い顔で見守るなか、玄関ホールで彼女を抱き寄せた。そして、出立のために卿が背を向けるころには、エズメは息もつけず放心状態となっていた。もっと欲しいと激しくせがむ卿の勢いに圧倒され、理性や論理的な思考はすべてどこかへ行ってしまったようだった。

いま思い出しても、エズメは全身が震えた。卿のキスは熱いささやきのように、唇の上に残っていた。

もし逃げたいと思っている人間がいるなら、それはエズメのほうだった。卿のことが嫌いだからではなく、卿をいやだと思わないかもしれない自分のほうが怖かった。

「これで最後ですよ」ミセス・ベンソンは体を起こすと、両手を脇に下ろして一歩下がり、まち針を打ちまくったドレス全体を厳しい目で眺めた。

エズメは愛する家族に見守られながらも、サテン地を巻きつけられたピンクッションになったような気がした。

「お針子ふたりと私とで、指が許すかぎり全速で縫いあげますわ」仕立師は熱をこめて宣言した。

助手のふたりに手伝ってもらってドレスを脱ぐと、エズメはようやくほっとした。

「私どもがこちらでお嬢さまのドレスを仕立て直すあいだ、ご親切にも公爵夫人が宿泊場所を提供してくださったんですよ、レディ・エズメ」ミセス・ベンソンは言葉を続けた。「三日以内には最後の仮縫いをするまでにして、その翌日には完成させます。公爵夫人にご用命いただいたときにもお約束いたしましたが、お嬢さまのドレスは金曜日にはできあがりますから」

つまり、土曜日には結婚式をあげられるということだ。もはや引き返せないほど、わたしの人生を変えることになる日。

そう、わたしの人生はこれで永遠に変わるのだ。

9

「判事がいないとはどういうことだ?」ガブリエルはこれ以上ないほど不機嫌な顔で、民法法学博士会館の事務員を睨んだ。「特別許可証を必ずもらえると保証されたから、こんな薄暗いところで半日待たされても我慢していたのに、今日は許可証を発行できないと言ってのけるとは大した度胸だな」

怒りを撒き散らす依頼人の扱いには慣れているのか、事務員は、ものすごい形相のガブリエルにも涼しい顔で応対した。「お腹立ちはごもっともです、閣下。ですが、判事は先約があり、明日までこちらには戻られないのです。明朝また、こちらにおいでいただくほうがよろしいかと存じますが」

「では、別の判事を出せ。よもや、ひとりだけということはあるまい」

「恐れながら、閣下のお求めに沿える権限をおもちの判事はひとりもおりません」

「では、ぼくが会わなければならない判事がどこにいるのか教えろ、まったく、いまいまいましい。ぼくのほうから出向いてやる」

事務員は酸っぱいピクルスを食べたばかりのように口をすぼめた。「悪態をおつきになる必要はありませんし、この建物内ではそういう言葉は看過できません」

「〝いまいましい〟というのが悪態だと?」ガブリエルは鼻で笑った。「あれしきのことに文句を言うなら、もっとおまえの耳を汚すような独創的な言い回しをしてやるぞ。どえらくもばかばかしい輩に――」

「ぼくの友人であるノースコート卿が言いたいのは」ローレンスはガブリエルの言葉を掻き消すよう、大きな声で割って入った。「グロスターシャーからの長旅をして直接こちらへ来たのだから、特別許可証を可及的速やかに入手するのをきみが助けてくれるなら、どんなことでもありがたく思うということなんだが」

「ぼくたちみんなで感謝するよ」レオは事務員に愛想のいい笑顔を向け、手を差し出した。そのなかには、折りたたまれた五ポンド紙幣が一枚。特別許可証の費用と同額だ。「なんとかして、もっと速く、ことを進めてもらえないだろうか?」

事務員はちらと札を見て、手を出した。つぎの瞬間、五ポンド紙幣は彼のポケットのなかに消えた。

「明朝も九時より受けつけております」とぞんざいな声を出す。「その時刻にふたたびおいでくだされば、私どものだれかがよろこんで対応させていただきます」

ガブリエルやレオ、ローレンスがいずれもあっけにとられているなか、事務員は背を向けて急ぎ去っていった。

「おい、そこの小狡《ずる》い役人、戻ってこい！」レオが事務員の背中に罵声を浴びせる。

用事があって来ていた人々やほかの事務員が二、三人、振り返った。

「いまのを見たか？ あの役立たずに金を取られた」レオは事務員のあとを追いかけようとしたが、双子のローレンスに肩をつかまれた。

「放っておけ」

「いやだ、きみこそ放せよ。あいつの首を絞めてやる。いや、命乞いをするまでめちゃくちゃにたたきのめしてやる」

すでにレオたちは周囲の注目を集めていた――じろじろと見るひともいれば、耳をそばだてるだけのひともいた――が、鬘をかぶった弁護士も含めて、さらに何人かが何事かと振り返った。

「ぼくも同感なのは言うまでもないが、ここでは目撃者が多すぎる」ローレンスが言った。

「目撃者などくそくらえ。あんな見下げ果てたやつには報いを受けさせるべきだ」レオは双子の弟の手を振りほどいた。「ぼくたちはふたりとも弁護士だ。やつに訴えられたら、おまえにぼくの弁護をしてもらう」

「裁判沙汰になるのを心配しているんじゃない。おまえがニューゲート監獄に放りこまれるはめになるんじゃないかと思って」ローレンスは、兄とほぼ同じ金色の混じった緑色の瞳でちらと見た。「覚えているか？　ぼくは今年、拘置所で数時間過ごしたが、とてもお勧めできない。あの場所のなんとも言いようのない薄気味悪さについては、ノースコートも証言してくれるはずだ。それでも、あそこは小規模な拘置所にすぎない。ニューゲートとなれば、もっとひどいだろう」

本筋を離れたふたりの会話を聞いているうち、ガブリエル自身の怒りは最悪の状態を脱していた。

「いずれにせよ、あの二枚舌の小役人を打ちのめしたら、ノースコートは特別許可証などぜったいに手に入れられないだろう。そうなったら、どうする？」

レオは片手を拳にして、もういっぽうの手のひらにぱしりとぶつけた。「ふむ。それでも、あの愚か者に金をとられたのが腹立たしい。やつに対して苦情を申し立てるべきだ」

「おまえのほうから彼を買収しようとした事実がなければ、そうしてもいいだろう。

あの事務員は鼻持ちならないやつだが、頭はいい。おまえが苦情など言わないとわかっているんだからな。この現状を鑑《かんが》みると、面倒なことに巻きこまれるのはおまえのほうだ。彼じゃない。判事や弁護士の大半は年寄りで、時代の流れからずれている。自分たちが暮らしているのはまだ十八世紀の世界だと思っているような連中ばかりだ」

「むしろ、十七世紀では？」レオも、ローレンスに合わせるように不平をこぼした。「さっきのあのおしゃべりな老いぼれを見たか？　孫はおろか、その孫までいそうな年寄りだ。ああいった連中は昼日中にくたばったときに備えて、棺を予約しているんじゃなかろうか」

ローレンスはにんまりと笑みを浮かべた。それを見て笑うレオも、双子の弟と同じ顔をしていた。

「耄碌《もうろく》した判事やこそ泥の事務員はさておき」ガブリエルは言った。「今日はもう、ここでぼくたちにできることはないようだな」

「確かに」ローレンスはあたりを見回した。「きみたちのどちらでもいいから、ぼくたちが会うべき判事を見つけ出す名案があると言うなら話は別だが」

「その判事がジェントルメンズ・クラブや賭博場の常連なら、いくつか心当たりがあるが、そうでないなら、運はここで尽きたようだ」ガブリエルは片方の手をポケットに突っこんだ。

見込みがなさそうな場合は、なんとなくわかるものだ。それに、二日ほど休みもとらずに馬車で旅をしてきて、ひどく疲れていた。ともかく風呂に入り、さっぱりと着替えたい。

ロンドンへの一行に加わっていたケイドはすでに二時間ほど前に、レオとローレンスのタウンハウスに戻っていった。戦争で脚に受けた古傷が長旅のせいで痛み出し、特別許可証の交付を待っても午後いっぱいかかりそうだとわかった時点で、先に離脱していたのだ。長々と待ちぼうけを食っただけだと思うと、ガブリエルは自分もケイドに倣えばよかったと思った。

風呂を浴びて、食事をとり、酒を飲む。屋敷に戻ったら、すぐにそうするぞ。

「諸君、今日のところは諦めて戻ろうか？」

ガブリエルの言葉に、レオもローレンスもしぶしぶうなずいた。もっともレオのほうは、手癖の悪いあの事務員を追いかけて当然の報いを受けさせるとかぶつぶつ言い、かなり心残りの様子だった。

三人は外に出ると、ケイドが賢明にも送り返しておいた馬車に乗りこみ、キャヴェンディッシュ・スクエアへ向かった。極度の疲労とやり場のない失望でいつもの快活さは消えてしまったのか、ロンドンの街を馬車で横断するあいだ、だれも口を開かなかった。

そうこうするうちに馬車は、レオとローレンスが住むタウンハウスの正面玄関でとまった。ガブリエルがまっさきに舗道に飛びおり、そのあとを追うように双子が降りたつ。

ガブリエルは彼らを振り向いた。「では、今日はここで失礼する。特別許可証を入手するために明日、あらためて出かけよう。それまで、今夜はゆっくり過ごしてくれ」

「ちょっと待て、ノースコート」レオが言った。「いったい、どこへ行くつもりだ?」

ガブリエルは片眉を吊りあげ、隣のタウンハウスに視線をやった。「自分の家に決まっているじゃないか。ぼくが住んでいるのはあちらだからな」

「それはそうだが」ローレンスが言葉を継ぐ。「ぼくたちはきみから目を離さないと誓った。つまり、今夜はきみもぼくたちの屋敷に泊まらなくてはならない」

ガブリエルは目を見張った。「まさか、本気じゃないだろう?」

「泊まれないと思っているなら、心配は無用だ」レオが言った。「部屋は、余るほどある」

「きみたちのタウンハウスが、客人を泊めるのに適しているのはわかる」ガブリエルは怒りを抑えようと努めた。「しかし、実際にこの目で見てみるつもりはない。そっちへは泊まらないからな」

双子はふたりとも胸の前で腕を組んだ。

「ロンドンにいるあいだ、きみから目を離さないとネッドに約束した」ローレンスが言う。

レオもうなずいた。「好むと好まざるとにかかわらず、きみはぼくたちと同じところにいなくてはならないんだ」

一歩も引かないという双子の視線を、ガブリエルもぜったいに受け入れないというまなざしで受けとめる。「お断りだ。きみたちの屋敷には一歩たりとも足を踏み入れるつもりはない」

レオは一瞬、言葉をのみ、横目で双子の弟に目をやった。「いいだろう。では、ぼくたちがきみの屋敷に泊まる。うちの従僕に言いつけて、ぼくたちの荷物をそちらへ運ばせよう。もちろん、きみの荷物もだ。すでにうちの屋敷に運びこまれているだろうから」

「きみの従僕には、ぼくの荷物を戻してもらわなければならないな。だが、きみたちの荷物については持ち主ともども、ぼくの屋敷に迎え入れるのは断る」ガブリエルは頑として譲らなかった。

バイロン家の双子はしかし、彼の言葉を無視した。「ケイドはどうする？　彼にも移るよう言ったほうがいいか？」ローレンスは兄に尋ねた。

レオは首を横に振った。「嚙みつかれてずたずたになりたいのでもなければ、やめておけ。脚は痛むのにメグとは離れ離れというケイドに、そんなことを言うだけでも怖い。彼女がそばにいないときの彼がどんなふうか、おまえだって知っているだろう？」

「タリアと離れているときのおまえみたい、ということだな？」

「だって、ぼくたちはまだ結婚したばかりだ」レオは言い訳がましい口ぶりになった。

「タリアもぼくも、こんなにすぐ離れ離れになるとは思ってもみなかった」

「そもそも、ひとときも離れるつもりはなかった」

「そのとおり」レオは仏頂面で答えた。「ひとときたりとも」

双子は揃って怖い顔でガブリエルを見つめた。

だが、彼は屈しなかった。「言わせてもらえば、きみたちふたりともグロスターシャーにすぐさま帰ってもらってかまわない。もちろんケイドも連れて。出立前にクライボーン公爵にも言ったが、番犬など必要ない。きみたちが同行するのを我慢しているのは、ここまでの道中ずっとあとをつけられるより、そのほうがましだと思ったからだ」ガブリエルはさっと手で空を切った。「だが、同じ屋根の下で夜を過ごさなければならないときみたちがあくまで言い張るなら、ここで一線を引かせてもらう。ぼくは自分のタウンハウスへ戻るし、きみたちも自分のタウンハウスへ行け。明日の朝また会おう」

「残念ながら、それを許可することは――」ローレンスが言いかけた。

「いや、許可することはできるし、断然そうしてもらう。ぼくはきみたちの妹と結婚すると誓ったし、その約束はちゃんと守る。それ以上の確約が欲しいと言うなら、きみたちは後悔することになるぞ」

レオとローレンスは同じような表情でガブリエルを見守っていた。

「もし逃げたら、ならず者を追いかけるのと同じようにきみの退路を断つ」レオのさりげない口調には、脅すような響きが含まれていた。

「捕まえたら、八つ裂きにする」ローレンスも同様の棘をにじませて言う。

「ほんとうに逃げたのなら、勝手に追ってくればいい。だが、ぼくはきみたちの妹に誓った。彼女の信頼だけは裏切らない」

双子はさらに数秒ほどガブリエルを見つめていたが、耳にした言葉に得心がいったのか、うなずいた。

ガブリエルがふたりに背を向けて出ていこうとしたところ、レオがふたたび口を開いた。「ああ、あとひとつだけ、ノースコート」

「なんだ？」

「ぼくたちのエズメを傷つけるな。それだけは心に留めておけ」

「傷つけたりしたら、ぼくたちがおまえを殺す」ローレンスも淡々と話す。その落ち着き払った口調が、かっと熱くなった脅迫よりもずっと背筋を凍らせる。

ガブリエルはそれとわかる反応を見せなかった。レオとローレンスの脅しを聞いて、ふと躊躇したからだ。このふたりの言葉は額面どおりの意味をもっている。ふたりともなんの心配事もない好男子のように見えるが、いざ喧嘩となると、相手をとことんたたきのめす。それはガブリエルも実際に見て知っていた。それが、愛する者を守ることとなれば……彼らは愛する者の肩をもち、復讐するのに限界など設けないだろう。そしていままで見聞きしたことから考えるに、バイロン家のほかの男たちにも同じことが言える。

それほどの強い気持ちと忠誠心は、ガブリエル自身の家族にはあまり見られなかった。にもかかわらず心の底から憧れ、妬みに近いほど羨んでいるものでもあった。

ガブリエルは頭を下げた。「心に留めておこう。さてと、ほかになにもないなら、これで失礼する。ぼくの荷物を運ばせるよう、きみのところの従僕に申しつけてくれ」

それからふたりに背を向け、自分のタウンハウスのほうへ四歩進んだ。

「ああ、ノースコート」

ガブリエルは立ちどまり、ぱっと振り返った。「こんどはなんだ?」

いつものように目をきらきらさせながら、レオは含み笑いをもらした。「朝食はうちの屋敷でとってくれ。うちの料理人が作るブラッド・ソーセージやフライドエッグ、チェダービスケットは最高だ。きっときみだって食べたことがないほどだよ。睡眠時間が少し削られることになったとしても、こちらへちょっと歩いてくるだけの価値はあるから」

ガブリエルもすばらしい料理人を雇っていて、美味いものには不自由していない。だが、こうして誘ってきたのは、激しい言葉でやり合ったあとの和解を申し出ているのだろう。レオとローレンスは隣人というだけではなく、ケイドも含めてみな、あと数日もすれば義理の兄弟になる。ここは快く応じても、悪くはない。

「わかった」ガブリエルは答えた。「七時半に」

「七時に来いよ」ローレンスが声をかける。「消化する時間も必要だぞ」


三時間後、ガブリエルは舌もとろけるサーロインステーキを、つけ合わせも含めて平らげた。すぐにウエイターがやってきて空《から》の皿を下げ、リネンが掛けられたテーブルに落ちたパンくずを銀のダストパンできれいにしていく。

それより先にタウンハウスで風呂に入り、着替えをすませてから、ブルックス・クラブに向かい、ボリュームたっぷりの食事と上等のブルゴーニュワインを一本注文していたのだ。

タウンハウスに戻って一時間ほどしてからまた表に出たとき、バイロン家の三人があとをつけてくるものと思っていたが、レオにローレンス、ケイドはみな、ガブリエルが約束を守るものとみなし、ぜったいに目を離すなというクライボーン公爵の命令にもかかわらず、監視活動を一時停止することに決めたようだ。

ボトルをふたたび手に取り、血のような濃い赤色のワインがろうそくの明かりのもとでグラスに流れるさまを眺めながら、ガブリエルは椅子の背に体を預けて考えた。

今夜はこれから、なにをしようか。

いつもなら、ロンドンでは二、三人の友人と話をしたり、カードゲームをしたり、あるいは最新の賭博場を訪れたり、芝居を観たりする。その後は彼らに別れを告げ、ガブリエルをもてなすのを厭わない女性のベッドにもぐりこむのが常だった。

しかし、今夜はだれかと一緒に過ごす気分ではなかった。あとくされなく一夜をともに過ごせる女性を探すといっても、婚約者以外を相手に肉欲を貪るようなことはしないと誓ったばかりだ。厳密に言えば、ほかの女性とベッドをともにしたからといって、その誓いを破ったことにはならない。エズメ・バイロンとはまだ結婚していないのだから。しかし、誓いの奥にある趣旨を思えば、彼女に対しても義理立てすべきだ。

ガブリエルはひとり静かに笑みをもらし、もうひと口ワインを飲んだ。どうやら、今回の田舎への旅ではすっかり正気を失ってしまったらしい。知らないも同然の破廉恥な小娘との結婚を承諾したばかりか、彼女への貞節を守ると誓うとは。友人たちが知ったら、驚きに大きく目を見張ったつぎの瞬間、ひきつけでも起こしたかのように爆笑するだろう。それだけはまちがいない。

まったく、ここまで高潔なことをするとは自分でも信じられない。いつものぼくは腹黒い卑劣漢で、娘を誘惑しては破滅させ、泣き崩れるのを捨てておいてすぐにつぎの獲物を狙いにいくならず者なのに。こんなまっとうなことをするような男ではなかったはずだが。

なぜ、今回ばかりはそうした？

ああ、確かにバイロン家の男たちに脅された。

しかし、レディ・エズメの愛らしさそのものにも惹かれた。

彼女とふたりきりになるときが待ちきれない。上等の衣服を一枚ずつ脱がせていき、一度知ったら溺れてしまう官能の悦びの世界へ彼女を誘う。レディ・エズメは男を知らない。あのキスでわかった。処女を相手にするのは、ぼく自身も青二才だったころ以来だ。お話にならないほどひどい評判にもかかわらず、無垢な乙女の貞操を無理やり奪うのは趣味ではない。だが、若きエズメ・バイロンのはじめての相手になるというのはかなり気に入った——気に入ったどころではないほど下半身が昂ぶり、熱いうずきを感じる。

しかし、レディ・エズメと体ごと愛し合う——それだけではなく、彼女とそうする権利を有するただひとりの男になる——のは、自由の代償に足ることだろうか？　ふいに体が激しく熱く反応したのを鑑みるに、答えはイエスにちがいない。

ガブリエルは座ったまま姿勢を変え、熱い体を鎮めようとさらにワインを飲んだ。

ちょうどいい。今夜はやはり、欲望のおもむくままに身を任せるべきだ。街の反対側までちょっと馬車を走らせれば、なじみの高級娼館がある。最後にもう一度、美しく香《かぐわ》しい娼婦たちの腕のなかで我を忘れることもできる。今夜はひどく、みだらな気分だ。金と引き換えに愛を振りまく女をふたり、いや、三人でも相手にできる。彼女たちはまろやかな曲線を描く尻や胸をむき出しにして揺らし、くすくす笑いながら唇や舌、手を使って、夜も更けるまで悦びを与えてくれることだろう。

レディ・エズメがそれを知ることは決してない。

だが、おまえは知っている。内なる声がいまいましくも嘲笑してくる。

ガブリエルはむっつりした顔で、グラスに残るワインを飲み干した。

しかし、体が発する欲望と良心とのあいだで葛藤をまだ繰り返していると、ひとりの男が近づいてきて、頭のなかにあった考えはすべて吹き飛ばされてしまった。

ほとんど白に近いブロンドの髪をしたその年嵩の男は、なんの感情も表さぬようにしているガブリエルのところまで喧嘩腰に歩いてきたかと思うと、いきなり立ちどまった。ひざもふれ合いそうなほどだ。しわが刻まれてはいるが、かつてはハンサムであっただろう顔をゆがめ、青い瞳で睨みつけてくる。

ガブリエルは男に会釈するでもなく席を勧めるでもなく、手をあげた。

近くにいたウエイターがすぐに気づいてやってきた。「なんでしょうか、閣下？」

「ブルゴーニュのボトルをもう一本、頼む」

「承知いたしました、閣下」ウエイターは年嵩の男にちらと視線をやった。「ご友人の紳士のために、もうひとつグラスをお持ちいたしましょうか？」

「その必要はない」ブロンドの髪の彼はぶっきらぼうに吠えた。「このできそこないの私生児は、友人などではない。こいつと同じボトルの酒を飲むぐらいなら、狂犬病の犬とグラスを合わせるほうがまだましだ」

ガブリエルは嘲るように片眉をくいとあげた。「ワインだけでいい」

ウエイターは助け舟に感謝し、逃げるように下がっていった。

「今夜、不愉快なことに叔父上がお出ましくださったのは、どういう訳だろうか？　この時期に田舎にいらっしゃらないとは、鳥も、慌てて逃げるウサギもすべて、弾が尽きるほど殺してしまったということだろうか？」

叔父のシドニーは見境なく野生動物を狩るので悪名を轟かせていた。一回の猟で、鳥獣や鹿を合わせて数十も殺すので有名だ。地域の野生生物のバランスに与える影響など、はなから考えていない。さらに悪いことに、獲物のごく一部を自分や家族のために料理人に調理させるだけで、あとは全部埋めるか焼くかして捨てさせる。新鮮な肉の状態で与えれば、使用人や賃借人にもおおいに感謝されるだろうに、そんなことはぜったいにしないのだ。

ガブリエルにとって叔父は冷淡で不愉快な人物だったが、その感情は一方的なものではなく、シドニー・ランズダウンのほうも、甥のガブリエルがこどものころでさえ、優しい言葉や気遣いを一度たりとてかけたことはなかった。

「同情するような優しい言葉は、それを聞いてわかる者だけにかけるほうがよかろう」シドニーはほっそりしたあごを突き出してガブリエルを見おろしたが、ゆうに百八十センチを超えるガブリエルにはあまり効果がなかった。

先代子爵の次男であるシドニー・ランズダウンはさほど大柄ではなく、体つきも華奢だが、若いころにはスポーツ熱心で知られていた。背丈が足りなくても、それを補ってあまりあるほどの高圧的な人柄をしている。

ガブリエルの父アーサーはシドニーの兄で、単に先に生まれたという理由で子爵を継いだが、裏でひそかに影響力をふるっていたのは、昔からシドニーのほうだった。アーサーがずっといやがってやろうとしなかったテン・エルムズの地所の管理——内容はひどく多岐にわたっていた——はすべて、シドニーが長年対処してきた。アーサーが亡くなると、シドニーは事実上の子爵の役割にいとも簡単になじんだ。

兄の死を嘆きつつも、領地を治める主人の座を叔父が享受しているのを、ガブリエルは知っていた。叔父はまた、ガブリエルと兄のマシューの法定後見人となった。両親を亡くしたとき、ふたりはそれぞれ七歳と九歳だった。ノースコート子爵としての義務を果たすにはまだ幼すぎると言って、甥のマシューを脇へ追いやってもおかしくなかったのだが、シドニーはマシューを溺愛し──実のこども三人よりもかわいがったと言うひとさえいるほどだ──自分の庇護下に置き、いつか子爵としてテン・エルムズの広大な領地を取り仕切るのに必要になるであろうことを教えこんだ。

ランズダウン家の者は五代前からみなそうだが、マシューも父親譲りの白い肌に青い瞳、薄いブロンドの髪の持ち主で、まさに一族の特徴を備えていた。シドニーの目には、ありとあらゆる点において将来性のある青年に映っていた。

しかし、いっぽうガブリエルは茶色の髪に黄褐色の瞳。母方の特徴を受け継ぎ、ランズダウン一族らしい見た目はひとつもなかった。長身でがっしりとした体格なのもあいまってか、叔父シドニーは嫌悪感を隠そうともしなかった。

ガブリエルが覚えているかぎり、叔父は最初から彼を嫌っていた。不愉快極まりなく、なんの価値もない醜悪な生き物でも見るかのように睨みつけるのが常だった。

生まれてから最初の七年間、ガブリエルはシドニーからはいないものとして扱われた。両親が亡くなって叔父の庇護下に入ってからは、自分の姿が彼には見えなかった日々を懐かしく思った。というのも、シドニーはガブリエルに背を向けるどころか、強情で卑しむべきと決めつけた性格を矯正すべく、躾《しつけ》と称して情け容赦なく虐め倒した末に、甥が十二歳になると遠くの学校へさっさと厄介払いしたからだ。

ガブリエルが成年に達するころには、叔父との確執は骨の髄まで沁みついていた。マシューが不慮の事故で首の骨を折って亡くなり、ガブリエルが子爵の地位を継ぐと、事態は改善するどころか、ますます悪化した。

子爵としてガブリエルはまず、叔父夫婦といとこたちを、叔父の暮らしと生活の場であったノースコートの地所から追い出した。ガブリエルがこの十年間ずっとテン・エルムズに背を向け、じゅうぶんに手間もかけずに休眠状態にしているのも、叔父の激しい怒りを買った。日々の監督の仕事は管理人がやっているとはいえ、賃借人や小作地の世話はきちんとされるようガブリエルが気を配っていることなど、叔父はもちろん考えたこともない。

最近では、叔父からときおりくる手紙を火にくべるときにとくに満足感を得るようになっていた。中身は常に、ガブリエルのみだらで非道な振る舞いを責め、生まれながらの権利でもある、先祖から受け継いだテン・エルムズを〝適切に管理〟せずにいるのを咎めるだけのものだった。

「なにがお望みですか、叔父上？」ガブリエルはすでにうんざりして、ぶっきらぼうな口をきいた。「なんであろうと、さっさとすませましょう。そうすれば、完璧な味わいのワインを叔父上の存在で汚される心配をせずにすむ」

シドニーの青い瞳が、水をも凍らせるほど冷ややかになった。「ここへ来たのは、ある噂を聞いたからだ。このうえなく不道徳で、到底受け入れられない類いの噂を」

「ぼくに関する噂ならば、不道徳で受け入れられないのは当然だ。それ以下だったら、こっちのほうから願い下げですよ」ガブリエルは椅子の背に悠々と体をあずけ、不遜そのものの態度で叔父の話の続きを待った。

「家柄のいい若い娘とよからぬ行為に及んでいるところを見つかったそうじゃないか」叔父がなじった。「おまえに誘惑されて堕落した彼女は、一糸まとわぬ下品な姿のおまえを絵に描いたとか。戸外、しかも草っ原にいるおまえの姿を」

「これはまた。小うるさいご婦人たちは際どい話を仕入れたらすぐさま、尾ひれをつけて噂にするようですね」

「では、否定はしないんだな？」叔父が目を丸くする。「高貴な家の娘の貞操を奪った、と認めるのか?」

「なぜ、そんなことの是非を認めなければならないんです? ぼくが真実を告げたとして、叔父上は信じようとしないのに」

「それだけはおまえの言うとおりだ」叔父はガブリエルを責めるように指を振りたてた。「なんというやつだ、おまえは昔からそうだった。この悪魔め」

ガブリエルは片手を口にやってあくびを隠した。彼の品性——というより、その欠如——についての叔父の意見は聞き飽きていたからだ。

「その娘はバイロン家の人間だそうだな。信用を失ってしまったのも当然だ。あの一族は常に破滅の危機にある。あれだけの財産と社会的地位がなければ、とっくの昔に社交界から追放されていたはずだ」

「イングランドでもっとも影響力をもつ公爵家の一員であれば、そういうことがつきまとうのも当然でしょう。むしろ、社会的に不利な状況さえも、彼らには物の数ではないかもしれない」

シドニーはすうっと眉根を寄せた。「ふん、その娘とて、今回の騒ぎを言い抜けることなどできまい。噂が世間に知れたら、どこへ行ってもまともに取り合ってはもらえなくなるだろう」

「そんなことはない。結婚すればいいのです」ガブリエルは諭すように言った。

「まさか。いまさら、だれが彼女と結婚するというのだ？」

「ぼくですよ、言うまでもありませんが」

「なんだと！」叔父の淡い色の眉が吊りあがる。「ふざけるのはやめろ」

「ふざけてなどいません。ぼくが求婚し、レディ・エズメもそれを受けた。特別許可証を入手して田舎に戻ったらすぐ、結婚することになっています。もっと教えてさしあげてもいいが、そうすると、叔父上は式への招待状が欲しくなるかもしれないな」

叔父はさらに醜悪な表情に変わった。「私の命がかかっていたとしても、おまえの結婚式になど出たくはない」

「でしたら、式の詳細について必ずやお知らせします。グロスターシャーには、身を投げるのにちょうどいい崖がどこかにあったはずだ」

叔父は食いしばった歯のあいだから押し出すようになった。「いつものように気の利いたことを言ったつもりだろうが、二、三、教えてやろう。おまえとその花嫁は、私はもちろん、おまえの叔母やいとこからも歓迎されることはない。花嫁の家族がだれであろうと、この結婚は恥辱そのものだ。おまえのような恥ずべき堕落者と縁づけるしかなかったとは、想像よりはるかに絶望的な状況にちがいない。まさか、もう妊娠させたわけではないだろうな？」

「叔父上にはなんら関係ないことです。それどころか、レディ・エズメは清い乙女だ。悪意に満ちた推測をお知り合いに広めなかったことに対して礼を申しあげますよ」

「なんのために？　すでにみんなそう思っている。彼女が関わっているのがおまえだと聞けばなおさらのこと。この十年間ノースコートの爵位を汚《けが》し、ランズダウンの家名を傷つけることだけを生きがいにしてきた男だからな」

「父上やお祖父さまがなさったことを思えば、爵位が汚されたのがこの十年間だけということはないと思いますが」

叔父の目がふたたび、ぎらりと光る。「高潔なふたりの思い出を踏みにじるようなことを言うのはやめてもらおうか。おまえこそが彼らの面汚しだ。おまえの兄がいまも生きていたら、こんな日を迎えることはなかった」

ガブリエルの表情が硬くなった。「この件についてあなたがどう思われているか、言われるまでもない」

「ならば、わかっているだろうな。いままではおまえの下劣でむかつくような振る舞いを我慢するよりほかなかったが、これより先はいま以上の不道徳な行動はいっさい大目に見るつもりはない」シドニーは脇に垂らした両手を握ったり開いたりした。

「おまえのいとこのジリアンがこんどの春、社交界デビューする。あれはいい娘《こ》だ。いまから警告しておくが、ジリアンが条件のいい結婚をするチャンスを、おまえとバイロン家のあばずれ娘との不浄な結びつきで汚すのだけは許さん」

ガブリエルの左目の隅のあたりがぴくりと動いた。ゆっくりと立ちあがり、のしかかるようにして叔父を圧倒する。

叔父は一歩下がった。

「ぼくの婚約者の名前はレディ・エズメ・バイロンだ」ガブリエルは冷静に伝えた。「いまこの瞬間から、彼女について話すときは最大限の敬意を払っていただきたい。ぼくの言っている意味がおわかりになりましたか？」

叔父の薄い胸が激しく上下した。「私が彼女をどう呼ぼうと、私の勝手――」

ガブリエルはさらに叔父との距離を詰め、高いところから見おろした。かつてはほかのだれよりもガブリエルに恐怖を与え、取るに足らない人間だと貶めてきた人物。だがガブリエルはもうこどもではないし、叔父のことなど怖くもなかった。「彼女のことはレディ・エズメ、あるいは、いったんぼくの妻になったらノースコート子爵夫人と呼ぶこと。わかりましたか？」

一度言い出したことはぜったいに取り消さない叔父は、あごを突き出した。「私がなにをどう言おうと、おまえにとめる手立てなどはない」

「おそらくそのとおりでしょう。だが、親愛なるいとこジリアンが来春に社交界デビューできないよう取り計らうこともできる。レディ・グレシャムはぼくの義理の姉になります。名前は叔父上も聞いたことがおありでしょう？　社交界を牛耳る貴婦人たちのなかでもかなりの影響力をもっている女性だ。お忘れかもしれないが、クライボーン公爵夫人もぼくの未来の義姉のひとりとなる。このすばらしいレディふたりのどちらかの耳にひと言ふた言ささやけば、ジリアンはロンドンでせつないときを過ごすことになるだろうな。かわいそうに」

叔父シドニーの顔から血の気が失せた。「まさか、そんなことができるはずはない」

ガブリエルはしかし、目をそらさなかった。「そうお思いなら、叔父上はぼくのことをご存じないのだな。ぼくの両親の死を巡る不幸な状況についても、よく考えたほうがいい。昔のスキャンダルとはいえ、まだ覚えているひとだって少なくない。そうなったら、ジリアンは手に余る問題をさらに抱えることになりますよ。あんな噂話をいまさらまた、広められたくはないでしょう？」

隠しきれない憎悪の炎が叔父の瞳に燃えあがる。

ガブリエルは満足感とともに、胸のうちで微笑んだ。「ああ、もうひとつだけ」

「なんだ？」叔父は食いしばった歯のあいだから押し出すようにして答えた。

「ランズダウン家の宝石。マシューが亡くなってすぐにぼくのところにくるはずだったが、どういうわけか、そうならなかった物の数々をこの手に取り戻したい」

「おまえに帰属すべきものは、すべて受けとっているはずだ。金で買えないほど価値のある先祖伝来の品々のありかがわからないなどというのは、だれのせいでもない。おまえ自身の不注意によるものだ。もしくは、おまえが密通や乱痴気騒ぎで忙しいあいだに、心の卑しい友人どものだれかがこっそり取っていったのかもしれない。おまえならば、あり得る話だな」

「まさか、叔父上。ぼくたちのあいだにこれ以上の嘘はやめましょう」ガブリエルは冷たい笑みを浮かべた。「宝石は叔父上の手元にある。そして長年にわたりイーニッド叔母上がさまざまな機会にそれを着けているのを目撃されている。あなたもご存じでしょうに。ぼく自身も去年の夏、叔母上が曽祖母のエメラルドのチョーカーをのどに、ダイヤモンドのティアラを頭に着けて舞踏会に出ている姿を目にしました。これまで宝石には用もなかったから、あえて返せとは言わなかったが、これから結婚することを考えると、ぼくの花嫁には宝石が必要だ」

「おまえの〝売春婦〟だろう？」

ガブリエルは奥歯を嚙み締めた。「不埒な言動について、ぼくはさっきなんと言いました？　ふたたび彼女を悪く言われたら、なにをするかは保証できませんよ」

叔父は両手を拳に握り、謝罪のように聞こえなくもない言葉をつぶやいた。

無理にでも白黒はっきりさせて、この老いぼれに〝すまなかった〟と詫びさせたい。ガブリエルは思ったが、そんなふうに対立しては、口だけではなく手まで出る展開になるかもしれない。叔父を打ちのめすのはやぶさかではない。彼が受けて当然の報いなのだから。しかし、ここはレディ・エズメの評判を回復させるのが目的であって、さらに傷をつけるようなあらたなスキャンダルを起こしてはいけない。

「ランズダウン一族の宝石類は、明日の昼までにぼくのタウンハウスへ届けさせるように」ガブリエルは静かに威圧するように言った。「駆け引きはやめて、ぼくがわざわざ取りにそちらへ伺うような手間はかけさせないでもらいたい」

この要求をシドニーが思い悩んでいるあいだにも、ウエイターが部屋の向こう側をうろうろしていた。「よかった。ワインが来たようだ」

ガブリエルは叔父に背を向け、ふたたび椅子に腰を下ろした。ゆったりとくつろいでからようやく、叔父の顔を見あげる。「ではさようなら、叔父上」もう帰れと言わんばかりの挨拶をする。「みなさんによろしくと言いたいところだが、ぼくの挨拶が温かく受け入れられることなどないような気がするな」

叔父はまたしても頬を赤く染め、大声で喚き散らすかのように唇を震わせたが、うめき声をあげるのみにとどめると、踵《きびす》を返して出ていった。

ガブリエルはウエイターを呼び寄せた。グラスに酒を注ぎ足した彼が下がると、ガブリエルはたっぷりとワインを口に含み、熟成を重ねたオーク樽や黒すぐり、チェリーの繊細な香りをじっくり味わった。

そして、椅子の背にもたれてため息をもらした。

ランズダウン家の宝石について議論したせいで、思い出した。今週末までにエズメ・バイロンと結婚するつもりなら、指輪が必要になる。さっきはああ言って叔父を脅したものの、宝石が約束の時間までに送られてくるとはとても思えない。たとえやってきたとして、あのなかに指輪はあまりないだろう。

だが、そのうちのひとつを結婚指輪としてレディ・エズメに贈るのはいい案だろうか。記憶にあるかぎり、どれも重くてひどく流行遅れのものばかりだが。

彼女のために、新しく指輪を買うべきなのでは？

シンプルでいながら優雅なものを。

そうだ、彼女にはそういうものが似合うはずだ。

ガブリエルはふたたびワインをあおると、宝石店を訪問するのを明日すべきことリストにつけ加えた。

しかしそれまでは、少しは楽しんでも罰は当たるまい。

一瞬、娼館へ行こうかとも考えたが、叔父と激しくやりあったことで気持ちが削がれてしまった。じつを言うと、エズメ・バイロンのことで頭がいっぱいだった。それに、彼女に誓った約束もある。

だが、賭け事をしないという約束はしていない。

ガブリエルはワインのボトルの首に指をかけ、グラスとともに持ちながら立ちあがると、賭博室へと歩いた。

運がよければ、今日は勝つはずだ。

翌日の午後、ガブリエルは片方のポケットに特別許可証を、もういっぽうのポケットに宝石店のボックスをおさめてタウンハウスに戻った。約束どおり、どこまでも美味な朝食をバイロン家の男たちとともにとると、自身の用事で出かけたケイドをのぞき、レオやローレンスに伴われてふたたび民法法学博士会館へ向かい、結婚のための許可証をようやく手に入れたのだった。

しかし、エズメのための結婚指輪を買うのにもついてくると言うレオたちにはきっぱりノーを告げた。これだけはぼくひとりで行うべきだ。彼女のために選んだ指輪を気に入ってくれるといいのだが。まさか、選ぶのにここまで時間がかかるとは思ってもみなかった。

必要不可欠な任務を終えて、ガブリエルと未来の義理兄弟たちは明日の朝いちばんでブラエボーンにふたたび出立することにした。そのあとは、とうとう結婚式だ。いまさらあれこれ考えてもしかたない。

タウンハウスの玄関に入ると、厳粛な顔をした執事のパイクが待っていて、帽子と手袋をガブリエルから受け取った。

「旦那さまがお出かけのあいだに配達人が荷物を持ってまいりましたので、勝手ながら、書斎の机に置いておきました」

ガブリエルは問いかけるように片方の眉をあげた。「どんな荷物だ?」

「箱がひとつ、でございます。叔父さまからのものかと」

ガブリエルにはいささか意外だった。ゆうべの脅しが効いて、あのいけ好かない老いぼれが何年も前にくすねた一族伝来の宝石をしぶしぶ吐き出したというのか? だとしたら、叔父も歳をとって甘くなったにちがいない。娘かわいさのあまり、彼女の未来の幸せを危うくするよりは負けを認めたほうがいいと考えたのか?

いや、それだけは違う。ガブリエルは最後に思ったことを否定した。シドニー・ランズダウンが愛しているのは、シドニー・ランズダウンただひとりだ。叔父が宝石を送ってきたのは、自身の評判が失われる恐れがあると思ったからだ。そんな危険の前では、甥の邪魔を続けるというよろこびさえも色あせてしまうのだろう。

「ありがとう、パイク」ガブリエルは執事に礼を言い、廊下を歩いて書斎へ向かった。

机の上には細長い木製の箱が置いてあった。開けてみると、ランズダウン家伝来の宝石類が鎮座していた。ネックレス三本にブレスレット二本、そして指輪がいくつか。どれもガブリエルが覚えていたとおり、ごてごてと古めかしくて見るに堪えない代物だ。彼のポケットのなかで、黒のベルベット張りの箱に収められている新しい指輪に比べると、醜悪極まりない。

すべて裸石《ルース》にばらして、セッティングをやり直させようか。そうだ、それがいい。エズメが好むような当世風のデザインに、彼女が身に着けているのを見たくなるようなものに、生まれ変わらせよう。ガブリエルは心に決めた。

10

「まあ、見てごらんなさい」アヴァが小さくため息をもらした。「なんてすてきなのかしら。思わず息をのむほどよ」

エズメは母が見守るなか、花嫁衣装をすべて身に着けて静かに立っていた。仕立師のミセス・ベンソンが約束どおりに間に合わせたウエディングドレスはすばらしい仕上がりで、それをはじめて目にしたエズメの身近な親族の女性たちはみな、感嘆の声をあげていた。

当世流行りの、体を締めつけない直線的なシルエットのエンパイア・スタイルに合わせるため、仕立師はウエストラインをエズメの小ぶりで丸い胸のすぐ下に持ってきた。さらに、ドレス全体のアイボリーのサテン地に散りばめられた黄金色の小花模様の刺繡とまったく同じ色合いのグログランテープをつけて、アクセントにする。袖は短くして肩口を小さく覆うような形にして、幅の狭い金色のリボンで飾ってある。

かつては肩から足元にまで生地が長くついていたが、ミセス・ベンソンはそれを外して半円形のトレーンに仕立て直し、エズメが歩くたびに長い裾がうしろに流れる。スカート部分の裾には、白いレースで作った小さな薔薇飾りを縫いつけてある。本物の薔薇と見まごうばかりの出来栄えだ。

足元にはアイボリーのサテン地の柔らかな上履き。ゴールドとダイヤモンドのバックルはマロリーとアダム夫妻からの贈り物だ。そして、ひじの少し上までを覆う白いシルクの長手袋。つややかな黒髪はピンを使って上品に結いあげられているが、額や頬にかかる柔らかなカールが繊細な優美さを引き立てている。

そのヘアスタイルを崩さぬようそっと被せられているのは、腰のあたりまでの長さのベール。これはクレアからの贈り物だ。手のなかでは、庭から切ってきたばかりの白いダリアに温室育ちの淡いピンク色の薔薇、そして冴えた緑色のヒイラギの葉を幅広の白いサテンリボンで束ねたブーケが芳しい香りを放っている。

どれほど愛らしくすてきに見えたとしても、エズメは秋のヤマウズラになったような気がしてならなかった——羽繕いをしてふわふわにさせられてから、屠《ほふ》られるために群れから追い出されるのを待っている状態だ。

母に向かってちょっと微笑んでみせたが、それは見せかけだけ。内心では不安と緊張で吐きそうなぐらいだった。まだ秋口の暖かな日だというのに、手も足もこわばって氷のように冷たい。心臓はどきどき早鐘を打っている。エズメはウサギのポピーを思い出した。いまのわたしは、近くにいる肉食動物に狙われているのを感じ取ったときのポピーのようだ。

むしろ、いまにも結婚しようという相手なのに謎めいていて、ほぼ知らないに等しく、とても危険な男性に狙われていると言えるだろうか。

神よ、お助けください。ノースコート卿とは知り合いになってから、十一日しか経っていない。しかもその大半は離れ離れだった。彼は特別許可証のためにロンドンへ急ぎ出かけ、わたしはこのブラエボーンに留まったまま婚礼の準備をしていた。

正直言ってすべてが夢のようだ。それも、ひどく奇妙な展開の悪夢のよう。ダービーを制した馬みたいに駆け抜ける一分間のつぎは、庭を這うかたつむりを追うようにのろくさとした一分が続くというように、時間が起動と停止を繰り返しながらも、あっという間に日にちだけが過ぎていった。

たとえばゆうべは、時間の流れそのものがぱたりととまったようだった。しんと静まり返った暗闇はなんの慰めにもならず、エズメは眠れぬまま遅くまで——見方によっては翌朝早くまで——思い悩み、ようやく眠りに落ちたのは明け方になってからだった。

しかし、一昨日はまったく逆だった。間際に知らせたことを考えると、驚くほど大勢の親しい友人や親戚が結婚式に参列しようとブラエボーンに続々と到着し、予測不可能な混乱のなか、一分一秒が電光石火のような速さで過ぎていったのだ。

事前に全員が――といってもエズメの兄や姉、その配偶者である義理の兄、姉、そして公爵未亡人である母アヴァだけで、花嫁あるいは花婿の同意を得てないのはもちろん相談さえせずに――決めていたのは、いかに慌ただしいものであろうと、親族の全面的な支援とともに結婚式を行うほうがいいということだった。内輪だけでこっそり式をあげたら、人々はこの先何か月にもわたって口さがない噂を立てるだろう。しかしバイロン家が一丸となってことに当たれば、すでに流行り病のように上流階級に広まっているスキャンダルを鎮められる。友人や愛する家族に見守られながらエズメとノースコート卿が婚姻の儀をすませれば、〝写生帳の一件〟も払拭され、ちょっとした笑い話として忘れ去られるものと期待された。

というわけでエズメは自分の寝室に立ち、広々とした主階段を下りて大理石の壮麗な玄関ホールへ向かおうとしていた。正面玄関を出て、待ち受けている馬車に乗りこめば、すぐにブラエボーンの領地内のチャペルに到着する。そこでは、約束を違《たが》えずに花婿が待っているということだった。

馬車に乗るより自分の足で歩いていきたかったが、それは諦めた。せっかく譲り受けたドレスに泥や草の染みをたくさんつけたら、母がどれほど嘆くかわかっていたからだ。もっとも、そんな感情を表に出すのは礼儀作法に反すると母もわきまえてはいるだろうが。

「ネッドはいつでも大丈夫だそうよ。あとはあなたしだいだわ、エズメ」マロリーが部屋に入ってきた。光り輝くようなサファイア色のシルクドレスが青緑色の瞳を引き立てる。

仮縫いのときにはマロリーのせいで不機嫌になったものの、エズメが花嫁付添人になってくれるよう頼むと、彼女も大よろこびで承諾してくれた。いろいろあったとしても、人生でもっとも大切な、そして不安と緊張に耐えられなくなるような一日にそばにいてほしいのは、血を分けたただひとりの姉のほかには考えられない。

祭壇までのエスコート役はもちろん、エドワードが務めることになっていた。

いまから十九年前、エズメがまだほんの赤ん坊のころに父は亡くなったので、その記憶はまったくない。第九代クライボーン公爵ロバート・バイロンについては、家族が語る思い出話や、ブラエボーンのギャラリーのいちばん目立つところに掲げられている壮麗な肖像画でしか知らない。それも、高名な画家レイノルズの筆によるものだ。ネッドはいちばん上の兄だが、エズメの人生の大切な節目には父の代わりを務めてきた。今日も、花婿にエズメを引き渡す務めを果たすのだ。

エズメは、胃がひっくり返るような不愉快な感じを覚えた。もっと朝食をしっかりとるべきだったが、今朝はバターを塗っていないトーストをひと口かじり、それをお茶で流しこむのがやっとだった。ゆうべも、それほどきちんと食事をしたわけではなかった。客人たちはエズメをぐるりと取り囲むように長テーブルの席について談笑し、向かいに座るノースコート卿は考えこむような瞳で彼女を見つめていたからだ。

ノースコート卿、ケイド、そしてレオとローレンスが昨日のお昼を過ぎたころに戻ってくると、母や義理の姉たちはそれとわかるほど安堵の表情を浮かべた。エドワードはいつもそうだが、それよりはずっと冷静で、ロンドンからの道中に変わったことはないかと尋ねただけで、書斎へ姿を消した。

屋敷がおおぜいの人間であふれかえっている状態では、エズメも婚約者と他人行儀な話を二言三言交わすぐらいしかできなかった。夕食のあとも、話をする機会はなかった。兄たちやアダム、それにノースコート卿の友人のミスター・クレイ――たまたま自分の屋敷に戻ってきて、卿がエズメと結婚することになったと聞いて動揺していた——が揃って彼を連れ出してしまったからだ。よくわからないが、独身最後の夜に男性がすべきことをさせるためらしい。

「ほぼ全員がチャペルへ行ってしまったわ」マロリーは、エズメの物思いを破るように言った。「お母さまもそろそろ出られたほうが、式がはじまる前に席につけるわよ。クレアとグレースが外の馬車のなかで待っています。心配はご無用——わたしが代表してエズメの面倒をみるから。ありがたいことにタリアも残ってくれたから、土壇場でなにか起こっても大丈夫。花嫁を無事にチャペルまで送り届けるわ」

それを聞いてエズメははじめて、義理の姉になったばかりの女性がそばでもの静かに立っているのに気づいた。秋の色づいた葉のような橙や黄金色のシルクを身にまとい、じつに美しい。だが、タリアが美しくなかったことなど、いままでに一度だってなかった。

アヴァはかすかに眉根を寄せたが、最後にはうなずいた。「あなたの言うとおりね、マロリー。もう、そろそろ出かけるべきだわ」前に進み出てから身をかがめ、エズメの冷たい頬にそっとキスをする。「きっとうまくいくわ、大丈夫。愛してるわよ」

「わたしもよ、お母さま」

公爵未亡人が出ていき、あとに残ったのは三人だけ。エズメがマロリーやタリアに視線をやると、彼女たちも花嫁をちらと見た。

あらためて作り笑顔を浮かべようとしたが、こんどはうまくいかなかった。エズメはふいに体が震えてきた。

「ちょっと待って、お願いだから倒れる前に座って」マロリーは急ぎ進み出ると、エズメのひじをつかみ、いちばん近くにあった椅子のほうへ導いた。

「でも、ウエディングドレスが――」

「ドレスは大丈夫、気にしないで。あなたのほうが心配だわ。まさか、気を失ったりはしないでしょうね？」

「いいえ。少なくとも、そのつもりはないけれど」

マロリーはエズメがしっかり椅子に腰掛けたのを確かめると、ブーケを引き取り、念のためタリアに渡した。彼女はそれを、近くのテーブルにそっと置いた。

「気つけの芳香塩はあるけど」マロリーが言った。「もっと強烈なものが必要ね。タリア、あれを持ってきた？」

「もちろん。ここにあるわ」タリアはレティキュールから薄い銀製のフラスクを取り出してマロリーに渡した。

「それはなに？」エズメは警戒するような目でフラスクを見た。

「あなたを救うために神から遣わされたものよ。薬みたいなものね」マロリーはふたをねじ開けた。「さあ、飲んで」

アルコールのにおいが広がる。「ブランデー？」

「いいえ、スコッチウイスキーよ」タリアが答えた。「少なくとも、レオが最後にフラスクに入れたのはスコッチだと思ったけれど。今朝、こっそり拝借したの。彼がこれを持ち歩くのは移動のあいだだけだから、手元にないことにも気づいていないと思うわ」

「でも、どうしよう――」エズメの胃がふたたび痙攣した。こんどは吐き気までする。

「飲みなさい」マロリーはエズメの手を取ってフラスクを握らせた。「自分の結婚式だというのに、祭壇に向かう途中で気を失ったりして、笑い者になってもいいの？」

マロリーは砂糖のように甘く、優しい性格をしているとだれもが言う――いつもの彼女は確かにそうだ――が、戦いの最中で兵士たちに大声で号令をかけるウェリントン公爵よりもずっと威圧的になることも、ある。

いまの彼女はまさにそうだった。

「もし酔っ払ったら？」

「酔ったりなんてしないわ。そうだとして、だれが気にするの？」マロリーは、フラスクをつかんでいるエズメの手を口元へ押しやった。「こんな状況でなければ、熱い紅茶と料理人が焼いた最高のビーフステーキを出すところだけど、いまのあなたにはそんなもの飲み下せそうにない。これが次善の策よ。お酒に酔った勢いの勇気とかなんとか。いまのあなたに必要なのはまさにこれだわ」

マロリーの言うとおりだ。ありったけの勇気を奮い起さなければ、これからの数時間は乗り切れない。取り消し不可能な形でノースコート卿と夫婦になってしまったあとは、家族はだれも保護者としてそばにいてくれないのに。

エズメはごくりとつばを飲んだ。両手がさらに震えてくる。いざというときには、なんとか対処するしかない。もしもの場合に備えて、レオのフラスクをこのまま持っていたほうがいいかもしれない。それ以上考えずにフラスクを口元に持っていき、一気にあおる。

のどが灼けつくような感覚にエズメは息をのみ、激しく咳きこんだ。肺が痛いほどの空気を求め、一瞬、自分はもう死んでしまったのかと錯覚するほどだった。

だがマロリーが彼女の背中をぽんとたたき、タリアは水の入ったグラスを差し出してくれた。ようやくひと息ついて水を何口か飲むと、刺すような感覚が少し収まった。

「大丈夫?」マロリーは優しく円を描くようにエズメの背中をさすりつづけた。

「いったいどうして、あんな一気にあおったりしたの?」

「だって、そうしろってお姉さまが言ったから」

タリアがハンカチをそっと差し出す。エズメはありがたくそれを受け取り、口元や涙がにじむ目の周りを拭いた。

「そんなこと言ってないわ」マロリーは反論した。「少しずつすするぐらいの頭はあるかと思ったのよ」

エズメはふいに頰が熱くなり、手を押し当てた。

「少しはましになった?」マロリーは妹の顔をのぞきこんだ。「見た目はよくなったわね。頰に血の気が戻ってきたもの」

咳きこんだり、焼けるような感覚が収まってみると、気分もよくなった。温かいものが全身を流れ、冷たさを追い払ってくれた。さっきは、冷え冷えとした感じが骨の髄にまで居座っていたのに。震えもなくなり、シルバーのフラスクをつかむ手にも力が戻ってきた。

エズメはうなずいた。「ええ、大丈夫」

マロリーとタリアはふたりとも微笑んだ。

「もうひと口飲んで」マロリーは促した。「こんどは、のどを潤す程度に」姉の忠告に従ってエズメはそろそろとウイスキーを口に含み、気分を沈めてくれる熱い感覚を味わった。

そして、もう一度、口に含む。

さらにふたたびフラスクを口元に持っていくと、マロリーにぽんととめられた。

「もう、じゅうぶんでしょう?」彼女は妹の手からフラスクを取りあげた。

「ほんとうにそう思う?　式の途中で効果が薄れてしまったら?」

「そんなことぜったいにないわ」マロリーはにっこりした。「さあ、行くわよ。立てる?」

「もちろん立てるわよ」エズメは言い切ったものの、いざ立とうとするとわずかにふらつき、姉の肩をつかまなければならなかった。

タリアとマロリーはふたたび顔を見合わせた。

「やっぱり、いい案じゃなかったのかも」マロリーはつぶやいた。「あなたはあまりお酒が強いほうじゃないのを忘れてたわ」

タリアは声をあげて笑った。「でも、もう遅いわね」手を伸ばして、エズメのもういっぽうの腕を取る。「さあ、いらっしゃい。花婿が待っているわ」

しかし、その言葉を聞いてエズメははたと動きをとめた。心地よい温かさが薄れてしまった。彼女は血を分けた姉を、そして義理の姉を見つめた。「みんなが待ってるのはわかってるの」とつぶやく。「でも、最後までやり通せなかったらどうしたらい？」

ふたりの姉も笑顔を凍りつかせ、ふいに真剣な目つきになる。

「状況を考えれば、二の足を踏むのも至極当然なことよ」マロリーが労わるように言った。「彼に怖い思いをさせられたからなの？　正直に言っていいのよ」

エズメは驚いた顔で姉を見た。「いいえ、ノースコート卿に怖い思いをさせられたことなんて、もちろんないわ。どうしてそんなことを言うの？」

マロリーとタリアはまたしても顔を見合わせた。

「見た目は確かに申し分ないけれど、彼はかなり威圧的になることもあるから」マロリーが答えた。「じゃあ、彼のことが嫌いなの？」

「ううん、その反対。彼のことは好きよ」エズメは言った。「少なくとも、好きだと思ってる。好きかどうか決められるほど一緒にいたわけではないけれど、キスされたのは二回とも気に入ったもの」

「二回とも？」マロリーは探るような目で妹を見た。「ロンドンに発つ前、玄関ホールでノースコート卿があなたにたっぷりとキスをしたのは聞いたわ。だけど、それ以外にいつ、キスされたの？」

「求婚するために彼がここへ来た日」エズメは答えた。「客間でのことよ。彼は……結婚するという取り決めを確かなものにしようと言って……わたしに口づけたの」

タリアは彼女の表情をうかがった。「あなたは、それが気に入ったの？」

エズメの頬がふっと熱くなる。「ええ。気に入ってはいけなかった？」

マロリーとタリアはふたたび、声をあげて笑った。どちらも、わずかながらほっとした顔をしている。

「いけないことなんてないわ」マロリーは答えた。

「ノースコート卿のような放蕩者が相手ならば、とくにね」タリアは言い添えると、また真顔になった。「エズメ、あなたがノースコート卿を恐れていると確信したら、わたしはこの結婚をすぐさまやめさせるわ。あなたたちが夫婦になるのが社会的にはどれほど目的にかなっていようと、関係ない。スキャンダルがあろうとなかろうと、ノースコート卿の妻としてあなたが安全な場所で大切にされないと思ったら、あなたの家族は彼との結婚など許さないでしょう。今回の一件が起こった当初、わたしはレオと話し合ったのよ」

「ほんとうに？」

タリアはうなずいた。「ノースコート卿の人柄について確かめたかったの。会ったことは数えるほどしかなかったし、あとは通りすがりに会釈する程度だったから。でも、レオが安心させてくれたわ。ノースコート卿は本質的には……一般的な意味においては善良な男性とは言えないかもしれない。でも公正を重んじ、女性やこども、自分より弱い生き物を虐待するようなことは決してない男性よ。確かに評判はひどいものだし、それを否定することもできないけれど、乱暴されるかもしれないという意味で彼を恐れる理由はないわ」

「さっきも言ったけど、彼のことは怖くないの」エズメはタリアの手を取った。「だけど、わたしのことを心配してくれてありがとう。あなたは優しいひとね」

タリアは彼女の手をそっと握った。「当たり前でしょう？　わたしたちは姉妹なんだから」

エズメは胸が熱くなった。一部始終を知っているわけではないが、タリア自身の身の上や、最初の夫が残酷な気性だったことは聞き及んでいる。タリアがそういう心配をするのはもっともなことだ。

だけど、そういう不安はわたしにはない。エズメは思った。ガブリエル・ランズダウンにひどい扱いを受けるはずはない。そんな心配が心をよぎったことも一度もなかった。気がかりなのは、彼と一緒にいたら不幸な気持ちになり、こちらも彼に同じような振る舞いをしてしまうのではないかということ。結婚は、それで幸せを授かるかどうかは別として、死がふたりを分かつまでの契約だ。そう考えると、エズメはふいに後悔とためらいに襲われて、その場に立ち尽くした。

でも、わたしはみんなに約束した。

そして、ノースコート卿にも約束したのだから。

いまさら、彼にどうして背を向けられるというの？　わたしの評判を救おうと、たいていの男性なら決して承諾しないようなことをするという彼を土壇場で裏切って、貴族の同輩たちに笑われるのを黙って見ているつもり？

ノースコート卿の妻になると同意した日と同じく、エズメは自分がなすべきことをあらためて悟った。

「少し分別を失っていただけよ」もう一度笑顔を貼りつけながら、エズメは思った。「怖気づいたのね。だけど、花嫁というものはだれでもそうなるのでしょう？」

レオのフラスクから、あとひと口かふた口すすっておけばよかったわ。

まったく見知らぬ男性と結婚するのではない花嫁でさえ、そうなのだから。

「ほんとうに大丈夫？」マロリーはあえてもう一度尋ねた。「うちで一緒に暮らしても、かまわないのよ。アダムはもちろん、こどもたちだってよろこぶわ」

「お姉さまもアダムも、わたしが一か月もいたらうんざりするわ。せいぜい、もって二か月ね」エズメは答えた。「でも、申し出は嬉しかったわ」エズメは、アイボリーのウエディングドレスのたっぷりしたスカートのしわを手のひらで伸ばした。もう、どちらの手も震えていない。「ううん、大丈夫。ネッドが待ちくたびれてしまうから、そろそろ行きましょう。わたしたちがいったいどうしたのか、きっと不思議に思っているわよ」

「お兄さまのことだから、さっさと図書室に行って、時間をつぶすための本を選んでいるかもしれない」

そのとおりとばかりにエズメは微笑むと、タリアがブーケを置いておいてくれたテーブルまで歩いていき、それを手にした。

そして深く息を吸い、ふたりの姉に導かれて部屋を出た。

11

祭壇で待ちながらガブリエルは、懐中時計をいじりたくなるのをじっとこらえていた。隣には、彼と同じく白と黒の正装姿のローレンス・バイロンが付添人として立っている。その役目はクレイに頼んでもよかった。十年以上も前からの友人なのだから。ふたりは少し変わった状況で出会った。ある晩、ロンドンで追い剝ぎたちに襲われていたクレイを、通りかかったガブリエルが助けたのだ。以来、よき友人としてつき合ってきたが、クレイがスコットランドでの狩猟旅行を切りあげてこちらに戻ってきたことは、ガブリエルも昨日まで知らずにいた。

じつは、チャペルで花婿側の参列者として座っているのはクレイと狩猟仲間の男性二、三人だけだった。しかも狩猟仲間のほうは、ガブリエルもほとんど会ったことがない。親族が参列していないのはひどく目立ったが、叔父夫婦やうるさいいとこたちの存在に耐えるよりは、だれもいないほうがまだましだった。母方の祖母がまだ生きていたら、この場にいてほしかった。ガブリエルをありのまま受け入れて無条件に愛してくれる最後の人間だったが、彼がまだ幼いころに亡くなっていた。

それに、マシューも。ガブリエルは兄を愛し、早すぎる死をいまも悼んでいたが、兄弟仲は常に屈託のないものではなかった。マシューは爵位を継ぐものとしていつも特別扱いを受けたいっぽうで、予備《スペア》としてのガブリエルは一段下に見られ、不要な二番手として放っておかれた。両親の死後に叔父のシドニーがマシューをえこひいきしたのも、兄弟のあいだにさらに楔《くさび》を打ちこむこととなった。結局、ふたりが大人になってから関係を修復する時間はもてなかったが、それでも兄は、よろこんでこの場で付添人を務めてくれただろう。

湿っぽい思いを振り払い、ガブリエルはふたたびチャペルの入り口にちらと目をやった。オーク材の両開きの扉が開け放たれたままで、その向こうの車寄せはがらんとしている。

彼女が――ぼくの花嫁が、遅れている。二の足を踏んでいるにちがいない。

ぼくはひとり、この祭壇に置き去りにされたままなのだろうか。

ガブリエルは顔をしかめた。土壇場で約束を反故にされるのをどう捉えたらいいのか、よくわからない。だが、彼女がほんとうにそうしたのなら、ぼくたちふたりにとって体《てい》のいい逃げ口上になる。

高い丸天井からは、セルリアン・ブルーの空と白いふわふわの雲の合間から天使たちがこちらを見おろしている。このチャペルに足を踏み入れてからずっと、ガブリエルはできるだけそちらを見ないようにしてきた。天使たちの視線のもとでは、なぜか自分が不敬を働いているような気がしたからだ。

潔く諦めて、時計で時間を確かめようとしたそのとき、砂利を踏む馬車の車輪の音がチャペル入り口の外から聞こえた。ささやき声が参列者の輪からさざ波のように広がる。

ようやく、花嫁が到着した。

ガブリエルの視界から少し外れるところでエズメが足をとめたので、アイボリーのサテン地のスカートがちらと見えただけだった。首を伸ばしてみたがやはり、それ以上は目に入ってこない。どれがだれの言葉なのか区別できない小声の会話が流れてくるなか、女性の手がガブリエルの視界を出たり入ったりする。花嫁の姉と義姉がドレスやベールを整えているのだ。

そして、あたりが静まり返った。

しかし、わずか数秒後にその静寂は破られた。レディ・レオポルドが急いでチャペルのなかへ入ってきたせいだ。温かな笑い声がもれるなか、彼女は夫が空けておいた席へと駆け寄る。妻が隣に滑りこむと、レオポルドは満面の笑みを浮かべた。

参列者は全員、花嫁の付添人でもある姉のマロリーのほうを振り向いた。彼女は花嫁を先導し、祭壇までの通路を優雅に歩きはじめた。

だが、ガブリエルはマロリーには目もくれず、エズメだけを見つめていた。彼女はアーチ型の戸口に縁取られるようにして立ち、手袋をした小さな手を片方、長兄エドワードの腕にしっかりかけていた。

心臓に一撃を受けたような感覚とともに、熱く激しいものがガブリエルの全身を駆け抜けた。無作法なほどじろじろ見ているのはわかっていたが、そんなことはどうでもよかった。体に湧きあがる不思議な欲望は、人間の本能と言ってもいいほどのものだった。

彼女はぼくのものだ。そう思うと、この結婚に関する拭いがたい疑問が一瞬にして消えた。

ガブリエルは心のなかでエズメに呼びかけた。ぼくを見ろ。ぼくの目を見て、もうすぐきみを自分のものだと宣する男として認めろ。だが、彼女は薄いベールの下で目を伏せたまま。クリーム色の頰に黒いまつげが扇型の影を落とす。

ようやく祭壇まで来て足をとめたものの、エズメはガブリエルと視線を合わせようとはしなかった。クライボーン公爵は彼女の手を握って耳元でなにやらささやいたが、ガブリエルにはよく聞こえなかった。彼女がうなずいて返事をするなか、彼は隣に一歩進み出た。

教区牧師は糊のにおいのするぱりっとした祭服に身を包み、手にした聖書を開いて、参列者一同に微笑みかけた。咳払いをしてから、口を開く。「親愛なるみなさん、我らは神が見守られるなか参集し、ここにいる男女を夫婦の聖なる誓いで結びつけるため……」

こうして、婚礼の儀ははじまった。

エズメは上履きだけを見つめていた。マロリーとタリアに勧められてウイスキーを飲んだにもかかわらず、ノースコート卿のほうをちらとでも見たら、それに続く数分間を乗り切れないかもしれなくて怖かったのだ。

伝統に則った婚礼の儀式が続き、牧師の言葉がエズメの頭のなかをふわふわと漂い、不思議に焦点の定まらないぼんやりした状態になる。

やっぱり、ウイスキーのせいかもしれない。あれほど飲んではいけなかったのよ。

つぎの瞬間、なんの前触れもなく名前を呼ばれた。そしてまた、もう一度。集中しようと眉根を寄せていると、牧師はエズメになにか言ってほしいような顔をしていた。さいわい、この場で言うべき言葉はただひとつだ。「誓います」

実際にはなにを誓うのか確証があるわけではないものの、とにかく、言うべきことを口にした。静かな安堵感のようなものが、会衆席に集う人々のあいだに広がっていく。

そしてつぎに、エズメの耳にはほとんど入ってこない牧師の質問に答えるべく、エドワードが口を開いた。

ふいに、兄はエズメの手を腕から離してノースコート卿の大きな手のひらに預けると、うしろへ下がった。お兄さまはなにをしているの？　わたしを祭壇に残していくなんて。

だがエズメは、ノースコート卿の手の心地よい温かさに気づいた。その温もりが、指先に残っていた冷たさを払ってくれる。エズメはぞくりと身震いした。卿の手はなんて力強く、揺るぎないのだろう。男性の手という点では同じなのに、お兄さまとはまったく違う。

エドワードはもちろん、ほかの兄たちにふれても、ちりちりとしたものが肌を駆け抜けることなど一度もなかった。

それに、不思議に呼吸が浅くなることもなかったのに。ふいに息ができなくなり、肺の働きを元どおりにすることができなくなる。

頬や首が上気して、それとわかるほど赤くなることもなかったのに。

エズメはふと、ノースコート卿の視線から自分を守ってくれるベールの存在に感謝した。卿のまなざしはずっと、圧倒的な力で語りかけてくる。顔をあげてぼくの意思に従い、言いなりになれ、と。

彼が誓いの言葉を復唱しはじめた。詠《うた》うような豊かな声が、聞いているひとをうっとり誘う。愛と生涯続く献身を約束する言葉だが、それが本心ではないことは、エズメにもわかっていた。

それでも、誓いを終えて最後の段階まできた。卿の運命はこれから永遠に、エズメの運命と分かち難いものとなる。

とうとう、エズメの番がやってきた。こんどは「誓います」という単純な返事だけではすまない。

「私に続けて」牧師が重々しい声で言う。

神経を集中させながら、エズメは酒の勢いを借りた空元気《から》を奮い起こして誓いの言葉を復唱しはじめた。本気にはなれないものの、精いっぱい遵守しようと思う事柄を約束する。

なんとか誓いを言い終えた。ありがたいことに、つかえたのは一か所。夫に従いますという部分だけだ――エズメには、そんなことをするつもりは毛頭なかった。

それから、エズメの視界にはほとんど入っていなかったローレンスが、ガブリエルに指輪を渡した。

ガブリエルにふたたび手を取られて、エズメははじめて結婚指輪を目にした。あまりにも急かされたままことが運んだので、婚約指輪はもらわなかったが、そんなのも吹き飛ぶほど立派な結婚指輪だった。温かみを感じさせるローズゴールドでできた繊細な台。石そのものもすばらしく、大きなラウンド型のダイヤモンドを小さなメレダイヤが取り巻いている。ガブリエルが夜空に手を伸ばして、星座をひとつ引きおろしたかのような輝きだ。

ここでようやく、エズメは顔をあげてガブリエルを見た。結婚指輪を指にはめられながら、彼女を妻にするという誓いの最後の部分を復唱する彼と目を見交わす。

彼の瞳は金貨のようにきらめき、すべてを貫く真昼の太陽のようだった。エズメはまたしても身震いしたが、こんどは体の奥を流れる熱いものの激しさに驚いたからだった。上履きのなかで爪先に力を入れ、じっと動かぬよう必死になる。

でも、そんな心配は無用だとエズメは気づいた。ガブリエルがしっかり抱きとめていてくれる。彼は、わたしが落ちていくのを黙って見ているようなことはぜったいにしない。きっと。

牧師が締めくくりの祈りを終え、ふたりが〝夫婦〟になったとようやく宣告すると、ガブリエルは花嫁の顔からベールをあげて背中のほうへと下ろした。これでやっと、なにものにも邪魔されずに彼女の顔を見ることができる。

エズメは無垢な美しさにあふれていた。鮮やかな青い瞳を見開いているのは、運命が決したのを悟ったせいだろうか。頬は、式のあいだも隠しきれなかった緊張のせいで桃色に染まっている。薔薇色の唇は少し開いて、キスされるのを待っているようだ。**ぼくのものだ**。ガブリエルは本能のままに思った。じっくりとふれて味わい、ぼくだけのものと憚らずに言える女性だ。

エズメと夫婦になり、今日からは彼女を彼から引き離せる者はだれもいないということに気づいて、ガブリエルは声をあげて笑いそうになった。心のなかでは、彼女を抱き寄せて自分の腰に脚を巻きつけさせ、息もつけぬほどのキスをしたかった。

だが、そんな戯れはあとになるまで待たなければなるまい。エズメの家族に見守られるなか、祭壇にふたりで立っているのだから。それに、そんな振る舞いに及んだら牧師が失神しかねない。

ガブリエルはエズメに微笑みかけると、上流階級の人々には時流にそぐわないと言われそうだと思いつつ、彼女にかがみこんでさっと口づけたが、驚くほどなじみ深いにおいを感じてキスをやめた。

「酒を飲んでいたのか？」エズメにだけ聞こえるよう、ささやく。

彼女は目をぱちくりさせた。まるで、巣から落ちた梟のひなだ。「いいえ」と答えるものの、自分の嘘に顔をしかめている。「いえ、まあ少しは。気持ちを落ち着けるものが必要だったの」

「で、浴びるほどブランデーを飲んだわけか？」

「ウイスキーよ。それに、何口かすすっただけだわ」

ガブリエルの口元がにんまりと緩む。それから、彼はくすくす笑いながらエズメの腰に腕を回して抱き寄せた。

一緒に向きを変え、花嫁とともに通路を歩く。ふたりがなにをささやいていたのか問いかけるような、家族や友人たちの視線はきっぱり無視する。

大きな両開きの扉の直前まで来ると、ガブリエルは足をとめて首をかしげ、花嫁の唇にすばやく、しかしたっぷりと口づけた。エズメは、いまだ探索されていない欲望の甘い味わいと、ウイスキーの芳しい香りがした。

「続きはまたあとで。だが、いまはこれくらいにしておこう」

つぎの瞬間、ふたりはチャペルからあふれ出た参列者の祝福の渦にのみこまれた。

12

今日は確かに自分の婚礼の日だが、いつ終わってくれてもエズメはかまわなかった。もう何時間も立ちっぱなしだった——最初はチャペルでの婚礼の儀、それから披露宴。ひと息つけたのは午餐の席だけで、新郎新婦とその親族、参列者全員が集まり、ブラエボーンの料理人率いる厨房の召使い一同が用意した豪華な食事を味わった。料理人は四層の贅沢なウエディングケーキまで作ってくれた。いちばん上の層は伝統に則ってフルーツケーキになっているが、それは結婚一周年の記念日を迎えた新郎新婦が切り分けて配るよう、取っておくことになっている。

だが、いまこの瞬間のエズメにはそんな先のことまで想像できなかった。自分が結婚したということも信じられないぐらいだが、それを証明するように、左手には大きなダイヤモンドの指輪が輝き、隣にはノースコート卿が立っている——どこを見ても男らしくたくましい体は夢や想像などではなく、どこまでも現実そのものだった。

婚礼の儀を終えた直後にチャペルの外でキスされてから、エズメはガブリエルの口づけを受けていなかった。抱き締められたのもほんの一瞬だったが、重ねられた唇の感触はまだ思い出せる。ふれられて、目もくらむような悦びを覚えた。いや、ウイスキーの影響が表に出ただけかもしれない。頭に霞がかかったようになったのはアルコールや緊張のせいで、いまや夫となったこの男性のせいではないのかも。

エズメはノースコート卿を横目でちらと見た。隣に立つ彼は、いとこのインディアとその夫であるウェイブリッジ侯爵クエンティンと話をしていた。クエンティンは親戚のなかでもことにエズメが気に入っている男性だが、かつてはノースコート卿と同じくらい――いや、それ以上に――悪い評判を轟かせていた。もっとも、いつものように彼女はそんなことなどなにも知らない体《てい》を装っていた。クエンティンの過去から見て、ノースコート卿と古くからの知り合いだとしても、驚きでもなんでもない。クエンティンに親しみをこめて〝若造〟と呼ばれていたころのノースコート卿は、彼とともにここ何年か、ロンドンで多くの注目を集めていたようだ。

クエンティンは放蕩者としての生き方をとうの昔に捨て、いまや三人のこどもをもつ誠実で愛情あふれる夫となっていたものの、エズメは、ノースコート卿が同じことをしてくれるとは期待していなかった。卿はほかの女性と愛を交わすことはないと誓ったが、インディアやクエンティンとは違い、ふたりは恋愛の末に結ばれたわけではないからだ。

くたびれてため息が出そうになるのをこらえながら、エズメは長いスカートの下で足をもぞもぞさせ、戸口のほうを恨めしい目で見つめた。こっそり抜け出して、自分の部屋に戻りたい。

とりあえず、夫となった男性とともに今夜ブラエボーンを出ていくようにとは言われていない。急いで結婚式をあげることばかりに気を取られて、ハネムーンの計画などは無視されていた。もっとも、今回の結婚を取り巻く状況を考えれば、ハネムーンに行くこと自体ばかげている。だって、ハネムーンはレオとタリアのように愛し合っているふたりのためにあるものだ。だれにも見られていないと思っているときに熱く親密な視線を相交わすのを、一度ならず目撃されるようなふたりにこそふさわしい。あれほどの激しさとともに愛され、求められるとはどんなものなの？

エズメがふと見あげると、熱い火かき棒で突かれたような衝撃が走った。ノースコート卿に見おろされていたからだ。

彼女は唐突に目をそらし、隣人がする話にひたすら耳を傾けようとした。貴婦人向けの雑誌『ラ・ベル・アッセンブレ』で見た最新のファッション画について熱心に語る女性だ。

しかし、なんの前触れもなく、ノースコート卿以外にはあり得ないほど力強く男らしい腕が腰に回されて、エズメは抱き寄せられた。

「これは失礼、愛おしいひと。きみをほったらかしにしていたようだ。許してもらえるか？」彼は身をかがめ、エズメの頰をかすめるようなキスをした。炎にあぶられたような感覚が走る。

エズメと話をしていた隣人は黙りこみ、感に堪えないようにノースコート卿を見つめた。それなりの評判を轟かせてきたバイロン家の男たちをよく知っているにもかかわらず、こんな男性を見たのははじめてだというまなざし。

エズメ自身も言葉に詰まったが、それは決して、隣人の女性と同じ理由ではなかった。「ええ、もちろんよ」となんとか答えを返す。

「申し訳ないが」ノースコート卿がエズメの隣人に話しかける。「ぼくの花嫁をあなたから奪います。気になさらないでもらえますね？」

エズメにも、彼が隣人にあざやかに微笑みかけるのが目の端で見えた。

隣人はこのあたりの郷士の妻。ノースコート卿よりも十五は年上で、体重も七キロは重いような女性だが、まさかと思うようなくすくす笑いとともに首を横に振った。

「いいえ、とんでもない。あなたは新郎ですもの。どうぞ、お好きなようになさって」

「なんと寛大な。ご親切に感謝して、いつまでも覚えていることにしましょう」

隣人はふたたび女学生のような忍び笑いをもらすと、夢見るような目つきでノースコート卿がエズメをさらうのを見送った。

「まったく、あなたってふてぶてしいのね――自分でおわかりかしら？」エズメは、隣人に聞かれないところまで来てから言った。

ノースコート卿は立ちどまって彼女のほうを向いた。「ふてぶてしいのはいつものことだが、いまこの場では、どういう意味において？　もしや、話し相手からきみをさらったことを言っているのか？　退屈のあまりガラス玉のような目をしていたから、救いの手を差し伸べたつもりだが」

エズメは頭をぐいとそらして卿を見た。彼女の言っている意味が彼はほんとうにわからないらしいが、女性に対して自分が催眠術をかけてしまうような影響を与えていることはわかっているはずだ。とはいえ、女性が相手なら自分のやりたいようにできるのに慣れていて、目を見張るほどの反応を示されても、当然のことと思っているのかもしれない。

一瞬、エズメはそう説明してやろうかとも思ったが、無駄だと思い直した。「いいえ、気にしないで。あなたはなにをお望みなの？」

ノースコート卿は黒い眉を片方吊りあげた。「花嫁にはそばにいてほしいからに決まっているじゃないか。ふたりでダンスでもどうかと思って」

「ありがたいけれど、遠慮しておきます。もう、疲れたの」

彼はエズメをまじまじと見つめた。「ふむ、今日は長い一日だった。きみのように若くて元気いっぱいの娘にとっても、そうだったか」

「〝若くて元気いっぱい〟だなんて」エズメは小ばかにしたような調子で繰り返した。「なんの関係もないわ。ゆうべはよく眠れなかったの」

「ほんとうに？」ノースコート卿は手を伸ばし、彼女の頬を指でなぞった。またしても、炎のような道筋ができる。「例のウイスキーは式の直前ではなく、ゆうべ飲むべきだったな。そうすればまちがいなく眠れた。まあ、明日は遅くまで寝所にいてもかまわない」

エズメは頬がぱっと赤くなるのを抑えようとしたが、それを見たノースコート卿はいたくよろこび、にんまりした笑みを口元に浮かべた。

「そうね。ノースコート卿、お許しいただけるのなら、今夜はこれで休みたいと思いますが」

「ああ、着替えておいで。ぼくはここで待っているから、一緒に出よう」

「出る、ってどこへ？」

「クレイ・ハウスに決まっている。今夜はふたりでそこで過ごす。だれも教えてくれなかったのか？」

「ええ、聞いてないわ」不安のあまり、エズメの声が上ずる。

「そういうことになっているんだ。手はずはすべて整っている。ありがたいことにクレイと仲間たちが、今夜はよそに泊まると申し出てくれた。ぼくたちへの結婚祝いだそうだ」

ふいにエズメは、いままで好きだったミスター・クレイのことが嫌いになった。こんなに高飛車なおせっかい焼きだとは思ってもみなかった。

「ミスター・クレイはとてもよく気がつく方なのね」なんとか声の調子を整えて言葉を継ぐ。「でも、ミスター・クレイとお仲間たちに気を遣っていただく必要はないわ。場所を移るにはもうくたくただし、そうしたいとも思わないから。わたしは自分の部屋へ下がり、あなたとは明日の朝、またお会いします。おやすみなさい」

ノースコート卿が不機嫌な顔になる。笑みのようなものはすっかり消えてしまった。

「今夜も、きみはぼくと会う。忘れていたらいけないから言っておくが、今夜はぼくたちの結婚初夜だぞ」

だれにも聞かれていないのを確かめてから、エズメは彼のほうに体を寄せ、声を低めた。「それはよくわかっていますけど、わたしたちはお互いにほとんど知らないも同然だし、必要に迫られて結婚しただけで、それが個人的な感情に基づくものではないということもわかってるわ。ゆっくりお休みになって、ノースコート卿。お互いをよりよく知り合うのは、明日の朝食の席で」

ノースコート卿は自制しつつも楽しげなまなざしになった。「ぼくをはぐらかして遠ざけようというのか？　だめだ。お互いをよく知り合うのは今夜ベッドのなかで行う、**レディ・ノースコート**。生まれたままの姿になって、シーツのあいだにふたりで横たわる以上にお互いを知るのにいい方法など、ぼくには思いつかない」

エズメは思わず息をのんだ。彼の言葉でさまざまなイメージが頭に浮かび、心臓がめちゃくちゃな鼓動を打つ。

卿は容赦ない顔をしてみせた。「さあ、そのドレスから着替えて、ひと晩泊まるのに必要なものを持って一階に下りてくるんだ。一時間以内に出発する」

自分から言い出した無謀なことを思い、エズメはふいに怖くなったが、一歩も引かずに言い返した。「いやよ。あなたと一緒にクレイ・ハウスへは行かない」

短い沈黙が流れた。

「いいだろう」ノースコート卿が言った。道理をわきまえた声。むしろ、わきまえすぎなほどだ。「本音を言えば、この結婚を完全なものにできるなら、場所はどこでもかまわない。では、ぼくがきみと一緒に行って、ドレスを脱がせるのを手伝おう」

卿が腰に腕を回してきたが、エズメは身をよじって逃れた。「だめよ！」

その叫び声を聞いて何人かが振り返った。そのなかには兄たちも含まれていて、ものすごい形相でふたりのほうを見ている。

「駄々をこねないでくれ、ダーリン《愛するひと》」ノースコート卿はエズメにだけ聞こえるよう、耳元でささやいた。「だれあろうきみの結婚式なのに」

「わたしは、あなたの愛するひとなんかじゃないわ」

「だが、ぼくの妻だ。今日誓ったことを忘れたのか？　そこには、ぼくに従うということも含まれていたはずだ」

「いいえ。その部分を言うときは中指に人差し指を重ねて、災難を避けられるよう祈っていたから、本心からの言葉にはならないわ」

ふいに笑いたくなったのか、ノースコート卿の唇がぴくぴくした。「ぼくと一緒に来るんだ、エズメ」そう言って彼女のひじをつかみ、戸口のほうへと導く。

「ガブリエル、やめて」エズメは引っ張られて小走りになった。

「ほう、ぼくのファーストネームを覚えていたのか？」

ふたりはそのまま廊下へ出た。ノースコート卿はエズメを連れて、優美なオービュッソン織のランナーが敷かれた上を大股でどんどん歩いていき、瑞々しい切り花でいっぱいの高価な花瓶や見事な彫像が置かれ、古今の巨匠による絵画の架けられた壁龕《ニッチ》をつぎつぎに通り過ぎていく。

「お願いよ、ガブリエル。今夜はだめ」

彼は足をとめ、手を離さぬままエズメを振り向いた。「では、いったいどういう理由で？　ぼくはそれほど不快な男ではないと思うが？」

「ええ、あなたは……決して不快なんかじゃない。けど、見知らぬ他人……に近い男性だわ。とにかく、あなたのことをもっとよく知りたいの。その……夫婦となった男女として親密に睦み合う前に」

エズメを見つめるノースコート卿の肩から、少し緊張が解けた。「正直言って、そういった事柄をきみがよく知らないのをときどき忘れてしまう。無垢な少女《おとめ》を相手にするのには慣れていない。もっとはっきり言えば、その反対だ」

「じゃあ、今夜すべきことは、もうしばらく先に延ばせない？」彼が差し出してくれたばかりの藁に、エズメは必死にすがった。「疲れているのはわたしだけじゃないはずよ。あなただってほとんど休憩もとらずに、兄たちとロンドンまで馬車で行って帰ってきたんだから。これから生涯をともに過ごそうというのに、あとひと晩ぐらい、いいでしょう？」

「そんなふうに言われると、夫として当然の権利を今夜行使させろと言い張るぼくのほうが無作法に聞こえるな」

エズメが安堵のため息をもらすと、ノースコート卿は皮肉な表情になった。

「そんなにうれしそうな顔をしなくてもいいじゃないか」

彼女は笑みを隠した。「まさか。でも同意してくださるなんて、あなたはとても寛大なひとね。ありがとう、ノースコート卿。いえ、ガブリエル」

「ふむ。なんだか侮辱されたような気がするな」なんの前触れもなく、ノースコート卿は親指と人差し指でエズメのあご先をとらえ、身をかがめた。「やはり、さっきの言葉は撤回しようか。ほんの数分できみを一糸まとわぬ姿にして、悦びの声をあげさせることもできる。いや、それほど時間もかからない」

彼の言葉を聞いてエズメは震えた。もしかしたら、彼の言うとおりかもしれない。

「だが、ガブリエル・ランズダウンが女性に無理強いしたなどと言われてはならない。それが彼の新妻となった女性ならば、なおさらのこと」ノースコート卿は親指でエズメの唇をかすめた。肉体労働などしないとされている紳士の指にしては、驚くほどざらついている。「今夜はきみに猶予を与えよう。だが、今夜だけだ。ぼくの忍耐もそこまでだからな」

「わかったわ、ガブリエル」エズメはにっこりした。心臓が内側から胸を激しく打つ。

「気をつけたほうがいいぞ、お嬢さん。さもないと、大きな悪い狼の気が変わって、きみをやっぱり食べようとするかもしれない」

エズメが目を丸くするのを見て、ノースコート卿は声をあげて笑い、腕を差し出した。「さあ、きみの部屋まで送っていこう」

こくりとうなずきながら、エズメは卿の腕に手をかけた。

しかし、そちらへ向かう間もなく、力強い足音が背後から聞こえてきた。

「エズメ。ノースコート」それはエドワードだった。公爵にふさわしく、激しく威嚇するような表情をしている。「どうだ、すべて順調か？　舞踏室ではふたりが言い争っているようだったし、急に出ていったから、様子を確かめようと思って来た」

「ああ、ぼくと妻のあいだではなんの問題もない」ノースコート卿はエドワードと睨み合った。愉快そうだった表情はすっかり消えている。

「ガブリエルが言いたいのはね」エズメは、彼らのあいだの緊張感がこれ以上エスカレートする前に口を挟んだ。「今夜どこに泊まるかでちょっとした誤解があったけれど、話し合ってすべて解決した、ということよ」

エドワードは腕組みをした。「解決した、とはどのように？」

「クレイが今夜、屋敷を使っていいと申し出てくれた」ノースコート卿が言った。「だが、エズメは疲れていて向こうへは行けないと言うので、こちらにとどまることにした」

エドワードはふたりの顔を見比べた。「まさに、そうすべきだ」そしてエズメのほうを振り向き、彼女だけに言った。「それだけか？ ほかに、ぼくに伝えたい〝誤解〟はないのか？ 確かにノースコートの妻になったとはいえ、妹であることに変わりはないのだからな。エズメ、ぼくにはなんでも話しなさい。ほんとうに、なんでもいいんだよ。それだけは、これからも変わらないから」

エズメの手の下でガブリエルの腕がぴくりと動き、肩に力が入る。だれが見ても、腹を立てているのは明らかだ。

兄が心配してくれるのはうれしかったが、エズメは気づくと、ふたたびガブリエルの味方をしていた。その理由は、自分でもよくわからない。

「これ以上、お兄さまに言わなくてはならないことなんてないわ」と陽気な声で答える。「ガブリエルとわたしのあいだでは、すべてがあるべき姿に収まってるの。ほんとうよ。心配すべき理由なんてなにもないのよ、ネッド。だって彼はもう、わたしの旦那さまなんだから」

エドワードはさらに数秒ほどエズメを見つめた。「ああ、確かにそうだな」そして、ノースコートに視線を戻す。「きみは義理の弟だが、だからといって、ぼくがレディ・エズメのことを気にかけるのをやめたり、心配しなくなると思ったら大まちがいだ。そんなことはぜったいにない。彼女はぼくにとって、そして家族全員にとっても大切な存在なのだからな。そのことをゆめゆめ忘れるな」

ノースコート卿は皮肉な笑みを浮かべた。「ああ、心配ご無用だ。言われるまでもない。あなたたち家族のほぼ全員がことあるごとにその事実を突きつけてくるのに、どうして忘れられようか。バイロン一族のなかでそういう発言をせずにいるのは、あなたのいとこだけだが、もしかしたら、ぼくは従僕をあなたたちの親戚とまちがえているのかもしれない」

「まさか、みんながそんなことをするはずないわ」エズメは目を丸くした。

「いや、している」ノースコート卿は物憂げに言うと、彼女をじっと見おろした。「きみはとても大切にされているようだな」

エズメはぱっとエドワードを振り返った。「もうやめて。お兄さまだけじゃなく、みんなやめてちょうだい。はじめて会ったときからずっと、ガブリエルは紳士そのものだった。一緒にいても、わたしはなんの心配もなく安全よ。彼に警告や戒めを言うのはいますぐやめるよう、みんなに伝えて」

「愛しいひとよ、頼むから、言い回しに気をつけてくれないか」ノースコート卿はエズメに言った。「〝なんの心配もなく安全だ〟なんて、去勢された種馬のようじゃないか。ぼくはそれとはほど遠い男だ。ぼくにも、守らなければならない評判というものがあるんだが」

エドワードは声をあげて笑った。「すまなかった、ノースコート。ぼくの妹がこれほど熱烈にきみを擁護するということをつい忘れてしまう。実際、擁護に値するかどうかという問題は別だが」

ノースコート卿も頭を下げた。「これで話がついたなら、レディ・ノースコートはもう休みたいと言っているので」

既婚女性となったエズメのあらたな敬称を聞いて、エドワードはふたたび真顔になった。「もちろんだとも、これ以上引きとめはしない。なんといっても、今夜はきみたちの結婚初夜なんだからな」身をかがめて妹の頬にキスをする。「いいか、クレアとぼくは廊下を出てすぐの部屋にいる。なにかあったら来なさい」とわざと聞こえるようにささやいた。

「ネッド!」

エドワードはなに食わぬ顔で微笑んだ。「おやすみ、エズメ」そして、やや硬いまなざしになる。「ノースコート」

「クライボーン」

エズメもおやすみの挨拶をしながら、背を向けたエドワードがやってきたほうへと戻っていくのを見送った。

そして、ノースコート卿とまたふたりきりになった。

彼は無言のまま、寝室へ向かうエズメについてきた。閉ざされたドアの前で、ふたりは足をとめた。

「さてと、着いたな」

「ええ、着いたわね」

ノースコート卿は身をかがめてエズメの目を見つめた。「ほんとうに、一緒になかへ入ってほしくないのか？　メイドの手を煩わせることはない。長年の経験により、レディのドレスを脱がせるのはむしろ得意なほうだ。ペチコートを含めたって、あっという間にそのウエディングドレスを脱がせられる。ところで、ペチコートは何枚重ねてある？」

急にエズメの心臓の鼓動が倍の速さになり、不安が一気に戻ってきた。

もう、ノースコート卿が言ったことのせいよ！

だけど、彼の慎みのなさにいまさら驚く必要がある？　裸のまま戸外で眠るような男性なのに。

わたしだって、そんな彼の姿をスケッチするほど慎みのない女だ。内なる声が、それとなく思い出させる。

エズメはのどが詰まった。「メイドの手を借りるから、大丈夫」

黄褐色の瞳をぎらりとさせつつ、ノースコート卿はしぶしぶ受け入れた。「好きにしたまえ、ぼくの花嫁よ。せめて、おやすみのキスはさせてくれないか？　なにしろ、夫として当然の権利をこうして諦めたんだ。寛大さに対する補償のようなものを与えられてしかるべきだと思うが」

そんなふうに言われたら、断れない。「いいでしょう。でも、一回だけよ」

「一度だけ？　では、まちがいなくすばらしいキスをしなくては」

返事をする間もなくエズメは抱き寄せられ、ノースコート卿が唇を重ねようと身をかがめてくる。

心身ともにくたびれ果てていたにもかかわらず、ふとふれられただけで、エズメのなかでたちまちなにかが目覚めた。熱いものが燃えあがり、全身を駆け抜ける。卿の唇の感触だけで体がうずいた。彼は重ねた唇を離さぬまま、あるときはこちらに、またあるときはあちらへと向きを変える。もっととせがむように押し当ててくるのが、優しいながらも一歩も譲らない強さを感じさせる。

しっとり濡れた温かな舌先で下唇をなぞられると、エズメの口はひとりでにほころんだ。なにを求めているのか、頭よりも先にその部分のほうが知っているかのようだった。

彼の舌が唇をこじ開けて入ってくる。エズメの舌と絡み合い、とても感じやすくなっている頬の内側をそっとなぞり、また反対側へと移っていく。エズメは子猫が鳴くような不思議な声をのどの奥で出しながら、全身を震わせた。

ノースコート卿は微笑んだが、キスをやめようとはしなかった。むしろ、エズメを抱きすくめ、より激しくキスを深めていく。彼の求めているものがなんであれ、リードに従って応えるよう強引に迫ってくる。

そして、エズメはそれに応えた。与えられた悦びのあまり、頭はすっかりぼうっとして、肌が灼《や》けるように熱くなる。ふいに、ドレスがきつくなったような感じがした。言葉もなくふれただけで、ノースコート卿はキスを返すよう命じた。彼の動きをまねるよう促されてエズメは舌を彼の唇に走らせ、激しく唇を重ねた。こんな狂おしい思いが自分のなかにあるとは思ってもみなかった。

お尻の下に回した力強い腕で抱きあげられたときも、エズメは自分の足が床から離れたことにさえ気づかなかった。ノースコート卿の肩に両腕を回して落ちないようにしながら、キスを続ける。卿は壁に彼女を押しつけ、さらには自分の体をぴたりと添わせた。

何枚ものドレスの生地を通しても、卿の下半身が硬く張り詰めているのがわかった。無垢な少女《おとめ》の身でも、彼がなにを求めているのかがわかる。動物が交尾をしているのを見たこともあるし、番《つが》うとはどういうことかも少しは知っている。

エズメはまた、不安になった。

彼は、この男性は、わたしの手には負えない。

経験豊富で、あまりにも世慣れている。

情熱的に快楽を追い求めようとする。

きっと、何人もの女性と愛を交わしたことだろう。わたしは、単にそのなかのひとりというだけ？　左手に指輪があっても、きっとそうなのだろう。

でも、彼を失望させてしまったとしたら、そのほうがもっと悪い。一生を捧げると誓ったばかりの相手なのに。

エズメは顔を背けて、キスをやめた。みずからの荒い息遣い、そして、知らないに等しい男性に抱き締められただけで自制心を失ってしまった自分のことがほのかに恥ずかしくなる。

ドレスのなかで、胸の頂までが小石のようにとがっている。ノースコート卿に気づかれないよう、エズメは祈った。

「もう下ろしてくださって結構よ」小さな声でつぶやく。

ノースコート卿は彼女を正面から見て、わけ知り顔で目をのぞきこんだ。「それがほんとうにきみの望みなら。ぼくがさっき言った申し出はまだ有効だが」

「下ろしてください」

エズメが目をそらすと、卿は床に下ろしてくれた。ほんの少しふらついたが、卿がすっかり手を離したわけではなかったので助かった。でなければ、床に崩れ落ちていただろう。

ノースコート卿はエズメのあごの下に指を添え、自分と目が合うようそっと上向かせた。「おやすみ、ぼくのかわいいエズメ。明日、この続きをするのを楽しみにしている。今夜はゆっくり休んでくれ。ぼくがなにをするつもりでいようと、きみには体力が必要になる」

胸がずきりとして、エズメは思わず息をのんだ。

「え、ええ。おやすみなさい」

うしろに手を回してドアノブをひねり、エズメは寝室へと滑りこんだ。

そしてドアにもたれかかったまま、ノースコート卿が去っていく足音を聞いていた。

13

ガブリエルは、夜明け前の淡い灰色の明かりで目を覚ました。張り詰めた下半身がシーツをテントのように押しあげている。それをまじまじと見てから、うめき声とともに頭から枕にどさっと倒れ、腕で目を覆った。

ゆうべもまさに、同じく情けない状態で床に就いた。すぐ隣の部屋では花嫁がまどろんでいると思うと、心も体も苛まれた。

玄関ホールの大きな柱時計が夜中の二時を知らせたとき、今夜はひとりで眠らせるとエズメに約束したにもかかわらず、負けを認めて彼女のところへ行こうとした。だが、まさにその約束と、静かに懇願するようなあの瞳に押しとどめられた。誘惑すれば、かならずやエズメは屈服するという確信はあったが。

というわけで陰鬱な時間がのろのろと過ぎるのを待ってから、うつらうつらとした眠りにようやく落ちたのだった。

どうやら、新妻が望みどおり自分のベッドにいる夢を見ていたらしい。エズメがいまここにいたなら、口づけてゆっくり目を覚まさせてから深く体に分け入り、高みにのぼり詰める悦びの声をもらすのを聞きながら、ふたりで衝撃的な絶頂を迎えていたものを。

満たされない思いにずきずき痛む下半身に、ガブリエルは罵りの言葉を吐いていた。乱暴にシーツを剝いでベッドから起きあがると、一糸まとわぬ姿のまま、隣にある浴室へと歩いた。

なんたる間抜けだ。ロンドンで売春婦を相手に欲望を鎮める機会を逃すとは。まったくもって、ぼくらしくない。欲望を抑えるなんていままでなかったのに。どうして、今回ばかりはそうした?

エズメのせいだ。

ふむ、この問題には今夜こそ決着をつけられるだろう。エズメ・バイロン……いや、エズメ・ランズダウンの純潔をかならず奪ってみせる。肌と肌を合わせ、夫婦の契りを結ぶ悦びを教えてやるのが楽しみだ。

そんな思いにうめき声をあげながら、ガブリエルは水差しに手を伸ばした。いっぱいに入っていた水は、一夜のうちに氷のように冷たくなっていた。彼はバスタブのなかに入ると、水差しを高く掲げて、頭から水をかぶった。

「おはよう、リドリー」エズメは厩舎に入りながら声をかけた。

馬の世話をしていた馬丁頭はぱっと振り返り、目を丸くした。「レディ・エズメ！

いえ、失礼いたしました、レディ・ノースコート」

レディ・ノースコート、ですって。

そう呼ばれるのはひどく不思議な感じがしたが、リドリーの言うとおりだ。わたしはもう、レディ・エズメ・バイロンではない。だけど、新しい敬称に慣れるまで時間がかかるだろう。きっと、結婚しているという状態そのものにも。

正直言って、すべてが複雑に入り組んだ奇妙な夢のよう――いつ終わるとも知れぬ断片的なイメージの数々に、ゆうべはひと晩中悩まされた。その夢のなかではノースコート卿が圧倒的な存在感を放っていて、目覚めたときも彼が隣にいるのではないかと思ったほどだった。

そのかわり、横の枕には猫のトビアスが大きな体を悠々と伸ばして寝そべっていた。

ノースコート卿は、エズメひとりで夜を過ごしていいという約束を確かに守ったのだ。

だけど、今夜はどうなるの？

この十時間で、彼とのあいだでなにか変わった？　見知らぬ他人に等しい男性という感じが、昨日より薄れただろうか？

エズメは顔をしかめたが、すぐ目の前の未来についてはあとで考えることにした。屋敷に戻ってからにしよう。

そう、ノースコート卿の顔をまた見てから。

「こんなに早い時間にこちらにいらしたのはどういうわけですか、お嬢さま？」リドリーは話を続けた。「てっきり、今朝は遅くまでおやすみだと思っておりました。昨日は大変な一日でいらっしゃいましたからね。僭越《せんえつ》ながら、厩舎で働く馬丁を代表してお祝いを申しあげます。お嬢さまは、だれよりもお幸せになってしかるべきですよ」

エズメは馬丁頭に向かって大きく微笑んだ。「ありがとう、リドリー。あなたはほんとうに優しいのね。馬丁たちにもよろしく伝えて」

リドリーは帽子にちょっと手をやった。「もちろんです」

「結婚式のあれこれで高揚したけれど、世話をしなければならない動物はいるし、あの子たちは、わたしが結婚しようがなんだろうがわからないもの。朝ごはんが欲しいだけなのよね」

リドリーはにっこりした。「ほんとうにそのとおりですね、お嬢さま。まったくだ。人間があれこれ悩んでも、動物の世界はとまってくれない。ですが、いまはお嬢さまにとって特別な時期ですよ。レディが結婚するのは一生に一度だけ。少しはわがままを言ったり、のんびり過ごしたりしても罰は当たりません。これからしばらくは、馬丁の連中とわたしとで面倒をみます。なにしろ、お嬢さまはもうすぐ旦那さまとここを出て、新しくご自分の家庭をおもちになるんですからね」

ブラエボーンを出ていくことを思い、エズメは胃のあたりが跳ねあがるような感じがした。でももちろん、リドリーの言うとおりだ。いずれはブラエボーンを去らなくてはならない。きっと、思った以上に早いうちに。ノースコート卿には自分の領地はもちろん、別個の生活がある。そして、いまのわたしはその一部となっているのだから。

「本来の仕事ではないことをやってくれるのは、とてもありがたいわ」エズメはふいにわきあがる動揺を抑えようと、言葉を継いだ。「だけど、今朝はもう犬や猫たちの世話をして、ポピーにも水を新しく汲んで、飼い葉もあげてきたの。こちらに寄ったのは、アビゲイルと子猫たちがどうしているか確かめようと思って」

「ああ、あの子猫たちならまったく問題ありませんよ。厩舎に勝手に住み着いた猫かもしれませんが、馬丁がみな甘やかしていますからね。とくに、ピートは連中にぞっこんです。しょっちゅう仕事を抜け出して様子を見にいっては、腹ぺこのこどもにお乳をやらなくちゃいけない母猫を見て、自分の食事からちょっと分けてやるんですよ。心配なさることはなにもありません。アビゲイルはネズミを捕るのも上手ですが、母親としても申し分ありません。我々はみんな、無事なお産をよろこんでいます」

「それはじゅうぶんにわかってるけど、やっぱり自分でも様子を見たいの。あまりにかわいくて、眺めずにはいられないから」

「確かにそうですね。お嬢さまの手にちょうど乗るくらいの、ふわふわの毛玉だ」

エズメとリドリーはふたたび、ちょっと笑みを交わした。「アビゲイルの様子を見たら、少しピートを貸してもらえないかしら。アイオロスの怪我もずいぶん治ってきて、日ごとにかごのなかで落ち着かなくなってるの。外に出して、飛べるかどうか見てみたいわ。その手伝いをピートにしてほしいんだけど」

「あの鷹、また飛べるとお考えですか？　あんなふうに羽を矢で射抜かれていたのに？」

「それは見てみないとわからないけど、アイオロスは野生に返すべきよ、厩舎のなかの馬房に押しこめておくのではなく」

「それはそうですが、飛べなかったらどうします？ 思った以上に深い痛手を負っていたとわかったら？」
「だとしたら、もちろんこのまま世話を続けるわ。わたしは、自力で面倒をみられない動物を野に放つようなことはぜったいにしない」
「そうですね、お嬢さま。あなたはそんなことをなさる方ではない。では、ピートを直接そちらへ差し向けましょう」

ガブリエルは部屋を出ると、絨毯の敷かれた廊下を静かに歩いた。まだ早い時間だということはわかっている。早すぎて、朝食の間にもまだ食事が並べられていないほどだ。起きているのは召使いたちだけで、それぞれの務めを果たすべく蟻のように忙しく立ち働いている。

ドアをノックして、エズメが起きているかどうか確かめようかとも思ったが、そんなふうに干渉されるのを彼女は好まないだろう。屋敷にいるほかのみなと同様に夢の世界をまださまよっていたとしても、不思議ではない。

呼び鈴を鳴らして、側仕えに温かいコーヒーを一杯とスコーンを部屋まで持ってこさせてもよかったが、ひとりでひげを剃って着替えをすませ、厩舎へ向かった。

馬に乗ってひと走りすれば、今日という日のために心身を鎮めることもできるだろう。

結婚式に参列しようとやってきた親族の多くはそのまま泊まっていて、あと数日はとどまるひともいる。と、公爵夫人が話のついでに言っていた。

それに、バイロン家の一族とその配偶者やこどもたちが勢ぞろいしている。みな、結婚式の前からこの屋敷に滞在しており、あと二、三週間は初秋の気候をここで満喫してから、十二月なかばまではそれぞれの領地で過ごすという。クリスマスにはふたたび、みながこのブラエボーンに戻ってくる。それがバイロン家のしきたりらしい。

それを考えると、新妻とふたりきりで過ごす時間を作るため、一刻も早くここを出られるよう手はずを整えなければならない。クリスマスについては、いつもより余分に杯を掲げる以外には祝うつもりもなかった。しかし、バイロン家の男たちのことだから、季節の祝いごとのためにエズメを家族のもとに戻すのを断ったら、どこまでも嫌味を言われるにちがいない。

最初はエズメをロンドンのタウンハウスへ連れていこうかと思った——が、現在もあらぬ噂が吹き荒れていることを考えると、賢明な策ではない。少なくとも、あれこれささやかれている最悪な部分が収まるまではだめだろう。

あとは、テン・エルムズ。

先祖代々の領地にある邸宅とはいえ、ガブリエルにとっては昔から、死装束のように陰気で、息が詰まるところだ。しかも、この十年間で訪れた回数は片手で足りるほど。それを思うと、新婚夫婦——たとえ彼自身が望んだわけではなく、急遽手はずを整えた末に結ばれたふたりだとしても——が最初の数週間を過ごす場所にふさわしいとは言えない。

最後の選択肢として、ハイヘイヴン。

コーンウォールの海岸に立つこの屋敷は田舎家に毛が生えたようなもので、公爵家の令嬢を満足させるような贅沢な雰囲気はまったくないが、ガブリエルはすぐにこの案が気に入った。ハイヘイヴンは母方の祖母から臨終の際に譲られたものだが、その存在は、二十一歳の成人を迎えるまで知らされていなかった。

少額の年金も相続したので、それを使って古いハイヘイヴンを修復し、元の姿にした。誠実で働き者の夫婦も管理人に雇い、ガブリエルが留守にしているあいだは屋敷の清掃と保守を任せている。

ハイヘイヴンのことは昔から大切に思ってきた。この世ではじめて、ぼくだけの所有物となった屋敷だ。エズメはどう思うだろう？　あそこへ連れていくべきだろうか？　コーンウォールの広大な海や空のすばらしさを見せてやる？　彼女はぼくと同じように、美しく平穏な地を気に入ってくれるだろうか？

　その瞬間にガブリエルは心を決め、ペンと紙、インクに手を伸ばした。彼と、娶《めと》ったばかりのレディ・ノースコートが一週間後にハイヘイヴンを訪れるので、泊まれる準備をしておくよう、管理人のカンビー夫妻に知らせる手紙を一気に書きあげる。それから封をして、最初の集配で郵便馬車に載せられるよう、執事を探しに出た。

　それをすませてから、厩舎に向かった。

　屋敷に隣接する建物に近づいていくと、風にのってエズメの声がかすかに聞こえてきた。手入れの行き届いた翠《みどり》色の芝生が広がる東のほうに目をやると、木立がいくつかあり、若い男性の召使いとエズメが話しているのが見えた。ふたりのあいだには、じつに興味深い物があった。平底の手押し車の上にひどく大きな箱のようなものが置かれ、上から布が掛けられている。

　眺めていると、エズメたちが布を端から注意深くめくっていき、木製のかごが現れた。なかには大きな鷹がとまっている。茶色の羽をした堂々たるその鳥は黄色くまん丸の瞳をして、獲物を狙うかのような鋭い視線を周囲に向けている。

「いいわ、ピート」エズメが声をかける。「扉を開けて、あの子がどうするか見てみましょう」

飛び立て。ガブリエルは思った。エズメは、だれの鷹を放そうとしているのだろう。しかし、よくしつけられた鳥というものは、適切なサインを送ってやれば、たとえ飛び立ったとしても主人のところへ戻ってくるものだ。

だがそのまま見つめるうち、ガブリエルは疑いはじめた。あの鳥はそもそも、訓練を受けているのだろうか。元から野生のものなのかもしれない。猟をしないときにかぶせる頭被も鈴も、足革もつけていない。だが、それも当然だ。野生の鳥のなかには、ひどく気まぐれで動きが読めず、危険極まりない種類もある。飼いならされた鷹でも、驚いたり乱暴な扱いを受けたりしたら、凶暴になる場合がある。

いったい、エズメはなにをしているつもりなんだ？　肩から腕を保護する餌掛《えが》けもしていないじゃないか。

ガブリエルは驚きのあまり歩き出し、ふたりがいるところまでの距離をあっという間に詰めた。

「大丈夫よ、アイオロス」エズメは優しく声をかけながら、開いたままのかごの扉に近づいた。「出てきて、翼の具合を自分で確かめてみて」

呼びかけられた鷹は頭をかしげて彼女をひたと見据えるが、とまり木からは動かない。

「いい子だから出ておいで。治ったかどうか、見せてごらん。また、空を飛びたくないの？」

「エズメ！　そのかごから下がるんだ！」ガブリエルは、なかにいる鷹を驚かせないよう、口調に気をつけながら命令した。

三組の瞳が彼のほうを向く。男の召使いと鷹は、なにごとかという顔つき。エズメは眉根を寄せていた。

「ノースコート卿、おはよう」彼女の声は穏やかで落ち着いていて、不安のかけらも感じさせない。「よかったら、その場でとまってくださらない？　アイオロスは知らない人間が嫌いなの。とくに、男性は」

「ぼくの言ったことが聞こえなかったのか？　怪我をする前に、そこから離れろ」ガブリエルはさらに三歩近づいた。エズメをかごから引き離す必要があったときに、腕を伸ばせるようにと思ってのことだ。

「ガブリエル、やめて」エズメは手のひらを彼に向け、腕を突き出した。「自分のしていることはちゃんとわかっているし、わたしに任せてくれれば大丈夫。でも、あなたが近づいてきてはだめなの。お願いだからそこでとまって、アイオロスの視界に入らないよう、ゆっくり下がって」

かごのなかでは鷹が羽を逆立て、力強い嘴でかちかち音をたてている。まるで、エズメに賛成とでも言っているかのようだ。

「ほんとうですよ、閣下」ピートが口を挟んだ。「動物の扱いにかけては、レディ・エズメはまさに驚くべき方なんです。お嬢さまにできることをごらんになったら、魔法かと思うほどですよ」

あるいは、無謀な振る舞いと言うべきか。

ガブリエルは黙ったままでいた。とりあえず、召使いの大げさな言葉についての判断は保留しよう。使用人はエズメの言うことをあえて否定しようとは思わないほど、意のままに操られているのだろう。すぐにも前に出て彼女を安全なところに連れ去りたいが、鷹を刺激してしまうのも心配だ。ガブリエルは口を真一文字に引き結んでうしろに下がったが、鷹の視界からそれるぎりぎりのところに留まった。

ガブリエルが安全なところまで下がると、エズメはようやく鷹のほうに向き直った。

「大丈夫よ、いい子ね。だれもあなたを傷つけない。あなたはもう元気なのよ。空を飛んでみたい気になった？　無理だったら、いつでもまた、かごのなかに戻してあげるから」

必要ならばすぐに動けるよう、ガブリエルはエズメから目を離さず、なだめるように言い聞かせる彼女の言葉を聞いていた。鳥にわかるはずもないのに。

それでも鷹はかごのなかで静かになったが、外に出ようという動きは見せなかった。

「ピート」エズメはささやくような声で言った。「餌掛《えが》けを渡してちょうだい。あなたも下がって。外に出るようアイオロスを説得できるかどうか、やってみるわ」

「承知いたしました、お嬢さま」

馬丁は言われたとおり、綿の生地を長い鞘のように縫ったものを手渡した。その内側は革のようなもので覆われている。正式な籠手《こて》ではないが、エズメも腕をむき出しのままでいるほどの愚か者ではないらしい。しかし籠手は手首のあたりですぼまり、前腕からひじの上までを覆っているものの、手はむき出しのままだった。外側が綿なので、長袖のドレスを着ているようにも見える。

ガブリエルは全身をこわばらせた。やはり、この状況は気に入らない。奥歯をぐっと噛み締め、のど元まで出かかっている警告の言葉をのみ下す。ふたたび前に飛び出したくなる衝動を抑えながら、エズメがかごのなかに手をそろそろと入れていくのを見守った。

しかし、血だらけになった手が出てくることはなく、エズメが慎重にかごから出した腕の上では鷹がバランスをとってとまっていた。

彼女はもう一度、アイオロスに小さな声で語りかけた。その励ましの言葉を、鷹のほうもわかっているように見える。首をいっぽうにかしげ、ゆっくりまばたきをしながら彼女の声に耳を傾けている。

「あなたがいなくなると寂しくなるわ、アイオロス。あなたはほんとうに健気で、いい子だったわね。でも、自然のなかにいるべき生き物だから、ここを出て自由に飛ばなければならないの。怪我が治るよう、わたしにできることはすべてやったから、あとはあなたが頑張って。自分の力で飛んで、また木立に巣を作りなさい。いまはどこにいるかはわからないけど、伴侶を得て、かわいい雛をたくさん育てるのよ」

目をしばたたくと、エズメは急に感極まったような声になった。「さあ、行きなさい。あなたはもう、いつでも大丈夫。ここを飛び立って、いつまでも幸せに生きていって」

腕を精いっぱい伸ばし、あと押しをするようにふっと弾みをつけてやる。だがアイオロスはその場に留まったまま、ふたたび首をかしげ、彼女の目を見つめた。

つぎの瞬間、自分も別れの言葉を告げたと言わんばかりに、アイオロスは堂々たる翼を広げて体をもちあげた。治癒した翼であらためて飛べるのかどうか心もとないとばかりに、地面に一瞬落ちそうになるが、わずかに吹いていた風を捉えてさらに強く羽ばたく。一度、二度、三度。アイオロスは空高く舞いあがった。威厳さえ感じさせるように高く、さらに高く空を舞ううち、その姿は見えなくなった。

ピートは満面の笑みを浮かべた。いま目撃したばかりの光景に大満足といった感じだ。「おれがお話ししたとおりでしたね。すごいとしか言いようがない。これが、レディ・エズメに神さまから与えられた才能ですよ。おれなんかが見たこともないくらい、生き物のことをよくわかっておいでなんです」

「ああ、そのようだな」ガブリエルは新妻をまったくあらたな目で見つめながら、ゆっくりと進み出た。

エズメはちらと彼の目を見ると、すぐに視線をそらし、革と綿の籠手を腕から外すのに取りかかった。

ピートはちょっと咳払いをした。「では、これを厩舎へ戻しましょうか？」指で、木製のかごをくくりつけた手押し車を示す。

「そうね、どうもありがとう」エズメは籠手を彼に渡した。

「いつでもおっしゃってください、レディ・エズメ」

「レディ・ノースコート、だ」ガブリエルは声を抑えて訂正すると、彼女のそばで立ちどまった。

「ああ、そうでした。ずっと、バイロン家のお嬢さまと思ってきたので、新しい敬称が頭のなかでしっくりくるまで時間がかかりそうです。では、失礼いたします、ノースコート卿。レディ・エズメ」

ピートは帽子に手をやって会釈すると、手押し車のハンドルを持ち、道具をすべて運んでいった。

「ずいぶん生意気なやつだな。クライボーンは気にしてないのか?」

「ピートのこと? いいえ、まったく。だって、彼は馬丁のなかでも一、二を争うほど仕事ができるし、馬の扱いも上手よ。厩舎に住み着いている猫たちも彼に慣れてる。みんな、ピートのことが大好きだわ」

「確かに彼はきみを崇めているようだ。それにしてもきみは、あの鷹については危ないことをしすぎだ」

エズメが屋敷のほうへ歩きはじめたので、ガブリエルは歩調を合わせて並んだ。

「そんなこと全然ないわ。アイオロスは決して、わたしが保護して健康な状態に戻したはじめての野生動物というわけではないのよ。翼から矢を引き抜いてからの数週間で、アイオロスはわたしを信頼するようになった。命を救ってやると、動物というのは驚くほどこちらの言うことを理解してくれる」

「いつもそうとはかぎらない。助けてくれた手に噛みつくようなやつだっている。で、きみはしょっちゅう、傷ついた動物を救っているのか？」

「そうよ。巣に帰れなくなったり、親に見捨てられたような子たちも」エズメは急に立ちどまると、振り返ってガブリエルの目をじっと見あげた。真剣な瞳が青く輝いている。「どうしよう。こんなことを質問しようとも思わなかったけど、あなたは動物が好きよね？」

ガブリエルは片方の眉を吊りあげた。「好きじゃない、と言ったら？」

エズメの優美な額にぎゅっとしわが寄る。「厄介なことになるわ。婚姻無効を申し立てたくなるほどの問題よ」

ガブリエルは腕を伸ばしてエズメを引き寄せた。「では、ぼくが動物を好きでよかったな——食べたり着たりするだけじゃなく、好きだよ」

彼女はとんでもないしかめ面になった。「それっておもしろくないわ」

くすくす笑いをもらしたものの、ガブリエルはふたたび真顔を作った。「確かに。きみの言うとおり、おもしろくないな。ちょっとからかっただけだ。ふわふわの毛で覆われたきみの小さな生き物たちは、ぼくのそばにいても、まったくもって安全だ」

エズメはガブリエルを一瞬見つめて、安堵した。彼の顔に浮かぶ表情になにを見たにせよ、それで満足したらしい。「なにかペットを飼っていますか、ノースコート卿？」

「ガブリエル、だ。いや、飼っていない」

「まあ、ペットのいない生活なんて想像できない。よろこびと安らぎをもたらしてくれるのよ。こどものころも、動物を飼ったことはないの？」

ガブリエルの表情がさらに険しくなる。「昔、まだ幼いころには犬を一匹飼っていた」

スクラッパーのことは考えたくなかった。なんとも情けない顔つきをした茶色の小柄なテリア犬は、ガブリエルがどこへ行こうとあとを追ってきて、夜はベッドの足元で眠っていたものだった。だが両親が亡くなると、ガブリエルはスクラッパーとともに、叔父シドニーの決して思いやりあるとは言えない保護下に入らざるを得なかった。ガブリエルがいつもより厳しい体罰を叔父から受けていたとき、主人を守ろうとしたスクラッパーは、その忠誠心のために究極の犠牲を払うこととなった。もう何年も前のことだというのに、叔父の激昂した声がいまも聞こえるようだ。

私を嚙んでみろ、このみすぼらしい駄犬が！　相応の敬意をはらうとはどういうことか、教えてやる。

やめてと懇願するガブリエルの叫び、そして痛みと恐怖を訴えるスクラッパーの声が大きく響くなか、叔父は甥を打っていた杖を小柄な犬に向かって何度も振りおろした。ガブリエルは叔父の腕に手をかけたものの、乱暴に投げ飛ばされた。スクラッパーはそれを見てカッとなったのか、傷を負っていたにもかかわらず、うなり声とともに激しく叔父に嚙みつき、なおも自分の主人であるガブリエルを守ろうとした。しかし、恐怖に怯える彼の目の前で叔父はスクラッパーの首根っこをつかむと、部屋の反対側へ力いっぱい放り投げた。胸の悪くなるような音とともにスクラッパーは壁にぶつかってそのまま床に落ち、すべてが不自然なほど静まり返った。

スクラッパーは二度と動かなかった。

ガブリエルは叔父の言うことを聞かなかったとして、部屋に一週間閉じこめられた。死んでしまったペットを土に埋めてやることさえ許されなかった。スクラッパーの亡《な》き骸《がら》はごみを捨てる穴に放られ、厨房から出たくずと一緒に燃やされたとあとになって聞かされた。

それ以来、スクラッパーのことは二度と口にしていない。

「じゃあ、犬を一匹飼っていただけなの？　それから、ペットはなにも？」エズメはささやくような声で尋ねた。

一瞬でも彼女の存在を忘れていたことに気づき、ガブリエルは驚きとともに下を向いた。「ああ、一度も飼っていない」

やり方は残酷だったかもしれないが、叔父はあの日、貴重な教訓を授けてくれた——対象はなんであれ、深い愛情を注ぎすぎないほうが生きやすい。そのほうが、愛するものがなくなってもさほど傷つかずにすむ。

「じゃあ、その点については修正しなくてはね」エズメが言った。「わたしは犬を四匹飼っているから、いままでペットがいなかった分、たっぷりかわいがってあげて」

彼女はガブリエルの手を離し、ふたたび屋敷のほうへ歩きはじめた。

「四匹?」彼はエズメよりもはるかに大股で歩いて、すぐに追いついた。

「ええ、それに猫が六匹。ハリネズミがいたこともあるのよ。でも、全身を守る針毛などもろともせず、猫がちょっかいを出そうとするの。かわいそうに、必死で保護しようとしたけれど、ハリネズミは常に怯えていた。結局、ハリネズミがとにかくかわいいという女友達に譲ったわ。そこでなら安全で楽しそうにしているし、庭にも、餌を求めて掘るのにちょうどいい区画があるの——掘るのはわたしの友人じゃなくてハリネズミのことよ、もちろん」エズメはにんまりしながら言い添えた。

いささか困惑しつつ、ガブリエルは微笑み返した。

ペットが十四だと？　そのうえ、厩舎やブラエボーンの領地内にこっそり隠している動物がほかにいるとは。

まったく、婚姻無効を申し立てるべきはぼくのほうかもしれない。

「朝食はもう、おすみかしら、ノースコート卿？」

「いや、まだだ、レディ・ノースコート」ガブリエルは手首をつかみ、エズメをそっと立ちどまらせた。「もう一度言うが、〝ガブリエル〟だ。これからはファーストネームでぼくを呼ぶこと。わかったかな？」

彼女はまっすぐ目を見つめてくる。「どうしても、とおっしゃるなら」

「ああ、どうしてもだ。エズメ」

エズメのもういっぽうの手首をつかんで両腕をうしろに回させる。近くに立つと、彼女の体が押しつけられるような形になった。ガブリエルは下を見ながら、小ぶりな胸が描く曲線の感触を楽しんだ。色褪せた灰色のドレスの生地の下には香《かぐわ》しく柔らかな肌が隠されている。着古してみっともないほどの仕事着を着ている理由がようやくわかった――もっときれいなドレスを汚す心配をせずに、助け出した動物の世話をするためだ。

ガブリエルはエズメにはじめて出会ったときのことを思い出した。召使いだと勘違いして、できるだけ早く機会を作って口説き、スカートの下に潜りこもうと勝手に想像していた。

そのエズメがこうして妻になったのも不思議だが、イングランドでも一、二を争う悪名高き放蕩者のぼくが、結婚の誓いを交わしたというのにまだ、彼女のスカートに手を差し入れてもいないというのがさらに不思議だ。

その誤りは正さなくてはいけないな。いますぐにでも。

頭を下げて、ガブリエルはエズメの唇を奪った。彼女が驚きと悦びが入り混じったように息をのむのを聞いて、思わずほくそ笑んだ。新妻は小さな両手を拳に握りながら、本能的に背をそらせて体を押しつけてくる。

「口を開けて」さらなる悦びを約束するかのように、ガブリエルは焦らしながら唇を甘嚙みしつつささやいた。彼の忍耐はすぐに報われた。言われるがままにエズメが唇を開き、なかへ誘ってきたからだ。

手首をつかむ手の力を緩めぬまま、ガブリエルはゆったりと探索をはじめた。唇を押し当てて悠々としたキスを何度かしてから舌と歯を使い、ほんとうにしたいと思っている親密なことをすべて実行に移していく。

エズメはぞくりと体を震わせながら、リードに従うようにキスを返してきた。ガブリエルは脚を大きく開き、さらに自分の体に添うよう彼女を引き寄せた。屋敷にこれほど近いことを思えば、できることにも限りがあると知りながら、エズメにふれる手に熱がこもってしまう。

自制心を失わぬよう努めながら、ガブリエルは彼女の反応を心から楽しんだ。あえぐようなため息、慣れないふうのキス。もっと、いろいろ教えてやりたくなる。

エズメを誘惑し、魅了するための技とともに舌で焦らしてもてあそぶ。彼女が体を震わせながら、さらに激しくキスをしてきたのを感じて、ガブリエルはふたたび微笑んだ。蜜のように甘い唇と酔わせるような肌の香りを存分に楽しんでいると、全身がかっと熱くなり、ほんの一瞬、枷を解き放った。

ふいに体を離し、エズメの首筋に唇を押し当てる。キスを続けながら、つかんでいた手首を解放して、彼女を両腕で抱き締めた。「ふたりで上の階へ行こう」

「ええ……そうね」

ガブリエルは彼女の唇にふたたび唇を重ね、反対側の首筋にキスの雨を降らせていった。

エズメは目を閉じて、夢見るような表情のまま全身をぞくりとさせる。

耳たぶを噛んでからそっと吸ってやると、彼女はわずかに跳びあがった。明らかに驚いた様子だ。

忍び笑いをもらしながら、ガブリエルはエズメの柔らかなのど元への奉仕をまた、はじめた。「朝食は省いて、きみの寝室へ行くべきだな」彼女の背中を撫であげて、その手をまた下ろす。急がずに、あえて時間をかけて。

エズメはぱっと目を開けた。「わたしの寝室？」

「ふむ」

「でも、まだ朝だわ」

「確かに――体ごと愛し合うには最高の時間だ。暗闇のなかでまさぐるより、愛するひとの姿をこの目でしっかり見るほうが好きだ。ろうそくもいらないし」

まつげの下からちらちらと見たガブリエルは、目を見開いているエズメを見て、また忍び笑いをもらした。

「そんなこと、できないわ」

そうつぶやくエズメののど元、ちょうど鎖骨の少し上あたりに、ガブリエルは口を開けたままキスをした。そして、思ったとおりの反応が返ってきたことに満足する。

「ひとつ教えておくが、できるよ。さあ、いざ行かん」背筋を伸ばして、彼女の瞳をじっと見つめた。

「だけど、侍女がわたしを待っているでしょうに」

「ならば、用事を言いつけて追い払うまでだ」

エズメは首を横に振った。「あなたはミセス・グランブルソープを知らないのよ。彼女はぜったいにうんと言わないから」

「きみの侍女の許可など要るものか。ぼくたちは図らずも夫婦になった。グランブルソープには、ほんとうに消えてもらう《バガーオフ》（バガーオフには〝男色に耽る〟という意味もある）」

「ガブリエル！」

「いいじゃないか。きみは、兄さんたちがもっとひどい悪態をつくのを長年にわたって聞いてきたはずだ」

「それはそうだけど、悪態の意味については、なにも知らないふりでいなければならないの」

ガブリエルは片眉を吊りあげた。ひどく興味をそそられる。「〝バガーオフ〟という言い回しの意味を知っているのか？」

「もちろんよ。虫を追い払うときにかける言葉でしょう？　トコジラミとかジガバチといった、とくに始末におえない虫を見たときに言うのだと思ったけど」

ガブリエルは腹の底から笑った。これほど愉快な気持ちになったのは久しぶりだ。

「なにがそんなにおかしいの？」

「いや、なんでもない」上機嫌なのを必死で抑えつつ、ガブリエルは嘘をついた。

「ほんとうになんでもない」エズメの手を握って屋敷のほうを向かせる。「さあ、行こうか」

「いいわ。でも……あ、あそこへ行くのはだめよ。そろそろみんな起き出して、朝食の席についているでしょうから。わたしたちが顔を出さなかったら、変に思われるわ」

「顔を出さなくても、ぼくたちがなにをしているかは彼らも正確にわかっているはずだが。まだ実際には結婚を完全なものにしていないとはいえ、ぼくたちは結婚したばかりの夫婦なのだから」

「まあ」エズメは頬を桃色に染めてうめいた。「そのほうがよっぽど悪いわ」

「ぼくたちが結婚せざるを得なくなった理由を思うと、この二週間、よく彼らと顔を合わせられたものだな？　きみはぼくの裸体画を描いたんだぞ？　もう何週間も前から、ぼくがきみと肌を重ねて愛し合っていたと思われていただろうに」

エズメはあごをつんとあげた。「そんなことないわ！　それに、あのスケッチはいやらしいものでもなんでもありません。芸術作品なのよ」

「芸術、だと？　個人の自由を享受しすぎたわがままな若い娘がわいせつな興味を表現したものだ、と言われてもおかしくない」

エズメは握られていた手を振りほどいた。「ひどいわ――わたしが甘やかされた駄々っ子だと言いたいの？」

「公爵の妹としては想定内だ。少なくとも、ぼくが出会った上流階級の娘たちほど狡猾でもなければ、無慈悲でもない。ただ、いろんな面で我を通しすぎだから、もっと厳しく導いてくれる存在が必要だ」

青い瞳にぱっと怒りが燃えあがる。「厳しく導く？　わたしは馬じゃないのよ、ノースコート卿」

「ああ、確かにきみの言うとおり」ガブリエルはエズメの全身に目を走らせた。「馬を相手に一発やるつもりはない。欲しいのは妻だけ。だが、これまでのところ、ぼくを拒絶してばかりの妻だ」

エズメの頬がかっと熱くなる。〝一発やる〟という品のない言葉の意味を、ちゃんとわかっているらしい。

その瞬間、ガブリエルは自分が謝罪すべきだと思った。あんなに露骨で無神経なことを言うつもりはなかったのに。だが、いかに娶ったばかりの妻とはいえ、わずか十九歳の小娘に頭を下げるかと思うと癪に障る。

エズメは脇に下ろした両手を握ったり開いたりしていた。ガブリエルは一瞬、思った。彼女はぼくを打つつもりだろうか——頬まで手が届けば、の話だが。

しかし、エズメは後ずさりした。「評判がどうなろうと、直感を無視せずに、あなたとの結婚を断ればよかった。よくもあんな言い方ができるわね？」しばたたく目がうっすらとにじんでいく。

「エズメ」ガブリエルは片手を差し出した。

しかし彼女は首を振りながら、さらにうしろへ下がった。「一抹の不安はあっても、今夜はあなたを受け入れるつもりでいたけれど、気が変わったわ」

「エズメ」こんどは、腹立ちまぎれにうなるような声になった。

「これからずっと、わたしには近づかないで。今夜だけじゃなく、毎晩。部屋に忍んできたら、叫び声をあげて、兄たちにあなたを追い出してもらうから」

「忘れているようだが、きみはぼくの妻だ。ぼくがきみの体をどうしようと、それは夫として当然の権利だ」

「あなたが何度も言うように、わたしはまだ、あなたの妻ではありません。やっぱり気が変わりました。エドワードのところへ行って、婚姻無効を申し立てたいと言うから」

ガブリエルがあっという間に距離を詰めてきたのを見て、エズメは驚きに息をのんだ。そして、ふたたび手首をつかまれる。「そんなことはさせない。さっきの脅しを撤回しろ。さもなくば、きみをいますぐ木立へ連れこみ、だれからも異論が出ないようぼくの妻にしてみせる。ぼくの言いたいことはわかっているはずだな？」

血の気の引いた顔でエズメはうなずいた。

「口に出して答えるんだ。さっきの言葉を取り消せ」

なおも拒絶したいとばかりに奥歯を噛み締めたが、エズメは一度だけうなずいた。

「婚姻無効を申し立てたりはしません」

「よろしい。さてと、今夜についてもいま一度猶予を与えてやろう。きみが言ったように、きょうだいの助けを求めて叫び声をあげられては困るからな。代わりに、どんな邪魔も入らないよう、完全にふたりきりになれるようにしてから、夫婦の契りを結ぶ」

ガブリエルはエズメの手首を離し、自分の言葉が彼女の胸に染みわたるのを見守った。

「それって、つまり——」

「そうだ、ぼくたちはすぐにブラエボーンを出立する」

「クレイ・ハウスに滞在するため？」

「いや、違う。この屋敷からは容易に近づけないところだ。コーンウォールにある屋敷に手紙をやって、ぼくたちの到着に備えるよう言いつけておいた。明日の朝にここを発つ」

エズメはあんぐり口を開けた。「明日ですって！　そんなの無理よ。そんなすぐに荷物をまとめて出発なんてできない」

「もちろん、できるさ」

「できません。だって、動物たちの世話をどうするか手配する時間がないもの」

「この春の社交シーズンにロンドンへ行ったときなど、ブラエボーンに残していったこともあったはずだ。きみのように賢い娘なら、きっと策を思いつく。ここにはきみの親族が住んでいるし、屋敷や領地全体の世話をする召使いがおおぜい控えているのは言うまでもない。よもや彼らが、きみのかわいがっているペットを餓死させるようなことはあるまい」

「それはもちろんよ。だけど――」

「よろしい。その問題は解決ずみだな。ならば、あとは簡単だ」

「簡単、ですって？　こんな急に出立するなんて言ったら、みんなになんと思われるか」

「ぼくたち新婚夫婦はふたりきりになりたがっている、と言われるだけだ」

エズメは首を横に振った。「わたしがこんなに急いでここを出ていきたがっているなんて、兄も姉もぜったいに信じないわ」

「信じるさ。彼らが信じるよう、きみが仕向けるんだ。それとも、ぼくたちの結婚生活ははじまる前からすでに惨憺たるものだと知らせたいのか？　きみはいまでもさまざまな噂をささやかれているのに、それにまた、ぞっとするようなスキャンダルをつけ加えたいのか？」

エズメはぴたりと動きをとめ、まつげを伏せて視線をそらした。「いいえ」

「いい子だ。では笑顔を作って、ふたりで屋敷へ戻って朝食をとろう。ぼくたち夫婦の相性のよさを知らしめてやろうじゃないか」

「食べ物なんて、のどを通りそうにないわ」

「いや、通る。きみは食事をするんだ。いいか、よく聞け――ぼくは長年にわたり、ひとを欺くためにいろんな振りをしてきた。必要に迫られると、芝居をするのも急激にうまくなるものなんだ。きみにだってできる」

ガブリエルが腕を差し出して待つ。

嫌悪感もあらわに、エズメはそれを見つめた。

しかし、それ以上なにも言わずに彼女がガブリエルの腕に手を載せると、ふたりは屋敷までの道のりを歩いた。

14

「あと二、三日でもいいから、ブラエボーンにいられないの？」翌朝、マロリーは玄関ホールでエズメに尋ねた。「みんな、あと一、二週間はここで過ごしてから、それぞれの領地に戻るの。クリスマスになるまで、みんなで集まることはもうないのよ」

エズメとノースコート卿の荷物を両手に抱えて従僕たちが行き過ぎる。荷物は、大きな旅行用馬車のなかにしっかりと積みこまれていった。

ほかの家族もみな集まっていた。レオとローレンスは立ったままノースコート卿と言葉を交わし、彼の言ったことににんまり笑みをもらしている。母とクレアは、必要なものを忘れてはいないかと荷物の中身を確認するのに忙しい。

わたしもあれくらい、なんの心配も屈託もなくいられたらよかったのに。

だが、エズメは自分の部屋へ駆け出したくなるのを抑えて明るい笑顔を作り、これからの旅が楽しみでしかたないとでもいうように答えた。「そうできればよかったのだけど、ガブリエルがコーンウォールのお屋敷を見せたいと言ってきかないの。そこでハネムーンを過ごすんですって。海のすぐ前にあるから、眺めがすばらしいそうよ。海のそばで過ごしたことはあまりないから、波の音を聞いたり、汐《しお》の香りを嗅ぐことを思うとわくわくするわ」

ガブリエルの屋敷——ハイヘイヴンと彼は呼んでいたが——から海が見えるかどうかは知らないが、ブラエボーンを発つためのそれらしい理由が必要だった。ノースコート卿はといえば、もう待ちきれないようだ。彼の命によりミセス・グランブルソープがエズメの寝室に六時きっかりに姿を見せ、旅に出かけられるよう急ぎなさいと指示を飛ばしたのだった。

ひどく驚いたことに、ブラエボーンを発つという知らせを聞いた家族の反応についてはまさにノースコート卿の予測どおりで、エズメはひどく不愉快になった。エドワードやマロリーでさえ、末の妹とノースコート卿の仲はびっくりするほどうまくいっていると信じているようだ。結婚したばかりの夫婦としてふたりきりで過ごしたいから急いでここを出ていくのだ、と。

あちらで微笑み、こちらで声をあげて笑いさえすれば、家族はみな、網にかかった魚のようにあっさりとエズメたちの言い分を信じた。

もちろん、ノースコート卿が人前でおおっぴらにエズメにふれても問題はない。手を握ったり、髪や肩口をなんの気なしに撫でたりする。彼女の親族と会話をしながらも、腰やウエストに手のひらをそっと添わせる。

そして、キス。

彼はとりわけそれを楽しんでいた。

ひとの心が読めるのか、悪魔はエズメのふいをつくツボを心得ていて、ちょっとした親愛の情を示すタイミングを計り、それが偽りではなく自然なもののように見せ——しかも、必ず目撃者がいるところで実行に移す。そんなことがどうしてできるのか、エズメにはまったくわからないが、ノースコート卿にはいつもうまくしてやられていた。まさにここぞという場所と時を選び、ふたりがこっそり人目を忍んでいるのに見つかってしまったという体《てい》を装うのだ。

こんな見え透いたお芝居そのものがエズメには腹立たしかった。ノースコート卿のせいだと家族の前で非難してもよかったが、夫となったばかりの男性と一緒にいられてうれしいというように笑顔で調子を合わせてしまう。ふたりは桁外れに運がよかったのか、これは互いを大切に思う愛情にあふれた結婚で、本人たちにとっても驚きだというふりをする。そして、エズメとノースコート卿がまだ初夜をともにしていないと召使いたちの噂話で聞いたひとたちには、まだ若い花嫁の感情に卿が自制と配慮を見せ、お互いをもっとよく知ることを優先させたことにしておいた。

はじめのうち、とくにマロリーとタリアは疑うような目をエズメとノースコート卿に向けていた——結婚式直前の花嫁の怖気づいた様子を目の当たりにしていたせいだろう。だがしばらくすると、彼女たちさえ新婚夫婦の嘘に騙されたのか、納得して幸せそうな顔になった。

それからのエズメには、さらに嘘のお芝居を続ける理由が生まれてしまった。安堵とよろこびの表情を家族から奪うのが忍びなかったからだ。みんな、おとぎ話を信じたがっている。真実を告げてそれをだいなしにするなんて、できるはずがない。

マロリーはエズメに微笑みながら、心をこめたハグをして、頬にキスをした。「あなたとノースコート卿がとても仲睦まじくしているのを見てうれしいわ。お互いに夢中になりつつあるようね。彼はあなたがいつも視界のなかにいるよう、目を離さずにいるもの」

ええ。でもそれは、わたしが婚姻無効を——彼にどう約束したかにはかかわらず——訴えないようにするためよ。

でも、もう遅すぎる。「誓います」とチャペルで口にした瞬間、エズメの人生は彼の人生と一体になってしまった。

つぎの瞬間、ノースコート卿がやってきてエズメの腰に腕を回し、優しくも有無を言わさぬ態度で彼女を姉のもとから引き離した。親族はみな、ふたりのあとをついて屋敷の外へ出てきた。砂利敷きの広々とした車寄せで別れの挨拶をはじめる。愛する家族がつぎつぎにやってきて、涙まじりのハグとキスをする。母のアヴァ、ネッド、クレア、ケイド、メグ、グレース……ジャックなどは派手な音をたてて頰にキスをした。それからドレーク、セバスチャン、アダム、マロリー、タリア。

最後にレオとローレンス。ふたりはそれぞれ、エズメの足が一瞬、地面から離れるほどの渾身の力をこめて、いつ終わるともしれぬ抱擁をした。

「やつに無礼なことをされたら」ローレンスがエズメの耳元でささやく。「ひと言知らせてくれれば、すぐ駆けつけるからな。きみは彼の妻かもしれないが、ぼくたちの家族であることに変わりはない」

それを聞いて、エズメは心が折れそうになった。真実がのどのところまで出かかっていたが、ちらと横を見ると、ノースコート卿の姿が目に入った。みなから離れて、馬車のところで待っている。

ここでもふたたび、よくはわからない理由のせいで、彼に屈辱を与えるような話を暴露することはできなかった。ふたりのあいだには、ひどく困難な状況が横たわっているのに。

というわけで逃げ出す最後の機会を運よくつかむ代わりに、エズメは馬車のところへ行き、ノースコート卿の手を借りて乗りこんだ。

卿がエズメの向かいに腰を下ろした瞬間、バーが馬車のなかに飛びこんできた。絹の旗のようにしっぽをなびかせ、楽しげに吠えつつ彼女のスカートに体を寄せる。

ノースコート卿は顔をしかめた。「動物たちは連れていかないんじゃなかったのか?」

「そのつもりだったけど、この子だけは別よ」エズメはバーの頭をそっと撫でた。「わたしがいなくなったら寂しがるわ。ヘンリーも連れていきたかったけど、年寄りすぎて長旅には耐えられそうにないの。かわいそうに」

エズメの足元の犬をじっと見つめたノースコート卿は、ふいに眉根を寄せた。「おまえのことは覚えてるぞ。バー、という名前なんだな?」

そうだと言わんばかりにバーは吠え、しっぽを振った。

「ふむ。おかしな話だが」ノースコート卿は楽しげに言った。「運命を決することになったあの日、クレイの湖のほとりに彼もいたことを思うと、ぼくたちについてくるのも当然なのかもしれない。もの言わぬ、きみの共犯者だ」

エズメは頬を少しだけ染めたが、返事はしなかった。

卿がさらに皮肉なことを口にする前に、馬車は砂利を踏む蹄と車輪の音を響かせながら走り出した。

エズメは頭を巡らせ、窓越しにもう一度、家族に目をやった。彼らは車寄せに集まったまま手を振っている。彼女もそれに応え、最後に手を振り返した。前を向いて座り直しながらものどが詰まる。ふいに流れ出る涙をこらえようと両目をぎゅっとつむった。

以前にもブラエボーンを離れたことはあったが、いつもだれかが一緒だったし、これを最後にこの屋敷が我が家ではなくなるとわかっていたわけでもなかった。これからは、まったく馴染みのない新しい屋敷を我が家と呼ぶのだ。これまで助けてきたふわふわの獣や鳥たちと同じく、エズメは慣れ親しんだ環境に包まれたまま、いつも変わらぬ心地よい日常を繰り返すのが好きだった。でもこれから出会うのは、馴染みのないはじめてのものや人間ばかり。その筆頭が、向かいに悠然と座っている男性だ。

目を開けたエズメは、少しばかり衝撃を受けた。

ノースコート卿にじっと見つめられていたからだ。

鷹みたいな瞳は思いに耽っているようで謎めいていて、アイオロスを思わせる。あらたに自由を得たあの鳥も、ふたたび大空を我が物顔で高く翔んでほしい。

不思議ね、立場が入れ替わったようだわ。エズメは思った。昨日まではアイオロスがかごのなかにいたのに、いまはわたしが閉じこめられている。

ノースコート卿は隅のほうに身を寄せて、より楽な体勢になると、腕を組んで目を閉じた。

眠るつもり？

それから一分も経たないうちに静かな寝息が聞こえてきた。彼はまちがいなく眠っていた。

なんて不愉快なひとなの。

どれほど疲れていようと、背筋を起こして座っているときはぜったいに眠れない。暖炉そばのくつろげる椅子、あるいはゆっくり走る馬車のなかでもそれは同じなのに。

いら立ちと羨望の入り混じった思いでしばらくノースコート卿を見てから、バーに目をやる。座席の隣をぽんとたたいてあがってくるよう促すと、犬はいそいそと飛びあがった。エズメは足元に置いてあった旅行用のかばんに手を伸ばし、写生帳と鉛筆を取り出した。

そして、夢の世界に遊ぶバーを描いた。お気に入りのモチーフだ。それから窓の外の風景を描こうとしたが、あっという間に過ぎていくため、楽しみよりももどかしさのほうが勝ってしまう。

そのうち、エズメはノースコート卿に視線を移した。

彼はまだ眠っていた。男らしさあふれる顔立ちが独特の美しさを放っていて魅力的だ。いつもの皮肉な影が一時的とはいえ薄れて、眠っているときのほうが親しみやすく見える。

そんな卿の姿を見て、エズメのなかでなにかがふっとやわらいだ。目を開けて起きているときの彼も、こんなふうだったらいいのに。

でも、それはあり得ない。

ノースコート卿はノースコート卿だ。

いまのわたしが、わたしであるのと同じように。

経験豊富で非情な放蕩者と心優しい無垢な少女が、たった一度の軽率な振る舞いのせいで枷をはめられ、生涯をともにすることになってしまったのだ。

エズメはなにも描かれていないページを見ながら、思い出した。

そして、ゆっくりとそこに鉛筆を走らせていった。

ふたりがハイヘイヴンに到着したのはその三日後。とっぷり日も暮れてからのことだった。田園地帯は前も見えないほど濃い闇に包まれていたので、御者や馬が道に迷わなかったのが奇跡に思われた。

馬車のなかでエズメは汐の香りがするしっとりした空気を吸いこみ、近くの岩がちな海岸で砕けているであろう波の音に耳を澄ませた。

ノースコート卿はものすごいペースで馬車を走らせた。休憩するのは馬を替えたり、夜に食事をとってほんの数時間眠るときだけ。エズメが驚きつつも安堵したことに、ふたりは別々の部屋で眠った。長い旅を続けてハイヘイヴンに着くのも夜遅かったとはいえ、彼女のほうに文句はなかった。正直言って、あと一日でも彼と馬車のなかで過ごしたいとは思えなかったからだ。車内での彼はほぼ黙ったまま、むっつりした顔をしていた。

さもなければ、眠っていた。

起きているときは読書をしているので、エズメもそれに倣《なら》った。旅のあいだに言葉を交わした回数は片手で足りるほど。それも、新婚夫婦というより、単なる知り合いがするようなばか丁寧なやりとりだった。

新しい〝我が家〟を早く見たくて、エズメは馬車の窓から外の様子をうかがった。もっとも、この屋敷は終《つい》の住処ではないらしい。ノースコート卿の先祖伝来の領地ではないとエドワードが言っていた。北部のほうに広大な邸宅があるらしいが、どこなのか正確にはわからない。しかしノースコート卿が口数少なくむっつりしているのを見ると、とても尋ねる気にはなれなかった。

慰めを求めて片方の腕をバーに回しながら、長旅で疲れた目を闇に凝らす。暗く、ひとを寄せつけない屋敷の外観が目に入り、エズメは顔をしかめた。

どうやら、新婚の主人夫婦が来るとは思われていなかったようだ。

御者がぱっと飛びおりて正面の扉を激しくたたく。ノースコート卿もそのあとに続いた。灯りもついておらず、使用人の姿も見えないのにも驚いているふうではない。

ドアを開けようと試みるが、なかからかんぬきが掛けられているようだ。こんどは卿も拳を作ってたたきはじめた――そして、いつまでもたたきつづける。

「そんなにたたかれちゃ、出るもんも出ませんよ」一分近くも経ってから、ぶつくさ言う男の声が屋敷のなかから聞こえてきた。「いま行く、行くから。後生だから、大きな音を出すのはやめてくれませんかね。いったい全体、どこのどなたかは知らないが」

錠の外される音がなかから聞こえた。なおもぶつくさ言いながら、男が扉を開ける。

「悪魔じゃないなら、ちっとは時間を気にしてほしいもんだね。まっとうな人間は、こんな時間に他人の邪魔をしたりしないもんだよ」

「それはそうだろうな」ノースコート卿が物憂げな声を出す。「だが、ぼくはまっとうに振る舞うのをとうの昔にやめたんだ」

「だ、旦那さま」男は相手がだれか気づいたのか、つっかえながら挨拶をした。目を大きく見開いている。「ここでなにをなさっておいでなんです？　いらっしゃるとは、わしもかみさんも思ってませんでしたよ。まさか、今夜とは」

ノースコート卿は暗いままの屋敷に目をやった。「ああ、それは見てわかる。だが、ぼくの手紙は受け取っただろう？」

「はい、それはもう。ですが、つい今朝がたですよ。わしたちは……ミセス・キャンビーとわしは……来週だっておっしゃったじゃないですか」彼は責めるような言葉を吐いた。

「ああ、確かにそう言った。だがレディ・ノースコートとぼくは予定を変更して、早めに来ると決めたんだ」

レディ・ノースコートとぼく……

エズメはひそかに顔をしかめた。責められるべきは、ひとえにノースコート卿よ。

「ジム、だれが来たの？　なんの用だって？」屋敷の奥のほうから女の声がした。

ミセス・キャンビーだわ。

灯りのともされたろうそくがもう一本増えて、ジムの立つ戸口に女性がやってきた。

「旦那さまと、奥さまになったばかりのレディだよ、ジェマイマ」ジムが説明する。

「なんですって！」ジェマイマはもう少しでろうそくを落としそうになり、灯りが消えそうになったが、ずんぐりした両手でなんとかこらえた。「まさかいらっしゃるとは思ってませんでしたから、お屋敷の準備もまだですよ。まあ、ほんとうに申し訳ありません、旦那さま。いったいなにを考えておいでなんです？」彼女は困った表情で馬車を見た。「奥さまも、なにを考えておいでなのかしら」

「伝え忘れたのはぼくだ」ノースコート卿は言った。「もう少しろうそくを灯して、なにか食べられるものを出してくれ。貯蔵室に食料はあるんだろう？」

ジェマイマは首をぶんぶん縦に振った。白髪頭に、かつてはつややかだっただろう赤毛がまだ少し残っている。「ええ。でも、手の込んだものはできませんよ。パンとチーズ、それに豚肩肉のハムですかね。ちょっとしたスープもお出しできるかもしれません」

「熱々で腹が膨れるものなら、なんでもいい」

「まず、寝室の空気の入れ替えをさせてくださいまし。そうすれば、夕食前に奥さまもさっぱり気分転換できますからね。それから、厨房で鍋を振り回すことにしますよ」

ノースコート卿がうんとかいやとか言う間もなく、ジェマイマはくるりと踵を返して暗い屋敷の奥へと消えていった。すぐに灯りがついて、玄関ホールや居間のほうがぽっと明るくなる。

その間、ジムはだれに言われずとも、荷物を馬車から下ろす御者を手伝っていた。バーは馬車から飛びおりると、砕けた貝殻を敷いた車寄せに脚がついた瞬間に二度吠えた。ようやく自由に動けるのがうれしいのか、興奮してぐるぐる回りながらふたたび、わんと鳴く。

エズメも馬車から出ようと立ちあがった。従僕が手を貸してくれるものと思っていたら、下でノースコート卿が待っていた。厳しく、深刻な表情をしている。

彼が手を差し出した。

エズメはもう少しでその手を拒絶するところだったが、彼の表情をちらと見て気が変わった。今夜はくたびれ果てて、もう言い争う気力もなかったのだ。

しかし彼女が地面に下りるとすぐに卿は手を離し、エスコートもせずに新妻をひとりで屋敷まで歩かせた。バーだけが桃色の舌を出して、ご主人さまのあとを小走りについていく。

必要なものはすべて、グランブリーが手配してくれるわ。

そうつぶやいたつぎの瞬間、エズメは思い出した。

侍女のミセス・グランブルソープは同行していない。ブラエボーンに置いてきたのだ。向こうの屋敷は狭いとか身軽に旅をする必要があるとか、ノースコート卿はあれこれ言い訳を並べ立てた。ハイヘイヴンにはハネムーンで行くだけで、ひとを呼んでもてなす機会もないから、エズメの世話は地元の娘を頼めば事足りる、と。

しかしエズメには、卿がミセス・グランブルソープを連れていくのを断った理由はわかっていた。彼女が、長年ついている侍女は彼の振る舞いをよしとしていないと言ったからだ。ふたりきりになるのに邪魔者は要らない、と卿は思ったのだろう。

せめてバーが一緒でよかった。エズメは身震いしながら、夫のあとをついて屋敷に足を踏み入れた。

ミセス・キャンビーは約束どおり、気持ちのいい装飾が施された寝室へとエズメを案内した。緑と白の色合いが目に心地よく、爽やかだ。ブラエボーンの寝室に比べたら三分の一ほどの広さだが、板張りの床にも織りの柔らかな絨毯が敷いてあって暖かい。広々としたチェリー材の天蓋つきベッドが室内の大半を占めているものの、驚くほど居心地のいい空間だ。

エズメが案内されるころには、暖炉で炎が盛大な音をたてて燃えていた。ミセス・キャンビーは旅行服を脱がせる手伝いをすませると、夕食の準備のために急いで厨房へ下りていった。

彼女が置いていったきれいな水で、エズメは両手と腕、それに顔を洗い、マットレスにどさりと倒れこんだ。ベッドの支柱をつかみ、なぜか泣きたくなるのをこらえようと目を閉じる。

そのとき、ノックもなしにドアが開いて、エズメはぱっと目を開けた。

戸口にはノースコート卿が立っていた。

エズメは、きれいにたくしこまれていたベッドカバーをぱっとつかみ、盾のようにして体を隠した。「ここでなにをしているの?」

彼は寝室に入ってきてドアを閉めた。「身の回りの世話をする娘を地元の村から雇うつもりだったが、間に合わなかったとミセス・キャンビーが言うので、ぼくが侍女の代わりをしようと思って」

「ミセス・グランブルソープを連れてくれば、だれの助けも必要なかったのに」

ノースコート卿はエズメの言葉を無視して荷物のところへ行った。トランクを開けて、なかを調べる。

「やめて。自分の面倒ぐらい自分でみられるわ」

その言葉も卿はやはり無視して、青い忘れな草の小花の刺繍が並んでいるラヴェンダー色のイブニングガウンを引っ張り出した。エズメお気に入りの一着だが、今夜は着ない。彼がそれを着せようと選んだからには、ぜったいに着るものですか。

「立ちたまえ。これを着せてやろう」

エズメはベッドカバーをさらにきつく全身に巻きつけた。「あなたの手伝いなどいらない、って言ったはずよ。もう出ていって」

ノースコート卿はドレスに目をやった。うしろ身頃に小さなボタンがずらりと並んでいる。「ばかなことを言うな。きみひとりでは、このボタンの半分もはめられまい」

「だったら、別のドレスを選ぶわ」

もっと着るのが楽なドレスが、荷物のどこかに入っているはずだ。絵を描くときに着ていたドレスとか？

「別のドレスなどない」エズメの考えなどお見通しとばかりにノースコート卿が言った。「少なくとも、手伝いがなくても着られるようなものは一着も。動物の世話や絵を描きにいくときに着ていたようなぼろ着を着るつもりでいるなら、いまここで教えてやるが、ぼくがほとんど燃やさせた」

エズメは口をあんぐり開けた。「嘘でしょう！」

「ぼくの妻たるもの、いかにもみすぼらしいスカラリー・メイド（厨房で皿や鍋を洗うメイド）のような格好で人前を歩いてもらっては困る」

「よくもそんなことを。あれはわたしのドレスで、あなたにはなんの権利も――」

「ぼくにはあらゆる権利がある」ノースコート卿はエズメの言葉を遮った。「ぼくはきみの夫で、いまのきみは子爵夫人だ。それにふさわしい装いをしてもらいたい。さっさと立って、このドレスを着る手伝いをさせてくれ。そうすれば、階下で食事ができる」

エズメは手の甲が白くなるほど寝具を握り締め、卿を睨みつけた。

だが、彼は片方の眉を吊りあげただけだった。「それとも、夕食は諦めてベッドに直行したいか？　ぼくはドレスを着せるのと同じくらい、脱がせるのもうまいぞ」

激しい怒りのあまり、エズメの唇がわなわなと震える。うるさい、目の前から消えてと言ってやりたいが、いま彼とやり合うのがどれほど危険か悟って口ごもる。鬼気迫る獣《けだもの》を見抜く方法はすでに知っている。いまのノースコート卿は、とりわけ危険な存在かもしれない。

それでも、エズメはあと数秒ほど彼に対する敵意を燃やしてから、ベッドカバーをつかんでいた手を緩めた。といって、すっかり離してしまったわけではない。「せめて、うしろを向いて」

卿はすぐに笑った。「まさか。わかっているだろうが、ぼくはもうじき、そのかわいい下着よりもはるかにすてきなきみの姿を目にすることになるんだからな。さあ、早く来い」

エズメはまたしても抵抗しようかと思ったが、彼の術中にすっかり陥ったことを悟った。

なんて卑怯な。不愉快だわ。

ベッドカバーを投げ捨ててぱっと立ちあがると、できるだけすばやく卿に背中を向ける。

卿になにをされるのか思いながら待ったが、彼はくすくす笑みをもらしただけだった。

「腕をあげて」

卿が持ちあげたドレスが、エズメの周りでふわりと広がる。数秒後に彼女が頭を出すと、彼が二、三度あちこちをちょっと引っ張っただけで、ドレスは収まるべきところに収まった。

嘘でもなんでもなく、ノースコート卿は女性にドレスを着せる方法を知っているのね？ 彼の評判を考えると、とても大勢の女性にそうしてきたのだろう。数十人？ それとも数百人？

夫となった男性の幅広い経験に引き換え、自分にはそれがまったく欠けていることを思うと、エズメの額に深いしわが寄り、胃のあたりがむかむかしてきた。

彼女はじっと立ったまま、ノースコート卿がボタンをはめるのに任せた。彼の両手が上のほうへ行くにつれて、コルセットで覆われた背中を指がそっとかすめていく。はめるべきボタンはあと数個というところで、そのペースがゆっくりになる。あと五つ……四つ……三つ……ふたつ……最後のひとつ。

感じやすいうなじをなぞる卿の左右の親指の感触に、エズメは息がとまりそうになった。お互いを追いかけるようにいくつも円を描くその動きに、熱いものが背中を走る。

卿はさらに体をかがめてエズメのあごの端に口づけ、さらには耳のうしろに唇を押し当てて、耳たぶをそっと噛んだ。彼女の脈を変なふうに跳ねさせつつも、痛みを与えないよう力を加減して歯を立てている。

エズメがはじめての感覚に慣れる間も与えず、卿は両手を滑りおろして、大胆にも胸をすくいあげた。ひとかけらの遠慮もなく胸をすっぽり覆い、肌を縦横無尽に撫で回す。自分の所有物である妻の体をどうしようと自由だと言わんばかりの厚かましさ。しかし、結婚に関する法律に書いてあることや、エズメの左手薬指にはめられた指輪を思うと、卿のしていることはしごく当然なのかもしれない。

さらなる愛撫を受けて、エズメは頭がぼうっとしてきた。声にならないあえぎ声とともに唇が開いてしまう。ドレスを身に着け、その下にはコルセットまでしているというのに、彼にふれられると、ふたりの肌を隔てるものは空気しかないような、自分が生まれたままの姿でいるような気がしてくる。

胸の頂が硬くとがり、脚のつけ根のあいだの秘めやかな部分がうずく。エズメにはまったく予想外で、理解もできないことだった。

だがつぎの瞬間、見せかけのお芝居に挟まれた幕間劇は、はじまったのと同じくらいいきなり終わり、ノースコート卿はエズメを離した。

倒れてしまわぬよう、震える体でバランスをとりながら、エズメは脇に垂らした両手を拳に握った。

なんてひどい男なの。

どうしてこれほどやすやすと、こんなことができるの？　しかも、服を脱がせたのではなく、着せたばかりだというのに。

ちらと見あげると、ノースコート卿は涼しい顔をしている。臆面もなくエズメの胸を揉みしだいたのではなく、天気の話をしていただけだとでも言いたげだ。

彼にとって、あんな振る舞いに大して意味はないのかもしれない。でも、女性にとっては……わたしにとっては……それだけじゃない。

ガブリエルはわたしにとって最初の、そして唯一の男性になるのだ。ついに彼のベッドに誘《いざな》われるときには、もっと意味のあるひとときであってほしい。

「では、行こうか？」ノースコート卿が腕を差し出してくる。

エズメは彼の上着の袖をしばし見てから、それを受け入れた。

15

出された料理はみなすばらしかったものの、エズメはほんの少ししか食べられなかった。来《きた》るべき夜のことを考えると、食事を楽しむどころではなかったからだ。自由に使える材料も時間も限られていた割には、ミセス・キャンビーの手際のよさはまさに奇跡だった。焼き色のついた玉ねぎと黒胡椒でアクセントをつけた熱々のポテトクリームスープに良質の地元産チーズ、塩漬けハム、皮がぱりぱりの焼きたてパン。さらには、ブランデー風味の生クリームを添えたアップルタルトまで手早く作ってくれた。

彼女の気持ちを傷つけたくなくて、エズメはどの皿にも手をつけた――といっても、ハムだけは別だった。

「それしか食べないのか?」ノースコート卿は彼女に食欲がないのに気づき、フォークで皿を指した。「ほら、ハムを食べたまえ」

「いいえ、結構よ」
「どうして？　美味いのに。それとも、ハムは嫌いか？」
「ええ、じつはそうなの。肉類は食べないことにしてるから」
卿の動きがぴたりととまる。「どういうことだ、肉を食べないって？　だれだって肉は食べるはずだが」
「わたしは食べない。ひどく心苦しい感じがするから」エズメはスプーンですくった
スープをなんとか口にした。これはほんとうに美味しい。
卿は一瞬、彼女を見つめた。「それは、ふわふわの毛に覆われた生き物たちと関係
があるのか？　自分が救ったばかりの小さな友達を食べるのが忍びない、とか」
「ええ、それはもちろん。そうじゃなかったら、わたしは最悪の偽善者ということに
なるでしょう？　だけど、ご心配なく。獣肉を食べるのをあなたにあきらめてもらお
うとは思ってないから。家族はいまもお肉を食べるし、みんなの考えを変えさせよう
とするのはとうの昔にあきらめたわ」
「獣肉、か。それが正確な言い方なんだな」ノースコート卿はハムを切って口に入れ
ると、ゆっくり嚙んでから飲みこんだ。「すごく美味い」と微笑む。
エズメは一心にスープを飲んだ。

「せめて、そのチーズを少し口にしたまえ」卿は少ししてから促した。「チーズは食べるんだろう？」

「ええ。チーズ、牛乳、卵。それを生み出す動物は口にしないだけよ。クラムやムール貝などの二枚貝は食べるように思われているけど、食後にはいつも罪悪感を覚える。だから、ふつうは遠慮しておくの」

「ふむ、ミセス・キャンビーに知らせておくべきだな。彼女は明日にでも市場に行き、屠《ほふ》られた獣肉をしこたま仕入れて、最近卵を産まなくなった鶏を絞めるつもりでいるだろうから」

エズメはスプーンを下に置いた。「そんなことをしてもらったら困るわ。ミセス・キャンビーに直接、伝えてくる」

そう言って立ちあがろうとしたが、ノースコート卿が手を伸ばして押しとどめた。

「座りたまえ。献立を決めるのをどうすべきかは、明日にでもゆっくり話し合えばいい。きみの食べないものについては誤解がないよう、ぼくがキャンビー夫妻に伝えておく」

「あなたが？　そうしてくれるの？　わたしの食べ物の好みを知ると、たいていのひとは変わってるとか、心が優しすぎるとかいうのに」

ノースコート卿は椅子の背に体を預け、ワインをゆっくり口に含んだ。「きみがとても情け深く、優しい心をしているのは確かだが、それはなにもおかしくない。変わってるという部分については、いまは評価を保留する」

思わず笑いがもれて、エズメは自分でも気づかぬうちにほんの少しだけ気持ちがほぐれた。ここ数日間ではじめてのことだった。

さらにスープを飲み、小さめのチーズをひと切れ食べてから、卿に勧められるままアップルタルトを口にした。ほかの料理と同じように、すばらしく美味しいデザートだった。

ノースコート卿がグラスにワインをふたたび注ぎ、ふたりでしばらく黙ったまま座っていた。一緒にいて心地よいひとときと言ってもいいほどだったが、エズメの胸に不安が舞い戻る。と同時に眠気が襲ってきて、まぶたがひどく重くなった。

ふいに目を覚ますと、手の甲に卿の手がふれていた。ワイングラスが当たったりしないよう、そっと脇にのけてくれる。「そろそろ階上にあがったらどうだ？　もう少ししたら、ぼくも行く」

エズメは目を見開いた。眠気など、一瞬にして消え去った。

「ミセス・キャンビーが世話をしてくれる」ノースコート卿は近くにあったブラン

デーグラスを取りあげて大きく回し、琥珀色の液体の香りを立たせた。

いつの間にそんなものを？　わたしはいったい、どれくらい眠っていたの？

上の階にあがるのを少しでも遅らせようと言い訳を探したが、それらしいものはなにも思い浮かばない。悪あがきはもうおしまいだ。

こうして、ふたりきりでいるのだから。

全身をかすかに震わせながらエズメは立ちあがり、部屋を出た。

寝室に入ると、ミセス・キャンビーが待っていた。バーもいて、楽しげにしっぽを振りながら、撫でてくれとばかりに進み出る。エズメはよろこんで、背中をぽんとたたいてやった。

この屋敷の家政婦は陽気な笑顔で出迎えてくれた。朗らかだが落ち着いた声で話をしながら、ベッドに広げてあったナイトガウンとローブに着替えるのを手伝ってくれる。

すでに荷ほどきして衣装だんすに掛けてあったほかのドレスの横に、脱いだドレスを家政婦がしまうあいだ、エズメは洗面台のほうへ移動した。顔と両手を念入りに洗ってから歯を磨くと、ミントの香りで口のなかがさっぱりした。

寝支度をすませてしまうと、あとはベッドに行くしかなかった。

しわひとつなく清潔なシーツ、誘うように片方がめくられている上掛けに視線をやったが、エズメはまだベッドに入ろうとはしなかった。

ミセス・キャンビーはろうそくの灯りをひとつ残してあとは全部吹き消すと、おやすみの挨拶を言って下がっていった。バーはくるくるあたりを回っていたが、暖炉そばの絨毯に落ち着いてから目を閉じた。

一緒に寝ようとバーをベッドに誘おうかとも考えたが、そうするのはやめにした。ノースコート卿がバーに意地悪なことをすると思ったからではない。自分がいるべき場所に犬がいたら、卿も気分を悪くするだろう。

胃のあたりがふっと気持ち悪くなり、不安で肌が粟立つ。

そんなに緊張しないで。そう言い聞かせながら、ひじの下を両手で持って自分の体を抱き締める。まるで、ノースコート卿が卑劣漢だったり、気持ちの悪い、いやなやつみたいじゃないの。

むしろ、その逆だ。

ノースコート卿は——もうすぐベッドをともにするのだから、そろそろファーストネームで呼ばなくてはならない——ガブリエルは、男性に望むすべてを兼ね備えている。

魅惑的で、知性もあり、洗練されている。

セクシーで物慣れていて、エズメにはとうてい理解できそうにないほどの深い経験を積んでいる。きっと、ふつうのオーソドックスな性生活が好みだろう。それがどういうものかはよくわからないけれど。とはいえ、いままで聞いた噂によれば……

あらためて身震いが走り、エズメは胸を抱く両手に力をこめた。

ガブリエルはなにを期待しているのだろう。わたしの経験のなさに彼が痺れをきらしたら、どうしよう？　求められているものを与えてあげられなかったら、どうすればいい？

種馬が雌馬に覆いかぶさるところは見たことがある。喧嘩をしているのかと見紛うほど、交尾は力強くて激しかった。まさか、人間はあんなふうではないわよね？

エズメは目を閉じて、ガブリエルのキスを思い出した。

キスはすてきだった。ううん、すてきという言葉では表せないほど気に入った。

そして、彼に愛撫されたのは……

不安にさせられるほど大胆だったけれど、あれもすばらしかった。

思い出すと、体が火照る。

もしかしたら、わたしは必要以上に心配しているだけかもしれない。それほど悪くはないのかも。

気が変わってしまう前にエズメは急いでベッドに飛びこみ、上掛けをあごまで引きあげた。そして仰向けに横たわり、身じろぎもせぬまま、ガブリエルがやってくるのを待った。

エズメが食堂を出てから一時間以上経ったころ、ガブリエルはようやくブランデーを飲み干して、上の階へと向かった。

手にしているろうそくの灯りをのぞけば、屋敷のなかは真っ暗だった。

耳を澄ますと、波の音や、ときおり窓や軒を撫でる風の音以外は静寂が広がっている。

側仕えは連れてこなかった。田舎なら、自分の世話はなんとかできるからだ。エズメの寝室の隣にある自分の寝室に入ると、ろうそくを置いて服を脱ぎはじめた。顔を洗い、歯を磨いてひげを剃ってから、ガウンと上履き姿になって廊下へ出た。

エズメはベッドに横たわっていた。上掛けをいっぱいに引きあげているので、起きているのか眠っているのかわからない。長い髪が暗い川のように枕に広がっている。ぴくりともせず、多少なりともガブリエルが入ってきたのを認識したふうでもない。

眠っているのだろう。ガブリエルはため息をつきそうになるのをこらえた。暖炉の火が心地よいところで丸まったまま、頭をひょいとあげている。

だがそのとき、バーが挨拶するように振ったしっぽがぶつかってきた。ガブリエルは近づいて頭を撫でてやった。バーはうれしそうに目を閉じると、ふたたび夢の世界へ戻っていった。

化粧台に置いてある燭台の灯りを、ろうそく一本だけ残して吹き消してから、ガブリエルは持ってきた灯りとともにベッドに近づいた。サイドテーブルにそれを置いて振り返り、ガウンの腰帯に両手をかける。

エズメは横になったまま彼を見つめていた。狩人を見つけたばかりの鹿のように、大きく目を見開いている。

「起きていたのか」ガブリエルはなにげなく言いながら、両手を脇に垂らした。「じっと動かずにいるから、眠りに落ちたままかと思った」

「いいえ」エズメはやけに甲高い声で答えた。

その様子を見つめながら、ガブリエルはふいに気づいた。なんと若いのだろう――まだ二十歳にもなっていない――それに、あまりにも無垢で清らかだ。はじめての体験がどんなものか、ひとは容易に忘れてしまう。ぼくが初体験をすませたのは、もう何世紀も前のことのようだ。

ガブリエルは十四歳の夏、屋敷を訪れていた叔父の友人の妻に誘惑された。ある晩目覚めると、ベッドに彼女がいて、男としての部分を口に含んでいた。その年の秋に学校へ戻るころには、純真なところなどほとんど残っていなかった。それ以来いろんなことに飽いてしまい、かつての自分がそうだった少年の記憶など思い出せないほど埋もれたままだ。だが今夜は、無垢なエズメの不安を目の当たりにしていつになく同情してしまい、少しは残っていた自身の純粋な部分が浮かびあがってきた。

ガブリエルはベッドに腰を下ろし、彼女を正面から見た。「そんなに困った顔をしなくてもいい。いきなり襲いかかるつもりはないから」

しかし、エズメは安心したふうには見えなかった。「じゃあ、なにをするつもり？」

「そのうち妻と体を重ねて愛し合えるのではないかと望んでいるが、しばらく話をしようか。きみさえよければ」

エズメが眉根を寄せる。「話をしたいの？　いま？」

急がなくても時間はある、というふうにガブリエルはゆったり肩をすくめた。「もちろんだとも。なんの話をしたい？」

彼女も肩をすくめてみせる。なにも思いつかないようだ。

「ふむ。ファッションの話はどうかな？　たいていの女性はファッションについて話すのが好きなものだし」

エズメは唇をぴくぴくさせた。ガブリエルが最新の流行について論じるのがおかしいと思ったのだろうが、じつは女性の服装についてかなり豊富な知識をもっていると知ったら、さぞ驚くことだろう。何年にもわたって愛人たちにドレスをさんざん買ってやったせいで、生地やスタイル、フリルやひだなど派手な装飾についても彼は相当の知識をもっていた。

しかし、ふたたびエズメは首を横に振った。「ごめんなさい。最新流行のファッションについては姉の領分だわ。きれいな洋服が嫌いなわけじゃないの、大好きよ。だけど、『ラ・ベル・アッセンブレ』の最新号を楽しみに待ち、どんなドレスを新しく誂えるか、その後二週間をかけて熱狂的に語るようなタイプではないの」

ガブリエルはエズメに目をやった。上掛けに隠れている体を思い描き、それに服を着せ、脱がせるさまを想像する。「ぼくは運がいいと思うべきなんだろうな。仕立師からのとんでもない額の請求書を持ってくることのない妻でよかった、と」

エズメの口元に小さく笑みが浮かんだ。「その点は大丈夫ね」

「だが、画材については話は別だな？　鉛筆や絵の具、紙なんかに莫大な金を使うにちがいない。ああ、それにカンバスも。きみは素描だけではなく、絵の具を使った絵も描くんだろう？」

「ええ」

「油彩か、それとも水彩？」

エズメの瞳にほの温かな光が宿る。楽しい分野に話題が移ったのを感じて、上掛けに隠れた体から緊張がわずかに緩む。

「どちらも。でも、油彩画のほうが好きだわ。許容範囲が広いし、使える色彩にも幅があるの。正しい色調の絵の具の原色とすぐれたパレットナイフがあれば、どんな色でもカンバスに再現できるから」

「昔から、きみみたいに正真正銘の芸術的才能を有するひとたちを尊敬してきた。そちら方面の能力は、ぼくにはない。だから、自分で創り出すよりも芸術作品を集めるんだろうな」

エズメはシーツの縁に指を一本かけてなぞった。「ええ、あなたのコレクションについては聞いたことがあるわ」

「ほう？　どんな話を聞いた？」

「気に入ったものならなんでも買う、とそのひとたちは言っていた。フェルメールやラファエロといった巨匠の手による作品。それに、コンスタブルやターナーのような最近の画家のものも。だけど……」

「だけど？」ガブリエルは、口ごもるエズメを促した。「先を続けて」

彼女の頬が、夕闇迫る空のような色に染まっていく。ろうそくのわずかな光のなかでもそれとわかるほどだ。頬にまつげの影を落として、エズメは目をそらした。「裸体や乱痴気騒ぎを描いた絵など、みだらで好色的なものを広く集めているとだれかが言っていたわ」

ガブリエルの唇にゆったりと笑みが浮かんだ。「そのだれかというのは、きみの双子の兄さんたちじゃないのか？　ぼくのコレクションは簡単には他人に見せない。選ばれた少数の人間に対してだけだ」

エズメはぱっと顔をあげて彼の目を見た。「お兄さまたちが自慢したりくだらない噂話をしたりしていたと思っているなら、それは誤解よ。何か月も前のある日、ブラエボーンでふたりが話しているのを偶然耳にしただけ。芸術に関することならいつも気になるし、ラファエロの名前が出たものだから、つい……」

「誘惑には抗えなかったわけか」エズメの代わりに最後まで言ってやる。「きみにとっては当然、そうだろうな」

ガブリエルは黙りこみ、エズメがふたたび緊張を解くまで待ってから話を続けた。「裸体や乱痴気騒ぎを描いた絵など、みだらで好色なものについて」と彼女が言ったとおりの言葉を使う。「きみはなにを知っているというんだ?」そして、身をかがめて近づく。「ああ、そうだった。裸体画はきみの得意分野だったのを忘れていた、すまない」

「いいえ、違うわ」エズメは、ガブリエルを描いたスケッチについて言われたのを勘違いしたふりなどせず、みずからを擁護した。「あの日、湖のほとりであなたを描くまで人間の、いえ、男性の裸体をスケッチしたことなんてなかった。とにかく、あなたはとても……すごく……」

「うん? ぼくはどんなふうに見えた?」

だがエズメは答えるより、目を閉じて首を横に振った。

「まただ。許してくれ。きみをからかったりするなんて、まちがっていた。安心させてやるつもりだったのに、またしても、小さな貝のようにきみの心を閉ざさせてしまった」

ガブリエルはエズメの頰に指を一本走らせ、ふたたび肌が染まっていくさまを眺めた。

「それとも、真珠をなかに隠しているアコヤ貝だろうか?」反対側の頬も指でなぞり、そのままのど元へと滑りおろしていく。エズメが引きつるように息をのむなか、ガブリエルは指先をさらに下へそろそろと下ろしていった。

「埋め合わせをさせてくれ」彼は身をかがめてエズメの左の頬に、そして右の頬に口づけた。それから、指でなぞってきたばかりの肌に、ゆっくりとキスで道筋をつけていく。

エズメの息遣いが荒くなるのを聞いてガブリエルは笑みを浮かべ、のど元に口を押し当てた。そこに舌で小さな円を描きながら、香《かぐわ》しい肌を楽しみ、近くで不規則に打つ脈の感触を味わう。

自分の印《しるし》を残そうと、その部分を強く吸う。

この夜が明ける前に、エズメの全身に印をたくさん残してやろう。だが、最初にやるべきことをすませなくては。

指をそのまま滑らせて、エズメが着ているナイトガウンのいちばん上のボタンにかける。親指の助けを借りてそれを外すと、彼女の全身に緊張が走った。ガブリエルは首筋の反対側に口を持っていき、あらためてそこを吸った。

シーツの下で彼女の脚が動き、脈が速く、激しく打つ。

ガブリエルはさらにふたつボタンをすばやく外して、四つめに手をかけた。

蜜のように甘いのど元を離れて、ナイトガウンの縁が開いたあいだに広がる肌、胸のまんなかを走る骨に沿ってキスしながら下へ移動していく。みぞおちのちょうど上あたり、乳房のあいだに達したところで、ガブリエルはひと息ついた。なんの前触れもなく、キスしてきたところに舌先を走らせ、しっとりとした道筋をあらたにつける。そこにゆっくり息を吹きかけて、エズメが身を震わせながらあえぐ音に耳を澄ませた。

「さて、どんな真珠が待ち受けているのかな」ガブリエルは顔をあげ、彼女の目を見つめた。あまりの衝撃にまぶたはなかば閉じられ、欲望にけぶる瞳がほの見える。

ナイトガウンの左側から差し入れた手で乳房をすくいあげた瞬間、ガブリエルは探していたものを見つけた。期待していたとおり、乳首がビーズのように硬くとがっている。それを指で弾き、また弾きして、エズメが下唇を噛んでため息をもらし、頬を熱くするのを眺める。

もう少し責め苦を与えても耐えられるだろう。感じやすくなっている胸の頂をそっとつまんで少しずつ力を加えていき、さらに小さな叫び声をあげさせる。

そしていきなり、ナイトガウンを両手で肩から腕へと滑りおろした。ボタンを途中までしか外していないので、エズメの両腕は体の脇にとらわれたままだったが、あらわになった胸が目を楽しませてくれた。

「見てごらん。ふたつ目の真珠だ。よろこびが惜しみなく注がれてきた」

反応する間も与えずに、ガブリエルは身をかがめてエズメを味わった。片方の胸を指でもてあそびながら、大きく開けた口でもういっぽうの胸を覆い、乳首に舌を走らせ、蜜を吸った。


全身に火がついたような状態に耐えきれず、エズメは背中を大きくそらした。欲望と悦びの波にのみこまれそうだ。

ああ、神さま。この悦びときたら。言葉ではとても表せない。いままでのどんな体験よりも激しく強烈だ。

臆面もなくガブリエルが行っている、ひどく親密なこの行為に愕然とし、衝撃を受けてしかるべきだ。心のなかにはそう思う部分もあったが、いままで受けたキスがそうだったように、ありとあらゆる技を駆使したこの口づけにも抗えそうにない。彼のすることはすべて気持ちよすぎて、すばらしすぎて、やめてと言うことさえ思いつかない。

乳首にそっと歯を立てられて、エズメはふたたび背中を反らした。もっととせがむように、胸を口に押しつける。ガブリエルは微笑みを浮かべると、その願いに応えるように、せつなくうずく胸の頂をさらに強く吸い、そっと噛んだ。

稲妻が駆け抜け、エズメの全身を焦がす。

「ああ！」

「『ああ』というのはまったく正しい反応だ」ガブリエルの声は低くしわがれていた。彼はエズメの目を見て微笑んだ。うぶな反応のひとつひとつを楽しんでいるような笑み。

その瞬間、エズメは気づいた。彼はほんとうに楽しんでいるのだ。ガブリエルが師で、わたしは弟子。官能的でみだらなことを知り尽くしているに等しい大家に、教えを請う追随者にすぎない。

腕を動かそうと体をよじっても、ナイトガウンのなかにとらわれていて、すっかりガブリエルのなすがままだった。

しっとりとした口づけのあとに息を吹きかけるという手管を繰り返されるうち、エズメはあえぎ声とともに胸を震わせた。もういっぽうの胸の頂にも、ガブリエルは焦らすように舌先で円を描いてから、冷たい息をふっと吹きかける。

はじめと同じような技で胸をいたぶると、エズメの口から悦びの声がもれた。熱く激しく新妻を魅惑しながら、ガブリエルはのどの奥で楽しげにうめいた。

エズメはふいにシーツの下で両脚を動かした。肌が熱く灼けるようだ。

どんなふうに彼女が感じているか知っているかのように、ガブリエルは上掛けを剥ぎ、すべて足元まで引きおろした。

「このほうがいいか？」

エズメはうなずいた。声に出して返事などできない。

ガブリエルが顔をあげ、部屋に来てからはじめて彼女の唇にキスをした。口を開けた長く官能的な口づけに頭がくらくらし、鼓動がさらに早まる。

なにをしているのか思わせる間もなく、ガブリエルはナイトガウンを腰のあたりまで押しあげ、エズメの全身をむき出しにした。

大きな手で太ももからひざ、ふくらはぎをゆっくり探ってからふたたび撫であげていき、柔らかなお腹のあたりにそっと押し当てる。広げた手で焦らすように円を描きながら、小指をへそに突っこんで小さく動かす。

エズメのつま先が丸まる。両脚は勝手にもちあがり、少し開いた。

ガブリエルが彼女にふたたび衝撃を与えたのはそのときだった。お腹から撫でおろした手を、太もものあいだの黒い茂みのあたりにそっと置いたのだ。独占欲をむき出しにしながら、ふっくらとしたその部分を手で覆う。まるで、ここは自分のものだとエズメに知らしめようとするかのように。

そこだけじゃない。わたしの体はどこもかしこも、ガブリエルのものなのだ。

合わさったひだの奥に指を一本挿し入れられて、エズメの脈が跳ねあがった。入り口はきつく締まっていて、はじめは第一関節までしか入らなかったが、ガブリエルが容赦ない侵入を試みるうち、指のつけ根まですっかり入ってしまった。

優しく、しかし断固たる動きで秘部の奥を探られてエズメは一度、そしてもう一度、激しく息をのんだ。ガブリエルは身をかがめ、彼女の口からもれるせつないうめき声をキスで封じた。

そして二本めの指を挿し入れ、エズメの入り口をさらに広げようとした。

ガブリエルの手に体をゆだねるうち、恥ずかしくなるほど濡れてくる。エズメは無意識のうちに太ももをぎゅっと閉じて、彼を押し出そうとした。

だが、彼はさらに奥へと探索を続けた。二本の指を扇のように開きながら、ひだのある一点を親指でとらえる。エズメは全身を震わせて悦びの声をあげた。

「さあ、いい子だ」ガブリエルは下のほうで指をしきりに動かしながら、彼女の唇に口を押し当てたまま命じた。「そのかわいい太ももを広げて。もっといいことをしてやる」

だがエズメにはわからなかった。なにがどうよくなるの？　体を内側から引き裂くような欲望が、早く解き放ってほしいと叫んでいるのに。

しかし、ガブリエルがより深くにまで指をすばやく動かすと同時に、エズメは彼の言葉に従い、望みを受け入れた。彼のしたいことに許可を与えるように、両脚が勝手に大きく開いていく。

ガブリエルは隣に横たわるようにしながらエズメを眺めた。巧みな指使いで秘部の奥を探索しながら、じっと見つめる。彼女の胸が激しく上下して腰がマットレスから跳ねるように浮きあがり、懇願するようにガブリエルの指を奥にまで引きこむさまを眺める。

つぎの瞬間、エズメの全身を光と熱いものが駆け抜けた。ガブリエルの手に抱かれているところから、悦びが隅々にまで満ちていく。

エズメは横たわったまま呆然としていた。興奮で頭がぼうっとするものの、忍び笑いさえもれてくる。いったいなぜ、あれほどまでにこれを怖がっていたのだろう。

彼についていても、神経をとがらせていた。

こんなにすばらしく、天にも昇るような心地だったなんて。お願いよ。つぎはいつ、もっと味わわせてもらえるの?

ガブリエルはそっと体を引いて立ちあがり、ガウンの腰紐に両手をかけた。彼が向き直ったとき、エズメは目を見開いた。不安な色がふたたび瞳に浮かぶ。

彼のことは、前にも湖で見ていた。男性美の極致のような、すばらしい肉体。だが、欲望に張り詰めたところを目にしたのはこれがはじめてだ。これほど迫力のある長身だっただろうか。そして、男らしさの証しもこれほど大きかった?

あらゆる面において、ガブリエルは大きかった。

どうしよう、最初は指を受け入れるのさえ大変だったのに。彼はいったいどうやって、あれをわたしのなかに収めるつもり?

「ぜったい、無理よ」エズメは思わず口にしながらベッドの片方から逃げようとしたが、いまいましいナイトガウンのなかに閉じこめられたままで両手の自由が利かず、立ちあがることさえできなかった。

これ以上動きもままならぬところで、片方の足首をガブリエルにつかまれた。「だめだ、どこにも行かせない」

彼はベッドに片ひざをつき、エズメのそばに横たわった。「無理じゃない、きみはちゃんとぼくを受け入れられる。まず、そのための準備をさせればいいだけだ」

それってどういうこと？　エズメは眉根を寄せた。

ガブリエルは彼女の眉間をさすると、キスをした。ゆっくり時間をかけて、ふたたび唇を奪う。

「いままでふたりでしたことは気に入っただろう？」彼はしばらくしてからささやいた。

「ええ」エズメは小さな声でうなずいた。

「じゃあ、ぼくを信頼して。このあとも、きみにとって気持ちいいものにしてあげるから。ぼくにはそれができる。きみもわかってるだろう？」

ふいにエズメは思った。数多《あまた》いる男性のなかで、純潔を奪われる相手としてガブリエル以上にふさわしいひとなどいない。

「だけど、痛いんでしょう？」

「少しはね。ぼくは嘘はつかない。きみは汚《けが》れを知らぬ処女だし、体も小さい。だが、楽になる方法を見つけよう。きみはただ、ぼくを信用すればそれでいい。ぼくはきみの夫だ。きみになにが必要かはわかっている。悪いようにはしない」

ほかの機会だったら、ガブリエルの言葉に異議を申し立てていただろう。エズメは、なにも疑わずに男性の言うことをきくような女性ではない。だが、今回ばかりは彼が正しい。彼はわたしの夫で、わたしがなにを言ったりしたりしようと、今夜は結婚の誓いを確かなものにするつもりだ。そして、これまでガブリエルがしてくれたことをすべて気に入ったというのも、彼の言うとおりだ。だったら、彼を信じてみてもいいのでは？

エズメはうなずいた。「いいわ。でも、せめて、このナイトガウンは脱いでもいい？」

ガブリエルは声をあげて笑った。「今夜はいいだろう。だが、そういったことはいろいろ、ほかの機会にもできるからな」

その言葉の意味をエズメがそれ以上考える前に、彼は腕を伸ばして、彼女をナイトガウンから解放してやった。

それを床に放り投げると、ガブリエルはエズメを胸に引き寄せてキスをした。唇を開けさせて、我が物顔で口のなかに舌を走らせる。それに倣うよう促すと、彼女の反応はさらに激しく開放的になった。そして、ゆったりとしたものに自然と変わっていった。

「ぼくにふれて」ガブリエルは唇をエズメののどに這わせながら言うと、胸に両手を走らせ、とがる頂をくすぐるようにもてあそびはじめた。

「どこを？」エズメはささやいた。

「どこでもかまわない。体の隅々まで全部」

エズメは最初ためらいがちに、ガブリエルの腕や肩、背中の上部だけに両手を走らせた。だが、ふたたび胸を吸われるうちに大胆になった。彼の胸に指を滑らせ、薄く生えている胸毛に指を梳き入れると、まだとがっていない乳首があった。エズメは自分でも思ってもみなかった大胆さとともに、それを爪で弾いた。

ガブリエルがぞくりと身を震わせてうめき声をあげるのが、すごくうれしい。

そのあとは、彼の体を自由に探索していった。引き締まった腹から曲線を描く腰へ、さらには筋骨たくましい太ももへとなぞっていく。背中の腰のあたりにくぼみを見つけ、盛りあがった尻に手を這わせる。

ガブリエルは、尻と太ももを分ける臀溝と呼ばれる部分を撫でおろされるのがとくに気に入ったようだ。

これ以上はもう我慢できないとばかりにエズメの手を取り、ふたりのあいだにそれを持ってきた。大きな手で導くようにして、昂ぶる男らしさの証しを握らせる。

エズメはその感触に驚き、ビロードのような温かな皮膚と、対照的な張り詰めたもいのの硬さに目を見張った。ガブリエルは彼女の指を動かして、自分がなにを求めているのか知らせた。そして、彼女が思っている以上に強く手に力をこめるよう促す。

それからガブリエルは、官能をかきたてるべくエズメの全身にあてどなく手をさまよわせながら、彼女にもふたたび自由な探索を許した。

エズメは、彼の股間から突き出ているものを撫でさすった。先端の濡れた滴《しずく》に親指を走らせると、手をのけられて仰向けにされた。彼はいきなり両手でエズメの太ももを開き、彼女が思ってもみなかったところに顔を埋めた。

「あっ、あっ」エズメは体の中心にガブリエルの唇を受けて、声をあげた。彼はまるで、とくに美味な料理を楽しんでいるかのようだ。下の唇を開かせて舌を挿し入れると、禁断の部分を見つけて吸い、たっぷり味わっている。彼女は思わず体をよじった。

頭がぼうっとする。太ももが合わさる場所、そして、ガブリエルが容赦なくかきたてる激しくせつない欲望のほかにはなにも考えられなくなる。もう、どうすることもできなかった。ふれられるたびに、秘めやかな部分が熱く潤んでいく。

だが、ガブリエルは気にしていないようだ。むしろ、それを目的としているようだった。エズメの欲望をかきたてて、その部分をできるだけしっとり濡れさせたいと思っているかのように。

激しく焦がれるような思いに、エズメは全身がうずいた。どうにかして満たしてほしい、自分には理解もできない方法で奪ってほしい。せつなさが増していき、狂おしいほどに欲しくてたまらなくなる。満たされないままなら、このまま死んでしまうかもしれない。ガブリエルは彼女を悦びの淵まで連れていきながら、すべてを忘れられる至福の境地に達する寸前に動きをとめた。

エズメは大きく目を見開き、物足りない思いに叫び声をあげそうになった。

だがすぐに、ガブリエルは無慈悲なことをしているのではないとわかった。彼は仰向けになると、彼女を持ちあげて自分にまたがらせた。

「なかに受け入れてくれ」欲望のにじむ荒々しい声で言う。「できるかぎりなかまで収めてくれたら、あとはぼくに任せて」

彼を、なかで受け入れる？

「どうやったらいいのかわからない」エズメは泣き声をあげた。

「自然にできるよ――やってごらん。ほら、手を貸すから」

ガブリエルはふたりのあいだに手を伸ばすと、昂ぶる男らしさの先端がエズメの秘めやかな部分の入り口をさするような位置に持っていった。「体を押しさげて。ぼくのものをなかへ送りこむようにして」

エズメはガブリエルの胸板にあてた両手を突っ張るようにして前かがみになり、彼を受け入れようとした。

しかし、彼のものは大きかった。まだ貫かれたことのないエズメの入り口も狭く、ほんの先端しか入らない。秘めやかな部分をあれほど濡れさせようとしていたのは、ガブリエルをもっと深くまで容易に受け入れられるようにするためだったのだ。

「いったん、上半身を起こして」ガブリエルは歯を食いしばった。「それから沈めるんだ。勢いをつけて」

エズメは全身をもちあげてから、弾むように腰を沈めた。

おかげでさらに少し、ガブリエルのものがなかへ入った。彼女が動きを繰り返すと、さらにもう少し。だが、こんどは痛みが生まれた。彼のものはかろうじて入ったかどうかというほどなのに、押し広げられるような感覚が耐え難いほどだ。

「少し休んで」

ガブリエルに言われたが、エズメは首を振った。肩から広がる長い髪が彼の腹部をもかすめる。「ガブリエル、こんなことできるかどうかわからない。もう、やめたほうがいいのかも」

「だめだ。あと少しというところまで来たのに」

ガブリエルは腕を伸ばしてエズメの髪をはらってやると、大きな両方の手のひらで頬を包みこみ、伸びあがるようにしてキスをした。それでほんの少しだけエズメのなかに彼自身が入った。彼女が叫び声をあげたが、ガブリエルは舌や唇を使って酔わせ、口でそれを封じた。

彼はキスを深めた。エズメに考える間も与えずに甘い悦びで気をそらすと、痛みは鈍く消えていった。彼女も無意識に身を寄せてキスを返し、なにも考えずにキスするうちに、もう少しだけ男らしさの証しが入っていく。

ガブリエルは両手でエズメの太ももをさらに開かせ、ヒップから尻をつかんで彼女をぎゅっと抱き締める。

その間もキスを続けたまま、彼はエズメを持ちあげた。もう少しでふたりの体が離れそうになるが、ふたたび強引に、容赦なく彼女の腰を引き寄せる。

自由を奪われたエズメの全身に鋭い痛みが走った。乙女の証しを破られたことに気づいて、彼女は声をあげた。からだの奥深くにまでガブリエルのものが埋められている。激しく脈を打つ彼自身の動きが、柔らかなひだの内部に感じられるほどだ。エズメは一瞬、自分が耐えられるかどうかわからなくなった。限界以上に押し広げられた感覚に、すっかり圧倒されてしまう。

だが、ガブリエルはエズメを抱き締めたままふいに転がり、彼女を自分の下に組み敷いた。こうやって姿勢を変えるあいだも、ふたりのつながりが解かれることはなかった。ふたたび唇を重ねながらエズメの尻に両手を添えて抱き寄せると、不思議なことに、男性自身がさらになかへ入った。片手でエズメにうながして腰に両脚を巻きつけさせ、背中に両腕を回させる。

ガブリエルは昂ぶったものがほとんど出るくらいまで体を引いてから、ふたたび腰を突きこんだ。エズメははっと息をのみつつも、彼が紡ぐリズム——突きこんでは引き、また突きこんでは引く——に、必死に合わせようとする。

どれほど痛みを伴うものでも、ガブリエルにはこれが必要なんだわ。彼の妻として、わたしも耐えなければならない。エズメは目を閉じながら固く誓った。

だがつぎの瞬間、ガブリエルはふたたび頭を下げ、甘く吸うようにして彼女の胸を愛撫した。同時に禁断の場所に指を滑らせて責め苦を与え、このうえない悦びを味わわせる。

ふいに、エズメは組み敷かれたままの全身をしならせた。抵抗するのではなく、ガブリエルを誘い、燃えあがる欲望とともにできるだけ深くへと受け入れる。痛みは悦びに取って代わられてしだいにやわらぎ、忘れ去られていった。

ガブリエルがさらに激しく、速く腰を打ちつけるなか、エズメは夢中になってキスを続けた。無意識のうちに腰を浮かして彼の動きに合わせ、与えられるものをすべて味わい尽くそうとする。時間軸がねじれていくが、エズメにはこの瞬間しか存在しなかった。約束された至福に近づこうとするうちにせつない思いが高まっていき、欲望にかりたてられて、どんどんみだらになっていく。

自分のものとは思えないせつない叫び声があたりを満たす。汗ばんだ体が震えて欲望に苛まれるなか、肌が灼けるように熱く、息も絶え絶えになる。

エズメはガブリエルにしがみつき、彼の好きなように導くよううながした。安全な岸辺までまちがいなく連れていってくれると信じて、すべてをゆだねる。

つぎの瞬間、エズメはすすり泣きとともに空《くう》に放り出された。波のように押し寄せる悦びが、体もろともいっぱいに弾ける。ふれただけで天国に連れていくとガブリエルは約束してくれた。そして、その言葉に嘘はなかった。

彼にすがりつきながら、エズメは悦びの海にたゆたっていた。いっぽう、彼も全身を震わせてすべてを解き放った。熱い精が、彼女のなかでほとばしる。

そして、ガブリエルはエズメの腕のなかで静かに横たわった。

ずいぶん経ってから彼は寝返りを打ち、エズメから離れた。黙ったままシーツを彼女にかけて、ベッドを出ていく。

エズメはガブリエルを呼び戻したかったが、できなかった。

彼は行ってしまうの？　こんなに早く？

顔を背けながら、どういうわけかふいに泣きたくなるのをこらえた。すでにガブリエルのことが恋しいのに、どうしてなのかまったくわからない。

だがさいわい、彼が戻ってきた。水の入った洗面器とタオルを持ってきて、ナイトテーブルの上に置く。

シーツをふたたびまくられて、エズメの全身がガブリエルの視線にさらされた。肌にふれる夜気が意外なほど冷たい。生まれたままの姿で乳首がとがるのを強く意識して、彼女は両腕で胸を隠した。

「そんなことはするな」ガブリエルの声がかすれている。「きみは美しい。体の隅々まですべて。ぼくに見られないように隠れるなんてことは、二度としてはいけない。ふたりきりでいるときはとくに。ベッドで一緒にいるときは決して。わかったか？」

エズメはうなずき、両腕をゆっくりと脇に下ろした。

ガブリエルは水に浸してから絞ったタオルを、エズメの太ももの合わさったところに当てがった。一瞬しみたものの、秘めやかな部分のひりひりした痛みが少しずつ薄れる。

そのときはじめてシーツを目にして、エズメは思わず息をのんだ。白い綿シーツ、そして太ももが血にまみれている。硬さを失ったガブリエルの男らしさの部分も、彼女が大人の女になった証拠で汚れていた。

「ぼくは、きみの面倒をみてから洗う」ガブリエルは、エズメの視線の先に気づいて言った。

驚いたことに、彼の男性自身がかすかに動いた。ただ見られているだけで、欲望がかきたてられたかのように。

ガブリエルは布を水で濡らして絞ると、ふたたびエズメを拭いた。「心配するな。体がひりひり痛むのはわかっている。今夜はもう、きみを奪ったりはしない」

明日のことはなにも言わないのね。

エズメは思ったが、今夜みたいにたっぷりと悦びを与えてくれるのなら、少しばかりの痛みがあっても、かまわなかった。

女性たちがガブリエルに身を投げ出すのも当然だ。ロンドンで聞いた彼の噂についても、少しわかってきた。貞淑な女性をもベッドに誘い出すのがうまいという理由も。ガブリエル・ランズダウンを一度でも味わったら、ほかの男性が欲しくなる理由なんてあるわけがない。

でも、彼はわたしの夫であって、彼女たちのものではないわ。

それにしてもガブリエルは、わたしに貞節を誓うといった言葉にいつまで忠実だろう？　物めずらしさが薄れたら、よそに関心を移してしまう？

エズメは目を閉じた。自分ではガブリエルを満足させられないという理由など、考えたくない。

純潔が失われた証しの血を拭きとると、ガブリエルはエズメの全身を拭ってから、桃色に染まった水の入った洗面器の中身を空けた。

それからきれいな水を汲み、自分の体も拭いてさっぱりさせた。

一糸まとわぬ姿を恥じることもなく、ガブリエルはベッドに戻ってきて隣にもぐりこんだ。

「眠りたまえ」そう命じながらエズメを抱き寄せ、長い腕を肩の下に差し入れる。彼女の右の乳房を手ですっぽり覆うようにしながら、ガブリエルは眠りに落ちていった。

エズメがもっと楽な姿勢になると、彼の腕や手に力がこもるのが感じられた。

眠っているときでさえ、ガブリエルは独占欲が強いのね。

おおぜいの女性と肌を重ねてきたのは知っているけれど、そのうちのだれかを愛したことはあるのだろうか？　あるとしたら、またふたたびそうなる可能性は？

といって、そうなってほしいわけじゃない。わたしの家族はみな、わたしたちが恋愛の末に結ばれたと世間に思わせたがっているけれど、それは事実ではない。ノースコート卿と喧嘩をせずに過ごせるなら、それでじゅうぶんだと思っていた。

だけど、ほんとうにそれでいいの？

エズメは眉根を寄せ、ため息とともに無理やり目を閉じた。眠れるはずなどない。いまはあまりにも興奮している。ちょっとうたた寝するぐらいならできるかも。

だが一分もしないうちに、眠りが彼女を屈服させた。

16

「今日はなにをしたい？」翌朝、遅い朝食をとりながらガブリエルが尋ねた。

エズメは卵とトーストが載った皿から目をあげ、テーブルで向かいに座る彼を見つめた。すっかりくつろいだ様子で腰掛け、熱いブラックコーヒーの入ったカップを手にしている。めずらしく上機嫌のようだ。きっと、存分に肌を重ねて愛し合い、ゆっくり眠ったおかげだろう。

エズメのほうはといえば、あらたな親密さが加わったガブリエルとの関係にまだ慣れようとしているさなかだった。ついゆうべのことを思い出すたび、頬が火照る。脚が合わさるところにまだ残る痛みのせいで、さらに恥ずかしさが増す。ゆうべ彼を体のなかに迎えてどんなふうに感じたか、ひっきりなしに思い出させられるからだ。

ふたりで過ごした一夜を、ぼくもちゃんと覚えている。ふたたび体を重ねて愛し合うのが待ちきれない。ガブリエルがそんな目で見ないでくれたらいいのに。全身がちりちり熱くなり、どきどきする――そしてもちろん、彼がまた欲しくなる。そんな初々しい欲望と、ゆうべたっぷり愛撫されたせいで胸の先端が硬くとがる。しかも、まだ熟れていないベリーのようにボディスを突き破りそうなほどだ。この胸を、ガブリエルが一度ならず見つめていた。彼は心得たように微笑み、忍び笑いをもらした。

まったく、このひとは悪魔そのものだわ。

でも今朝の彼は、無理やり愛を交わそうとはしなかった。そうしたかっただろうに、その点では驚くほどの思いやりを見せてくれた。でも、ミセス・キャンビーがいる前でからかったのは、紳士的な態度とは言えない。

「レディ・ノースコートのために、熱い風呂を用意してくれ」

「承知いたしました、旦那さま」家政婦は答えた。「私が用意いたします」

「よろしい。エプソム・ソルトをたっぷり入れるのも忘れないように。奥さまは今朝、全身がひりひり痛む理由があるようだから」

エズメはその場でガブリエルを打ってやりたくなった。かっと熱くなった頬に気づいて、明らかに恥ずかしがっているのを見てにんまり笑うとは。

だが彼は、家政婦が下がるとすぐに言った。「これで赤く染まったシーツを見ても、ミセス・キャンビーは驚かないだろう」

「それはそうだけど、あんなふうにわざわざ言わなくてもいいでしょう？」

「ぼくはただ、きみのためを思って言っただけだ。それに、キャンビー夫妻はぼくたちが体ごと愛し合っているのを知ってるはずだ。むしろ、ゆうべまで結婚が完全なものではなかったことのほうに驚いていると思うが」

エズメは赤く染まる頰に両手を当てて、うめいた。

ガブリエルは笑い声とともに彼女を抱き寄せ、なにを恥ずかしがっているのかも忘れるほどのキスをした。秘めた部分の痛みがなければ、そのままベッドに押し倒し、使用人たちになんと思われようと気にせず、ふたたび肌を合わせていただろう。

ティーカップを取りあげて、エズメはひと口お茶を飲んだ。やけどするほどの熱さではない。「なにをしたいか訊かれてもわからないわ。コーンウォールのこのあたりでは、なにができるの？」

「ふむ。隣人たちの家を訪れることはない。それは確かだ。そして彼らも、ぼくたちがハネムーンでここにいるのはわかっているから、訪問してきたりはしない」

「ガブリエルったら」エズメはやんわりたしなめたが、ほんとうのことを言えば、彼以外の人間をもてなすつもりはあまりなかった。

「買い物をするのに、街へ連れていってあげることもできるが」

エズメは首を横に振った。「いいえ、今日は遠慮しておく」

「ああそうだ、忘れていた。きみは洋服があまり好きじゃないから、買い物もそれほどではないのだろうな」

「わたしは〝最新流行を追う〟タイプではない、と言ったのよ。洋服が好きじゃないと言った覚えはないわ。あと、買い物についても」

「それは失礼。ぼくの誤りを認めよう」

ガブリエルは真顔でものものしく言ったものの、からかっているだけだとエズメにもわかっていた。脈が変なふうに跳び、みぞおちのあたりが落ち着かなくなるが、いつになく陽気なガブリエルは悪くない。あとどのくらい、こんな調子でいてくれるのだろう。

彼はコーヒーをまた飲んだ。「散歩はどうだ？　海の絶壁沿いはすばらしい眺めだし、波打ち際に下りていく緩やかな道も、ここからは遠くない。絵のように美しいところだ。きみがそういうものが好きならばいいが」

「そうね。散歩ならもってこいだわ。バーも走ったりして運動できるし」

名前を呼ばれたとたん、テーブルの下で悠然としていたバーは頭をあげた。たっぷりの朝食をすでにすませたくせに、エズメたちのおこぼれを期待していたのだろう。

「ああ、バーか。もちろん、彼もついてきてかまわない」

「じゃあ、すぐに帽子を取ってくるわ」エズメは急に勢いこんで言った。

「待て、まずは朝食をすませたくないか？」

皿に残っている卵やトーストに目をやると、彼女はまだお腹がいっぱいではないことを思い出した。「まあ、あなたの言うとおりね」

フォークに手を伸ばして、卵をほとんどとバターを塗ったトーストをひと切れ頬ばり、カップに残っていた紅茶でそれを流しこんだ。

はしたないほど急いでいる様子を見て、ガブリエルは声をあげて笑った。

「こんなところを目撃したなんて、お母さまにはぜったいに言わないでね」エズメはフォークをふたたび置いて立ちあがった。

「ああ、言わないよ。きみの秘密をもらしたりはしない」

エズメはにっこり微笑みながら思った。いろいろあったけれど、彼とこうして過ごすのも楽しいかもしれない。

ガブリエルは、彼女が食堂を出るのを見守った。すぐあとを犬のバーが追い、ひとりと一匹はともに階段を駆けあがっていく。

ときどき、エズメはこどものようになる。うれしそうにはしゃぐ天真爛漫なところを思い出して、ガブリエルはふたたび微笑みながらコーヒーを少し注ぎ足した。

だがもちろん、ゆうべのベッドではこどもみたいなところはまったくなかった。最初のうちこそ恐怖におののいていたが、熱くひたむきな反応を返してくれた。無垢な少女《おとめ》にふさわしい不安を乗り越えさせてやると、ぼくの腕のなかで興奮を隠せなくなっていった。古代の神話に出てくるセイレーンのように、官能的にぼくを魅惑してきた。いろいろ知らなくて恥じらいはあるかもしれないが、なにも感じていないわけではない。

いや、ゆうべの様子を見れば、あの艶《あで》やかな体に冷たく感じないところなどあるはずがない。

ふさわしいやり方で教え導いてやれば、エズメはすばらしい恋人になるだろう。みだらなレッスンをしてやるのが待ちきれない。じつは、日がな一日彼女を抱いてベッドで過ごしたいが、ぼくとて、優しさのかけらもない怪物ではない。エズメはゆうべ、はじめて男に体を激しく貫かれたのだ。秘めた部分がまだ痛むだろう。休息が必要だ。

それにしても、秘部はひどく締まっていた。最近ベッドをともにした女性にはあり得ないほど、きつかった。いや、愛を交わしたどの女性よりも。とはいえ、いままで処女を相手にしたことはないから、ああいうものなのかもしれない。
いずれにせよ、エズメはじつに独特だ。唯一無二の存在と言ってもいい。見た目は麗しく、気立ても優しい。ぼくのものだ。ぼ、ぼ、ぼ、ぼくだけのものだ。

ゆうべエズメの体を堪能したにもかかわらず、男性自身が硬く張り詰めてきた。ガブリエルは小声で悪態をついた。あとしばらくは、みだらな衝動を抑えなければならない。

だが、そのあとは……
いきなりエズメが戻ってきた。愛らしい緑色の散歩服にシルバーがかった灰色のマントをはおっている。つややかな絹糸のような黒髪にしゃれた感じのボンネットをかぶり、ドレスとお揃いの色のリボンをあごのところできちっと結んでいる。足元はといえば、実用的な茶色のハーフブーツ。かなり履きこんだ感じだ。たいていの女性なら、ハイヒールを選ぶだろう。崖を歩くのには向いていないが、そのほうがかわいく見えるからだ。

でも、ぼくのエズメは違う。前にも聞いたが、彼女はファッションのためならすべてを投げ打つタイプではない。

気づくと、ガブリエルはひどく満足していた――それも、彼女が選んだ履き物だけではなかった。

椅子をうしろに引いて立ちあがり、エズメのそばへ行って両手を取る。「とてもきれいだ」

彼女は微笑んだ。また、少し恥じらっている。「ただの散歩服よ」

「そうだが、それを着ているきみが美しいんだ」

これ以上抗えず、ガブリエルはエズメのマントの下に両腕を差し入れ、手のひらをお尻に添えて抱き寄せた。もはや隠そうともしていない下半身の昂ぶりを押しつけると、彼女は小さく息をのんだ。

ガブリエルは胸にぴたりと添わせるようにエズメを抱き締めたまま、自分のものだと印をつけるように激しく、唇を奪った。彼女は全身をぞくりと震わせながらキスを返してきた。せがむような彼を受け入れて口を開け、自分もまたおずおずと欲望を伝えてくる。

ガブリエルは一瞬、約束を破って彼女を二階へ抱きあげていき、たっぷり愛し合おうかとも思った。一日中ベッドで過ごせば、張り詰めた男の昂ぶりを体の奥深くにまで収める感覚にも慣れるだろう。

だが、エズメにはまだ、その準備はできていない。ガブリエルはキスをやめた。いつになく、肺が息を取りこむのが苦しい。「もう行かなくては」彼女を離して言った。「ぼくにも散歩が必要だ」

息を切らした赤い顔で、エズメはガブリエルを見つめた。「ええ、同感よ」それから、声をあげて笑った。澄み切った高らかな笑い声が胸にまっすぐ伝わってくる。

ガブリエルは顔をしかめつつ、玄関ホールへ自分の上着を取りに出た。

エズメはマントやスカートを風にはためかせながら、ガブリエルの手を借りて、浜に通じる岩でごつごつした道を下りた。まばゆい宝石のように大海原が広がり、白い泡のごとき波頭が岸辺に当たって砕ける。冴え冴えとした空気を吸いこみ、汐の香りを存分に楽しむ。

「ほっとしたわ。マロリーに話したことは嘘じゃなかった」平らな砂浜に着いて腕を組んで歩きはじめると、彼女は言った。

バーは浜辺に出ると俄然、元気になり、楽しげにひと声吠えて駆け出すと、おもしろいものを見つけるたびに足をとめて鼻をくんくんさせた。

ガブリエルはエズメの言葉に片眉を吊りあげた。「嘘、とはどういう意味だ？」

「ハイヘイヴンは浜辺に近い、ということ。海を眺めて過ごすのが楽しみだと言ったのよ。うれしいことに、実際こうして楽しんでいるわ」

「じゃあ、気に入ったのか？」ガブリエルはひと息置いてから尋ねた。「ここに連れてこられたのを後悔していない？」

「ええ。どうして後悔なんかするの？」エズメは驚いた顔で彼を見つめた。

「それは、このあたりは辺鄙《へんぴ》で島流しにされたようだという女性もいるから。気晴らしになるような娯楽もないし」

エズメは、わかってないわねと言いたげな声を出した。「わたしはそういうひとたちとは違う。ずっとそう言っているでしょう？　こんど来るときには絵の具や紙を持ってこなくちゃ。崖や海岸線を描きながら、日がな一日過ごしたいわ。とても雄大な景色ですもの」

「じゃあ、まさにそのとおりのことをしよう。天候が穏やかだったら、ふたたび生まれたままの姿になって、きみのために浜辺に寝っ転がってもいいが」

エズメは一瞬、目を大きく見開いたものの、恥ずかしそうに夫に微笑みかけた。

「そうね、そうしてくれてもいいわよ」

ガブリエルは笑いながら立ちどまると、彼女を抱き寄せ、唇にたっぷりとキスをした。

体を離されるころには、エズメは頭がくらくらした。脚の力も抜けてしまい、ふたたび歩くときには少しよろめいた。ガブリエルがまた腕をつかんでいてくれてよかった。でないと、砂地に倒れてしまっていただろう。

「腹は空いていないか？」少しするとガブリエルが尋ねた。「ミセス・キャンビーがいくつかサンドイッチを包んでくれて、ちょうど出かけようとするぼくの上着のポケットに忍ばせてくれた」

ハイヘイヴンの屋敷を出てからまだ一時間ほど。いらないと言おうと口を開きかけたエズメだったが、意外なことに空腹を覚えた。

それも、倒れそうなほどにお腹が空いている。

夕食も朝食も軽くすませたうえに、新鮮な空気を吸って、体を動かしたせいだ。

〝体を動かした〟部分については、ゆうべベッドで行ったありとあらゆる動きではなく、この海辺の散歩のほうをエズメは無理やり考えた。

「あなたが食べるなら、おつき合いするわ」

ガブリエルは大きく平たい岩のほうへエズメを連れていき、くつろげるように座らせてから、隣に腰を下ろした。

「ハムとチーズにマスタードつき」布で包まれたサンドイッチを取り出しながら、中身を確認する。「ほかになにを入れてくれたのか見てみよう。ああ、よかった。これはきみのだ。チーズとチャツネを挟んである」ガブリエルは二番目のサンドイッチをエズメに渡すと、自分のを開けて、ひと口かじった。

ふたりは一緒にいて心地よい沈黙のなか、食事をした。絶え間なく寄せては返す波の様子、そして、吠えながら鳥を追い回しては海に入っていくバーを眺めているだけで満足だった。

エズメがもう少しで食べ終わるというころ、バーがとことこ歩いてきた。水に濡れた毛は砂まみれで、しっぽを楽しげに振っている。もうじゅうぶんに食べたと思った彼女は、残りの部分を放ってやった。バーはがつがつと一瞬で平らげると、伸びをしてから全身をぶるぶるっと震わせた。

水しぶきがあちこちに撒き散らされる。

エズメはきゃあという声とともに両腕をあげてしぶきを避けようとしたが、結局はずぶ濡れになってしまった。「もう、バーったら」

だが、当のバーは悪びれもせずににんまり笑い、地面にごろんと横になった。

エズメのそばではガブリエルもくすくす笑いながら、自分に降りかかったしぶきをはらっていた。上着の内ポケットに手をやり、ハンカチを取り出す。「さあ、拭いてあげよう」

頬や額から水滴をそっと拭い、のど元の湿ったところにハンカチを押し当てる。肌のすぐ下で脈が速くなるのが見えた。

ガブリエルは手を伸ばし、鎖骨のすぐ下の小さな青あざに指先でふれた。「これは、ぼくがつけてしまったようだな」

「まあ」エズメはそこに伸ばそうとした片方の手を、ひざの上にまた置いた。「でも、痛くないわ」

「よかった。だが、少し鎮めてあげる必要がある」ガブリエルは体を寄せると、あざのところにそっと唇を押し当て、このうえないほど優しいキスをしてから、舌を肌に這わせていった。

エズメはぞくりと身を震わせながら、目を閉じた。

ガブリエルは細心の注意を払いながら彼女ののどに、そして優美な曲線を描くあごに口づけた。耳元に移動して、貝殻にも似た耳の縁をそっとなぶってから、耳たぶのすぐうしろに唇を這わせる。ひどく感じやすい部分だ。そうやってキスを続けながらも、片方の乳房を手のひらで覆ってその先端を探りあてる。ドレスとコルセットの下に隠れて、小石のように硬くなっていた。朝食のときもドレスの下でつんととがり、形がわかるほどだった。それがわかって、ぼくが彼女を意識しているのと同じくらい、彼女もぼくを意識している。ガブリエルはひとり悦に入った。

屋敷を出たときは誘惑するつもりなどなかったのに、ふいにエズメを奪いたくなった――せめて、ほんの少しでも味わいたい。ゆうべ肌を合わせたせいで、かえって欲望を煽ることになってしまった。こんなふうに満たされずにいるのは、結婚式前の何週間にもわたる禁欲生活のせいかもしれないが、理由はともかく、いまここでエズメが欲しい。

「あおむけになってくれ」唇を重ねたまま、ガブリエルはささやいた。

「えっ?」

「あおむけになって。ぼくが立てば、スペースはじゅうぶんにある」

「だけど、どうして? なにをするつもりなの?」

ガブリエルはみだらな笑みを向けた。

「でも、無理よ」エズメは衝撃を受けたように言った。「こんな、屋外では」

「ここはぼくの地所だ。だれにも見られることはない」

「でも、もし見られたら？」

「いいものを見せてもらった、と感謝されるんじゃないか？」

エズメは考えるように眉根を寄せた。「それでも、屋敷に戻ったほうがよくはない？　もし、そういうことを――」片手をくるりと回し、口にしにくい部分はあえて言わずにおく。

ガブリエルは首を横に振った。「いや、ぼくはここできみが欲しい。それに、ゆうべしたように、ほんの少し悦びを与えてあげるだけだ」

彼の言っていることをエズメが理解するまで少し間があった。だが、ふと気づくなり、彼女は髪の生え際まで真っ赤にして、体をよじった。なんともかわいらしいが、ガブリエルにはわかった。彼女は不安を覚えてはいるものの、ぼくにそうしてほしいと思っている。

エズメはしばらくためらっていたが、岩の表面の中央部に体がくるよう、そろそろとあおむけになった。

ガブリエルは両ひざをつくと、スカートの下にもぐりこみ、彼女の脚のあいだに体を落ち着けた。

陽の光がさんさんと降り注ぎ、岸辺で波が砕けるなか、ガブリエルはエズメの秘めた部分に舌を走らせた。全身を貫くような絶頂を迎えさせると、不規則なあえぎ声が潮風にのって運ばれていった。

岩に背中を預けたまま激しく息を切らすエズメはすっかり満たされていた。夢見るような満足感が青い瞳に浮かぶ。「あなたは？」とけだるい声で尋ねる。「あの、あなたも――」

「ぼくなら、待てる」ガブリエルは立ちあがった。

エズメは、ズボンを突き破りそうなほどの昂ぶりに視線を走らせた。「とてもそうは見えないけど」

ガブリエルは笑い声をあげそうになったが、すぐに顔をしかめてうめいた。張り詰めたものが痛いほどだったからだ。「その気にさせないでくれ。見てわかるとおり、ぎりぎりのところで耐えているんだ」

エズメは上半身をゆっくり起こすと、曲がってしまったボンネットをかぶり直した。ためらっている様子を見て、ガブリエルは思った。いったい、なにを考えているのだろう。桃色だった頰が、またしても真っ赤に染まっている。「なにか、わたしに……あの……それをどうにかしてあげる方法はないかしら？」

ひどく恥ずかしいのか、エズメは目を合わせることもできずにいる。ガブリエルはもう少しでまた笑うところだったが、彼女の言わんとするところを想像したとたん、張り詰めたものがさらに硬くなり、欲望にずきずきと脈動しはじめた。エズメの愛らしい唇で覆われることを思っただけで、ここですべてを解き放ってしまいそうになる。ゆうべ肌を合わせて愛し合ったとはいえ、エズメは驚くほど、まだなにも知らない。どぎつい部類の悦びに誘《いざな》って、むやみにショックを与えたくはない。彼女にはまだ早い。善良な男ならば衝動を抑え、昂ぶる下半身をなだめるために長い散歩に出るだろう。

だが、ぼくが善良な男だったことが一度でもあったか?

「じつは、ある」ガブリエルは欲望に負けそうなかすれ声で答えた。「だが、きみがほんとうにしたいと思う場合にのみ、可能な方法だ。やっぱりできないと言われても、ぼくは怒らない」

エズメの目が大きく見開かれる。「どんな方法なの?」

「ぼくがきみにしてあげたのと同じことだ。立場が逆になる」

ガブリエルは、意味を解き明かす彼女の顔にさまざまな感情が浮かんでは消えるさまを見つめた。呼吸もうまくできないのか、小ぶりな乳房が震えている。「まあ。だけど、考えてみたら、それはもっともな話ね」

　こんな状況にもかかわらず、ガブリエルはにんまりした笑みを浮かべた。「いや、ほんとうに。無理をする必要はない」

「違う、無理じゃないわ」エズメは彼を驚かせた。「そうしたいと思ったのよ。だけど、やり方を教えて。いままで一度もしたことがないから」

　ガブリエルはふたたび笑った。「その点については、ぼくもじゅうぶん承知している」

　ゆっくりと真顔になると、張り詰めたものが期待にぴくりとする。手を伸ばしてボンネットのリボンをほどいてやり、突然の風にさらわれないよう安全なところによけておく。もう少し近づいてエズメの脚のあいだに立つようにして、前を開けた上着を左右に広げ、周囲からの目隠しを作ってやる。

「どうすればいいの？」エズメがささやいた。不安と好奇心で瞳孔がすっかり開いている。

「前立てを開けて、張り詰めたものをズボン下から出してくれ。それとも、ぼくがやったほうがいいか？」

「いいえ、やってみるわ」エズメは震える指でズボンに手を伸ばすと、ボタンをひとつ、またひとつと外していった。

太ももに緊張が走り、玉の部分がずきずきとうずく。これほどの欲望を覚えたのは久しぶりだ。ガブリエルは一瞬、初体験を迎えようという若造のころに戻ったような気がした。せつないほどの思いに我を忘れそうになる。待っているうち、太さを増した彼自身がズボン下をなかから突きあげんばかりになる。

「こうだ」ガブリエルは、ボタンを外せずにいるエズメに声をかけた。そして、手際よくボタンを外していき、ずしりと重たい昂ぶりを解放してやる。張り詰めて表面に血管を浮かびあがらせたそれは、懇願するように彼女に向かって飛び出した。

エズメの呼吸が速くなる。息をのみ、たちまち心もとない表情に変わった。

「やめたいか？」ガブリエルはかすれた声で尋ねた。

彼女はためらいながらも首を横に振った。「いいえ」

「では、ぼくのものを口に含んで。最初はゆっくりと。きみには、いきなりは無理だ」

荒い息をつくと、エズメは肩を起こして前かがみになった。まずは舌で男らしさの証しにふれる。おずおずと先端をかすめただけで、ガブリエルは電気に打たれたように激しく動いた。

その反応にびくっとして、エズメは体を引いた。「ごめんなさい。わたしのやり方、まちがっていた？」

「いや。とんでもない、まさにあれでいい」ガブリエルは脇に垂らした手を拳に握った。「頼む、続けてくれ」

集中するように、エズメは眉間にしわを寄せた。ガブリエルにも、なにかを心に思い定めたときにするとわかるようになってきた表情だ。彼女は小さな手を丸め、股間の張り詰めたものに添えて彼を動けないようにすると、口を開けてふたたび舐めはじめた。昂ぶりの片側に舌先を這わせ、つぎに反対側を舐めおろしていく。

ガブリエルの身震いとともに、先端から滴がにじみ出たが、エズメは怖気づくどころか、それを舌で受けて飲みこんだ。「まあ、しょっぱい。あなたは海のような味がするわ」

彼女がちらと顔をあげた拍子に、ふたりの目が合った。

ガブリエルは、エズメが目をそらすものと思ったが、彼女は口を開け、堂々と昂ぶりをのみこんだ。温かくしっとりとした唇が先端をすっぽりくわえ、自在に操られた舌が表面をなぞっていく。ガブリエルの全身を熱い血潮が駆け抜けた。

彼はエズメの指を取ると、股間から突き出たものの中心部から根元へと持ってこさせて握らせた。口と舌だけではなく、手でも刺激を加えるにはどうしたらいいかを教えてやる。愛撫を続けるうち、エズメは大胆になった。甘くて美味しい硬い棒状の飴《ハード・キャンディー》をしゃぶっているかのように、うっとりと目を閉じて彼をさらに口のなかへと誘《いざな》う。

ガブリエルはじっと立ったまま、張り詰めたものをエズメの口の奥深くに突き立てたくなるのを必死でこらえた。「もっとだ」両手で彼女の顔をすくいあげるようにしながら、かすれた声でささやく。「もっと」

エズメはひと息つくと、口をさらに大きく開けて彼のものを二、三センチほど奥へと誘った。

「そうだ」ガブリエルは励ましの声をかけた。「力を抜いて、ぼくを奪え」

そして、彼女が受け入れられないことはしないよう気をつけながら、昂ぶるものをゆっくりと口に突き立てる。エズメのうめき声やしっとり熱い舌の感触に、悦びの淵のぎりぎりまで連れていかれる。クライマックスが近い。ガブリエルは体を引こうとしたが、エズメは口や手に力をこめて、それを許そうとしなかった。

そんなつもりはなかったのに、ガブリエルはエズメの口のなかで果て、のどに達するまで熱い精を解き放った。彼女ははっと息をのみ、できるかぎりの量を飲みこんだ。ガブリエルは一度、さらに二度ほど浅く口のなかに突きこんでから、やっとの思いで体を引いた。昂ったものは萎えていたが、すばらしく満たされた感じがした。

女性の口でこれほどの満足を覚えたのはいつだっただろう。いや、そもそも、そんなことがあっただろうか。すでにぼくの花嫁でなかったら、エズメを愛人にしているところだ。彼女は、洗練された高級娼婦にふさわしい資質をすべて備えている。

ふと彼女の反応が気になり、ガブリエルは様子をうかがった。少しやりすぎただろうか？

しかし、エズメはふたたび息をつこうとあえぎながら顔をあげた。「あれでよかった？」と小さくつぶやく。「あなたは気に入った？」

衝撃とともに少なからず安堵を覚え、ガブリエルは彼女を立ちあがらせて抱き締めた。「いや、気に入ったなんてもんじゃない。すばらしかった」

エズメは微笑んだ。恥じらってはいるものの、みだらな悦びを愉しんでいるようだ。

「よかった。あのね、わたしも同感だと認めるのはまちがっている？」

ガブリエルは大きな声で笑いながらキスをした。「いや、とんでもない。きみはかわいらしいひとだな」空気を求めて唇を離してから、ささやいてやる。「まちがってるところなんてない。いけないところなんて、なにもないよ」

17

エズメにとってその後の三週間は、夢を見ているような霞のなかで過ぎていった。日に日にすばらしさが増していき、とくにかまえて話し合わずとも、ガブリエルとの楽しく心地いい暮らしが築かれていった。

天気のいい日にはゆっくり散歩をする。たいてい海辺にまで下りていき、エズメがスケッチや油絵を描くあいだ、ガブリエルは本を読んだり、流れてきた木を投げてバーに取ってこさせたりして遊び相手になってやる。

バーはいままで、エズメ以外のだれにも懐いたことはなかったが、あっという間にガブリエルの言うことをよく聞く忠実な僕《しもべ》になった。エズメの性格が少し違っていたら、これにも嫉妬していただろうが、人間と犬がよき友となれるのを目の当たりにしてうれしく思った。

浜辺で生まれたままの姿となって絵のモデルを務めるという例の約束については、

気温が低くなってきたのが障害となった。といって、エズメがガブリエルをまったく描かなかったわけではない。写生帳には日々、あらたなデッサンが増えていった。岩がちな浅瀬を住処とする小魚や海の生き物を見て、彼女はいたくよろこび、それを描いた絵も写生帳に加わっていった。

ほかにも、ガブリエルは汐のさす河口の入江にエズメを連れていった。岩がちな浅瀬を住処とする小魚や海の生き物を見て、彼女はいたくよろこび、それを描いた絵も写生帳に加わっていった。

それ以外に、乗馬もお気に入りの野外活動に加わった。ガブリエルはすぐれた乗り手で、ふたりはいたずらっ子のように髪や洋服を風になびかせながら、荒れ地を襲歩《ギャロップ》で駆け抜けた。とくに日差しの暖かい日には海の見える崖で休憩をとり、青みがかった灰色の波が大きくうねり砕け散る荘厳な風景を眺めながら、ミセス・キャンビーの作ってくれた美味しいランチを楽しんだ。

運悪く冷たい雨が屋根をたたき、滝のように庇を流れるような日には屋敷に閉じこもり、暖炉のそばでぬくぬくと過ごす。ふたりとも本を読むか、代わる代わる書き物机に座ってはさまざまに手紙を綴った。エズメは家族や友人に、ガブリエルは友人やテン・エルムズの領地の管理人、そしてロンドンにいる使用人や実務家たちに。

そして、それ以外のときには、ふたりで体を重ねて愛し合った。

たっぷりと、心ゆくまで。

エズメはキスや愛撫を受けて目覚めるのにもすぐ慣れた。忙《せわ》しなく動き回るガブリエルの手や口によって、秘めた部分はしっとり濡れてうずき、奥深くにまで彼が分け入ってくるころには、かきたてられた欲望で痛いほどだった。

ベッドでやすむときも、毎晩ガブリエルに奪われた。思ってもみなかったやり方で欲望を刺激され、何度も高みへ連れていかれる。それどころか、ベッドに入るときはナイトガウンは着なくていいとまで言われた。彼の言によれば〝邪魔になるだけ〟だからだ。

ガブリエルがどんな体位をとるのか、いつ新しい体位を試そうとするのか、エズメにはまったくわからなかった。正面から、うしろから、横向きで、彼が上になり、下になり、エズメに両手両ひざをつかせたり、両脚を肩に担ぎあげ、彼女の秘めた部分に顔を埋めて――彼はいつも、なにかしら新しいことを見せてくれた。

愛し合う場所についても、エズメや彼自身のベッドだけにとどまらず、いろいろなところでするのが好きだった。椅子、テーブル、ソファ、そして床の上。一度などはエズメを立たせたままで奪った。背中を壁に押しつけ、両脚をしっかり腰に回させてから、深く激しく彼女の体の奥に男の証しを突き立てた。エズメは悦びの声を家の者全員に聞かれないよう、彼の肩に口を押し当てなければならないほどだった。

あるときは、昼日中《ひるひなか》に驚かされた。ソファで読書中で、ミセス・キャンビーの持ってきたポットのお茶がまだ湯気を立てているというのに、ガブリエルはドアの鍵をかけた。きれいなナプキンをトレイから取りあげて縦方向にねじり、口を開けるようエズメに言う。

「こうすれば、ぼくがきみに悦びの声をあげさせても、だれも様子を見に来なくてすむ」そう言ってエズメの口にナプキンを当てがうと、端を頭のうしろで縛った。「あまりに激しい絶頂を迎えて、きみは大きな声をあげることになる。今日はもう、ひとりでは立てないほどにしてやる」

そして、ガブリエルはまさにそのとおりにした。まずは口と両手を使って目もくらむほどエズメをうっとりとさせつつ、狂おしいほど欲望をかきたててから、椅子に座ったまま太ももにまたがらせ、背後から彼自身を突きこんだ。ひざをつかってエズメの脚を大きく広げさせ、ふたりがひとつになったかと思うほど奥深くにまで分け入る。一回ごとにさらに激しく奥まで男らしさの証しを突きあげて、世界が砕け散るかのような高みにエズメを連れていく。いままでになく激しい至福の悦びを最後に迎えると、彼女があげた叫び声は無情にも口を覆うナプキンに吸いこまれていった。

ガブリエルのひたむきな欲望が強すぎて、とても自分の手には負えないと思うべきなのかもしれないが、彼に奪われるたび、エズメ自身の欲望もさらにかきたてられた。ガブリエルを体のなかで感じていないときでも、秘めた部分が彼を求めて、痛いほどにうずく。夜に隣り合って眠るときも、エズメは自分から彼にぴたりと寄り添った。その気持ちは昼間も同じで、手を握るだけでもよかった。なにも期待せずに――というよりマイナス面ばかり見て――彼との結婚生活をはじめ、最悪の事態ばかりを恐れていたのに。

だが、日ごとにガブリエルに魅了され、ふれられるだけではなく、一緒に過ごすのを楽しいと思うようになった。彼は高い知性をもち、機知に富んでいる。思いがけず寛大な性格で、なにごともよろこんで共有しようとしてくれる――が、個人的な細かい事情については別だった。

親密に睦み合ってはいるものの、エズメはガブリエルの過去や家族についてはほとんど知らないまま。いっぽう彼は、エズメの親族についてはほぼ知り尽くしていた。彼女は兄たちの逸話をさまざまに聞かせてガブリエルを笑わせたが、思い切って彼の家族や親戚について尋ねてみると、両親はすでに他界し、親族とも特段のつき合いはないという答えが返ってくるばかりだった。だがエズメも、その理由を尋ねてはいけないことを心得ていた。あまりしつこく尋ねると、ガブリエルの機嫌を損ねてしまう。

あまりにも幸せで満足しきっているのに、彼とまた言い争うような危険はおかしたくない。将来についても訊かず、ガブリエルもそんな話題は口に出さないまま、日々が過ぎていった。

「今日は街へ行ってみようか?」その金曜日、朝食の席でガブリエルは言った。「市《いち》が立つし、このあたりばかりではなく、コーンウォールのほかの部分も見て楽しんでほしい。きみがよければ、宿屋で食事もできる」

これまでのところ、ふたりきりでこのハイへイヴンで過ごすのになんの文句もなかったが、確かにガブリエルの言うとおりだ。たまには街に出て、人々のなかで数時間過ごしてみるのも悪くはない。

紅茶とスコーンをいただきながら、エズメは笑顔でうなずいた。

トゥルーロの大通りに到着すると、大変な混雑だった。小売商や職人、農民が広場に集まってそれぞれの売り物を大声で宣伝するなか、街の住民や訪れた人々は木製の露店が連なるあいだをそぞろ歩き、地場物の野菜や家畜、熟練の職人技が光る物品や包丁研ぎなどのサービス、お得な品はないかと目を皿のようにしている。軒を連ねる商店の主人たちも、客をなかまで呼びこもうと商品を外に陳列していた。

エズメが眺めていると、地元の婦人用帽子店のウィンドウに飾られた帽子をふたりの女性が羨ましげな目で見ていた。かと思えば船乗りが三人、酒場のなかへと消えていく。パイント・ジョッキでビールを飲み、カードゲームをしようと思っているにちがいない。エズメはガブリエルの腕にしっかり手をかけて、活気に満ちた暮らしの息吹や喧騒を楽しみながら、ふたりでそぞろ歩いた。

ふと足をとめて、東方の国から届いたばかりだというふれこみの青緑色のシルク生地に見とれていると、ガブリエルはそれを十ヤードほど購入した。トフィーや糖蜜をかけた果物がずらり並ぶのを見て感嘆の声をあげると、それも両手に余るほど買ってくれた。菓子屋は気前のよさをいたくよろこび、厚紙に包んで色とりどりのリボンを結んでくれた。

ガブリエルのほうはといえば、コーンウォール産のめずらしいシルバーでできたみごとな懐中時計を見つけて足をとめたものの、自分にはなにも買わなかった。

それは時計職人をひどくがっかりさせたが、ふたりはトゥルーロでいちばんという宿屋へ向かった。ガブリエルの話では、かなりまともな食事が楽しめるところだという。往来の激しい道を安全に渡ろうと左右をうかがっていると、ひと混みのざわめきにも負けずによく響く声が彼の名前を呼んだ。

「ノースコート！　おおい、ノースコートじゃないか？」

ガブリエルはくるりと頭を巡らせ、口元に小さく笑みを浮かべた。茶色い髪をした中背のほっそりとした男性がひと混みをかき分けてやってきたからだ。「マーク？　マーク・デニスか！」

機敏な動きでガブリエルは前に進み出ると、彼の手を取った。エズメが見つめるなか、ふたりは心から歓迎するような握手を交わした。偶然出会ったのをよろこび、声をあげて笑っている。

「なんということだ、会えてうれしいよ」マーク・デニスと呼ばれた男が言う。「どのくらいになるかな？」

「少なくとも二年ぶり、いや三年ぶりかもしれない。だがそれは、きみが北部のほうの地所の仕事を受けたからだぞ。ついでながら、凍《コールド》てつくイングランドの辺境《ワイルド》の地の様子はどうだ？」

「寒くて《コールド》、荒涼《ワイルド》としている」マークが笑った。「だが文句は言えないな。次男以下の男にはそれほど選択肢はないし、伯爵の個人秘書よりもはるかに劣悪な仕事はたくさんあるから。それに、みんながみんな、きみのように結局は爵位もちになるともかぎらないし」

ガブリエルの顔からゆっくりと笑みが消えた。「確かに。しかしマシューを取り戻すことができるなら、ぼくはよろこんできみと立場を入れ替わる。兄のほうが貴族としての生活に合っていたし、ぼくなんかよりずっとすぐれた子爵として領地をおさめていただろう」

マークはふいに恥じ入るような表情になった。「しまった、こんな無神経なことを言うなんて。薄情な男だと思われてもしかたないな。きみがぼくに背を向け、ここで出会ったことを忘れてしまっても文句は言わないよ」

ガブリエルはすぐに立ち直った。「いや、そんなことは決してない。きみが過去に犯した罪をあげつらってからかう機会がなくなってしまうじゃないか。頼む、きみのほうこそ、もう忘れてくれ」

マークはガブリエルの手を取り、もう一度握手をした。「きみはすばらしい友だ、ノースコート。広い心をもった最高の友だよ。ほかの連中が正反対のことを言おうと、ぼくには関係ない」

ふたりはふたたび意見の一致を見て、ひとしきりまた笑った。

そこでガブリエルはエズメの存在を思い出し、ぱっと振り向いた。心から申し訳ないという表情をしている。「無礼を許してくれ。きみをほったらかしにするつもりではなかったのだが」そして彼女を引き寄せ、片方の腕を腰にするりと回す。「ぼくの友人、学校時代をともに過ごしたマーク・デニスを紹介しよう。マーク、こちらは妻のエズメだ」

「妻だと！」マークの驚きの表情は滑稽にも見えるほどだったが、すぐに気を取り直した。「思いがけない知らせだ」そして、顔をほころばせてにっこり笑う。「うれしいよ、ふたりともおめでとう。レディ・ノースコート」マークは呼びかけると、美しいお辞儀をした。「お近づきになれて、まことにうれしいかぎりです」

「こちらこそ、ミスター・デニス」エズメも笑顔を返した。「夫のお友達にお会いできるのはいつでもうれしいわ」

「おや、あなたがノースコートの友人全員に会いたいとか、彼があなたをやつらに会わせたいと思うかどうかは知りません。いずれにせよ、そう言ってくださるとはいい方だな」

エズメは声をたてて笑った。マーク・デニスのことはすぐ気に入った。率直で遠慮がなく、感じがいい。常識にとらわれず、嘘のない温かさとともに、会うひとをすぐにほっとさせるような知性を兼ね備えている。

「で、このあたりになんの用だ？」ガブリエルが尋ねた。

マークは目玉だけでちらと天を仰いだ。「じつは大おばのせいなんだ。自分はもう長くないと数か月おきに騒ぐんだよ。あと数日でお迎えがきて永遠の楽園に魂が運ばれる、って。目もほとんど見えないし、穴熊みたいに気が短い。だけど資産家だから、かなりの額をぼくに遺すと遺言に書いてないかどうか念のために確かめてこい、と母が言うのさ」

そして、おもしろくもなさそうな笑みを浮かべた。「大おばに今朝言われたばかりなんだが、ぼくは数多いるいとこみたいに媚びへつらったりしていないから、遺してやれるものといったらせいぜい、今回の旅の足しになるぐらいの金だそうだ。それでも、親愛なる大おばのご機嫌うかがいに行けという手紙をこれで母が書かなくなるなら、わざわざ時間と金をかけて出かけてきた甲斐があるというものだよ」

「親戚づき合いとは面倒なものだな」ガブリエルが言った。「ぼくにはその心配がなくてさいわいだ。ところがエズメときたら、そこそこ大きい村がひとつできるぐらいの親戚がいる」

「そこまで多くはないわ」

反論するエズメに、ガブリエルはちらと目をやった。「おや、これは異なことを。兄が六人に姉がひとり、その配偶者にこどもたち、先代公爵の未亡人であるきみの母上、おじにおば、いとこ、それに加えて彼らの配偶者たちとそのまたこどもたち。そここの大きさどころか、かなり大きな村をゆうに超える人数だ。クリケットのチームが複数、いや、リーグができるほどじゃないか」

エズメは考えこむように眉根を寄せた。「確かに、クリスマスの時期にはブラエボーンにひとがあふれるわね。屋敷が広大で、なによりだわ」

「ブラエボーン？」マークが割りこんだ。「それは、クライボーン公爵の領地のことか？」

「ああ、いかにも」ガブリエルが答えた。「エズメは当代公爵の末の妹だ」

マークがさらに感じ入ったように茶色の瞳を輝かせる。「ならば、ぼくにとってはさらなる名誉だ、レディ・ノースコート」

「いちばん上の兄のエドワードをご存じですか？」

「公爵の？　いや。だが、兄上のおひとり、ローレンス卿とは手紙でやりとりをしたことがあります。今年、ぼくの雇い主が法的な問題を抱えたときに力を貸してくださった」

エズメの顔がぱっと明るくなる。「じゃあ、つぎに手紙を書くときにあなたのことをお話ししておかなくては。お会いしたと聞いたら、兄もよろこぶでしょう」

「それはどうかな。でも、あなたは優しくて親切な方ですね」マークは答えた。

「人間にも動物にも優しい、それがエズメだ」

ガブリエルがちらと見つめてくる。エズメは一瞬、その瞳に我を忘れた。視界のかなり端のほうで、マーク・デニスがもぞもぞと足を動かし咳払いするのが見えた。ガブリエルを見あげると、どうしたんだと優しく問いかけるように微笑んでいる。

マークは握った拳を腰に当てた。「で、きみはハイヘイヴンに滞在しているんだな。この時期に来るとはなんの用だ？　わざわざ海風に当たりにでも来たのか？」

ガブリエルは無意識のうちにエズメの背中のくぼみをそっと撫でていた。自分がそうしていることにも気づいていないだろう。妻にふれるのがあまりにも自然なことになっていたからだ。

だが、マークの目は逃れられなかった。

「じつは結婚したばかりで、ここへはハネムーンで来た」ガブリエルが答えた。

「なんと」マークは信じられないとばかりに首を振った。「ふたりきりで過ごしているところを邪魔する男なんて、ぼくぐらいなものだな。きみも、べらべらとくだらないことを話すのを黙って聞いてないで、さっさと失せろぐらい言ってもいいのに。きっと、きみたちにはもっとほかにやりたいことがあるだろう？」

「まさか、そんなことできないわ、ミスター・デニス」エズメが言った。「あなたとガブリエルは昔からのお友達。確か、学校時代をともにしたのでしょう？　久しぶりに会ったら、懐かしく話をしたいと思って当然だわ。そうだ、お昼をご一緒しませんか？　ちょうど、食事をしようと宿屋に向かう途中だったのよ。あなたもいらして。そうすれば、ガブリエルと最後に会ってからなにがあったのか、いろいろ近況報告ができるじゃありませんか」

「そんな、とんでもない」マークは手を振った。「すでに、じゅうぶん以上にお邪魔しているのに」

「嘘じゃなくて、ご一緒できたらうれしいわ。最近はガブリエルとふたりきりでいるから、あらたな方が会話に加わってくださるのは大歓迎なの。あなたからも言ってさしあげて、ガブリエル」エズメは夫をけしかけた。「一緒に来なくてはだめだ、と説得してちょうだい」

ガブリエルは楽しげに片眉を吊りあげた。「レディの言葉を聞いただろう、マーク？　一緒に来い。さもなくばエズメは納得しない」

マークは一瞬、言葉に詰まった。「本気で？　まじめな話、ふたりのお邪魔にはなりたくないんだが」

「よかった。じゃあ、決まりね」エズメはまばゆいほどの笑顔を見せた。「おふたりとも、行きましょう」

男性ふたりは声をあげて笑った。ガブリエルが曲げた腕のひじのあたりに妻の手をしっかとかけさせると、三人は足取りも軽く歩き出した。

18

「だから言ってやったんだ、おまえは豚の近くに立ちすぎてるぞ、って。だけど、あのばかは聞こうとしなかった」出会ってから三時間後、マーク・デニスはガブリエルやエズメと宿屋でいちばんの——そして、唯一の——談話室でだれにも邪魔されずにテーブルを囲み、話をしていた。「やつは、かつらを被ってなかへ入っていった。彼を引きずり出すのに男が五、六人。一時間かけて糞をきれいに落としてやらないと、奥さんは家のなかにも入れてくれなかったよ」

三人は声をあげて笑った。とても美味しい食事とお酒をたっぷりいただいたあとで、みな上機嫌だった。男性ふたりはいろいろなアルコール類を頼んだが、エズメはワインをグラスで一杯飲んだあとは紅茶にしておいた。

ガブリエルは椅子の背に体をゆったり預け、使用人が置いていったばかりの大きなグラスからブランデーを味わった。使用人はチーズとデザートの載った皿をテーブルから下げると、静かに出ていった。

「きみの話をどれだけ楽しみにしていたか忘れていたよ、マーク」ガブリエルは言った。「昔から、とんでもない話をするのが上手だったな」

「きみだって」マークはぼんやりとワイングラスのステムをいじった。「こんなに笑ったのは久しぶりだ。息抜きできてなによりだったよ。きみたちふたりに礼を言わなくちゃな」

「あら、わたしたちも同感よ」エズメが言った。「とても楽しかったし、お知り合いになれてとてもうれしいわ」

「ぼくもです、レディ・ノースコート」

「そうだな。こうしてトゥルーロで偶然出会うなんて、今日は運命の女神が微笑んでくれたんだろう」ガブリエルも相槌を打った。「とくに、三週間前に家族の鼻先からさらって以来はじめて、エズメを外の世界に連れ出したんだから、なおさらだ」

エズメは呆れたような顔で夫を見た。「ガブリエル、それではまるで、あなたがわたしを無理やり閉じこめているみたいじゃないの。そんなことないのよ、ミスター・デニス」

ガブリエルは忍び笑いをもらすと、エズメの手を彼女のひざの上から自分の口元へ持っていってキスをした。「正直言うと、そうしていたも同然だ。でもそれは、いままできみをぼくだけのものにするのが叶わなかったからだ」

エズメの頬がたちまち染まっていく。なんと愛らしい。見ているうちにガブリエルはふいに、友を地獄に送りたくなった。そうすれば、いますぐ彼女に口づけられるのに。だが、屋敷に戻るまでお楽しみはとっておこう。時間があれば、夕食前に急いで愛し合うこともできるはずだ。

エズメは夫から目をそらし、テーブルの向かいに座るマークに視線をやった。「これからも連絡をしてくださると約束してね、ミスター・デニス。つぎに雇い主の方のお許しを得て二、三日お休みがとれたときには、ハイヘイヴンの屋敷に泊まってくださいね」

「ご親切にありがとうございます、レディ・ノースコート」マークはエズメの誠実な言葉に心打たれたようだった。「その機会がくるのを心待ちにしていますよ」

エズメはにっこりした。「エズメ、よ」

マークも微笑みを返す。「では、エズメ。あなたのご主人に異存がなければ、ぼくのこともマークと呼んでください」

「ぼくが反対しても、彼女はきみのことをマークと呼ぶ。だから、ふたりとも好きにしろ」ガブリエルが言った。

エズメがしかめ面で夫を見るあいだ、マークはくすくす笑いながらワインを口に含んだ。

「さてと、ちょっと失礼させていただくわ」とエズメは言った。「おふたりでお酒でも楽しんでらして。姉に合いそうな帽子をお店のウィンドウで見かけたのだけれど、急にもっと念入りに見てみたくなったの」

「買い物にいくのか？」まだ彼女の手を握っていたガブリエルは尋ねた。「ちょっと待て、ぼくも行こう」

エズメは首を横に振って立ちあがった。「あなたは退屈するだけよ。ここにいて、もうしばらくミスター・デニスとお話ししてらして。ほんの二、三軒隣だから」

ガブリエルとマークはともに立ちあがった。「だとしても、きみひとりで出かけさせるわけにはいかない。宿屋で働く娘をひとり、つけてやろう」

「あなたがそうおっしゃるなら」

ガブリエルは呼び鈴を鳴らし、ずっと給仕をしてくれていた宿屋の主人を呼ぶと、エズメにだれか同行させるよう頼んだ。

「承知しました、旦那さま」宿屋の主人はお辞儀をした。「うちの娘に言いつけて、お供をさせましょう。気立てのいい正直な娘ですよ、トゥルーディといいます。奥さまもきっとお気に召すと思います」

「そうでしょうね。さあ」エズメはガブリエルに向き直った。「これでご満足?」

「まあね」見られているのもかまわず、彼は妻にさっとキスをした。「あまり長くならないように」

「わかりました」

エズメと宿屋の主人が出ていくと、ガブリエルはマークとともにまた腰を下ろした。満面の笑みとともに、マークは椅子の背にもたれた。

「なんだ?」ガブリエルが尋ねる。

マークは肩をすくめた。「いや、べつに。きみの様子だよ」

「ぼくがどうした?」

「たまには幸せそうなきみを見るのもいいもんだと思ってさ。エズメ・バイロンを選ぶとは、なかなか目のつけどころがいい」

ガブリエルはブランデーを口に含んだ。真実は明かさないことにしよう。ぼくがエズメを選んだのではなく、厳密に言えば彼女のほうが、一糸まとわぬ姿で眠っているぼくに目をつけたのだが、マークの言うことにも一理ある。仕掛けられた罠にかかるのが運命だったとすれば、エズメよりもはるかにひどい女に引っかかっていたかもしれないのだ。

妻の愛らしい顔を思い浮かべ、ガブリエルはひそかに微笑んだ。すると、マークがふたたび話をはじめて、現実に引き戻されてしまった。

「何年も前にアマンダとのあいだにあんなことがあったから、きみがほかの女性を愛するようになるとは思ってもみなかった。人生をともに歩もうという相手をようやく見つけたと知って、ぼくもうれしいよ」

ブランデーグラスを持っていたガブリエルの手に力がこもる。「もう何年も前に、ぼくの前ではその女性の名前を口にしないと決めたはずだが」

マークの笑みがぐらついた。「うん、ぼくはそうしてきた。だけど、もういいだろう？　きみは結婚して、明らかに新妻に恋をしているんだから」

「いま、なんと言った？」ガブリエルは凍りついた。

「きみは恋をしていると言ったんだ。きみのその長い顔に鼻がついているのと同じくらい明白な事実だと思うが。きみだってわかってるはずだ」

恋をしている？　ぼくがエズメに？

激烈な稲妻に撃たれたかのように、衝撃が全身を走る。

それとわかる音をたてて、ガブリエルはグラスを置いた。「きみの目になにが映ったのかは知らないが、それは誤解だ」氷のような冷ややかな声で伝える。

マークは目を見開いた。「ぼくにはそうは思えないが、きみがそう言うなら」

「この件に関して言いたいのは、立ち入らないでくれということだけだ。きみにはなんの関係もないことだからな。妻とぼくはお互い我慢できる程度にはなんとかやっている。エズメは話し相手にはもってこいだし、ベッドをともにするパートナーとしてもすばらしい。それ以上のなにかを求めるのは見当違いだ」

ガブリエルは指でテーブル表面をこつこつたたいた。「アマンダ・コイニング、いや、現在のラストネームがなんであれ、あの強欲な女から逃れることができて運がよかった。ぼくがまちがっていなければ、彼女は現在、三番目の夫と暮らしている。一番目より二番目、二番目より三番目というようにだんだん歳をとって裕福になっていくが、おつむのほうはそれに反比例して軽くなっていく。そのほうがさっさと死んでくれて、金庫にはどんどん金が貯まっていくようになっているんだろう」

ガブリエルは息をつき、うつろな目で窓のほうを見つめた。「彼女とは結婚するなと口出ししてきた叔父を恨んだこともあったが、いまにして思えば、ありがたかったわけだ。叔父のほうはまたしてもぼくに深手を負わせたつもりでいただろうが、結局は善行を施してくれた形になった。叔父にはそんなつもりなどまったくなかったろうに。まったく、十九歳で恋をしているつもりでいたとは、ぼくはなんという愚か者だったんだ」

「ガブリエル、すまなかった。古傷をつつくつもりはなかった」マークはひどく気まずそうな顔で言った。

「蒸し返されたものなどなにもない、我が友よ。ミス・コイニングと呼ばれていた女性に対する感情はとうの昔になくなっているし、冬の墓石のように冷たいままだ。それどころか、ほんとうに彼女を愛していたかどうかも疑問だ。あのころは若さゆえの熱い愛を誓い、彼女がぼくを振って最初の金づるの胸のなかに飛びこんでいったあとは、何週間も塞いでせつない日々を送ったものだがね。いや、正直言って、彼女には得難い教訓を授けてくれたのを感謝すべきだと思う」

「というと?」

「男女間の愛情というのは絵空事にすぎないということさ。欲望と、それを満たす悦びはある。運がよければ、友情を育み尊敬し合うことも可能だろう。だが、それ以外のものはすべて、単なる空想だ」

「きみが皮肉なものの見方をするのは知っているが、まさか、ほんとうにそう信じているわけではないだろう?」

「いや、これが偽らざる気持ちだ。だから、ぼくが妻をいかに愛しているかなどということは二度と口にしてくれるな。エズメは魅力的な若い娘で、いつの日かぼくのこどもの母親となる女性だ。その日がきたら、ぼくも彼女に感謝の念を捧げるだろう。だが、愛情だと? そんなものはない。この話題は、二度ともち出さないでくれるとありがたい」

マークは納得しきれない表情だったが、それ以上言い争うよりもうなずいた。「もちろん、きみの結婚生活はきみだけの問題だ。これからも、ぼくがとやかく言うことはない」

婉曲な謝罪の言葉を聞いてガブリエルは頭を下げ、ブランデーを飲み干した。「で、イートンで一緒だったほかの連中の話は? 最近便りをよこしたのはセルワースだけだが、ぼくは彼の言うことなど昔から取り合わなかったからな」

マークが声をあげて笑った。以前のような打ち解けた仲にまた戻ると、彼はまたあらたに話をはじめた。

エズメは、楽しげにあれこれおしゃべりを続けるトゥルーディとともに宿屋に戻った。こうして出かけてお目当てのものを買えたのがうれしかったが、それは帽子ではなかった。

マロリーのために帽子がどうのというのは口実で、ふたりで買い物をしているときにガブリエルがひどく見惚れていた銀の懐中時計こそがほんとうの目的だった。さいわいにもつい先日、かなりの額の小遣いを彼からもらっていた。日々の支出のためには要らなくても、エズメが必要なときに自由に使える現金を持っておいたほうがいい、とくれたものだ。

「金で釣って妻を思いどおりに動かそうとする夫ではないつもりだが」と言いながら、ガブリエルはエズメにポンド紙幣の束を渡した。「これで足りなければ、もっと欲しいと言えばいいだけだ。ぼくはけちな男ではない」

エズメは渡された額に目を見張った。「そんなこと、ぜったいにないわ。あなたはこのうえなく気前のいい方よ。どうもありがとう」そして、背伸びをしてガブリエルにキスをした。彼もキスを返してきて、それからいくらもしないうちに、お金のことなど頭からすっかり消えてしまった。

しかし、トゥルーロに出かけようとガブリエルに言われたときに思い出し、現金をいくらかハンドバッグに入れておいたのだ。よかった。懐中時計を買うのにもちょうど足りるぐらいの額だったわ。これはクリスマスのプレゼントとして、いきなり渡して驚かせよう。

秘密をひとり胸におさめたまま、紙に包まれた懐中時計をハンドバッグの奥にしっかりしまい、エズメは玄関ホールから談話室へと歩いた。男性の低く深みのある声に立ちどまる。イートンがどうのとガブリエルが言っているのを聞きながら、ドアを押し開けた。

部屋に入ると、ガブリエルとマークはぱっと振り向いた。ふたりともなんだか変だ——マークはなんとも落ち着かない様子で、ガブリエルはひどく無関心な顔つき。エズメがさらになかへ入ると、ふたりは立ちあがった。

「戻ってきたか」ガブリエルは見定めるような視線を向けてきた。「帽子は?」

冷たく非難するような口調に面食らい、エズメは動きをぴたりととめた。厳しい目つきに、不思議なほど斜に構えた態度。結婚前に見て以来、彼のこんな様子ははじめてだった。

エズメの背筋をすっと冷たいものが走る。

ここは取り繕わなければと思い、無理やり楽しげな笑顔を作った。「近くで見てみたら、それほどでもなかったの。だから、マロリーには帽子のほかになにか買うことにしたわ。ドレスやショールの縁取りに使えそうなすてきなレースを見つけたのよ。ホニトンはすぐ隣の州だから、あれほど高品質のレースがこの街で買えるのも不思議ではないわね。すぐれた職人技をもつ女性から直接買うことができたんだから」

「それはよかった」ガブリエルは眉根を寄せながら目をそらした。気分を害したのか、もっと悪いことに、うんざりしたのかもしれない。「今日の買い物はそれで終わりならば、そろそろ屋敷へ戻ろう。夕闇のなかを歩きたくはない」

まだ、午後もなかばをすぎたころ。そんな心配をする必要はないように思えたが、ガブリエルは明らかにここを出たがっている。わたしがいないあいだに、マークと言い争いでもしたのだろうか？　これほどいきなり機嫌が悪くなるなんて、なにかあったにちがいない。

「そうね」エズメは静かに同意した。「あなたがいいと思った時間に出発しましょう」

ガブリエルは友のほうを向き直り、手を差し出した。「マーク、道中無事で。再会できてよかった。つぎにきみがロンドンにいるときは、ぼくに会いにきてくれ」

エズメは眉根を寄せた。ぼくに会いにきてくれ、とはどういう意味？　ガブリエルだけがロンドンにいるとき、ということ？

もちろん、わたしたちふたりという意味で言うつもりだったのに、単にまちがえたのよ。まだ結婚して三週間ほどだから、〝ぼくたち夫婦〟という言い方に慣れていないのだわ。

マークは差し出された手を取り、握手をした。「ああ、覚えておくことにする」

ガブリエルがそれ以上なにも言わなかったので、マークはエズメのほうを向いて頭を下げた。「レディ・ノースコート、お会いできてとてもうれしかったです。今日はありがとうございました。昼食をご一緒して楽しく過ごせたことにも感謝します」

エズメは微笑んだ。買い物から戻ってきてはじめて、少しほっとした。「お礼を言うのはこちらのほうです。またお会いできる日が待ち遠しいわ。あと、覚えておいて——わたしのことはエズメと呼ぶのよ」

「あなたは親切の権化のような女性だ、エズメ。これからも健康で、お幸せに」

マークはそう言ってふたたびお辞儀をすると、出ていった。

沈黙が訪れた。

「ここで待っていてくれ」ガブリエルがふいに言った。「宿屋の主人に支払いをしてくる。それをすませたら、帰ろう」

エズメは夫の袖に手を掛けた。「どうしたの、ガブリエル？」と静かに尋ねる。「なんだかいらついているように見えるわ。ミスター・デニスとのあいだに、なにかおもしろくないことでもあったの？」

ガブリエルの口元と目元に緊張が走ったものの、一瞬にして消えた。「まさか。おもしろくないこととは、いったいなんだ？」

「あなたの機嫌が悪そうに見える。それだけよ」

「だとしたら、昼食のせいに違いない。こってりした食事だったし、酒も少し飲みすぎた」

エズメが覚えているかぎり、ガブリエルはハイヘイヴンの屋敷でいつも食べているものよりしつこいものなど口にしていなかった。彼ほど壮健な男性はいないし、それにふさわしい体格をしている――胃袋も含めて。でも、どうして嘘をつくの？　もしかしたら、ほんとうに具合がよくないのかもしれない。それで、いつになく気まぐれな態度を見せているのだ。

「かわいそうに。お屋敷に戻ったら、お腹にいい薬を煎じてあげる。メグに教えてもらったんだけど、だれに飲ませても、とてもよく効くのよ」

一瞬、ガブリエルは要らないと言いたげに見えたが、うなずいた。「ああ、それがいちばんいいな。ここで待っていてくれ、支払いをすませてくる。二、三分で戻ってくるから」

しかし、ひとり残されて座っているあいだ、エズメはまたしても落ち着かなくなり、お腹も不安で震えてきたのだった。

19

その晩の夕食は惨憺たるものだった。

会話こそ続けたものの、いやになるほど丁寧な言葉での世間話に終始し、屈託のないやりとりや、エズメがとても楽しむようになっていた、まったく遠慮のない語らいなどは望むべくもなかった。

一度ならず、ガブリエルの態度が急に変わった理由をつきとめようとしたが、そのたびに、それは誤解だ、なにもおかしいところはないと退けられた。

しかたなしにあきらめて、ガブリエルを悩ませているものがなんであれ、さっさと過ぎゆくことを祈った。

機嫌が悪いのがほんとうに胃の調子と関係があるのか、ふたたび疑問に思いつつも、ハイへイヴンの屋敷に着いて間もなく、ペパーミントとリコリスの根、バジルを煎じて牛乳と混ぜた薬を作ってやった。ガブリエルは礼を言うと、二、三口で一気に飲み干し、面倒をすませたと言わんばかりにカップを突き返してきた。

早めに休もうと上の階にあがったときは、エズメもいささかほっとした。

メイドの手を借りてドレスを脱いでから、お風呂に入った。歯を磨いて髪を梳かし、ベッドに潜りこむ。暖炉の炎だけが照らす薄暗がりのなかで横たわり、夫がやってくるのを待った。

ずっと、ずっと待ち続けた。

ゆっくり眠りに落ちていこうとしたその瞬間、ガブリエルが部屋に入ってきた。うしろ手でドアを閉めて、静かにシーツのあいだに体を忍ばせてくる。

「ガブリエル」眠たい声のままエズメはささやいた。夫が来てくれて、思った以上にほっとした。彼は身をかがめてキスをしてくれた。「すまなかった、エズメ。今日のぼくはひどく不機嫌な無作法者だった」

片方の手を伸ばしてガブリエルの頰を撫でると、眠気も少し覚めた。「いいの。だれだって、ときには気鬱に悩まされるものだわ」

エズメをじっと見つめる黄褐色の瞳。遠くを思うような、悲しげなまなざしになる。

ふいに、彼女は不安を覚えた。「ガブリエル?」

ガブリエルはまたキスをしてくれたが、情熱のかけらも感じられなかった。「きみは疲れている。もう寝なさい」

「ううん、疲れてなんかいない」エズメは夫の胸や腕を撫でた。「ほんとうよ」

しかし、ガブリエルはいつものように彼女をかき抱くこともなく、背を向けて寝転がった。「おやすみ、エズメ」

信じられない思いに胸がふさがる。のどの奥にある言葉も出てこないほどだった。そして、ハイヘイヴンに来てはじめて、この晩はガブリエルがエズメと肌を重ねて愛し合うことはなかった。


「荷物をまとめたまえ」ガブリエルは翌朝、朝食の席でエズメに伝えた。「もう何週間もここで過ごした。そろそろ出発すべきだ」

エズメはスプーンを置いた。口に入れようとしていたポリッジが、ボウルのなかでさらに冷たくなる。

今朝目を覚ますと、ガブリエルはすでにベッドにいなかった。いつものように明け方に愛を交わすためにエズメを起こすこともなかった。彼女は呼び鈴を鳴らしてメイドを呼ぶと、お風呂に入って身支度をすませ、階下に下りて朝食室へ向かった。その隣を、忠実なバーがついてくる。少なくとも、彼だけはガブリエルのようにエズメを避けてはいなかった。

テーブルに着いて十分ほどしてようやくガブリエルがやってきた。彼は手短に朝の挨拶をすると——キスもなく——ミセス・キャンビーが置いてくれた料理にさっそく手をつけた。

家政婦が行ってしまうとエズメは、なにがガブリエルの頭を悩ませているのかふたたび尋ねようとしたが、にべもなく肩をすくめた彼に食事をするよう言われるばかりだった。

急に態度を変えた夫に対して腹立ちと不安を覚え、エズメはさらに問い詰めたくなった。彼はわたしを締め出そうと壁を巡らしている。こんなふうに距離を置かれるのは理解できないし、認められない。昨日なにがあったにせよ、ひと晩寝ただけでは解決できない類いのものだわ。

「出発する？　どこへ行くの？」エズメはひざに載せた片方の手を拳に握った。

ガブリエルはコーヒーカップを口元に運んだ。「テン・エルムズ。ダービーシャーにあるぼくの領地だ。とにかく、必要と思われるものはすべて荷造りするように。明朝、夜明けとともに出発する」

「だけど——」

「だけど、なんだ?」ガブリエルが正面から目を見つめてくる。背筋も凍るほどのよそよそしい表情。「それまでに支度はできないというのか?」

「いえ、そうじゃなくて。ただ……」目を伏せてナプキンを揉み絞ったエズメは、ふたたび顔をあげた。「ガブリエル、わたし、いったいなにをしたの? どうして、そんなにわたしに腹を立てているの?」いきなり覚えた絶望感のあまり、言葉がこぼれるように出てきた。「とにかく、教えて。そうすれば一緒に解決できるわ。あなたを悩ませているものが何なのか言ってもくれないなら、こちらからは手の施しようがないもの」

一瞬、ガブリエルの態度がやわらぎ、せつないほど焦がれるような想いが見えたような気がした。彼が折れて、一夜にしてまったくの他人になってしまった理由を話してくれるのかと思った。しかし、またしても壁が立ちはだかり、冷たい仮面が下ろされた。

「きみはなにもしていないし、ぼくはきみに腹を立てているわけでもない。誤解だ。この世はいつもきみを中心に回っているわけではないんだ。それを覚えておいたほうがいい」

ガブリエルの言葉に、エズメは平手打ちをくらったような気がした。「じゃあ、

「いったい何なの？」

彼は目をそらし、カップに注ぎ足そうとコーヒーポットに手を伸ばした。「この場所に飽きたのと、これ以上先延ばしできない用事があるからだ。じつに単純なことだよ」

わたしに飽きた、と言いたいのね。

偶然マーク・デニスに再会したことで、以前の生活や、いまはできずにいることをあれこれ思い出したのだろうか？　ガブリエルは結婚したくてしたわけではないのだ。わたしは彼に選ばれた花嫁ではない。今日まで、その事実を忘れていた。

「ここを気に入っているんじゃなかったの？」エズメは張りを失った声で尋ねた。「ふたりで楽しく過ごしていると思ったのに」

「ああ、ここは気に入っているし、楽しく過ごしてもいる。だがきみだって、ハネムーンが未来永劫続くわけじゃないのはわかっているはずだ。世間でも言うように、楽しいことには必ず終わりが来る」

ぞっとするような疑念がわき、エズメの頬から血の気が引いた。ガブリエルが言っているのは、ハネムーンのことだけではないかもしれない。

彼女はいきなり椅子をうしろに押しのけた。脚が木張りの床にこすれて不快な音をたてる。

寝ていたバーがぱっと立ちあがった。エズメの不安を感じて、くんくん鳴いている。

「明日出発するなら、いろいろやることがあるわね」打ちのめされた表情を見られないよう、顔をガブリエルには向けぬままエズメは言った。「上の階にいますから、ご用があったら声をかけて」

そして、急いで戸口に向かう。そのすぐあとをバーが追った。

「エズメ」

夫の呼びかけにも、足をとめなかった。とめたら、目に浮かぶ涙を見られてしまう。急いで廊下に出ると、エズメは震える足でできるだけ速く階段を駆けあがった。

ガブリエルは椅子にどさりと座りこみ、口元を手で覆った。もう少しでエズメを追いかけてしまうところだった。

彼女はショックと困惑の表情を浮かべていた。最後に皮肉な言葉を投げつけられたときはとくに、傷ついたような瞳をしていた。

残酷な振る舞いをしているのは自分でもわかっているが、ほかにどうすることもできない。だれも寄せつけずにひとりになる必要があった。ふたりのあいだに距離をおけば、ふたたび感情を抑えることができる。ぜったいにそうすべきだ。エズメとのあいだにあるこの厄介なものは——それがなんであれ——危険極まりない。これ以上増長させてはいけないのだ。

旧友に対してもきつい調子で言い返したが、マーク・デニスは、じつにありがたいことをしてくれた。より澄んだ目でものごとを見ろ、と教えてくれたのだから。

いまは無慈悲に見えるかもしれない。ぼくとエズメの双方を傷つけるかもしれないが、長い目で見れば、結局はこれでよかったと彼女も同意してくれるはずだ。

エズメは自分が身も心もぼくに夢中だと思っている。それが、手に取るようにわかる。だが、そんなものは幻想で、熱に浮かされたいっときの感情が泡のようにはじけて消えたら、あとにはなにも残らない。

はじめて恋をしたときの、目もくらむような感情のほとばしり。熱い霞に覆われて世界が金色に見えるような、どこまでも終わりがないように思われる大いなるよろこび。あの心持ちは、いまもはっきり思い出せる。

ぼくはアマンダ・コイニングを愛していた。少なくとも自分ではそう思っていたし、彼女もその気持ちに応えてくれたはずだった。短くも輝いていたあのころは、アマンダという名前の溌剌《はつらつ》とした天使が天国を地上に連れてきたような気がした。

だが、叔父のシドニーがアマンダに通告した。ふたりが結婚したら、ガブリエルは財産ともいえぬはした金とともに廃嫡される、と。残されるのは、それだけでは不十分な学位と、イングランド南西部の荒野にぽつんと立つちっぽけな屋敷のみ。世間で名をなすような人物ならば到底行こうとは思わぬ土地だ、と追い討ちをかけた。

アマンダは流行り病の患者を避けるようにガブリエルを捨て、涙も流さぬまま婚約を破棄した。彼が唯一贈ることのできた小さな指輪も突き返してきた。

社会的地位を引きあげてくれるような結婚をすると決めていたアマンダは、あっという間にガブリエルの代わりを見つけた。とても裕福だがひどく歳をとっている准男爵で、彼女のような若くきれいな娘をベッドに迎えるためなら、よろこんで指輪を贈るような男だった。

アマンダに振られた痛手は深く大きく、ガブリエルの心は血まみれでずたずたになった。だが、時が経って距離を置いたことでその傷も癒え、愛などということもっぽい絵空事がはっきり見えるようになった。そのとき、ひとを信じて弱みをさらけ出すようなことは二度としないと誓ったのだった。

もっとも、エズメがガブリエルを騙そうとしたわけではない。彼女には、アマンダがもっていた透けて見えるほどのあざとさや、質《たち》の悪い不誠実さはかけらもない。それでも、この数週間ふたりがとっぷり浸かってきた楽しいだけの生活に、そろそろ終止符を打つべきだ。あまりにも彼女と親密になりすぎた。それだけだ。あまりにも深く、そしてあっけなく、みずからの情熱に溺れてしまった。

マーク・デニスの目に映ったのは執着で、愛ではない。その執着は、エズメとのあいだに距離を置くことで対処できるだろう。それこそ、いま為すべきことだ。場所を変え、時が経てば、すべてはあるべき場所に収まる。そうすれば状況も見えてきて、結婚生活とはこんなものだとふたりとも考えを改められる。欲望のまま体を重ねて愛し合うことを、愛や慈しみの情と混同することもなくなる。

いっさいの事情を説明してもよかったが、エズメに真相は理解できないだろう。こういった事柄にはまるで疎いから、ひとの気持ちは変わるものだとはわからないはずだ。それに、いま彼女がぼくに対してもっている熱い想いがなんであれ、来月、あるいは来年も同じように感じているかどうか、それは定かではないということも想像できない。

だから、ぼくがエズメの代わりに困難な選択をしたのだ。

彼女に対する狂おしいほどの欲望はいまもぼくをひどく悩ませるが、かならず克服してみせる。ふたりのあいだに生まれつつある深い結びつきについては、時が経てば穏やかな慈愛の情に変わっていくだろう。愛とか呼ばれるばかばかしい面倒にかかずらうことなく互いの存在を許容し、いずれはこどもをもうけて育てていくこともできるはずだ。

いっときの激情に流された両親は過ちを犯し、結局は嫉妬や憎悪に駆られ、言い争いばかりの結婚生活を送ることとなった。ドアを乱暴に閉め、花瓶を投げるような夫婦喧嘩が絶えず、屋敷内のだれもがそれを聞いては身を縮める日々だった。

極端から極端に振れる両親の関係に、幼いころのガブリエルは困惑し、ときに恐怖さえ感じた。互いの腕のなかで、ほかのだれも目に入れずにふたりだけの世界に閉じこもっていたかと思えば、汚らわしい罵詈雑言を大声でぶつけ合い、相手を傷つけるだけではなく腸《はらわた》まで引きずり出すような非難の応酬をはじめる。めくるめく恋愛に熱く燃えた末に結ばれたというのに、結局は互いに不貞行為を働くこととなった幸薄き両親の結婚生活について知ったのは、ガブリエルが大人になってからのことだった。

恋だの愛だのという関係からすばらしいものが生まれると信じていたとは、若いころのぼくはなんと単純だったのだろう。あんな愚か者には二度となるものか。ガブリエルはそう誓ったのだった。

20

少しの猶予も許さぬ長くつらい旅を五日間続けたのち、馬車はようやくテン・エルムズの正面入り口に到着した。

ハイヘイヴンのときと同じくこちらでも、使用人たちはこの屋敷の主人夫婦を迎える支度をすませていなかった。でも、とっぷり日も暮れていたハイヘイヴンのときとは違って、今日はまだお昼すぎだ。秋の穏やかな日差しに照らされていたるところが柔らかに輝くなか、こわばった体で馬車から降りるエズメは思った。そのすぐあとから、バーがぴょんと跳びおりる。

目の前には、間口も高さもある三階建ての立派な屋敷が立っていた。正面は淡いグレーの石灰岩を切り出したブロックを積んであり、屋根はスレートで覆われている。あちこちに煙突がそびえ、連窓が光を受けて鈍く光る。

バロック様式の壮大な屋敷はしかし、かつて若さを誇った優美なレディの見た目がしだいに色褪せていくように、なおざりにされたような雰囲気があった。それでも、頑丈な揺るぎなさを誇るこの屋敷なら、寝心地のいいベッドとお風呂を提供してくれるはずだ。できれば、まともな食事も。

エズメは、新しく〝我が家〟と呼ぶことになる屋敷の状態についてはなにも言わぬまま、ガブリエルのあとについて正面入り口へ向かった。ドアを開けたのは、見るからに驚いた表情の若者。黒のお仕着せの上着のボタンもいまはめたばかりのようだ。

「旦那さま、奥さま、お帰りなさいませ」若者はわずかに息を切らせていた。使用人用の食堂兼居間から急いで駆けあがってきたのだろうか。

「スターはどこだ？」ガブリエルは若者には一瞥もくれずになかへ入った。使用人の不安をさらにかきたてるような険しい顔。

しかし、この苦々しい表情を五日間も見ていたエズメにはとくに驚くことでもなく、無言のまま夫についてなかへ入った。

「ミスター・スターは不在です、旦那さま。妹さんのところに行っています」

「では、ミセス・フォイは？　彼女もいないのか？」

返事を遮るようなガブリエルの問いに、若者は首を横に振った。「いいえ。上の階でおふたりのお部屋を整えています」そして、両手を揉み合わせる。「これほど急にいらっしゃるにしても、もう少し早くお知らせくだされば、あれこれ準備ができたのですが」

「気にしないで」エズメは手袋を外しながら、若者にちょっと微笑みかけた。「旦那さまは、旅の予定を使用人には知らせないようにしてるの。だから、あなたたちが準備に慌てふためくのはごく当然のことなのよ。ところで、わたしはレディ・ノースコート。あなたの名前は？」

「デヴィッドと申します、奥さま」

「そう、デヴィッドね。出迎えてくれてありがとう。さてと、よかったら、紅茶を一杯とサンドイッチ――できれば、チーズときゅうりを挟んだもの――と、わたしの犬のために、皿に水を入れて持ってきてくれるとありがたいわ。用意できそうかしら？」

「もちろんです。すぐに用意させます」

「寝室の手配はまだのようだから、どこで待てばいい？」

「居間に決まっている」ガブリエルが口を真一文字に引き結ぶ。玄関広間の右のほうをさっと手で指し示し、先に行くよう妻に促す。

ため息をこらえながら、エズメは大理石造りの広々とした広間を横切り、彼の示すほうへと歩いた。

居間がどこにあるのかはすぐにわかった。快適そうな部屋だが、少し古めかしい。どっしりと厚地の緑色のカーテンや年代物の家具は、何十年も前のもののようだ。長いあいだだれも住んでいなかったのか、空気が淀んでいるような感じもする。ほこりよけのシーツが取りのぞかれたのも、わずか一時間ほど前のことだろう。

腰を下ろすより窓辺に行って外を眺めてみると、広々とした芝地と庭園があった。草木が若干伸びすぎているようだが、見た目は美しい。なだらかに起伏する丘に沿って鬱蒼とした木立があった。赤や金、橙といった秋の鮮やかな色合いに輝いている。屋敷に近いほうには、古代ローマを思わせる新奇《フォリー》な建物へうねうねと続くすてきな小道に沿って、堂々たる楡《エルム》の樹が何本も立っていた。

数えてみると、ちょうど十本ある。

「最後にここに来てから、どのくらい経つの？」エズメはガブリエルに尋ねた。振り向かずとも、背後のどこかに立っているのが気配でわかる。

「よく覚えていないな。一年ぶりか、それ以上だろうか。あまりしょっちゅうは来ない。なぜ、そんなことを訊く？」

「ちょっと気になっただけ。このお屋敷はあまり愛されているように見えないから」

「ああ、ここにそういった感情を抱いたことは一度もない」

そしてまちがいなく、これからも愛があふれることはないのだわ。

エズメにとっては残念なことに、これまでの数日間でもふたりのあいだの不和が解消されることはなかった。ガブリエルはどんな場合でも礼儀正しかった——慇懃無礼に近いときさえあった——が、ここテン・エルムズまでの馬車旅は、ブラエボーンからハイヘイヴンまでのひどく不快な旅と同じくらい耐え難いものだった。あのときはエズメも、ガブリエルと一緒にいて楽しくなるとは期待していなかったが、今回はそれが失われてしまったのがひどく心にこたえた。

距離を置かれてはいても、エズメの胸のなかでは、彼がまた心を開いてくれると期待する部分があった。ある朝目覚めたら、以前のようなガブリエルが隣に横たわっているのではないか。キスをしたり冗談を言って笑わせてくれたりしながら、欲望のにじむ熱い抱擁で彼女の身も心も悦びでとろけさせてくれる、と信じていた。

しかし、ガブリエルがエズメのベッドにもう来ないいまとなっては、そんな可能性もあるのかどうか。テン・エルムズまでの道中ずっと、宿屋に泊まるときには別々の部屋で寝た。最初ガブリエルは、長い距離を移動するのだから、夜はふたりともしっかり休まなくてはならないと弁解したが、エズメにはわかっていた。睡眠不足がどうのというのは、この状況にはなんの関係もない。むしろ、彼はわたしに飽きたのではないだろうか。

もちろん、わたしのほうから彼のベッドへ行くことだってできる。肌を合わせて愛し合うときにこちらが主導権を握っても、彼はひどくよろこんでくれた。でも、せめて肉体的な意味においてもふたりのあいだの距離を縮めたいとは思っても、彼に拒絶されて耐えられるだろうか。

だから、エズメはなにもしなかった。それと同じく、なにも言わなかった。

ドアをそっとノックする音がした。振り向くと、いろいろなものが載った銀のトレイを持ってキッチンメイドが入ってきた。目を見開いたメイドはトレイをティーテーブルに置くと、ひざを折ってひょいと頭を下げ、急いでまた下がっていった。エズメやガブリエルの目を見ることは一度もなかった。

「ここの使用人たちは、少しびくびくしているみたいね」エズメは、メイドが下がってから言った。

「そうか？　気づかなかった」

この屋敷に来るたびにしじゅう怖い顔をしていたら、気づかなくて当然だ。ガブリエルがテン・エルムズのことをあまり気にかけていないのは、だれが見てもわかる。

そんなに嫌っているのは、亡くなったお兄さまの思い出のせいだろうか？　それとも、ほかになにか理由があるの？

バーのための水を入れたボウルが運ばれてきた。エズメはそれを床に置き、愛する犬が楽しげにぴちゃぴちゃ音をたてて飲むのを眺めた。ふだんなら居間で動物に水や餌など与えないが、この屋敷で落ち着くまでは、バーの必要なものはすべて用意して安心させてやりたかったのだ。

犬の世話を終えると、エズメはソファに腰を下ろして給仕をした。サンドイッチやケーキを取り皿に載せ、ふたり分の紅茶をカップに注ぐ。

食べ物でいっぱいの取り皿をガブリエルに渡し、エズメは自分の分を食べはじめた。ふたりとも口を開かない。

それから十五分ほどしてから、またしてもドアをノックする音がした。

顔をあげると、痩せぎすの女性が入ってきた。つややかな白髪をきっちりまとめている。腰の鍵束をじゃらじゃら鳴らして歩くのに合わせて、厚手のボンバジンの生地が擦れる音がする。五十代後半、あるいは六十代はじめだろうか。細面《ほそおもて》に澄み切った灰色の瞳をして、薄い唇をぎゅっと引き結んでいる。

彼女は足をとめ、腰のあたりで両手を組み合わせた。「旦那さま、奥さま、家政婦のミセス・フォイでございます。ご挨拶が遅れて申し訳ございません。デヴィッドがお伝えしたように、上の階でおふたりのお部屋の支度をさせておりました。準備も整いましたので、いつでもお好きなときにどうぞ」

「よろしい、ミセス・フォイ」ガブリエルは家政婦をちらとしか見なかった。「用事ができたら、また呼び鈴を鳴らすから」

家政婦は薄い唇をきっと引き結んだ。「承知いたしました、旦那さま。奥さま、今夜の夕食の献立をご覧になられますか？　予告なしでのおいででしたが、料理人が最善の努力をしております。今夜はチキンをお出しする予定のようですが」

「ああ、旦那さまにはチキンでまったく問題ないけれど、わたしには肉類を含まないお料理を出してもらいたいの」

「肉類を含まない？」ミセス・フォイは鸚鵡返しに言い、さらに困ったような表情をした。「と、おっしゃいますと？」

「野菜、パン、パスタ、ブロス（肉を煮出した汁）を使っていないスープ、チーズ、ミルク、果物。屠《ほふ》った動物を使っていないものなら、なんでもいいのだけど」

家政婦は鼻を鳴らすと、傷ついたような顔でうなずいた。「奥さまの……お好みについては料理人に伝えておきます。では、これでご用はおすみですか？」

エズメは一瞬ためらったが、手にしていた皿を置いた。「じつは、ミセス・フォイ、わたしの部屋にいますぐ案内して。旅行服から着替えて、できれば、熱いお風呂に入りたいの」

「承知いたしました。では、こちらへ」

エズメが部屋を出るのに合わせてガブリエルも立ちあがったが、ついてはこなかった。彼女とは違い、ひとりで自由に屋敷のなかを歩き回れるのだろう。

夕食は――少なくともエズメに出されたものは――マッシュルームのクリームスープ、揚げたじゃがいもと玉ねぎ、バターで炒めたにんじん、紫色が美しいビーツにパンとバターというものだった。

デザートには、ブランデー風味の生クリームと黄金色のチェダーチーズをひと切れ添えたアップルタルトが供された。

エズメが食べたのと同じもののほかに、家政婦が言っていたローストチキンが出され、ガブリエルはいかにも楽しげにそれを平らげた。食事のあいだずっとワインを飲み、ついでコーヒーとポルト酒を一杯飲んだが、エズメはワインを一杯もらったあとは紅茶にした。

少し地味なメニューではあったものの、料理はなかなか美味しくて、量もたっぷりあった。

食事のあいだはとりとめのない会話をした。天気や出されている料理といったその場かぎりの話題に終始し、エズメもガブリエルも立ち入ったことは慎重に避けて話をした。

何日にもわたる長旅とふたりのあいだの緊張感に疲れを覚えて、エズメは早めに上階に下がった。そのあとをバーが忠実に追う。

ハウスメイドのひとりが着替えを手伝ってくれた。コーンウォールのハイヘイヴンで世話をしてくれたメイドは、こんな北部の遠くまでついてくるのをいやがったのだ。エズメはミセス・グランブルソープを懐かしく思い、ここへ来てもらうよう手紙を送ろうとまで思ったが、ハイヘイヴンを出る直前にエドワードから知らせが来た。幼いころからエズメの世話をしてくれた侍女は退職を願い出て、弟夫婦の近くで暮らすためケント州に引っこんだということだった。

エズメはミセス・グランブルソープのためにもうれしく思った。仕事をやめて、のんびりと余生を過ごすのにふさわしい働きを彼女はこれまでしてくれたのだ。それでも、なんでも話せる昔なじみがいなくなってしまったのは寂しかった。そして、以前の生活とエズメをつなぐ絆がまたひとつ永遠に断ち切られたように思えて、なぜか途方にくれた。

ハウスメイドにおやすみの挨拶をすると、エズメはベッドにもぐりこみ、サイドテーブルのろうそくの灯りを吹き消した。火床で小さく燃える炎が照らすほかは、ほぼ闇に包まれる。

どのくらい時間が経ったのか、あるいはなにに眠りを妨げられたのかもわからなかったが、ふいに目を開けると、あたりはまだ暗闇だった。

つぎの瞬間、隣にいるガブリエルの存在に気づいた。かがみこむようにしながらエズメの髪に指を梳き入れ、口を開けて長く酔わせるようなキスをしてくる。彼の熱い口はブランデーと、抑えようのない欲望の味わいがした。

「ガブリエル」

彼は静かにするようエズメの口に指を押し当て、ナイトガウンを剝ぎ取った。一糸まとわぬ姿になった彼女の肌を両手で撫で回し、貪るように口づける。

「頼む」耳元でささやきながら、エズメの感じやすくなっている部分に指を這わせていき、抵抗できない巧みな技で欲望をかきたてていく。「ぼくのしたいようにさせてくれ」

エズメはその言葉に従った。全身がぞくりと震え、せつなく求めるようなあえぎ声が低くもれてしまう。ガブリエルにふれられて欲望の炎がどうしようもないほどに燃えあがり、昂ぶるものを受け入れたくて、秘められた部分が激しくうずく。

なんの前触れもなしにガブリエルはエズメの両脚を開かせると、奥深くにまで男らしさの証しを埋め、すっかり充《みた》していった。

「ぼくを受け入れろ」彼は命じながら体を引き、また腰を突きこんだ。「ぼくのすべてを受け入れてくれ」

ガブリエルはそのまま手を下に伸ばし、エズメの脚をふたたび大きく広げさせた。腰を浮かさせて、ひざを高いところで曲げさせる。つぎに昂ったものを突きこむと、さらに深いところまで受け入れさせた。エズメは全身を震わせた。太く長い男性の部分が奥にまで埋められ、一瞬ふたりがひとつに溶け合ったかのように思われた。

エズメは目を閉じて、じっと耐えた。理性を吹き飛ばすような圧倒的ななにかで、ふたりの体を揺り動かすガブリエルのペースに身をゆだねる。

だが、そんなふうにたゆたい、尾を引くような悦びに秘めやかな場所の奥深くを震わせながらもわかった。ガブリエルはまだ、達していない。彼女のなかで男性自身がまた、ふたりがひとつになったばかりとは思えないほどに硬く張り詰めている。

「向きを変えろ」彼はしわがれた声で言った。

体を引きながらエズメを腹ばいにさせ、お尻を手のひらでぴしりと打った。ふたたび、そしてもう一度。

すでに満たされたはずのエズメの欲望がいきなり息を吹き返し、野火のようにせつない想いが燃えあがる。胸がうずき、頂が硬くとがる。

「ひざまずけ」

ガブリエルにお尻をさらに二度たたかれて、エズメはがむしゃらに従った。打たれたところの肌が熱くひりひりする。彼はひざを使ってエズメの太ももを広げると、力強く腰を一度突き、男性自身を奥にまで埋めた。

「ああ、あっ」秘部の奥を押し広げられる感覚にエズメは叫び声をあげた。

ほとんどあり得ないのに、ガブリエルの昂ぶりは前よりも太く大きくなっていた。エズメのなかで脈動するのが全身のあちこちでいちどきに感じられるほどだった。

ガブリエルはすばやく、確実に動きはじめた。片方の腕をエズメの肩に回し、もういっぽうを腹部に添えて、彼女の背中を自分の胸板にしっかりと押し当てさせる。

乳房を探しあてて片方、そしてもういっぽうを揉みしだく。乳首を親指と人差し指でつまんで転がす。頬に、のどにキスをしてから肩全体に舌を這わせ、うなじの感じやすい部分をくすぐるように鼻を押しつける。口を開け、歯を立ててからそっと嚙む。エズメは甲高い悦びの声をあげた。彼のものを受け入れている部分がきゅっとして、滴がしたたる。

だが、ガブリエルにとってはまだ、これで終わりではなかった。情け容赦のないペースでふたりを駆り立てるようにして、エズメをふたたび圧倒的なクライマックスへと導く。脚のあいだに指を這わせながら、腰を激しく動かしてずしりと埋め、そのたびにどんどん奥へと突きこんでいく。エズメは体のなかで稲妻が弾けたかのような悦びに声をあげた。全身がばらばらになりそうなほど熱い血潮が駆け抜け、骨が音をたてて鳴る。

頭が真っ白になり、すっかり満たされた全身から力が抜けていく。そんなエズメをしっかり抱いたままガブリエルはさらに一度、二度三度と腰を突き立ててから、獣のような叫びとともに怒濤のごとくすべてを解き放った。

そして、ふたりはひとつになったままシーツに倒れこんだ。

いくらもしないうちに、エズメは眠りに落ちそうになった。満ち足りたまま薄れる意識のなかでつぶやいていると、ガブリエルが仰向けに寝かせてくれた。彼も隣にそっとやってきて、片方の手で腕をゆっくり撫でてくれる。

エズメはすり寄って微笑んだ。すべてがおぼろで、夢のようだ。「愛しているわ」

ガブリエルの胸板を唇でかすめながら、つぶやく。

一瞬、彼女の腕に置かれていた手が動きをとめたが、ガブリエルはまた物憂げにそろそろと撫ではじめた。「それはわかっている」蝶の羽ばたきのようにそっと、エズメの額に口づける。「ぼくを許してくれ、エズメ」

ささやくような静かな声。ほんとうに彼がそう言ったのかどうかも心許ない。

しかし、つぎの瞬間、眠りが訪れた。それ以上考える間もなく、このうえなく幸せな夢の世界へとエズメは落ちていった。

21

エズメは笑みを浮かべながら目覚めると、両腕を頭の上にあげて思いきり伸びをした。深く息を吸うと、ガブリエルの男らしさあふれる香りがした。シーツや枕のあちこちに漂っている。

わたしにも、すっかり染みついているように感じる。

この肌に。

この髪に。

そして、この体に。

ゆうべ、ガブリエルはわたしを激しく求め、奪った。これ以上ないほどの悦びが、いまもこの胸を輝かせる。

エズメは幸せなため息をもらした。仲たがいは終わった。ガブリエルがようやくふたりのベッドに戻ってきてくれて、ほっと安堵する。

夫を求めて片方の足を滑らせたが、そこにはなにもなかった。

落胆しつつ目を開けて、ふたたびため息をつく。ゆうべは全身がとろけそうになるほど愛を交わしたが、今朝もまた、激しく肌を重ねて愛し合ってもいいと思っていたのに。

昼食の前にふたりで楽しく過ごせるかもしれない。エズメは体を起こしながら、よからぬ考えにひとりほくそ笑んだ。

どうしよう、ガブリエルのせいでみだらな人間になってしまった。

でも、それが好きだわ。彼を好きなのと同じように。

彼を愛している。

ふいに、その言葉を口にしたときの記憶がよみがえる。

あなたを愛しているわ。

あれは夢だったの？　それとも、ゆうべ、ほんとうに彼にそう言った？　絡みつく蔓のように、この数週間で静かに胸のうちで大きくなっていた感情を、正直に打ち明けた？

両目をゆっくり閉じ、手のひらを太ももの上で開きながらエズメは思った。ええ、そうしたわ。

でも、ガブリエルはそれに対してなんと答えた？　**ぼくも愛している**、ではなくて、**それはわかっている**だった。さらに、こんな言葉も。

ぼくを許してくれ。

彼のなにを許せ、と言うの？

このところの不協和音と、わたしに対する最近の態度のこと？

それとも、わたしを求めながらも、愛しているわけではない――少なくとも、いまはまだ――ということ？

いつかはガブリエルもわたしを愛するようになる、と信じるよりほかない。そうじゃないなら、自分が耐えられるとは思えない。

わたしを愛していない、そしてこれからも愛することはない男性と生涯添い遂げる？　結婚するときは、まさにそう思っていた。だけどそれは、ガブリエルのキスを受け、腕に抱かれて眠るとはどういうことかを知る前のこと。彼がどんな男性かを知って、もっと知りたいと思う自分に気づく前のこと。いろいろと複雑でいながら興味深く、知性と男性美にあふれて謎めいたガブリエル・ランズダウンというひとりの人間について、理解すべきことはすべて知りたいと思う前のことだ。

シーツをさっとめくり、エズメはしなやかな身ごなしでベッドを出た。しっぽを振るバーを両手で熱烈に撫でてやってから、隣にある化粧室へと向かう。用を足し、水差しの水で顔を洗って歯を磨いてから、ガウンをはおって呼び鈴を鳴らし、メイドの務めをしてくれる娘を呼んだ。

娘はノックをしてエズメの許しを待ち、肩口から部屋のなかへ入ってきた。小さなティートレイを両手で持っている。「おはようございます、奥さま」

「おはよう。まあ、気がきくわね」エズメは、メイドがトレイを窓のそばの小さなテーブルに置くのを待ってから前に出た。白地に藍の染付のティーポットを取りあげて、熱々のカップに注ぐ。香り高い紅茶は胡桃のように濃い茶色。ミルクをスプーンで加えてから、ひと口飲む。

ああ、美味しい。

つぎにスコーンに手を伸ばした。端のほうを少し割って口に放りこむと、なんともいえぬ味わいがいっぱいに広がる。

「とくにお召しになりたいドレスがおありですか、奥さま?」メイドは、腰のあたりで両手を組んだ姿勢で尋ねる。

エズメはもうひと口スコーンを食べてから、片方の手を振った。「デイドレスならなんでもいいわ。厚手で暖かいもののほうがいいかしら。ここは少し寒いみたいだから」暖炉に目をやると、薪はひと晩のうちに火床で灰になっていた。「それとも、ほかの部屋は暖かいの？」

メイドの目が少し丸くなる。「いいえ、奥さま、この時期は夕方になるまで、暖炉で火は燃やしません」

エズメはかすかに眉根を寄せた。ブラエボーンの屋敷では、秋になって涼しくなってきたら暖炉に火は絶やさない。家族が過ごす部屋はとりわけ、火が消えないように気を配る。邸内はいつも気持ちよく、ショールや薄手のウールドレスで過ごせるほどだ。

ハイヘイヴンも常に快適な温度に保たれていて、寒いと思ったことは一度もなかった。しかし、テン・エルムズはずっと大きな屋敷だ。ガブリエルは単に、あまり頻繁には訪れない場所を無駄に暖めるのが嫌いなのかもしれない。とはいえ、ふたりでここにいるあいだぐらいは、あと数時間余計に何部屋かの暖炉に火を入れても問題はないはずだ。この件については、ガブリエルに話をしてみよう。

「じゃあ、ウールのデイドレスにしましょう。青いのがいいわね」旦那さまは、青い服を着たわたしがお好みだ。瞳の色によく合っていると褒めてくれる。

メイドはこくりとうなずき、ドレスを広げにいった。

エズメは紅茶で流しこむようにしてスコーンを平らげた。炉棚の上の時計を見ると、もう十時を過ぎている。もっと早い時間だったら、階下でガブリエルと朝食をとってもよかったのだが、この時刻では、彼はすでに食事をすませているだろう。

バーがしっぽを振る。皿に残っている手つかずのスコーンを懸命に見つめている。

エズメはふと、ためらった。着替えがすんだら、ちゃんとした朝食をやるつもりでいたからだ。

「でも、いいわよね？　すごくいい子にしてるんだから、たまにはご褒美をあげても」スコーンを半分に割って与えると、バーは目にも留まらぬ速さであっという間に飲みこんだ。

「してやったわね」

エズメが笑いながら言うと、バーはわんとひと声吠えてまた、しっぽを振った。

笑顔とともに化粧室に行ってみると、今日の衣装がきちんと広げてあった。メイドに手伝ってもらって下着を着けてから、青いウールのデイドレスを身に着ける。化粧台の前に腰を下ろして、メイドが髪をまとめてくれるのを待った。

「すてきな御髪《おぐし》ですね、奥さま」

「まあ、ありがとう。あなたの名前はポーラ、だったかしら？」

「はい、奥さま」メイドは鏡のなかではにかむように微笑んだ。

「いきなりやってきたのに、いろいろ面倒をみてくれてありがとう」

ポーラの頬が桃色に染まる。「もったいないお言葉です、奥さま。こちらこそ、お仕えできるのはよろこびですわ」

彼女がエズメの豊かな髪を梳かして後頭部ですっきり結いあげるあいだ、沈黙が続いた。

「すてき」エズメは仕上がりを鏡で確認しながらつぶやいた。

ポーラはふたたび顔を赤らめた。女主人の言葉を聞いてよろこんでいる。

「旦那さまは、もう起きていらっしゃる？」エズメは立って振り向いた。「そろそろ顔を見せてくださるかと思っていたのだけれど、領地の管理のお仕事でお忙しいのかしらね」

メイドの頬から血の気が引いていく。「まあ！　どうしましょう、お許しください、奥さま。すっかり忘れておりました」

「忘れた、ってなにを？」

「これをお渡しするよう、ミセス・フォイから言いつけられておりましたのに。旦那さまからのもので、遅れてはならないと」

エズメは、ポーラが前掛けのポケットから取り出した手紙を受け取った。「まあ、こうして思い出してくれたのだから、とくに問題はないわ」

「ほかに、ご用はありませんか？」

エズメが首を横に振ると、メイドはひざを折ってお辞儀をしてから下がっていった。

封蠟を破り、手紙を開けてみる。

文面を見て、こんどは彼女の頰から血の気が引いた。

〝ロンドンに発つ〞とまず書いてある。〝いつ戻ることになるかわからない……屋敷はきみの好きなようにしてくれ。請求書はキャヴェンディッシュ・スクエアのタウンハウスまで送ってほしい。よろしく、ノースコート〞

よろしく、ノースコート、ですって！

ゆうべ、彼はあれほど激しくわたしを奪った。ふたりとも息もできず、動くこともできないほど悦びを貪り合ったというのに、こんなよそよそしい結びの言葉を記すなんて！

エズメは立ちあがったものの、手紙を持つ指が震えた。自分がこれ以上ないほどの愚か者に感じられる。ゆっくりと手を拳に握ると、手のひらに爪がくいこんだ。

腕を振りあげて手紙を暖炉にくべようとしたが、火がついていないのを思い出した。火床は冷たく、灰が積もっている。

生気を失って静まり返っているのは、エズメの心も同じだった。

馬車の外を過ぎゆく秋の風景を見るともなしに眺めながら、ガブリエルの心は、遠く何マイルも離れた屋敷に、エズメを残してきたテン・エルムズへと戻った。どんなに忘れようとしても、エズメを心から追い出せない。サテンのようになめらかな肌、えも言われぬ甘やかな香り、蜜のような味わいのキス。ゆうべエズメは、ぼくを自分のものだと全身で叫んだ。ぼくが、彼女を自分のものだと激しく主張したのと同じように。それを思い出すと、天井をたたいて馬車をとめさせ、屋敷に戻れと御者に命じたくなる。

ガブリエルは太ももに置いた手を拳に握り、なんとか自分を抑えた。これは執着だ――数日前にコーンウォールでもそうしたように、自分に厳しく言い聞かせる。不自然なほどふたりきりで過ごし、のべつまくなしに体を重ねて愛し合っていただけだ。

ロンドンに戻れば、彼女に対するこの執着もいずれ消える。二、三日、いや、せいぜい数週間も経てば、エズメ・バイロン・ランズダウンはぼくの生活の中心の座から滑り落ちる。

女性に夢中になったことはいままでにもあるが、これほど強く彼女に惹かれる気持ちの比ではなかった。しかし、これまでにも愛人への関心が薄れたのと同じく、エズメにそそられる気持ちもそのうち消える。ふたたび会うころには、ぼくの心からきれいさっぱりいなくなるだろう。理性的な態度を取り戻し、いままでどおり気持ちをざわつかせることなく結婚生活を再開させられるはずだ。

それまでは、エズメと離れているこの時間を、いままで放っておいた案件に当てることにしよう——それを口実にして出てきたが、まったくの嘘ではない。

エズメと結婚したおかげで、ガブリエルは負債を返すことができた。

彼女を娶ったのを受けて、支払われるべき遺産が先週ようやく、財産を管理する弁護士の手元からガブリエルのところに振りこまれた。キャヴェンディッシュ・スクエアのタウンハウスの抵当を清算してもなお、じゅうぶんな財産が残った。それにくわえてエズメの持参金が入ったのは、思いがけない幸運としか言いようがなかった。

結婚するときは、クライボーン公爵をはじめとするエズメの兄たちが持参金の支払いを留保するのではないかと懸念していた。弁護士として開業しているローレンスはとくに、ガブリエルを破産させるような狡猾な方法を見つけるものだと思っていた。だがクライボーン公爵は寛大にも、驚くほどの持参金をエズメに与え、なにも訊かずにガブリエルの口座に移した。

といって、エズメの財産がすべて与えられたわけではない。むしろ、その逆だった。彼女の持参金は貴族の基準からしても桁外れだったが、事前の合意によってその大部分は信託財産とされ、離婚やガブリエルの死亡という事態にはエズメに直接、それから、ふたりのあいだに生まれたこどもがいれば、彼らに引き継がれることとされた。

そんな取り決めを忌み嫌う男もいるかもしれないが、ガブリエルは財産を狙って結婚したわけではないので、気にならなかった。

それに彼が望めば、ずっと必要とされていた改善をテン・エルムズの小作地や農場に施して、さらに相当な額の利益をあげることも可能だった。新しい農法で作付けを行えば、金も入ってくるかもしれない。もっとも叔父は、領地を管理していたころには才気もあったはずなのに、そういう新しい農法を試そうとしたことは一度もなかった。希望や意欲をくじくばかりの叔父よりもすぐれた土地の管理人だと証明してみせるためにも、テン・エルムズで過ごす価値はありそうだ。

しかし、いましばらくはそれも先送りにしなければならない。エズメに対する感情を適切な形に抑えてからでなければ、だめだ。

エズメをテン・エルムズに残してきたと知ったら、彼女の家族になんと思われるだろう。結婚してまだ一か月も経っていないのに、ダービーシャーにある先祖伝来の屋敷に彼女をひとり置いてぼくがロンドンに行ったと聞けば、彼らもよろこびはしないだろう。

ガブリエルは罪の意識に駆られて険しい表情になった。ぼくが夫としての義務を放棄した、とみな思うにちがいない。エズメも含めて。ぼくの書いた手紙を見て、彼女はなにを考えているだろう。

恥を知らない卑劣漢。無垢なエズメを厚かましくも利用して、うぶな信頼をずたずたに傷つけた、血も涙もない悪党と思っているかもしれない

愛しているわ。

エズメのささやいた言葉が頭のなかで鳴り響き、いまもガブリエルを苛む。それを聞いて興奮し、柔らかな肌を感じ、彼女の一途な思いに包まれて心地よく過ごしたいと思う部分も胸のうちにはある。

だが、一途な思いもいつかはうつろい、愛は消えてなくなる。幼いころも、そして大人になってからも、ぼくはだれよりもそれを痛感しているはずだ。愛などという弱

い感情は、長くは続かない。蔓を伸ばして根を張る前に、芽のうちに摘んでしまうのがいちばんだ。

だが、エズメは？

彼女はきっと立ち直る。二、三週間も離れていれば、欲望に絡めとられてばかりの夢物語をぼくが終わらせたことに感謝する。きっと。

それまでは、あまり傷つかないよう祈るばかりだ。むしろ、荷物をまとめてブラエボーンに戻っていてほしい。懐かしい住まいで家族に囲まれていれば、思う存分ぼくをなじることができる。

だが、エズメが立ち直れなかったら？

ガブリエルは眉間に深くしわを寄せ、指でいらいらと太ももをたたいた。

ぼくが罪の意識を覚える必要はない。あったとしても、大したことはない。それに、エズメはなにを期待していた？　夫となるのが腹黒い男だとわかって結婚したはずじゃないか。ぼくはただ、自分を偽らずに振る舞っているだけだ。

ほんの一瞬でもいいから彼女を頭から追い出そうとして、ガブリエルは持ってきていた本に手を伸ばし、ページを広げて読みはじめた。

エズメは衣装だんすの扉をさっと開けた。手近にあったドレスを引っ張り出し、ふたを開けた旅行かばんに詰めこんでいく。激しい怒りのあまり、メイドを呼んで荷造りをさせようとも思わなかった。ブラエボーンまでの旅に足りる洋服と洗面道具だけでじゅうぶんだ。あとは、向こうに着いてから送ってもらえばいい。

化粧室の床で、前足のあいだに顔を置いたままの姿勢で寝ていたバーがじっと見ていた。

「なに？」エズメはつぎのドレスをかばんに詰めながら尋ねた。「どうして、そんな顔で見るの？ 結婚して一か月もしないうちに妻から逃げていったのは、わたしじゃないわよ」

バーは黙ったまま、茶色の瞳を潤ませて心配そうに彼女を見つめている。

「彼がわたしを置いていったのよ、バー。わたしたちを置いていったの。面と向かって言うだけの礼儀も持ち合わせていないなんて。『いつ戻ることになるかわからない』ですって」皮肉っぽい調子をつけて、ガブリエルの言葉を口にする。「言わせてもらうなら、彼がこのまま帰ってこなくたってかまわないわ」

エズメは目をしばたたき、ちくちくと刺すような涙を抑えた。

バーが、静かにくんと鳴く。

両腕にストッキングやシュミーズをいっぱい抱えたまま、エズメは立ちどまった。「わたしがまちがってると思ってるのね。そうでしょう？　わたしが逃げ出そうとしてる、あまりにもあっさりあきらめた、って？」

彼女はいきなり、低いスツールに座りこんだ。「ああ、バー、彼はなぜ出ていったの？　しかも、これまでにないほどふたりの関係がよくなったと思ったときに。わたしにはわからないわ。もしかして、愛してるって彼に言ったから？　わたしのせいで、ガブリエルは遠ざかっていったの？」

鼻をすすりながら、エズメは濡れた目尻をストッキングの端で拭いた。バーはゆったり歩いて彼女のひざ頭に頭を載せ、しっぽで床を二度たたいた。

エズメは手にしていたものを脇に押しやり、柔らかな毛を撫でてやった。「どうすればいいの、バー？　わたしがこの屋敷を出たら、ふたりの結婚は失敗だったとみんなに思われる。それにお兄さまたちは……どうしよう、ガブリエルがわたしのもとを離れたと知ったら激怒するわ。彼を捕まえて、戻りたくないと言われるのもかまわず、ここへ連れ戻すに決まってる。ガブリエルのことだから、地獄に堕ちろとお兄さまたちに罵りの言葉を吐いて、事態はさらに悪化するのよ」

頭を撫でられて、バーはうれしそうに目を閉じた。「ううん、最悪でも、わたしは勇気を出してここに留まるべきよね。ガブリエルはなんと言ったかしら？　屋敷はきみの好きなようにしてくれ、だった？　その言葉に従えば、彼にとっても損にはならないはずよ。すでに、この屋敷を改装するための案がいくつも思い浮かぶもの。ダービーシャーだってすてきなところだわ。おまえと一緒に思いきり駆けっこができる丘や野原がどれほどあることか」

震える息をついて、エズメはあらたに流れる涙をこらえた。「ああ、ガブリエルに腹が立ってたまらないわ、バー。あんな男、首を絞めてやりたい。彼のことなんてなんとも思っていなければよかったのに、やっぱり愛しているの。たとえ、彼がその想いに応えてくれなくても。これからも、彼に愛されることはなかったとしても」

堰《せき》を切ったように涙があふれ、エズメは本格的に泣き出した。

もう流すべき涙は残っていないと思うほど、泣いて泣いて泣き通した。

それから立ちあがって洗面台のところへ行き、冷たい水で顔を洗う。

少し落ち着きを取り戻したところでドレスを衣装だんすに戻し、ストッキングやシュミーズを抽斗にしまうと、寝室の隅にある小さなライティングデスクに向かった。

椅子に腰掛けてから、取り出した紙にエズメは書きものをはじめた。このまま留まって、この屋敷を〝我が家〟と呼ぶのなら、心の底からそう感じられる場所にしなくては。そのためには、大切なペットすべてがここにいなくてはだめ。ブラエボーン に残してきた服や個人的な持ち物も全部。

そして、ここをほんとうの意味で〝我が家〟にしたら、戻ってきたガブリエルの目にも、彼を温かく出迎える場所に映るはずだ。よほどの愚か者でなければ、ひとり残していくなんて考えられないという妻が、そこにはいるのだから。

22

時は十二月のはじめ。ガブリエルがロンドンに発ってから六週間後、強い風に雲がわきあがって雨も降ろうかというころ、エズメは馬で厩舎に戻った。

馬丁は、地面に降りようという女主人に手を貸すと、雌馬を引いて下がっていった。エズメは屋敷に向かった。そのすぐあとをバーがついていく。そして、ハイドンとヘンデル。どちらも一か月ほど前にこの北の地にやってきた。エズメの家族から〝末っ子の動物園〟と呼ばれてきた、ふわふわの生き物もすべて一緒だった。

そのなかにはウサギのポピーも含まれていた。傷は癒えたものの、彼を野にふたたび戻して捕食されるようなことがあってはいけない。テン・エルムズの庭でも静かな一画に、ポピーが思いきり飛び跳ねて草を食むことができる場所を作ってやった。さらには、雨風にも耐えられる特別な小屋を作らせて、ポピーがこの冬を暖かく無事に過ごせるようにした。

エズメが驚き、よろこんだことには、ふわふわの生き物たちを連れてきたのはローレンスと、ブラエボーンで動物の日々の世話をしていた従僕のチャールズだった。ほかに、まだ年若い馬丁もひとりついてきて、道中ずっと、水や寝床を替えたりしてくれたそうだ。

「ローレンス」エズメは、御者席で手綱を引いて馬車をとめる兄を見てよろこびの声をあげた。「ここでなにしてるの？　ひと言の知らせもよこさずに」

「驚かせてやろうと思ってね」兄はエズメをさらうようにして抱き締め、頬にキスをした。

「わたしの様子をうかがいに来たんでしょう？」

ローレンスは悪びれもせずに肩をすくめると、にんまりしながらエズメとともに屋敷に向かって歩いた。「きみからの手紙が届いたときにはもう、みんなブラエボーンを発っていた。自由に行動できるのはぼくだけだったから、動物たちを北の地まで送り、きみがどうしているか確認する役目を志願したのさ」居間に立ち、彼は妹の顔をまじまじと見つめた。「で、どうしてる？　体調はよさそうだな。もっとも、少し顔の色が薄いが」

最近の心細さを表に出さぬよう、エズメは微笑んだ。「まあ、大丈夫よ」

「で、きみの夫は？　どこにいる？　領内の土地の問題で出かけているのか？」

「ある意味ではそうね。じつは……彼はいま、ロンドンにいるの」

「ロンドン？　やつはなにをしてるんだ？　なぜ、きみを一緒に連れていかなかった？」

そこでエズメは泣き崩れ、頬に涙を流しながら真実を打ち明けた。兄と妹は身を寄せ合ってソファに腰を下ろした。彼女の肩にローレンスの長い腕が回される。

「こんなふうにきみを残していくなんて、ノースコートは鞭で打たれてしかるべきだ」エズメの涙がようやくおさまると、ローレンスは言った。「やつと結婚するよう、みんなできみをけしかけるべきじゃなかった」

だがエズメは首を横に振った。「ううん、結婚すると決めたのはわたしよ。それに、彼はとてもよくしてくれるわ。ほんとうよ」

「きみを置き去りにしていったのに？」ローレンスは立ちあがると、いらいらと歩き回った。「エドワードが知ったら激怒するだろう」

「だからこそ、ネッドには知らせないで」エズメは兄のハンカチで頬を拭うと、それを手のなかで丸めた。

「まさか、話すに決まってるじゃないか。あの卑劣漢がなにをしたのか、エドワードは一家の長として知る必要がある」

「だめ、知らせてはだめなの」エズメは強い口調で言い切った。「これは、わたしとガブリエルとのあいだの問題。だれからも口出しは受けたくない」

「エズメ――」

「さあ、誓って。この件に口は出さない、家族にも知らせない、と。ガブリエルはわたしの夫よ。ふたりのあいだにどんな問題があろうとも、それを解決できるのはわたしたちだけなの」

妹の顔を見つめたローレンスは、青い瞳をわずかに見開いた。「なんてことだ、きみは彼に恋をしているんだな?」

「だとしたら、なんだというの?」エズメはむきになり、あごをつんとあげた。「いずれにせよ、お兄さまたちはよろこぶべきよ。少なくとも、みんなが恐れていたような愛のない結婚ではなかったのだから」

ローレンスは片方の眉を吊りあげた。「そうかもしれないな。しかし、その思いをもつのがどちらかいっぽうだけなら、違うような気がする。ロンドンに戻ったら、ぼくのタウンハウスの隣に住むノースコートのもとを訪れるのだけは許してくれないか? そうすれば、やつを二、三発殴ってやれる。やつには立派な妻がいるという事実を思い出させてやる必要がある」

エズメは思わず微笑んだ。「本人も忘れてるんじゃないかしら。だけど、彼を殴ったりしてはだめ。さあ、誓ってちょうだい」

最後にはローレンスも約束したが、その前にもう一度、エズメに気になる事実を告げた。

「しかし、彼だけがロンドンにいたら、噂が流れるかもしれない」

エズメは眉根を寄せた。「まさか。みんな、それぞれの領地に戻っている時期なのに」

「みんながみんなロンドンを離れているわけじゃない。レオとタリアは当座のあいだブライトヴェールにいるが、馬車を飛ばせば、ロンドンにはすぐ出てこられる。ノースコートがいるのにきみがいないとわかれば、あれこれ考えて結論を出すのは時間の問題だ」

エズメの表情がさらに険しくなる。「じゃあ、しかたないわね。レオには話してもいいけれど――」

「となれば、タリアも知ることになる。嘘じゃない――レオはタリアになんでも話すんだ」

兄の言葉にエズメはため息をついた。「わかったわ。レオとタリアには打ち明けてもいいけれど、ほかのひとには黙っていて。そして、だれにも話さないと誓わせてね。必要ならば血判状でも書いてもらって」

ローレンスはにんまりした。「残念だな、女性が専門職に就くことが許されない世の中は。きみはさぞ優秀な弁護士になっただろうに」

「それは、お褒めの言葉として受け取っておくわ」

「もちろん、そのつもりだ」

ローレンスはそのつぎの週もテン・エルムズに滞在し、書斎や図書室、ガブリエルの寝室のカーテンを新しくするのをどうしたらいいか、男性の意見を聞きたいというエズメの相談に乗ってやった。

そしてふたたび、彼女はひとりになった。

しかし、ローレンスについてきたチャールズはそのままテン・エルムズに留まることとなった。ブラエボーンでの給金の二倍を払うから第一従僕として働かないかというエズメの申し出を受けたのだ。エドワードとクレアのもとから使用人を引き抜くつもりは彼女にもなかったが、信頼できる味方のようなものをせめてひとりは自分の屋敷におく機会を逃したくなかった。おまけにチャールズは、エズメが出会ったなかでも一、二を争うほど気立てがよく、動物たちの世話を任せてもなんの心配もない。新しく〝我が家〟と呼ぶことになるテン・エルムズのことも、よろこんで任せられる。

執事はといえば、例のミスター・スターは、エズメたちの到着から数日後に妹のところから戻ってきたが、ミセス・フォイが厳格でいつも周囲を非難するようなのと同じくらい、老人特有の気難しさを撒き散らしていた。ふたりはいついかなる場合にも――少なくとも表面上は――慇懃だが、テン・エルムズにあらたな息吹と温かさを与えようというエズメにとっては、障害以外のなにものでもなかった。朝食のときに出される紅茶の種類といった些細なことでさえ、エズメがなにかを変えようとすると、それはテン・エルムズでのやり方ではないとか、旦那さまに確認してみなければならないと言う。もちろん、その旦那さまは遠く離れたロンドンに滞在中だ。

ガブリエルの叔父のシドニーが取り仕切っていた十年前からずっと、この屋敷での日常はなにも変わっていない。エズメは、チャールズを通してそれを知った。ガブリエルはここではあまり長い時間を過ごさないし、貴族たるものは日々の細かいことに口は出さないとでも思っているのか、従来のやり方を変えさせることもなく、ここまできたのだった。

この状況に業を煮やしたエズメは、ガブリエルに手紙を書いた。彼からは、エズメの好きなようにあれこれ変えてもかまわないし、ミスター・スターとミセス・フォイには奥さまの命令に従うよう伝えるという返事がきた。

といっても、執事と家政婦はエズメの言うことなどきかず、ガブリエルがここにいて彼らに強く言うことも不可能だった。

楽しげにあとをついてくるバーとともに屋敷に向かって歩きながら、エズメはガブリエルからきたほかの手紙についても考えた。

週に一度の間隔でくる手紙は、元気にしているかどうか、お金や食べるものはじゅうぶんにあるかどうかを尋ねるだけの短いものだった。

手紙とともにたいてい、ロンドンで選び抜かれた品々をいっぱいに詰めたバスケットが送られてくる——チーズ、砂糖菓子、上等のワイン、パイナップルやオレンジといった異郷の果物にめずらしい根菜、獲れたばかりの木の実などだ。

高級な石けんや、すみれの香りのするパウダー、リボン、レースといったさまざまな品がくることもある。見たこともないほど美しい藍色のカシミアがひと巻きまるごと送られてきたこともあって、エズメはすぐさま暖かなデイドレスとお揃いの外套《ペリース》を仕立てさせた。ほかにも絵の具や絵筆、紙などが大量に送られてきて、なくなるのを心配する必要などなくなった。

ガブリエルからのこういう贈り物をどう考えたらいいのか、エズメにはよくわからなかった。気遣いの表れなのか、それとも罪滅ぼしのつもりだろうか。いずれにせよ、夫が選んで送ってきたものだというだけでうれしかった。

でも、どうしようもないわね。本来なら、ガブリエルに腹を立ててしかるべきなのに。だけど、それに足る激しい怒りがわいてこない。彼と言い争いなどしたくない。ただ、ここに戻ってきてほしいとしか思えない。

そんなとき、いちばん最近に届いた手紙には、いままでになかった質問が書いてあった。

〝きみは身ごもっているか？〟

最初、エズメの頬は真っ赤になったが、あらたな悲しみに襲われて血の気が引いた。

「いいえ、赤ちゃんはまだよ」と返事をするしかなかった。

答えがイエスだったら、ガブリエルはすぐにでもテン・エルムズに戻ってきただろうか。ふと気づくとそんな思いにとらわれたが、いずれにせよ、彼もそのうち帰ってくるだろう。たとえ、跡継ぎをもうける営みに励むためだけだとしても。

結局それが、わたしたちをふたたび結びつける確かな理由だ――少なくとも、ガブリエルはまた、わたしのベッドに戻ってくる。

エズメは胸がずきりと痛んだ。わたしを身ごもらせたら、彼はふたたびここから出ていくだろう。だけど、その思いに耐えてでも、あの腕のなかで過ごしたい。

ブーツを履いた足で砂利敷きの車寄せに音を響かせながら、屋敷の正面玄関へ向かう。そこで、馬車の姿が目に映った。

立ちどまって考えることもなく、エズメは急いでなかへ入った。

彼がいるの？　胸がどきどきしてくる。やっと、彼が戻ってきたの？

まず居間へ行ったが、だれもいない。つぎに図書室を見てみたものの、ずらりと並ぶ本があるだけだった。ガブリエルは上階の寝室に行って、旅行服から着替えているにちがいない。エズメが方向転換して階段のほうへ向かうと、犬たちはみな、遊びでもするようにあとを追う。

そのとき、廊下の端から物音が聞こえた。ガブリエルの書斎があるところだ。エズメは微笑みながらふたたび方向転換して、そちらへ急いだ。

「ガブリエル？」戸口に着いて声をかける。「お戻りになったの？」

だが、顔をあげて彼女を見つめる男はガブリエルではなかった。

「どなた？」エズメは戸の枠に手をかけた。彼女を守るよう、犬たちがスカートの裾あたりに集まる。「夫の執務室で、なにをなさっているの？」

ガブリエルの机のうしろに立っていた見知らぬ男は頭をあげた。鼻筋の通った顔をかしげる様子がひどく傲慢そうだ。年のころは五十代だろうか、中背ながらも骨細だ。淡い金髪はほぼ白髪になっているが、いちばん目を引くのは氷のような青い瞳。あの目の奥を見ただけで、エズメは全身が震えた。

召使いたちはどこ？　なぜ、だれにも気づかれずに彼は屋敷のこんな奥まで入りこめたの？　ふいにエズメは、犬たちが護衛してくれているのをありがたく思った。

「やあ」男は平然と挨拶をしてきた。いてはならないところにいる現場を見られたことなど、なんとも思っていない。「あらたにレディ・ノースコートと呼ばれることになったのは、きみか」

「そうです。で、あなたはどなた？」

男は浅い会釈をした。「シドニー・ランズダウン、ガブリエルの父方の叔父だ。いまや、きみにとっても叔父というわけだな」ガブリエルの叔父さま？　そんなこと知らなかった。もっとも、お兄さまとご両親がすでに亡くなって久しいということ以外、彼の家族についてはほとんど知らない。でも、やっぱり親族はいたのだ。何人いるのかはやはり藪のなかだけど。

エズメはほんの少しだけ気を緩め、ひざを折ってお辞儀をした。「まあ、はじめまして。これはうれしい驚きだわ。ガブリエルの親族にようやくお目にかかれるとは、なんてすてきなことでしょう」

「ああ。このあたりに来たので、ちょっと寄って挨拶でもしようかと思ってね。事前に知らせなくてすまなかったが、間際になって思いついたものだから」

「そうでしたか」

だが、エズメはあまり納得していなかった。前もって知らせを送るのはさほど難しいことではない。あらたにできた親戚とはいえ、だれかにはじめて会うときならばなおさら。でもミスター・ランズダウン自身が言ったように、このあたりを通りがかったときにふと思いついただけなのかもしれない。だけど、ここに越してきてもう六週間になるし、ガブリエルの妻となったのはそれよりも前のことだ。ランズダウン家の一員として迎える手紙を送ってきてもよかっただろうに。もしや、本心ではわたしを歓迎していないの？

「あいにく、ガブリエルは留守にしていますの」

「ほう？　それは……残念だな」叔父は微笑んだが、目までは笑っていなかった。それに、ガブリエルがいないと聞いてもさほど驚いているようにも見えない。

甥がここを離れていることを、すでに知っているの？

まさか、わたしの思い過ごしだ。エズメは自分に言い聞かせながら、想像を振り払った。

「こんな格好ですみません。乗馬から戻ってきたばかりで」

ガブリエルの叔父は問題ないとばかりに手を振った。「なかなかすてきだよ。いきなり現れて驚かせたのだから、非は私のほうにある」

「居間のほうに移りませんか？　お茶を運ばせますわ。着替えたら、すぐ戻ってまいります」

「ああ、そうすべきだな」

そう言いながらも、ガブリエルの叔父はその場を動こうとしない。

「ミスター・ランズダウン？　よろしければ、この書斎でなにをなさっていたのか教えていただけますか？」

「シドニー叔父さま、だ」彼はエズメの機嫌をうかがうような口調で言った。「頼むよ、堅苦しい呼び方はやめてくれ。なんといっても、私たちは親戚なんだからね。そうだろう？　エズメ、といったかな？」

「ええ」しかし、エズメは言葉を切った。犬がみな、片時もそばを離れずにいることにふと気づいたからだ。いつもだったらバーなどは、相手が動物だろうが人間だろうが、あたらしい友達と知り合う機会を逃そうとしないのに。いまはエズメにふれそうなほど近くに陣取ったまま、そこを動こうとしない。

エズメはバーをそっと撫でた。「まだ、お答えを聞いていませんわ、シドニー叔父さま。ここでなにをなさっているの？」

叔父の瞳に暗い光が走る。差しこむ日差しの具合のせいかとエズメも思ったほど、ほんの一瞬のことだった。が、彼はふたたび笑みを浮かべた。「もう亡くなった兄や甥のために地所の管理をしていたころは、ここは私の執務室だったんだよ。だから、いまはもう違うということにまだ慣れなくてね。きみの夫が少年だったときは後見人も務めた。知っていたかい？」

「いいえ、存じませんでした」

「ふむ。あるときは、テン・エルムズ全体の管理も行っていたんだ」

いまもそうだったらよかったのに、と言いたげな口調。

「かつてはすばらしい地所だったのに、ガブリエルがあまり関心を見せないのは残念なことだ。だが、あれはもちろん、ロンドンのほうがはるかに気に入っているんだろうね。きみの夫という人物は？」

いったい、なにが言いたいの？　ガブリエルがロンドンにいることを知っているの？　留守にしている、と言っただけなのに？

叔父は机に指を一本走らせた。そのそばには出納帳が開いたまま置かれている。そのときエズメははじめて、ずしりと重たげな革表紙の帳簿に気づいた。

わたしが入ってくる前に、会計記録を見ていたのだろうか？

考えてみれば、そもそもだれが叔父をなかへ案内したのだろう？　執事のミスター・スターと家政婦のミセス・フォイはいつも、こちらがうるさいと思うぐらいにそばをうろうろしているのに、今日は姿が見当たらない。それに、チャールズやデヴィッド、ほかの従僕はどこにいるの？

エズメの視線に気づいたのか、叔父は出納簿をぱたんと閉じた。「さっきも言ったが、昔のくせでね。さあ、お茶にしようか？」

「ええ、それがよろしいですわね」

叔父はエズメを先に歩かせてから、そのあとをついて書斎を出ようとした。彼女はふいに、上の階で着替えをしてくると言ったのを後悔した。この屋敷で叔父をひとりにしておくのは、妙に落ち着かない。

ふたりが廊下に出たところで、チャールズがいきなり現れた。少し息を切らして、なぜか困ったような表情をしている。「お許しください、奥さま。乗馬からお戻りになったときにお出迎えできなくて。ミセス・フォイに言いつけられて、村まで遣いに行っておりました。いま戻ったところです」

「とくに問題ないわ」エズメは答えた。「ノースコート卿の叔父上、ミスター・ランズダウンとお知り合いになったところよ。お茶をいただこうと居間へ行くところなの。デヴィッドに言って、料理人に準備をするよう知らせてもらえる?」

「承知いたしました」

「とりあえず、ミスター・ランズダウンを居間にご案内してちょうだい」エズメは叔父に向き直った。「少し失礼いたします、シドニー叔父さま、上の階で着替えてまいります」

「いいとも、エズメ。急がなくていいよ」

だがエズメには、時間を無駄使いするつもりはなかった。

犬たちを従えて急いで階段をのぼると、呼び鈴を鳴らしてポーラを呼び、化粧室に入ってドレスを選ぶ。二匹の猫が眠たげな目で見つめるなか、メイドがやってきて、エズメが手早く洗面をすませて柔らかな栗色のウールのデイドレスに着替えるのを手伝ってくれた。

玄関ホールの掛け時計を見ると、たった十五分しか経っていなかった。エズメはスカートのしわを伸ばして不安を抑え、深く息を吸って居間に入った。

ほっとしたことに、部屋の向こう側にチャールズが気をつけの姿勢で立っている。彼女が望んだとおり、無言のメッセージを正しく理解してくれたのだ。

叔父は、エズメが入ったのを見て立ちあがった。「早かったね」

「六人も兄がいると、着替えにだらだら時間をかけてはいけないと学びましたの」彼女はソファに腰を下ろした。

「ああ、そうだった。きみはバイロン一族の出だったな」向かいの椅子に座りながら叔父は言った。お世辞たらたらの口調ながら、心から認めているわけではないように聞こえる。

エズメは、バイロン家を軽んじられることには慣れていなかった。少なくとも、目の前で侮辱されたと感じたのはこれがはじめてだった。たいていのひとは誹謗中傷するより、恐れ入ったようなことを言うのに。

だが、いくらもしないうちにティートレイが運ばれてきて、返事はせずにすんだ。驚いたことに、お茶を運んできたのはメイドではなくミセス・フォイだった。こういう仕事は自分のすることではないと宣言していたのに、今日は違うらしい。客人がミスター・ランズダウンだからだとしか思えない。

「お帰りなさいませ」家政婦は挨拶をした。「久しぶりにテン・エルムズでお目にかかれてうれしゅうございます」

「まったくだ、戻ってこられてよかったよ。はるか昔の日々を思い出すな」

「ええ、そうでございますね」

「ありがとう、ミセス・フォイ。きみは昔からよく気が利くたちで、屋敷はどこもすばらしい」

家政婦が微笑んだ。エズメの前で笑顔を見せたことなど、いままでなかったのに。どうみても、叔父とミセス・フォイは互いによく知っている仲だ。それどころか、叔父がこの領地を管理していたころにも、彼女は家政婦として働いていたのだろう。ミスターも同様に、この叔父のもとで執事を務めていた。ふいにエズメは気づいた。彼女がなにか変えようとするたび、あのふたりがだれの命令に従っていたのか――それは、ガブリエルの命令ではなかったのだ。

ガブリエルがあまりテン・エルムズに滞在していないことは、エズメもここに来てから知った。彼は新しく雇うより、古くからの使用人たちをそのまま残した。明らかに、昔のやり方をよしとするひとたちを。

エズメが見ていると、叔父とミセス・フォイはなぜか、いわくありげな目配せを交わした。ガブリエルが子爵になってから叔父がここを訪れるのは、これがはじめてではないのかもしれない。

「そうね、どうもありがとう、ミセス・フォイ」エズメは、ふたりの暗黙のやりとりを遮った。「あとは結構よ」

家政婦の笑みが消えた。「承知いたしました、奥さま」

彼女が出ていくと、エズメは紅茶とサンドイッチを勧めた。肉を挟んだものばかりだったので、自分は甘いビスケットを代わりに食べた。

ふたりは軽食をとりながら、ゆったりとおしゃべりをした。叔父は、天気やこのあたりの生き物と植物について話をした。

「これは美味だ」彼はしばらくすると声をあげた。「ハムとチキンを挟んだサンドイッチをもう少しもらえるだろうか？」と、部屋の片方で静かに立っているチャールズに目をやる。「彼に言って、持ってきてもらえないかな？」

とても、断ることはできない。それに、この二十分ほどはシドニー叔父さまも楽しい話し相手になってくれた。さっきのは誤解だったかもしれない。

「もちろんですわ」エズメはチャールズに向かってうなずいた。「料理人に、ミスター・ランズダウンがハムとチキンのサンドイッチをいま一度ご所望だと伝えてちょうだい。それに、茶葉を新しく入れた紅茶もポットで」

「承知いたしました、奥さま」お辞儀をしてチャールズは出ていった。

「それほど時間はかかりませんわ」

「ああ、それはかまわない」叔父は椅子の背もたれにゆったりと体を預けた。「時間ならたっぷりあるからね」

エズメは眉根を寄せたくなるのをこらえた。まさか、今夜は泊まってほしいと言われるのを待っているんじゃないでしょうね。

「それで」叔父はくだけた調子で言った。「私たちのことについて、きみの夫からはなんと聞いている？　ランズダウン家のほうの親族について、という意味だが」

叔父とまともに視線がぶつかり合う。先ほどと同じく、こちらの心を冷え冷えとさせるような青い瞳だ。

「いえ、残念ながら、あまり多くは聞いていません」エズメはカップをソーサーに戻した。「何年か前にご両親とお兄さまを亡くした、ということだけです」

「ほかにはなにも？」

「ええ、とくには。ガブリエルは、簡単には心を開いてくれない男性ですから」

「甥が？　きみがそう思っているとは興味深いな」叔父は紅茶をひと口飲んだ。

「もっとも、ガブリエルがきみに打ち明けていないのは驚くべきことではないがね。彼の話は、繊細な感受性をもつ人間には向いていない。だが、少しでも良識というものがあれば、彼もきみに真実を告げていただろうに。とはいえ、ガブリエルが良識ある男だったことなどいままでになかったのだからね」

「叔父さまがおっしゃるのは何なのですか？　ガブリエルがわたしに打ち明けるべきだったと思われることとは？」

「決まってるじゃないか、彼の母親はどこにでもいるようなふしだらな売春婦で、彼の父親を死に至らしめたということだよ」

エズメはカップをティーテーブルに置いたが、かたかた鳴る音をとめられなかった。

「それは、あまりにもおぞましい言いがかりだわ」

「言いがかりなどではない。事実だ。あれの母親はまさに売女だ。語り草となるような情事に耽っていた。きみの耳にまで噂が伝わらなかったとは驚きだな。周囲はそうではないように振る舞っていても、若い娘たちだってそういった話をするものだからね。だが、きみと甥の結婚はいささか急なものではなかったかな？　私の聞いた話が正しければ、人目を憚《はばか》るような絵と関係があるとか」

エズメははっと身をこわばらせた。ふいに、シドニー・ランズダウンを立派な紳士とは思えない気持ちが戻ってきた。

「私たち親族がだれも結婚式に参列しなかったのは、きみも気づいたはずだ」叔父は話を続けた。「ああ、そうだよ。招待状はもらったが、ガブリエルのいつもの下劣な過ちだと思って信用しなかった。彼はランズダウン一族の名を貶めるのに人生を費やしているようなものだからね。だが、私がいつも言っているように、あの母親にしてあの息子あり、さ」

「それは言い過ぎだわ」

叔父の目が険しくなる。「いや、まだ足りない。自分の夫がどういう類いの男か、きみは知りたくないのかね?」

ひざの上に載せた両手が勝手に拳になる。「夫について知るべきことは、すべて知っています。彼は善いひとよ」

ランズダウンは頭をのけぞらせて笑った。まなざしと同じように冷たい笑い声が響く。「善いひと? 甥を、そんなふうに評する人間が現れるとは。ああ、彼はきみをこの屋敷にひとり残して出ていくほどの善人だな。私がなにも知らないと思ってもらっては困るよ」

「そうなんですか? ミセス・フォイが知らせたの?」

叔父は片眉を吊りあげた。「これはこれは、きみは頭がいいんだな？　ああ、ミセス・フォイはときおり、私が知っておいたほうがいいと思われることを伝えてきた。きみが結婚したばかりの男はここにいないようだが、ロンドンに戻って、昔の不品行な振る舞いをあれこれ再開するつもりなのだろう。きみにはなんと言っているか知らないが」

　ふいにエズメの両手が冷たくなり、指が震えてきた。

「あれはまさに悪魔だよ、それはまちがいない」叔父は身を乗り出し、声を低めた。「きみが総毛立つような話だってある。私は、まだ幼い彼の度を超えた不品行を矯正しようとした。あれの内に巣食う邪悪な魂に気づいたのは、私だけだったからね。だが折檻を繰り返しても、罪深く尊大な気性や、こうと決めたら譲らない強情さは最後まで治らなかった」

　エズメははっと息をのんだ。隠しきれない恐怖に両目を見開く。「まだこどもだったガブリエルを打ったんですか？」

「当然じゃないか、私はあれの後見人になったのだからね。兄は昔からガブリエルには甘すぎたから、だれかがあの腹黒さを追い払わなくてはならなかった。だが、それも遅すぎたようだ。すでにあとの祭りだったよ」

エズメは叔父をまじまじと見つめた。目の前にいるこの男は、恐るべき怪物だ。

「もっとも、兄はだれが相手でも、信じられないほど甘い態度でいた」叔父は話を続けた。「とくに、あの売春婦も同然の妻に対しては。彼女のふしだらな流儀をとめるどころか野放しにして、結局は醜聞でみずからが正気を失ったんだからね」

叔父は言葉を切り、ささやくような小さな声で言った。「兄は自分の妻を殺したんだよ――知っていたかい？　数多いる愛人のひとりと逃避行に出た彼女を、嫉妬に怒り狂って追いかけた。ふたりに追いついて、銃で撃った。裸で抱き合ったままふたりは死んだが、なんの役にも立たないあばずれを厄介払いしただけではすまずに、兄は自分にも銃を向けて命を絶ったんだ」

叔父の目はぎらぎらしていた。彼自身もなかば正気を失っているように見えた。

エズメはたじろいで、うしろに下がった。

「私は彼女を恨んだよ」叔父は静かに怒りをぶちまけた。「彼女と、彼女が残した役立たずのこどもをね。私のかわいい天使、ガブリエル――義理の姉はいつも、そう呼んでいた。〝私のかわいい天使〟だとさ。次男の存在を忘れていないときには、少なくともそうしていた。どの愛人がガブリエルの実の父親なのか、それは昔から疑問だったが」

「なんですって？」衝撃がエズメの全身を稲妻のように駆け抜けた。

「そのとおり」叔父は歯を剝き出し、ぞっとするような笑みを浮かべた。「あれは私生児だよ。気性だけの問題じゃない。ああ、私の兄は決して信じてはいなかったがね。まったく、なんという世間知らずの愚か者だ。ガブリエルは母親のほうに似たんだとか言って、妻の貞節を疑っていなかった。少なくともあの当時は。だが、証拠はすべて兄の目の前にあったんだ。もっと気を配っていればわかったはずなのに。ランズダウンの一族はみなブロンドの髪をしている」叔父は自分の頭を指差した。確かに、若いころは金色だっただろう。「ブロンドの髪に青い瞳。薔薇戦争でランカスター家について戦ったランズダウン家の祖先にまで遡る全員が、そうだ。肖像画の並ぶギャラリーに行って、自分の目で確かめてみるといい。ひとり残らずブロンドだ。ガブリエルが生まれてくるまでは」

叔父はせせら笑った。「ガブリエル、あれは父方の親族とはまったく似ていない。取り替えられた子だとずっと言われてきた。茶色の髪に、あのいまいましい黄褐色の瞳。しかも長身だ。ひとりで歩けるようになるころにはすでに、兄の背丈を三十センチも越していた。だが、そんなことはどうでもよかった。マシューが死んでしまうまではね。跡継ぎとなるべく育てられたマシュー。ランズダウン一族のすべてを体現していたようなマシュー。だがあのペテン師は、ノースコートという立派な爵位を、そして我が一族の相続権をくすねていった」

衝撃のあまり、エズメは身じろぎもできぬまま座っていた。一族の肖像画が架けられたギャラリーには一度ならず足を踏み入れ、壮麗なる芸術作品に惹きつけられた。シドニー叔父が指摘したように、描かれている人物は圧倒的にブロンドの髪と青い瞳ばかり。だがガブリエルの髪の色が祖先よりも暗かったからといって、それは母方の血を受け継いだだけで、不義の子というわけではないはずだ。

ゲインズバラが描いた先代のレディ・ノースコートの肖像画を見たときは、ガブリエルと生き写しのような姿に驚いた。彼の父親と兄の絵も、小さな銘板でそれとわかった。だが不思議なことに、シドニー・ランズダウンの肖像画はそこにはなかった。ガブリエルが撤去させたのだろうか？　だとしても、たったいま聞いたことを思えば、彼を責めることはできない。

「なにがお望みなんですか、ミスター・ランズダウン？」エズメは無遠慮に質問した。「わたしの夫をそれほど憎んでいらっしゃるようなのになぜ、ここにいらしたの？」

彼女の質問にふいを突かれたようだったが、叔父はすぐに気を取り直した。笑みを浮かべ、優しい親戚のような顔をする。実際には、みずからがいま披露したような冷酷極まりない輩《やから》だというのに。

「きみを助けるためだよ、レディ・ノースコート。警告しにきた」

「なんについての警告ですか?」エズメは首をかしげた。思わず、肌に寒気が走る。

「決まってるじゃないか、きみが結婚したあの悪魔についてだよ。式を中止させる手立てがあればよかったのだが、結婚すると知ったときにはすでに遅かった。あれがすっかりきみの評判を台無しにしてしまっていたから、手出しできなかった」叔父は椅子に座ったまま体勢を変えた。「だが、介入したことがあるんだよ。何年も前にね。あれが結婚しようとするのを阻止したのは、いまでもうまくやったものだと思うね。アマンダという名前の若く愛らしい娘だったが、私の手助けを得て、いまのきみが置かれているような悲しい運命から逃れたんだ」

何年も前に、ガブリエルはほかの女性と結婚しようとした? それはだれ? 彼女のことを愛していたの?

そんなことは考えまいとしながらエズメは背筋を伸ばし、叔父の目をまっすぐ見つめた。「わたしの運命が悲しいものとは思っていませんけど」

「また、そんな戯言を」シドニーはせせら笑った。「甥はすでにきみを置き去りにしていった。ロンドンでよからぬ楽しみをあれこれ追い求めるためだ。きみにとっては、苦痛に満ちた人生がはじまったばかりだな。自分のためを思うなら、いまのうちにここを出るべきだ。出ていけるうちに、という意味だが。まだ身ごもってはいないんだろう？」

「いま、何とおっしゃいました？」

「ガブリエルの子はまだ孕《はら》んでいない、という意味だよ。それとも、結婚したそもそもの理由がそれなのか？」叔父は隠しきれない証拠を探すように、エズメのお腹に目をやった。

エズメは怒りをあらわにした。「違います。あと、まっとうな言葉遣いをしていただけるとさいわいですわ」

「まっとうだろうがなんだろうが、さっさと荷物をまとめてご家族のもとへ逃げ帰ったほうがいいと思うがね。兄上のような公爵ならば、きみを守ることも可能なはずだ。もっとも、私の甥のようないまいましい放蕩者ときみを彼が縁づけた理由はどうしてもわからないが」

「出ていって！」

「なんだと？」

エズメは立ちあがった。「出ていけ、と言ったのよ。さっさと消えて、ふたたびここを訪れようなどとは二度と考えないで。来ても、出ていくよう言われるだけよ」

「ふん、そんなことがあるものか――」叔父は怒鳴りながらぱっと席を立った。

「いいえ、わたしがそうさせますから。ガブリエルがあなたと話すことさえ拒絶するのも当然だわ。あなたは残虐非道で、自分のなかにある憎しみや嫉妬心を糧に生きているだけの男よ。無力なこどもでしかなかったわたしの夫に優しくするどころか、虐待して彼の心に傷を残した。愛情深く育ててやるべきだったのに。たった一時間お茶をご一緒しただけでも、あなたには二度と会いたくないと断言できます」

威嚇するような表情が叔父の顔に浮かび、瞳が冷たく残忍に光る。ガブリエルを折檻した昔も、こんな顔をしていたのだろうか？　ガブリエルは成年になり、復讐に燃える叔父の支配から逃れるまでの長い年月、これを毎日、目にしていたのだろうか？

「もはや、きみを救う余地はないようだな」叔父はエズメに言った。「甥はすでにきみの精神まで堕落させたらしい。肉体のほうは言うまでもなく。きみには彼がふさわしいよ」

エズメはしゃんと胸を張った。「おっしゃるとおり、わたしは彼を夫とするに足る人間です。さあ。出ていってくださいともう一度お願いしなければならないようね。それとも、うちの使用人に引っ立てられるようにしなければいけませんか？」

「ほう？　そんなことができる使用人がいるのか？」叔父はなじるように言った。

「ここにいるのは全員、いまも私に忠誠を誓っている」

「いいえ、全員ではないわ」エズメの視界の端に、サンドイッチを載せた皿を持って戻ってきたチャールズが映った。彼が皿を置いて言う。「奥さま。ご用はございますか？」

「ええ。チャールズ、ミスター・ランズダウンがお帰りになるところよ。玄関まで送ってさしあげて」

従僕は片方に寄り、ガブリエルの叔父が自分の前を通り過ぎるのを待った。

叔父は怖い顔で睨んだ。「無礼な小娘だ。今後、私や親族から歓迎されることは一切ないものと思え」

「結構ですわ。あなたからの歓迎の意なんて欲しくもない。ごきげんよう」

ふんと鼻を鳴らすと、叔父は踵を返して大股で出ていき、チャールズはそのあとをついていった。

叔父がいなくなってはじめて、エズメは全身が震えていることに気づいた。片方の手をお腹に当てながら、ソファにどさりと腰を下ろす。そうでもしないと、ひざから崩れ落ちそうだった。

遠くで正面玄関の扉の閉まる音がして、その一分後、遠ざかっていく馬車の車輪の音が聞こえた。

チャールズが戻ってきた。「ミスター・ランズダウンは出ていかれました、奥さま。ほかになにかご用事は？」

エズメは気を落ち着けるためにもうしばらく待ってから、うなずいた。へなへなと倒れてしまう前に、やらなければならないことがあとひとつある。

「ええ、じつはあるのよ。ミセス・フォイとミスター・スターに、わたしがいますぐ話があると言っていると伝えて」

その理由を訝しく思ったとしても、チャールズはおくびにも出さなかった。「承知いたしました、奥さま」

「ああ、あのサンドイッチは下げてちょうだい。わたしには用なしのものだから」

チャールズはティートレイを手にして下がっていった。

ひざの上で両手を組み合わせてエズメが待っていると、しばらくしてミセス・フォイとミスター・スターがやってきた。

「奥さまが私どもに話がおありだとうかがいましたが？」家政婦はいつもの冷たい口調で言った。

「ええ」エズメはあらためて、ふたりをじっと見つめた。「ミスター・スター、今日の午後、ミスター・ランズダウンをこの屋敷に招じ入れて、彼が好きなように邸内を歩き回るのを許したのはあなたなの？」

執事は家政婦と顔を見合わせた。「確かに、あの方がいらしたときに挨拶はいたしました。奥さまはお留守でしたし。ミスター・ランズダウンは旦那さまの叔父上です。おひとりにしておいても何の害もないと存じますが。いままでもそうでしたし」

エズメは家政婦のほうに目をやった。「ミセス・フォイ、あなたとミスター・ランズダウンはしょっちゅう手紙のやりとりをしていると理解しているけれど、ほんとうなの？」

「ときおり手紙はお出ししていますが、ミスター・シドニーとは、あの方がまだお若いころからの長いつき合いですので」

「じゃあ、今回あなたが出したという手紙は？ ひょっとして、ノースコート卿とわたしに関する情報が書かれていたの？ この屋敷にいる者でなければ知り得ないような、個人的な情報が？」

ミセス・フォイは薄い胸を精いっぱい膨らませた。「あれこれお知らせした手紙はあるかもしれませんが、目くじら立てるようなことはなにも。ミスター・スターがおっしゃったように、ミスター・ランズダウンはこの家の親族の方ですから」

「ノースコート卿を憎み、彼に害をなすだけの親族よ。わたしのためにもならない」

「ですが、私は――」

「あなたを解任します」エズメは、大きな声を出そうとするミセス・フォイを遮るように、落ち着いた声で言った。「あなたたちふたりとも」

ふたりは目を大きく見開き、釣り糸に引っかかった魚のように口をぱくぱくさせた。

「ですが、奥さま――」ミスター・スターが唾を飛ばしてまくしたてようとする。

「奥さまにそんな権利はありません」ミセス・フォイが言い張った。「そんなことをお決めになるのはお屋敷のご主人です」

エズメはなおもひざの上に両手を組んだまま、静かに座っていた。「それはもちろんそうよ。でも、あなたたちが長年こっそり動向を探っていたと伝えたら、旦那さまはなんとおっしゃるかしら？　こどものころの旦那さまを日常的に打擲《ちょうちゃく》していた叔父上と結託して、なにか企んでいたと伝えたら？」

ミセス・フォイは口を開けたが、なにも言葉にできぬまま、視線を床に落とした。

「荷物をまとめて、この屋敷を出ていきなさい」エズメは揺るぎない声で告げた。

「ふたりとも、日暮れまでには出ていくように」

「日暮れまで?」ミスター・スターは愕然とした顔つきになったが、ミセス・フォイはいつもよりさらに青い顔色になった。「ですが、どこへ行けとおっしゃるのです?」

「村の宿屋はどうかしら。でなければ、ミスター・ランズダウンがまだこのあたりにいらっしゃるでしょうから、あなたたちにも泊まるところを見つけてくれるかもしれない。推薦状についても、あの方にお願いしなさい。わたしや旦那さまからはもらえないものと思ってちょうだい」

エズメは立ちあがって部屋を横切ると、呼び鈴の紐をぐいと引っ張った。チャールズとデヴィッドは、どちらも間髪をいれずに戸口に現れた。すぐ外の廊下で待っていたにちがいない。家政婦や執事とエズメとのあいだに交わされた会話も一言一句、聞いていたのだろう。

「チャールズ、デヴィッド、ミスター・スターとミセス・フォイがこの屋敷を出ていきます。ふたりが粛々と退去されるよう取り計らって。ミセス・フォイ、鍵束を」

エズメは手を片方出して待った。

家政婦は恨めしそうな、苦々しい目で女主人を見たものの、言われたとおりにした。

エズメはうなずきながら、ふたりの従僕に視線を戻した。「ふたりを村まで運ぶよう、軽二輪馬車《ドッグカート》を用意して」

「承知いたしました」チャールズが答え、デヴィッドもうなずいた。

「ああそうだ、チャールズ?」エズメは言い添えた。「この件が片づいたら、またここに来てくれるかしら。話があるの」

「もちろんですとも、レディ・エズメ。いえ、レディ・ノースコート」

エズメはにっこり微笑み、チャールズが出ていくのを見送った。

それから二時間ほど経ったころ、図書室のドアがノックされる音に、エズメは本から目をあげた。読もうと懸命に試みたが、ほかのことでいっぱいの頭には文字など入ってこなかった。

チャールズが前に進み出る。

「片はついた?」エズメは前置きもなしに尋ねた。

従僕はうなずいた。「ミスター・スターとミセス・フォイは、つい五分前にドッグカートに揺られて出ていきました。ふたりともひどく憤慨していました。ミスター・スターはぼくが、ミセス・フォイのほうはキッチンメイドのひとりが荷造りするところを見張っておきました。彼女の荷物も、ぼくが中身を改めました。あんな下品で汚い言葉を遣う女を見たのは生まれてはじめてです。ロンドンの魚市場のビリングズゲートで、魚売りとして働いていたのかもしれませんね」

エズメはため息とともに本を脇へ置いた。「ありがとう、チャールズ、ご苦労だったわね。あなたがいてくれて、ほんとうに助かったわ」

「こちらこそ。奥さまにお仕えするのはいつも光栄なことです。あのふたりがいなくなれば、この屋敷もずっと風通しがよくなりますよ。ほんとうに気の滅入るひとたちでした。あれこれ文句ばかり並べたてて、ぼくたちを重苦しい気分にさせた。彼らをクビにしたのは正しいことでした」

エズメは眉根を寄せた。「そうね。だけど、家政婦や執事のいない屋敷になってしまったわ」

「じきに、だれか見つかりますよ。きっと」

「そのことなんだけど、あなたを呼んだのもそれが理由なの。もう何年ぐらい、使用人として働いている？」

「十六年になります、奥さま。まだほんのこどものころに、ブラエボーンで使用人用の食堂兼居間《サーバンツ・ホール》の使いっ走りとして働きはじめて、あちらで第二従僕にまでなり、ここへ来て奥さまのもとで第一従僕となりました」

「ずいぶん長いあいだね。少なくとも、わたしにはそう思えるわ。このテン・エルムズで執事になるのはどう？」

チャールズは目を大きく見開いた。「執事に？　ですが、奥さま、ぼくにその準備ができているかどうか。まだ三十歳にもなっていないのに。大きなお屋敷の執事になるには若すぎます」

「わたしだってまだ十九歳だけど、ここの女主人よ。それに、あなたにはすばらしい執事になる素質があると思うの」

「信頼していただけるのはありがたいですが、ぼくにはまだ、学ぶべきことがたくさんあります」

「じゃあ、一緒に学んでいきましょう」エズメは満面の笑みを浮かべた。「チャールズ、というか、名字のほうのベルと呼ぶべきかしら？　あなたはきっと、執事としてすばらしい仕事をしてくれるわ。だけどね、信頼できる人物だということがもっと大切なの。旦那さまもあなたを信頼してくださるはずよ。思いやりがなかったり、忠実でない人間はこの屋敷にはいらない。ふさわしい使用人を選ぶのを手伝ってほしいの。頼りにしてるわ。この屋敷をふたたび、温かな雰囲気の家にしたいのよ。そばで助けてくれないかしら？　いまこそ、あなたの力が必要なの」

チャールズは誇りと意気込みもあらわに肩を張った。「承知いたしました。レディ・ノースコート。奥さまの信頼を裏切るようなことはありません」

「よかった」エズメの全身を安堵が駆け抜けた。「じゃあ、まず最初にやるべきことは、ミスター・スターとミセス・フォイのまだ言いなりになっているような使用人をつまみ出すことね」

「お安いご用です。思い当たる節があるのがひとりふたりいますが、すでに人出が足りない状態なので、それほど大ごとではありません。デヴィッドはいいやつです。ポーラも心配いりません。すでに使用人部屋で、ミセス・フォイとミスター・スターが出ていったのをお祝いしているぐらいですから」

エズメはうなずいた。「あなたが必要だと思うひとは、だれでも雇ってちょうだい。人数も好きなだけ」

「よさそうな人間を何人か知っていますし、ブラエボーンの執事のミスター・クロフトに手紙を書いてみます。なにかいい考えを教えてくれるかもしれません」

「ブラエボーンの使用人を奪うようなことがなければ、クロフトも応えてくれるわ。彼にお礼を言って、きっと助けてくれるはずだとわたしが言っていたと伝えてね」

エズメの言葉を聞いて、チャールズはにんまりした。「そうですね、奥さま」

「あなたがそれに当たるあいだ、わたしはロンドンに出かけます。使用人の管理と、飼っている動物の世話を頼むわね。今回は一緒に連れていかないつもりだから。なにか面倒なことが起こったら、すぐに手紙をよこして」

「旦那さまに会いにいらっしゃるんですね？」

「ええ、そうよ」

ガブリエルがロンドンでわたしに会いたかろうが会いたくなかろうが、かまわない。わたしは自分の夫を取り戻しにいく。エズメはかたく決意した。

23

「ほかになにかご用事はありませんか、旦那さま?」

エズメが決意してから九日後。ガブリエルのためにコーヒーを注ぎ終えた従僕は、空《から》になった朝食の皿を下げながら言った。

ガブリエルは読んでいた新聞から目をあげた。「いや、いまのところはとくにない」

従僕が下がると、彼は朝食の間にひとり残された。キャヴェンディッシュ・スクエアのタウンハウスの裏庭がのぞめる部屋だ。

外の木立の枝にミソサザイがとまるのが、ちらと見えた。茶色の小さな鳥だ。かわいらしい足でぴょんと跳ね、トゥルリラと派手な声を出す。羽でふくふくした胸を震わせて鳴く歌が耳に心地よい。

だがつぎの瞬間、やってきたのと同じようにいきなり、ミソサザイは飛び立っていった。

エズメや猫たちが見たら、このささやかな発表会をどれほどよろこんだだろう。にっこりと笑みを浮かべ、ごくありきたりの、しかし美しい光景に感嘆の声をあげて楽しげにする彼女の姿が脳裏に浮かぶ。妻のことを思いつつ、一瞬、目を閉じた。

しかし、はたと我に返り、ガブリエルは現実に戻ってきた。険しい表情とともに新聞に目をやり、読んでいたはずの記事の続きを追う。しかし、どんなに頑張っても思いが遠のいていき、興味が続かない。このごろはいつもそうだ——言うまでもなく、心はいつしかエズメのもとへとさまよう。

いつだって、エズメのもとへ。

そろそろ、彼女のことなど忘れているものだと思っていた。別れてから二か月近く経つ。熱い欲望の炎が燃え尽きるのにも、じゅうぶんすぎるはずだ。これまで、しがみついてくる女性の影を振りほどくのに難儀した覚えはない。若いころのアマンダに対する気持ちでさえ即座に憎しみに、そして間もなく、冷淡な侮蔑へと変わった。

しかしエズメは日々、ガブリエルの心を悩ませた。些細なできごとが彼女の思い出を呼び起こす。なにげない感想や意見を伝えたら彼女も笑って同意してくれるだろうかと、ふと考える。街に出かけて見聞きしたものがエズメを思い出させる——芸術作品や建築、書籍に音楽。インクや紙、絵の具のにおいなどはとくにそうだ。

そして、動物。どこへ行っても、動物の姿が目についてしかたない。馬車馬や鳥。野良犬に野良猫は、エズメが見たら、ひどい状況を救ってやりたいとまちがいなく思うだろう。動物をかわいがる彼女のことを思うあまり、肉を食べても昔ほど美味いと思えなくなった。食材になる前の姿そのままで食卓にあがるようなものはとくに。取り巻きの紳士ばかりを集めてディナーパーティーを催したある晩、料理人は魚を丸ごと出したが、ガブリエルは取り分けられた皿を見た瞬間、それを下げさせなければならなかった。料理されてもなお悲しげな目で見つめてくる様子に、とても食べることなどできなかった。

だが、エズメの思い出を振り払えずに最悪な気分になるのは夜だった。まんじりともせずベッドに横たわるうち、欲望で全身が苦しくなる。ようやく眠りに落ちても、夢に彼女が現れる。ふたたび目覚めたときには、彼女がいないのに気づいて呆然とし、せつない思いで胸がいっぱいになる。

ガブリエルは毎日、自分に言い聞かせた。エズメが欲しくてたまらなくなるのは、今日が最後だ。こんな狂おしい思いは切り抜けられる。もう少し時間があれば、彼女に執着する気持ちから自由になれる、と。

ほかの女性をベッドに誘うことも考えた。おおぜいの女性と愛を交わせば、そのうちのひとりがエズメを頭から追い出してくれるのではないかと思ったが、簡単に体を差し出してくる売春婦の誘いにイエスと言いそうになるたびに、門前払いを食らわしてしまった。エズメに対して忠節を守ると約束したのだ、それを破ることはできない。しかし、その約束を破ろうがなんだろうがかまわないと思うときでさえ、その気持ちを押しとどめるもっと強いものがあった。ほかの女性など欲しくないという、単純な事実だ。

妻と愛を交わしたくてたまらない。いまいましいことに、それが本音だった。

ぼくは、エズメが欲しくてたまらない。

新聞紙を脇へ押しやり、ガブリエルはコーヒーの注がれたカップに手を伸ばした。だが、すっかり冷めていることに気づいてふたたびカップを置いた。

くそっ、エズメのせいで心が乱れてしかたない。

悪友どもが知ったら、どれほど笑われることか。ロンドンでも一、二を争うほど無情な放蕩者と噂される男が、欲望と焦がれる思いを抑えきれずにいる。しかも、その対象が自身の妻だとは！

といって、その思いが叶えられないわけではない。テン・エルムズに戻って、彼女が欲しいと言えばいいだけの話だ。

考えてみれば、それこそが、ぼくのすべきことなのかもしれない。

もうすぐクリスマスだ。エズメは家族と祝祭を過ごすために、ブラエボーンに向けてすでに出発したかもしれない。だが、ぼくがいますぐロンドンを発てば、彼女はまだテン・エルムズにいるかもしれない。なんといってもクリスマスは、自分の領地に戻るのにもってこいの口実だ。

それに、エズメがまだ身ごもっていないという事実がある。跡継ぎをもうけるためというのも、彼女のベッドに戻るのにもっともな理由だ。もしエズメが尻込みしたら――ぼくがあまりにも唐突に彼女のもとを離れたことを思えば、そうされて当然だが――彼女には、ぼくに子孫を生み与える妻としての義務があることを言い聞かせればいい。

運がよくても、エズメを身ごもらせるのに数か月はかかるだろう。ぼくの欲望を満たすのに幾晩必要となることか。いや、夜だけではなく、日中も必要だ。時間をかけて欲求を飼いならしていけば、この執着にも似た想いをきれいさっぱり断つことができるはずだ。

椅子を押しのけて立ちあがろうとした瞬間、屋敷の正面のほうからいつになく騒がしい音がした。しかも、吠えたてる犬や、みゃあと鳴く猫の声までする。

ガブリエルは何事かと廊下に出た。

「じゅうぶん、気をつけて扱ってあげてね」きゃんきゃん、みゃあみゃあという鳴き声があらたにするなか、エズメが言った。あたりには——数えまちがいでなければ、犬が一、二、三、四匹。バーだけはわかったが、あとはガブリエルがはじめて見る犬ばかりだ。ちぎれんばかりにしっぽを振り、屈託なく一団となって玄関ホールをあちこち走り回っている。猫もいるようだ。それも、一匹ではなく複数。それぞれがバスケットのなかに収められている。

「いつもは聞き分けのいい子たちなんだけど、旅のせいで少し落ち着かないみたい」エズメは、執事のパイクと従僕のひとりに声をかけた。ふだんは自制心の強い執事や従僕も、いきなり地獄に突き落とされたような顔をしている。

まあ、無理もない。ガブリエルは心中ひそかに思った。

「猫たちは上の階に運んで、バスケットを開けて。しばらくはそっとしてあげてね。そうそう、部屋のドアはぜったいに閉めておいて。屋敷中を走り回られた末に、ここに慣れる間もなくどこかに姿を消してしまったらいやだわ。わからないことがあったら、デヴィッドに聞いて」

エズメの言葉に、デヴィッドが前に出た。テン・エルムズにいた従僕のひとりで、ガブリエルにも見覚えがあった。彼は両手にそれぞれバスケットを持っていた。大理石の床の上には三番目のバスケットが鎮座しており、なかには短毛種の黒猫がいる。ひとつしかない緑色の瞳で、籐の目のあいだから疑わしそうにあたりをうかがっている。

「ご心配なく、奥さま。猫たちが落ち着くよう、ぼくが取り計らいますから」デヴィッドはほかの使用人に目をやった。「どちらへ行けばいいのか、だれか案内してくれないか」

パイクは、いつもの揺るぎない落ち着きを取り戻した。「失礼ですが、どちらさまでしょうか?」

エズメは目を見開き、口を開けようとした。

だが、彼女が返事をする前にガブリエルが進み出た。「こちらはレディ・ノースコート。この屋敷の新しい女主人だ。エズメ、執事のパイクと従僕のネイサンだ」

ほんの少しとはいえ、パイクの冷静沈着な態度にひびが入った。そうなるのはこれで本日二度目だったが、彼はすぐに気を取り直し、迂闊《うかつ》なところをつゆほども見せずにお辞儀をした。「奥さま。お仕えできて光栄です。すぐには気づかずに、大変失礼いたしました」

エズメはにっこり笑った。おおらかな性格だから、すぐに許してやるのだろうとガブリエルは思った。ぼくが相手でも、同じように寛大でいてくれるのだろうか。

「いいのよ、気にしないで」エズメは言った。「いつもなら、到着が早すぎて使用人を混乱させるのはノースコート卿なのだけど、今回はわたしの番だったみたいね」

とそのとき、ようやくガブリエルに気づいたとばかりに、バーが床で足の爪をかちゃかちゃいわせながら駆け寄ってきた。うれしそうにひと声吠え、躍るようなよろこびに全身を震わせている。ガブリエルは思わずひざをつき、元気いっぱいな様子に微笑みながら頭を撫でてやった。会えてうれしいという態度をだれかが見せてくれたのは、いつが最後だっただろう。ズボンに犬の毛がつくのも、ガブリエルはかまわなかった。

「元気か？　おまえにまた会えて、ぼくもうれしいよ。まったく、いい子だな。よしよし、ほんとうにいい子だ」

バーは楽しげにまたひと声吠えて、さらに激しく体を動かした。使用人たちは明らかに戸惑っていた。勝手気ままな振る舞いやワイルドなお楽しみで悪名を轟かせてはいても、ガブリエルは人前でおおっぴらに愛情表現をするタイプでは決してなかったのだ。

「あなたがいなくて、バーは寂しがってたわ」エズメは手袋を外しながら歩いてきた。ちらと顔をあげたガブリエルは、目をそらすことができなかった。邪気のない、瑞々しく光り輝く美しさに心打たれたからだ。エズメは潑剌とした生気を放っていた。爽やかな春の風がこの屋敷に吹きこみ、ガブリエルの人生にもまた戻ってきたような感じがした。

「きみは?」彼は思い直す間もなく、小声で尋ねていた。「きみも、ぼくがいなくて寂しかったか?」

エズメは冴え冴えとした青い瞳でガブリエルをまっすぐ見つめた。「寂しかったとしても、わたしはバーほど感情をあらわにするほうではないの」

ガブリエルはひそかにたじろいだ。しかし、彼女に対する自分の最近の態度を思えば、そうされてもしかたないのだろう。

エズメは向き直った。「パイク?」

「はい、奥さま」

「できれば、紅茶をポットで持ってきて。あと、なにか食べたいわ。わたしの部屋はこれから準備をするのでしょうから、それを待つあいだ、こちらでいただくことにします」

「図書室に持ってくるように」ガブリエルは執事に命じた。「居間よりも快適だ。それと、奥さまはチーズや卵、牛乳は歓迎だが、肉は召しあがらないと料理人に伝えておくように」

この指示をふつうではないと思ったとしても、パイクは表情ひとつ変えずにうなずき、相応の支度をするために出ていった。

ふいに、ガブリエルはエズメとふたり残された。もちろん、犬は別だ。ふわふわの小さなひと塊になって、主人と女主人のあとをついてくる。

「いったいどういうことだ、エズメ？」ガブリエルは玄関広間を抜け、図書室へと向かう廊下を案内しながら尋ねた。「知らせもよこさずに来るなんて。テン・エルムズでなにかあったのか？」

「とくにそういうわけじゃないの。知らせを送るより、直接来たほうが楽だと思って。周囲を驚かせるのはなにも、あなただけではないのよ」

「確かにそのようだな。〝とくにそういうわけじゃない〟というのはどういう意味だ？」

「それは、食事をすませてからお話しするわ」

ガブリエルは先に立ってエズメを図書室に案内したが、ふと振り向くと、彼女は戸口からさほど離れていないところでぴたりと足をとめていた。

「まあ、これは」

そうつぶやいたエズメの目は、中央の壁いっぱいに掲げられた大きな油絵に吸い寄せられていた。室内でそれ以外の壁は、本がずらりと並ぶ棚で占められていたが、エズメに声をあげさせたのは描かれているテーマそのものだった。

ガブリエルはしげしげと絵を見つめた。古代の神話の一場面が描かれている。一糸まとわぬ姿のニンフとサテュロス（好色、酒好きの半人半獣）が湖の周りで戯れるいっぽう、バッカス（酒の神）や裸の侍女たちがワインを飲み、玉座に腰を下ろす神とともに乱痴気騒ぎを繰り広げている。よく見てみると、木々や植物、そのほかの野生の生物のなかにも性的なほのめかしが多数ある。

エズメを図書室に連れていくことにしたとき、この絵のことはガブリエルの頭からすっかり抜け落ちていた。貴族の婦人たち、少なくともまっとうな女性が、ランズダウン・ハウスと呼ばれるこのタウンハウスを訪れることはあまりない。ここは、彼が住むようになってからずっと独身男性の屋敷だった。しかし、結婚したからにはもはやそうではない。エズメは繊細な神経をした女性の友人や親族を守るため、屋敷のなかでもひとがおおぜい行き交うスペースを飾る美術品を入れ替えたいと思うかもしれない。もっともそれは、彼女の滞在が単に二、三日ではすまなかった場合の話だが、それはまだわからない。

「これが、あなたのエロティックなコレクションの一部なのね？」エズメはひとりごとのように言った。「なんて見事なのかしら。筆使いや、生き生きとした明るい色彩を見ただけでわかるわ。さほど知られていない画家によって描かれたものだと推察するけれど、なぜかフランスの画家のブーシェを思わせるわね」

ガブリエルは片眉をぴくりとあげた。「これは驚いた。まさに、この絵を描いたのはブーシェだ。きみはほんとうに芸術にいろいろ通じているんだな。来歴によれば、名前を明かせない裕福なパトロンに個人的に依頼されて描いたものらしい。数年前、個人が主宰するオークションで手に入れて、それ以来飽きもせずに眺めているよ」

「まあ。この絵があなたのコレクションを代表するものだとすれば、刺激的な題材に見るひとが眉をひそめるような作品がほかにもたくさんあるんでしょうね」

「むしろ、これはまだおとなしいほうだ」ガブリエルは楽しげに言った。「コレクションの大部分は、エロティックな美術品と文学だけをおさめた別の展示室《ギャラリー》に置いてある。掃除のためになかに入るのもいやだというメイドも、何人かいるほどだ」

エズメはガブリエルに視線を戻した。「まあ、それほどいけないの？」

「あるいは、それほどいいのか、と言うべきか。きみの見方によるが」ガブリエルはにんまり笑った。「ご所望なら、いつか見せてあげよう。なんといっても、きみは芸術を愛する人間だからな。そういえば、ぼくを描いたあの裸体画は額装してコレクションに加えるべきかもしれない。それとも、きみの寝室の壁に飾るかい?」

「いまあるところでそのままにしておくわ。でないと、服を着ていないあなたがどんなものか、屋敷の人間全員に知られてしまう。でもあなたのことだから、この絵のなかのバッカスのように破廉恥で、ご自分の裸体を誇らしく思っているかもしれないわね」

ガブリエルの笑みがさらに深まった。「そうとも。だが、ぼくの体のなかで神にも引けをとらないのは、特定の部分だけだな」

エズメの首筋から頬にかけて、ほのかな桃色に染まっていく。

ガブリエルは声をあげて笑ったが、ふいに欲望が彼の全身をも駆け抜けていき、思わずうめきそうになった。彼女のほうに手を伸ばそうとしたとき、ティートレイを手にしたパイクがやってきた。

「まあ、うれしい」エズメは夫から離れた。「もう、お腹がぺこぺこよ」

いささか憮然としながらもガブリエルは彼女についていき、椅子やソファが集められているところで腰を下ろした。犬たちがエズメの周りに群がる——石炭のように真っ黒なスコッチテリアが二匹、いたずらっぽく目を輝かせている。だいぶ歳をとっているまだら模様のスパニエルは、ソファに前足をかけている。あがりたいと無言で懇願しているのにエズメが応えてやると、スパニエルは彼女の腰のあたりで丸くなった。

パイクが持ってきた水でエズメが手を洗い、タオルでそれを拭いているあいだ、バーはいつものようにしっぽをぴんと立てて振りながら、ガブリエルのほうにこっそり寄ってきた。床に座って彼のひざに頭をのせ、忠誠心あふれるような瞳で彼を一心に見つめる。

動物は正直で、胸のうちを素直にあらわすものだ。ガブリエルはバーのなめらかな頭を撫でてやりながら思った。人間も同じだったらよかったのだが。もっとも、こんなふうに彼を驚かせる人間はあまり多くない。たとえば、エズメとか。

妻に目をやると、ガブリエルは胸がぎゅっと締めつけられた。

「紅茶は？」エズメはバーと同じく、無防備で嘘をつかない瞳をしている。

ガブリエルは首を横に振り、目をそらした。

彼女のそばにいるのがどんなものか、忘れかけていた。八月の太陽のように明るく晴れやかで、もっとも暗い闇にさえ光と暖かさを届けてくれる。

だが、この闇こそがガブリエルには心地のいい、なじみの場所だった。心を寒々とさせるようなところはあっても、闇のことなら理解できる。だが明るい光については困惑させられる。燦々《さんさん》たる光は、男のなかの男でさえ怖気づかせる。一度でもだれ憚ることなく光を浴びてしまったら、闇に戻れるはずがない。そうだろう？

ガブリエルは顔をしかめた。エズメが来ないほうがよかったと思っている自分に気づいたからだ。しかし、矛盾するようだがやはり、彼女に会えてうれしかった。

エズメが食事をするあいだ、ガブリエルはバーの頭を撫でるともなく撫でながら待った。どちらもあまり話をしなかったが、心地よい沈黙のなか、エズメはチーズとクレソンのサンドイッチに果物のコンポート、殻から割ったばかりの胡桃を美味しそうに平らげていった。

「それで」ガブリエルは、エズメが食事を終えると口を開いた。「そろそろ説明してくれ。なぜ来たんだ？　じつは、おおぜいの親族と祝祭を過ごすためにブラエボーンの屋敷にすでに向かっているんじゃないかと思っていた。彼らのほうも待っているんじゃないのか？　それとも、テン・エルムズでなにかあったのかというぼくの問いに〝とくにそういうわけじゃない〟と答えたことについて説明したあとで、やはりブラエボーンに向かうのか?」

「ああ、そのことね」エズメはティーカップを脇にやった。

「ああ、そのことだ。なにがあった?」

「大したことじゃないのよ。テン・エルムズの屋敷が焼け落ちたとかそういうわけじゃないから」

「屋敷が焼け落ちたとしても、それは大したことじゃないという意見に賛同はできないかもしれないが、とにかく話を続けてくれ」

エズメは深緑色のビロードの旅行服のスカートのしわを片手で伸ばした。「あの、あなたの叔父さまが突然、わたしを訪ねていらしたことから話ははじまるの。あなたたちランズダウン一族のひとたちにはみな、そういう共通点があるのね。不思議なことだけれど」

「叔父上がなんだと?」ガブリエルはふいに椅子に座ったまま居住まいを正した。その拍子にバーはひざから追い出されることになり、仲間たちのほうへと歩いていった。

「乗馬から戻ってきたら、叔父さまがあなたの書斎にいて出納簿を見ていたの」エズメは話を続けた。「あなたの親戚だから、むげに追い出すわけにもいかなくて――」

「それこそ、きみがすべきことだ」

「叔父さまの本性などまったく知らずに、紅茶はいかがと誘ったの。あまり感じのいい方ではないのね。ほかの親族もあんなふうなら、あなたが疎遠でいるのも無理はないわ」

激しい怒りで、ふいにガブリエルの目がくもった。「叔父になにかされたのか?」

「いいえ、そういうことはなかったわ。ひどく耳障りな話をされただけ。大半はあなたのことよ。あと、ミセス・フォイとミスター・スターの助けを借りて長年あなたのことをこっそり探らせていたのを、うっかりもらしていったわ。気づいていた? 彼らはこの間ずっと、手紙のやりとりをしていたらしいの」

ガブリエルはひざの上で両手を拳に握った。「いや、もちろん、そんなことは知らなかった。地所の管理人は小作人や農地のことを管轄しているだけだから、屋敷のなかのことまでは承知していなかっただろう。そういった問題はスターとフォイに任せていた。なにが起こっているか知っていたら、すぐにでも追い出してやったのに。よし、使いの者がテン・エルムズに着いたらすぐ、あのふたりを解雇する。ぼくが約束するよ」

「その必要はありません。わたしがすでに解雇したから。ぐずぐず村に留まらないようにしてやったけど、ふたりとも出ていったみたいでほっとしたわ。チャールズを執事に昇進させたので、テン・エルムズの管理については心配しないで。でも、あらたに家政婦を雇わないと。ロンドンにいるあいだに、いいひとを見つけられると思うのだけど」

「チャールズとは？」

「ああ、ブラエボーンの屋敷から来た従僕よ。先月、わたしの様子を見に来たローレンスについてきたところを言いくるめて、クレアやエドワードから奪ってやったの。動物の扱いがじつにうまいのよ」

エズメにとっては、動物の扱いがうまい人間はほかのことに関しても優れているのだろう。もっとも、ブラエボーンの屋敷にいたのなら、このチャールズというのはよく仕込まれた誠実な従僕なのだろうが。

「で、ぼくの叔父は？」ガブリエルはむっつりした顔で尋ねた。「どうしたんだ？」

「ああ、叔父さまについても同様に追い出したわ。憎しみに満ちた不愉快な話をさんざん聞かされたあとにね。これで、叔父さまはあなたと同じくらいわたしのことが嫌いになったことでしょうね」

「ほんとうに、叔父を強制的に出ていかせたのか？」

「ええ。もちろん、チャールズの手を借りて。いえ、ベルだったわ。テン・エルムズの執事に抜擢したからには、ちゃんとラストネームで呼ばなくてはならないわね」

ガブリエルは急に、このチャールズ――いや、ベルだ――がものすごく気に入った。まったく、エズメをテン・エルムズにひとり置き去りにしたなんて、ぼくはなんというばか者だろう。ひとでなしの叔父がやってきて彼女にいやがらせをするかもしれないと少しでもわかっていたら、ぜったいにあんなことはしなかったのに。

これからはもっと気をつけなければならない。

「それで、ロンドンに来ようと思ったのか？」ガブリエルは、エズメが兄たちの庇護を求めてブラエボーンにまっすぐ向かわなかったことに驚いたが、自分のところに来てくれたのがうれしかった。「あの地所にいるのが怖くなった、とかではないだろうね？」

「まさか。あそこでも身の不安を覚えたことはありません。使用人も、これからは叔父さまをなかへ入れてはいけないと承知しているし、そもそも叔父さまがまた来るようなことはないと思うの」

そうであるよう、ぼくが全力を尽くす。ガブリエルはひそかに自分に誓った。

「でも、叔父さまはひとつだけ、筋のとおったことをおっしゃったわ」

「ほう？　いったい何だ？」ガブリエルの声が険しくなる。何であれ、叔父の言ったことが役に立つはずなどない。

エズメは両手を組み合わせた。「わたしたちがこの数週間別々に暮らしているのをご存じで、ほかのひとたちも気づきはじめているとおっしゃったの。その前にローレンスにも同じようなことを言われていなかったら、わたしもとくに気には留めなかった。だけど、慌ただしく結婚したことで、すでに噂になっている。あることないこと煽りたてるひとたちに、これ以上話の種になるようなものを与える必要はないと思うの」

「言いたいやつには言わせておけばいい。だれになにを言われようとぼくは気にしたことなどないし、いまさら気にするつもりもない」

「おおむね同感よ。でも、これはわたしたちだけの問題じゃなくて、わたしの家族にも影響を及ぼすわ。ふたりの結婚についてはこれまでにも平静を装ってくれたのに、またわたしたちがその努力をふいにしたら、どうなるかしら」

ガブリエルは太ももの上に置いた指をぴくぴくさせた。「つまり、どういう意味だ？」

「しばらく、ここに滞在しようかと思うの。社交シーズンがはじまるまで。わたしたちが一緒にいるところを見せてあげれば、それとともに噂も消えるわ。みんな古い話に飽きて、つぎの注目を集めるできごとを探しはじめるわよ」

ガブリエルの目がすうっと細くなる。「ついこのあいだまで学校で勉強していたような娘にしては、そういったことにやけに詳しいようだな」

「それは、バイロン家がふつうの家族よりも多くの醜聞を乗り越えてきたからよ。当時はわたしも直接巻きこまれたわけではなかったけれど、話はどうしても耳に入ってくるもの」

「閉ざされたドアの向こう側で交わされた話でも？」

エズメの唇にちょっとした笑みが浮かんだ。「そういう話こそ入ってくるのよ」

いっとき微笑みながらガブリエルは椅子の背にもたれ、妻が言ったばかりのことを考えてみた。「で、クリスマスはどうする？　ブラエボーンまでふたりで行くか？」

エズメはかぶりを振った。「いいえ。今年は行かなくてもいいよう、お母さまとエドワードにはすでに手紙を書いたわ。夫婦となってはじめてのクリスマスはふたりだけで過ごしたい、と言ったの。安心して、ハネムーンの前にブラエボーンでやったみたいなお芝居はもうしなくていいわよ。ふたりで静かな祝祭の季節を過ごしましょう。あなたは、わたしがここにいることにも気づかないかも」

まさか、そんなはずはない。

こうしてエズメがいるだけでどの部屋にも息吹が感じられるというのに、どうして気づかないなんてことがあるだろう。彼女があのドアからいきなり現れるまで、この屋敷も、なかにいた人間もみな、半分寝ぼけていたかのようだったのに。

ガブリエルはエズメに視線を走らせた。溌剌とした美しさをふたたび堪能するうち、なじみぶかい欲望が全身を駆け抜ける。

彼女の計画に乗ってみるべきだろうか？　そうしてはいけない理由が、すぐには思いつかない。

エズメがやってくる前だって、ぼくはすでにテン・エルムズに戻って彼女とともに過ごそうと決めていた。その場所がロンドンに変わって、なにが悪い？　田舎の地所と同じく、ここでだって彼女を相手に欲望を存分に満たせるはずだ。それにエズメの言うとおり、噂が広まって抑えきれなくなる前にその芽を摘んでしまうのはいいことかもしれない。

「いいだろう」ガブリエルは言った。「しばらくはきみの思いどおりにしてみよう。愛おしいひとよ、ランズダウン・ハウスへようこそ」

子爵夫人が使うひとつづきの部屋がある上の階に向かいながら、エズメはよろこびと安堵をひそかに抱き締めた。思っていた以上にうまくいった。ここに滞在するという考えをガブリエルに邪魔される、あるいはもっと悪いことに、テン・エルムズに送り返されるものと心配していたのに、彼はいいと言ってくれた。

必要とあらば、どんな手でも使ってガブリエルを説得するつもりでいたけれど、最終的にはそれほど強く反対もされなかった。

でも、まだほんの序の口。

ほんとうに大変なのはこれからだ。

まずは、わたしたちの結婚が負った傷を癒す方法を見つけなくては。ガブリエルに多くを期待しすぎたわたしがいけないのかもしれない――彼が与えてもいいと思う以上のことを求めてしまったのだ。いまなら、そうだとわかる。わたしは昔から感情を隠さず表に出してきた。なにかを愛する気持ちを抑えず、みんなに見てわかるような形で表してきた。さいわいにも愛情深い家庭で育てられ、精神的な支えや慈しみを受けるのが当たり前という環境で家族に見守られてきた。

でも、ガブリエルは違う。

彼は幼いころに想像を絶する喪失を経験した。両親をともに亡くし、裏切られ、彼を守ってしかるべき人物から虐待されて、欺かれた。叔父は、無条件に彼を愛すべき人物だったのに。

ガブリエルは、自分というものをほとんど表に出さない。冷淡な無関心を装い、だれにも胸のうちをのぞかせぬよう閉じこもっている。

だけど、わたしは彼の胸のうちをのぞいてしまった。

彼は何年もかけて、自分が心のねじけた快楽主義者であるように世間には思わせているけれど、それは違う。

ガブリエル自身もそう思いこんでいるのかもしれない。

でも、わたしは信じない。

彼のなかには善きものが埋もれている。彼が必死に隠そうとする思いやりや親切な心が。

わたしにはそれが感じられる。

そして、ガブリエルのなかには愛情だってある。必要なのは、それを表に出す方法を見つける手助けをする人間だけ。

それこそが、わたしがなすべき二番目の務めだ――ガブリエルとともに家庭を築き、恐れを感じることなく無条件で愛されるとはどういうことなのか、彼に教えてあげよう。

愛していると臆面もなく告白したことで、以前はガブリエルを驚かせてしまった。こんどはあんなにあからさまなことはしない。彼がくつろげる解放感を奪うことなく、こちらの熱く深い想いを静かに伝える方法を見つけよう。

わたしは、傷ついた動物たちの世話をたくさんしてきた。息が詰まるほどに愛を浴びせて、こちらを受け入れろと押しつけるだけでは、思いやりある看護をしたとしても怖がって懐いてくれないということを学んだ。彼らの胸には、いつも変わらぬ態度で優しい思いをかけてやるのがいちばん響く。ガブリエルの心にもそれが響くことを祈るばかりだ。

どうにかして奇跡を起こし、彼の信頼を勝ち得ることができたら、そのつぎはどうする？ 必要に迫られた便宜上の結婚ではなく、男女が真の意味で結ばれたものになるよう、ガブリエルも努力してくれるだろうか？ ともに築けたはずの未来に背を向けるのではなく、彼自身の意思で、わたしと一緒にいることを選びとってくれる？

ふたりで試してみるべきだわ。エズメはいまでも、そう思っていた。

だって、ガブリエルをこれほどまでに愛しているのに、ほかに選択肢などないでしょう？ わたしの未来、そして幸せそのものがそれに懸かっているのだから。

24

ガブリエルが驚いたことに、エズメはいともあっさりと彼をまたベッドに迎え入れてくれた。走り書きだけを残して秋にテン・エルムズをいきなり離れたのだから、彼女の傷ついた感情をかわすにはよほど巧みに誘惑しなければならないと思っていた。

だがエズメはベッドに横たわったまま、ガブリエルが部屋着を脱いで横にそっと滑りこむのを眺めていた。彼は妻の体に腕を回して口づけた。狂おしく求めるように彼女もキスを返してきて、激しい情熱とともに彼の欲望に応えた。

しばらくすると、エズメはガブリエルを仰向けにさせた。両ひざをついた形でナイトガウンを頭から引き脱ぎ、生まれたままの姿を彼の前にさらす。体を近づけながら両手を彼の胸板から腹部へと走らせ、さらに下へ下ろしていく。

「さっき、あなたがいなくて寂しかったかと訊いたわよね？」艶かしい声で言いながら、痛いほどに張り詰めたガブリエル自身に指を巻きつける。「寂しかったわ。あなたがいないと、わたしのベッドは広すぎる」

ガブリエルが低くうめき声をもらすまで、エズメはさすった。それから身をかがめて彼自身を口に含む。彼の腹部から太ももにかけて、絹糸のような長い黒髪が波のように広がる。

エズメは、ガブリエルが身を震わせてすべてを解き放つ寸前まで欲望をかきたてると、体にまたがった。脚を大きく開いて彼のものを包みこみ、ビロードのように柔らかくしっとり濡れた体のなかに迎え入れる。ガブリエルもエズメの腰に両手をやって彼女を奪った。深く激しく腰を突きあげて、ふたりでそれぞれ熱い官能の渦を作り出す。

ことを終えてもエズメはなにも言わず、ガブリエルも黙ったままでいた。

すべて満たされて、足りないものはないように思われた。

だが、以前はいつもそうだったように寄り添うのではなく、エズメはナイトガウンをはおると、ガブリエルに背を向けるように寝返りを打った。

「おやすみなさい、ガブリエル。ぐっすり眠って」そして、あくびとともに上掛けを引きあげた。「出ていくときはドアを閉めてね。犬や猫たちとベッドで一緒に寝たいなら話は別だけど」

妻から追い立てられているという事実に気づくまで一瞬の間があった。ガブリエルはのっそりとベッドから出て、床から拾ったガウンをはおった。

「おやすみ、エズメ」

不思議に寒々と寂しい気持ちを覚えながら、ガブリエルは自分の部屋に戻った。

クリスマス当日は爽やかに晴れた夜明けとともにはじまった。夜のうちに降りはじめた雪が地面に積もり、白い毛布のように輝く。

この一週間ずっとそうだったように、ガブリエルはその朝もひとり寂しく目覚めた。自分のベッドにじっと横たわり、隣にあるエズメの化粧室の気配をそっとうかがう。日中はたいてい、彼女の好きなようにさせている。ふたりとも別々のことに時間をとられているが、夕食は一緒にとり、その後ふたたびベッドで出会う。

ロンドンに着いてからというもの、エズメはテン・エルムズをいまふうにするために忙しくしていた。彼女の外出にずっと付き添っている従僕のネイサンによれば、さまざまな業者や職人はもちろん、建築家にも二、三人会ったうえで、ペンキや壁装材から絨毯、家具、ランプや陶磁器、銀食器などあらゆるものを選んでいったという。

エズメは一度、出費についてほんとうに文句はないかと尋ねてきたが、気にするなと言っておいた。なんでも好きなものを買えばいい、請求書を送ってくれれば支払いはしておくと告げて妻を安心させてやった。

買い物の内容について詳しくネイサンに訊いてみると、奥さまは品物であれ何であれ最高のものだけを望むが、必要とあらば掘り出し物を探すのも厭わないという。吹っかけられるのを心配しなければならないのは業者のほうで奥さまではない、とネイサンは笑いながら教えてくれた。温室育ちの薔薇のように見えても、いざお金のこととなると、エズメはこれ以上ないほどやり手だった。

彼女はまた、あらたな女主人としてこのロンドンの屋敷にもすっかり溶けこんでいた。ランズダウン・ハウスを根本から変えるようなことはなにもしていないが、屋敷内のあちこちに影響を及ぼしているのが感じられる。切ったばかりのヒイラギやマツの大枝が炉棚の周りや階段の手すりを香り高く飾り、料理人は肉を含まない料理をいろいろ作りはじめた。それぞれの仕事に励む使用人たちにも笑顔が増えた。昨日などは、食堂のテーブルのセンターピースの花を微調整するパイクがクリスマスソングを口笛でそっと吹いていたぐらいだ。

わずか一週間でエズメは、これまでになかった活気と温かみをこの屋敷にもたらした。だが夫婦のあいだにはこれまでになく距離があるように、ガブリエルには思えてならなかった。

毎晩エズメのベッドへ行っても、拒絶されることはない。それどころか、息をのむほどの激しい情熱でいつも迎えられ、ガブリエルは全身くたくたになるほど満たされた。結婚に至った状況を思うと、これほど熱い想いを妻が示してくれようとは思ってもみなかった。だがエズメは、彼とはもう同じベッドで眠りたくないと態度ではっきり示し、体を重ねて愛し合うのが終わったらすぐに背を向けて、出ていくよう沈黙のうちに告げてくるのだった。

望んだとおりの話だとガブリエルは思った。満足のいくセックスを定期的に重ねながらも、衝突しないよう心地よい関係を保つ。まさに、ぼくが求めていたものじゃないか。不満や幻滅につながるような感情的な面倒のない男女関係だなんて、完璧な結婚だ。

ではなぜ、エズメがぼくの腕のなかで眠りたがらないという事実が、これほど気にかかるのだろう?

愛してるという言葉をふたたび彼女が言ってくれないのが、どうしてここまで胸にこたえるのだろうか。

ぼくの思ったとおり、エズメの愛の告白はいっときの感情の昂ぶりにすぎないのか？　それとも、彼女は心の底から大切に思ってくれていたのに、ぼくが彼女をテン・エルムズに置き去りにして、芽生えつつあった感情を摘んでしまったのか？　いずれにせよ、気に入らない。いや、気に入らないどころの話じゃない。とはいえ、どうしたらいいのか決めかねている。

ガブリエルは上掛けを剝ぐと、ガウンに手を伸ばしてベッドを出た。

ふわふわの毛をした白い猫、よりによって名前はモーツァルトといったはずだが、椅子に座ったまま、彼をしばらくのあいだ見ていたらしい。

「どうやって、ここに入ってきた？」

だが、猫は緑色の目をぱちくりさせるだけで答えなかった。

ガブリエルは近寄ると、手を伸ばして頭をそっと撫でてやった。モーツァルトは目を細め、ごろごろとのどを鳴らしはじめた。

「おまえは、彼女の考えていることがわかるんだろうな。なにしろ、ベッドで一緒に寝るのを許されているんだから」

モーツァルトはさらに大きな声で鳴いた。

「この高慢ちきなやつめ」

猫のもとを離れて化粧室へ向かおうとしたが、ガブリエルは気を変えた。彼の部屋とエズメの部屋をつなぐドアのほうへ行くと、すばやくノックをしてあちらの部屋へ踏みこんだ。

エズメは、自分の居間の大きな窓の前にあるテーブルに座っていた。窓の向こうには、雪に覆われた庭のすてきな眺めが広がっている。いたずらっぽい表情の天使が座る石造りの噴水も白一色だ。

カップに注いだばかりの紅茶から湯気があがる。白地に青の染付の磁器の小皿には、メイドのポーラが持ってきたバスケットに入っていたスコーンが載っている。

ドアがノックされる音にエズメは顔をあげた。ガブリエルが入ってくるのを見ているうち、鼓動がひとつ大きく跳ねた。彼は起きたばかりなのか、部屋着のガウンをはおり、髪も乱れている。

思わず知らず誘われるほどにすてきだ。

朝食をともにしようとガブリエルがエズメの部屋にやってくるのは、これがはじめてだった。いつもなら妻が目覚める前に起きて家を出ていくが、クリスマスということで彼も少しゆったりしている。街に出てもどこもかしこも休業中で、ベッドで惰眠を貪るほかなかったのだろう。

「きみが起き出したような気配がしたから」ガブリエルはエズメの向かいにある椅子にどかりと腰を下ろした。「美味そうだな」とスコーンのほうをあごでしゃくる。

エズメは尋ねもせずにバスケットからもうひとつスコーンを取り出し、皿に載せて出してやった。「紅茶をお飲みになる？　それともコーヒーを持ってこさせましょうか？」

「紅茶でいい」

彼女が紅茶を注ぐあいだ、ガブリエルはスコーンにバターを塗ってひと口かじり、美味いとばかりにのどの奥でうめいた。「きみの猫が一匹、ぼくの部屋にいる」

「あら。わたしが行って、その娘《こ》をこっちに連れてきましょうか？」

ガブリエルはかぶりを振った。「その娘《こ》じゃない、〝彼〟だ。いや、大丈夫。抜け毛には困ったものだが、メイドがちゃんと取ってくれるだろう」

「そうね、そのはずだわ」

エズメは穏やかな笑みを隠しつつ、ティーカップを口元に運んだ。

ふわふわの毛をまとった闖入者が屋敷内をうろうろして困る、とときおり文句を言うものの、ガブリエルは犬や猫をかわいがっていた。だれにも見られていないと思っているときに彼らの頭を撫でてやっているところを、エズメは一度ならず目撃していた。そして犬のほうも、主人が外出先からランズダウン・ハウスに戻ってくると、先を争って出迎えにいく。

「そういえば、クリスマスおめでとう」エズメは静かな声で言った。

「ああ、そうだったな。クリスマスおめでとう」

ガブリエルはそう言うとまた、スコーンをかじった。

これまで聞いた話によると、彼にとってクリスマスはあまりめでたいものではないらしい。こどものときでさえそうだったという。いっぽう、ブラエボーンでのクリスマスはいつもにぎやかでよろこびに満ち、他愛ない話やざわめき、笑いにあふれていた。

そして、もちろん家族も。いつだって、親戚がおおぜい集まったものだ。

今年は、エズメも彼らと一緒にいられなくてさみしいが、ここでガブリエルとともに過ごせてうれしかった。もし許してくれるなら、祝祭日がどれほど特別なものか、彼にも教えてあげられるのに。

「で、今日はなにをする？」エズメは明るい声で尋ねた。

ガブリエルは口を開けたまま、固まった。「〝する〟？」

「そうよ。教会に行ってから、馬で公園に出かけるのはどうかと思っていたのだけど。

でなければ、テムズ川の近くでクリスマスマーケットが開かれていると聞いたから、それも楽しいかも」

「ポケットのなかのものを掏られたいなら、それもいいかもしれないな。そういう催し物は、無防備なカモから毟《むし》ってやろうという盗人だらけだ」

エズメは顔をしかめた。少しでも分別のある盗人なら、ガブリエルの三メートル以内に近づくはずがない。彼こそ、無防備からはほど遠い人物なのだから。彼を相手に掏摸《すり》を働くなど、鋭い爪をもつ猫に戦いを挑むねずみのようなものだ。

「じゃあ、公園での乗馬だけでもいいわ」

「寒いし、路面がつるつる滑る。それに、また雪が降るかもしれない」

ほとんど雲もなく晴れている空を見ると、とてもガブリエルの言うようには思えないが、エズメは言い返さないことにした。

ガブリエルはカップに残っていた紅茶を飲み干した。「教会だって、ぼくはそもそも礼拝に出ないし、いまさらそうするつもりもない。清廉とは言いがたいぼくの振る舞いを考えるに、戸口をまたいだとたんに灰になって消えてしまうかもしれない」

「それはどうかしら」エズメはおもしろがって言った。「わたしだっていつも欠かさず礼拝に出ているわけではないけれど、クリスマス礼拝はすてきなものよ。一緒に来て。きっと楽しいわ」

「〝教会〟と〝楽しい〟という単語はひとつの文には使えない」ガブリエルは首を横に振りながら、椅子の背にもたれた。「すまないがね、その案にもぼくは賛成できないな」

「だったら、ゲームをするのはどう？　わたしたちふたりしかいないけれど、スペキュレーション（カードゲームの一種）やシャレード（身振りによる言葉あて）はいつだって楽しいわ」

「ぼくに身振りで言葉あて《シャレード》をやれ、って言うのか、エズメ？　本気で？」

エズメは両手を放り出し、うんざりしたようなため息をついた。「いいわ。わたしの提案はことごとくお気に召さないようだから、あなたはなにがいいと言うの？」

「ふむ、なにをしようかな」ガブリエルはひとりごちた。「いい考えがある」

いらいらしそうになるのをエズメは懸命にこらえた「あら、いったいなに？」

ガブリエルの金色の瞳によからぬ光がきらめく。これまでのことを思えば、行き着く先はひとつしかない。

「えっ、だめよ」エズメは首を振り、椅子から立ちあがろうとした。「それは、いますぐにはしないから」

ガブリエルは腕を伸ばして彼女の手首をつかみ、自分のほうに引き寄せた。「〝それ〟とは何のことだ？」

「わかってるくせに。もう、お行儀よくしなさい」

「ぼくは行儀よく振る舞ってる。いつもと同じように」

「ガブリエル、今日はクリスマスなのよ」

「ああ、そうだ。ぼくは自分のプレゼントを開けたいんだ」

それ以上反応する間もなく、ガブリエルの太ももの上に引き寄せられた。エズメは激しく唇を重ねられ、情熱に浮かされたダンスを踊ることとなった。

彼女は抵抗などしなかった。ガブリエルにふれられたら、そんなことができるはずはない。欲望に流される自分の弱さを呪うべきだとわかっていても、これほどの高みに連れていってくれる愛撫にどうして抗えるだろう？　しかも、ここまで欲しいと思った男性は彼ひとりだというのに。

夫の髪に指を梳き入れながらエズメもキスを返し、挿し入れた舌をしっとり絡ませる。ガブリエルはうめき声をあげると、ナイトガウン越しに胸に手のひらを当て、肩から部屋着が床に落ちるのにまかせた。腕に抱いたままエズメの背中をそらさせてから、キスをやめて胸に口を持っていき、ガウンを脱がせることなく生地越しに舌を這わせる。

エズメはしっとり濡れてきた。それも、彼の口と舌を受けとめている胸だけではなかった。興奮のあまり両脚を動かし、ガブリエルの頭を両手でもっと近くに引き寄せる。彼はのどの奥で低くうめくと、肌に歯を立てるようにして責め苦を与えた。

ふいにガブリエルは動きをとめ、エズメを立たせた。悦びのあまり、ひざががくがくする。ベッドに連れていってくれるものと期待したが、彼は皿をのけて、テーブルの上に彼女を持ちあげた。腰のあたりまでナイトガウンを押しあげて、自分が座っていた椅子にまた腰を下ろす。

「脚を広げて」

「ガブリエル、それ――」

「広げるんだ」

その先のことを思い描き、全身をぞくりと震わせながらエズメは脚を広げた。

「もっと大きく」

さらに広げると、ひだの合わさったところが部屋の冷気になぶられた。

「いい娘《こ》だ」

ガブリエルはエズメのうしろに手を伸ばした。磁器の食器類がかたかた鳴る音がする。

彼はなにをしているの？

驚いたことに、ガブリエルはジャムの瓶を持っていた。エズメが目を見開くなか、彼は瓶に指を二本突っこんで、甘くとろりとした中身をすくった。

つやつやと赤く光り、いまにも滴り落ちそうだ。

「いったいなにを――あっ、そんな」エズメは叫び声をあげた。とろけるようなジャムを下の唇に塗られて、敏感な部分がきゅっと締まる。

エズメはぞくりと震えた。ゆっくりと、しかし隅々までジャムを塗りひろげられ、快感がふたたび全身を駆け抜ける。ガブリエルが手を休めるのは瓶からさらにジャムをすくうときだけで、さらに秘部をべたべたにしていった。胸の頂がうずき、キスをせがむかのようにとがっていく。体の中心のひだを端から端まで撫でられて、熱い血がどくどく流れる音が耳元に響く。責め苦以外のなにものでもなかった。

ようやく、ガブリエルはジャム瓶を脇に置いた。

エズメと目を合わせたまま、彼は指についたジャムを舐めていった。まず人差し指、それから中指というように一本ずつ、ゆっくり舐めとってきれいにしていく。「ふむ、赤スグリか。ぼくがいちばん好きなジャムだ」

ガブリエルは両手をエズメの太ももの下に滑らせると、さらに脚を押し広げさせ、まんなかに顔を突っこんだ。

それとほぼ同時に、彼女は絶頂に達した。すでに欲望をおおいにかきたてられていたせいで、ガブリエルが舌を数回這わせただけで悦びの淵を越えてしまった。エズメは声をあげながら、食器類が床に落ちるのもかまわず、テーブルに広げられたクロスをつかもうとした。

だが、ガブリエルのほうはそれで終わらせるつもりはなかった。まだ序の口だとばかりに妻の秘められた部分を舐め、舌で弾き、甘噛みをしてから吸いとる。まるで、自分が残らずきれいにすると決めたかのように。エズメはふたたび欲望をかきたてられて、両目を閉じたまま本能的に腰を浮かせた。このままでは頭がおかしくなりそう。これ以上ないというほどしっとり濡れたのに、ガブリエルは最後の一滴まで貪欲に口で受けとめようとする。どんなに飲んでも足りないといわんばかりだ。

このうえない恍惚とともにふたたび絶頂に達し、エズメは声をあげた。悦びが広がり、激しい情熱に全身を焼き尽くされるなか、頭が真っ白になる。

そして、少しの息をつく間もなく抱きあげられた。ガブリエルは、全身をぐったりさせた妻を抱いたまま大股で自分の寝室へと向かった。猫のモーツァルトが慌てて出ていく。

彼はドアを閉めた。エズメをベッドに横たえて一糸まとわぬ姿にすると、自分も同じようにした。着ていたものはすべて、床に投げ捨てていく。マットレスに片ひざをついて彼女にのしかかるようにしてから、太ももを押し広げさせてすぐに、深く激しく彼女の体のなかに昂ぶるものを突きこむ。

エズメの両手首をつかんで頭上にあげさせ、自分の体の下で動けないようにする。彼女の唇に口を押し当て、首筋に唇を這わせていく。「最後のあの晩に言ったことを、もう一度言ってくれ」耳たぶをそっと噛みながら、ガブリエルはささやいた。

「どの晩のこと？」悦びの海にたゆたいつつエズメは尋ねた。「なに、何なの？」

「ぼくがテン・エルムズを去る前の晩だ」ガブリエルは彼女のあごの反対側に唇を滑らせ、そここにキスの雨を降らせていく。「ぼくになにか言っただろう？　覚えてないのか？」

エズメは目を見開いた。そして、顔をあげたガブリエルと目が合った瞬間にわかった。まぶしい昼日中の光のなかでは、彼にもきっとわかるはずだ。ええ、あのとき言った言葉はちゃんと覚えている。

あなたを愛しているわ。

エズメがなにも言わずにいると、ガブリエルは唇を奪い、いつにもまして激しいキスをした。「言ってくれ。もう一度、あの言葉をささやいてくれ」

「ガブリエル」

ほんの一瞬腰を引いたものの、ガブリエルはふたたび彼自身をエズメの奥に埋めた。体以上のものを奪いたいと叫ぶような激しさに、彼女ははっと息をのんだ。

だが、全身の細胞が叫んでいるように感じても、エズメはその言葉を口にできなかった。

「どうして?」

「きみの唇からこぼれるその言葉を、もう一度聞きたいからだ。ぼくを愛していると言ってくれ、エズメ。言うんだ」

ガブリエルはふたたびエズメの体に腰を突き立てた。一回ごとにさらに奥へと甘い侵入を続ける。それまでふれていなかったところにふれ、キスをし、愛撫を重ねて彼女の欲望を高めていく。いますぐにでも解き放ってほしいとばかりにエズメは全身がうずき、せつなくなった。

「言ってくれ」ガブリエルは突きこんだ昂ぶりを回すように腰を動かした。このうえなく感じやすくなっているエズメの胸に自分の胸板を押し当ててこすり、彼女を震わせる。しかし、いまこそ解き放とうと彼女が思った瞬間、ガブリエルはそれを拒み、この場の主導権を握っているのは彼だと知らしめた。

「どうしても知らなければならないんだ。きみは、ぼくを愛しているか?」

ふたりの手は指を絡めるようにしっかりとつながれていた。ガブリエルは愛撫でエズメの欲望をさらなる高みに押しあげていき、彼だけが与えることのできるエクスタシーをちらつかせて甘い責め苦を与えた。

つぎの瞬間、エズメのなかでなにかがぷつりと切れた。

「そうよ」のどから絞り出すようにして、彼女は叫んだ。「ええ、わたしはあなたを愛している。愛しているわ」

ガブリエルは微笑みを浮かべた。

そしてエズメに激しく口づけると、抑えきれない欲望を解き放つように彼女の体に深く腰を埋めた。

エズメはマットレスにかかとをくいこませるようにしながら、背中を大きくそらした。これが頼みの綱とばかりに、つないだガブリエルの両手にしがみつく。ふいにオーガズムに達し、弾ける悦びに目もくらむような衝撃を受けた。どこまでが自分の体で、どこから至福の楽園がはじまっているのかもわからない。

それとほぼ同時に、ガブリエルもみずからを解き放った。歯を食いしばりながらすばやく腰を動かし、エズメのなかで激しい絶頂を迎える。あまりの勢いに、解き放たれた精のしぶきを彼女が体の奥で感じるほどだった。

ふたりともじっとしたまま口も開かず、その後しばらくのあいだ横たわっていた。ガブリエルがけだるい動きで寝返りを打って背中をマットレスにつけたが、片方の手のひらでエズメのお尻をすくいあげ、ふたりの体がひとつのままでいられるようにした。

エズメはふわふわと漂っていた。なんと言っていいのかわからず、彼になにを望まれているのか、それを理解しているかどうかも心もとない。ガブリエルに対する愛情をふたたび告白させられたものの、彼はそれに応える言葉を口にはしてくれなかった。愛している、とガブリエルが言ってくれることはあるのだろうか。

ふいに疑念がよぎったが、エズメが顔をあげると、黄褐色の瞳は幸せそうに輝いていた。いままで見たこともないような、単なるすばらしい睦み合いから得られる以上のなにかを放っている。

せめて、いまはそうだと信じたい。

ガブリエルはエズメの髪に指を梳き入れながら、じっくり時間をかけてキスをした。

「さあ、認めたまえ。教会へ行くより、このほうがよかっただろう?」

悔い改める様子もないのを見てエズメは目を見開いたものの、声をあげて笑った。

「礼拝に行っていたら、ほんとうに灰になって消えていたかもしれないわね。もう、ほんとうにみだらでいけないひとなんだから」

ガブリエルは満面の笑みを浮かべた。「そのとおり、ぼくはみだらでいけない男だ。それでもきみはぼくを愛している。そうだろう?」

エズメの顔からは笑みが消えた。「ええ、愛してるわ」

愛してはいけないひとなのに。

いつか、わたしの心を打ち砕くひとだとわかっていても、愛しているわ。

その後はのんびりと時間が過ぎていった。しばらくベッドでぐずぐずしてから起きあがり、ふたりで一緒にお風呂に入ったが、結局またしても激しく愛し合うこととなり、浴室の床には石けん水があふれた。

メイドを呼ぶよりも、エズメはガブリエルの助けを借りて、緑のベルベットのシンプルだがすてきなドレスに着替えた。黒貂の毛皮のような長い髪をとかして、ピンで高く結いあげようとしたところ、彼に押しとどめられた。「今日は下ろしたままでいてほしい」ガブリエルは身をかがめ、感じやすい首筋にそっとキスをした。

良家のレディたるもの、髪を下ろしたままの姿を人目にさらしてはいけない。エズメは躊躇したが、今日は訪れるひともいないし、親族はみなブラエボーンに行っている。とくにいけないということもないだろう。

きれいな赤いリボンを見つけて髪を結び、背中に垂らす。緩やかなウェーブを描く毛先は腰につくほどだった。

ディナーは食堂でとったが、クリスマス用に飾られた長テーブルの両端につくのではなく、ひざ突き合わせるように並んで座った。テーブル中央に置かれた銀の飾り皿では、赤い実のついた柊やオレンジ、茶色の松かさがすっきりとした香りを振りまいている。同じように芳しい蜜蠟のろうそくが、あたりを柔らかく照らす。

料理人は大いに腕を振るい、じつに美味しい料理がつぎからつぎへと厨房から運ばれてきた。ガブリエルにはいちじくをつけ合わせた肉汁たっぷりの鴨ローストや、柔らかなグレーズド・ハム（香辛料を効かせた液でマリネした塊のハム）が出され、エズメには生クリームとじゃがいものチーズ焼きと、チーズを詰めたフェットチーネにローズマリーのバターソースを絡めた二種類の料理が供された。

さまざまな野菜はもちろん、スパイスやハーブを入れた果物のコンポート、焼きたてのパンにふわふわのバターも添えられていた。デザートには、生クリームをかけたプラムのプディング。コニャックをかけて火をつけた状態で出てきたが、アルコールが効いていてエズメの脚は少しふらついてしまった。

使用人たちにもプレゼントを配った。翌日のボクシング・デイは、彼らも仕事をしなくていい日だ。それからエズメとガブリエルは上階の彼女の居間に戻り、ふたりでプレゼント交換をした。

ガブリエルはエズメに、磨きあげられたマホガニー材でできた見事な造りのイーゼルと、油絵を描くのに使う粉末顔料の小瓶がいろいろ入った革のケースを贈った。彼女はひと目見て驚き、小さなガラス瓶をろうそくの光に透かしては虹のように輝く色を楽しんだ。

そして、夫の首に両腕を回して熱烈なキスをした。「ありがとう」

「こんな反応が返ってくるとわかっていたら、何週間も前に画材を買ってあげたのに」ガブリエルは声をあげて笑いながらキスを返したが、エズメは体を引き、彼がまだ自分のプレゼントを開けていないと知らせてやった。

「大したものじゃないんだけど」エズメはひざの上で両手を組み、ガブリエルが箱にかけられたリボンを引っ張るのを見つめた。「気に入ってくれたらうれしいわ」

彼はちょっと微笑んでから、ふたを開けた。

少し長すぎるあいだ、ガブリエルはなにも言わずに座ったまま箱の中身を見ていた。エズメは下唇を噛んだ。もしや、わたしの判断は誤っていたのだろうか。

「いつ、これを？」いつになく低くくぐもった声でガブリエルが尋ねる。

「コーンウォールで。トゥルーロに出かけたあの日に。正真正銘のコーンウォール産の銀だと店主も請け合ってくれたわ。もう何十年も前に最後の銀山が閉山されたから、いまではかなりめずらしい物なんですって」エズメは言葉を切った。夫はなにを思っているのだろう。「時計はすでに持っているだろうし、これよりもずっとモダンでいい物だとは思うけれど、あのときのあなたがあまりに見とれていたから、お持ちになったらいいと思って」

ふいにガブリエルが顔をあげた。真剣なまなざしは、溶かされた金のように輝いている。「きみがこんなことをしていたなんて、まったく知らなかった。どうやって？」

「マロリーのために帽子を買いにいくと言ったときよ。じつはこれを買っていたの」

ガブリエルは親指で懐中時計の裏面をさすった。あのときのことを思い出したのか、顔に一瞬、陰がよぎる。

エズメもあの日のことを思い出した。学校時代の友人と会ったあと、ガブリエルの態度はがらりと変わったが、その理由はいまもわからないままだ。

「つまらない物よね。お気に召さなくてもしかたないわ。明日、ほかの物を探しましょう。でなければ――」

そう言いかけたエズメだが、気づくとガブリエルの胸に抱き締められていた。あまりにきつく抱きすくめられたせいで、肋骨が少し痛むほどだった。「いや、ほかの物なんて欲しくない。これは文句無しにすばらしいよ。いままで、だれひとりとして――」ガブリエルの言葉がとぎれた。

エズメは手を伸ばして彼の頬にふれた。ひげを剃ってから時間が経ったせいで、すでに少し伸びかけている。「だれひとりとして、どうしたの?」

だが、ガブリエルは首を横に振るばかりだった。のどを詰まらせ、必死にあえいでいる。

そのとき、エズメにはわかった。彼が気に入ったからという理由だけで、ガブリエルになにかを買ってあげた人物はひとりもいなかったのだ。何の見返りも求めず、彼をよろこばせたいという理由だけで贈り物をしたひとなどいなかった。なんて悲しいこども時代だったのだろう。以来ずっと、彼はだれとも心を通わせない人生を送ってきたのだ。

ガブリエルは注意深く懐中時計を箱のなかに戻し、テーブルに置いた。手をとっている。

エズメを立ちあがらせると、彼女の寝室へと誘った。暖炉の火だけがなかを照らしている。

彼はゆっくりと、そして優しくエズメの服を脱がせていった。髪を結ぶリボンだけはそのままにしておく。つぎに、彼女が手を貸してガブリエルの服を脱がせた。上着とシャツを肩から腕へと滑りおろし、ズボンから靴、靴下を引き脱がせていく。

ガブリエルが上掛けをまくり、ふたり一緒にベッドに滑りこんだ。今夜は永遠に続く。急ぐ理由はどこにもないとばかりに、キスと愛撫を繰り返す。エズメは彼の優しさにため息をつき、力強さに悦びのうめき声をもらした。〝愛している〟という言葉は言ってくれなくても、いまこの瞬間だけは夫に愛されている。心の底から、そう信じることができた。

その後ガブリエルは、いつもなら背を向けて遠ざかるエズメを引き寄せ、逃げる余地などないよう抱きかかえた。彼女のベッドでそのまま一夜を過ごしていいかと尋ねることもなく、自分のものだと言うように片方の手でエズメの胸をすくいあげると、目を閉じて眠りに落ちていった。

エズメのほうにも、不満などあるはずはなかった。ガブリエルの胸にしっかと抱かれて、期待に心が温かくなる。夫に体を寄せながら微笑み、彼女も目を閉じた。

25

エズメもガブリエルも、クリスマスに起こったことについては二度と口にしなかったが、その日を境にふたりの関係は一変した。

彼は妻と毎晩、ベッドをともにした。日中は相変わらずそれぞれの予定をこなしていたが、ガブリエルがエズメの外出に同行するときもあった。さらには、テン・エルムズの彼の寝室に掛ける新しいカーテンや絨毯について意見を言うことさえあった。

季節も真冬となり、家のなかで過ごすことが多くなった。エズメはガブリエルが買ってくれたイーゼルと絵の具を使い、まずは猫や犬の小作を二、三枚描いてから、ガブリエルを題材にしたより大きな作品に取り組んだ。服を着ていなければならないなんてとからかい半分の不平をこぼしつつも、彼は肖像画のためにじっと座り、よきモデルであることを証明した。

「子爵としてのあなたを描いた絵が必要だわ」ある日の午後、エズメはぽつりと言った。「ここにもテン・エルムズにも、ギャラリーにはあなたの肖像画が一枚もないんですもの」

「そのほうが賢明だと思って、あえてそうしている。地所に叔父がこっそりやってきたときに、まちがいなく燃やされてしまうだろうから」

そのときはエズメも声をたてて笑ってしまったが、ガブリエルの言葉が必ずしもまちがいではないのが悲しかった。

一月もなかばになるとローレンスが隣のタウンハウスに戻ってきて、週に二度はエズメたちと夕食をともにした。二月にはレオとタリア夫妻、ドレークとセバスチャン夫妻に幼いオーガストもロンドンに帰ってきた。七人はそれぞれの屋敷での夕食に招いたり招かれたりしながら楽しいゆうべを過ごし、エズメはオーガストをたっぷりかわいがった。彼はすでに、父親と同じような賢さの片鱗を見せていた。

セバスチャンとタリアはエズメの求めに応え、テン・エルムズだけではなくランズダウン・ハウスの改装計画にも意見を言ったり、知識を披露したりした。

「どの部屋の内装も趣味はいいけれど、凛々しくて男性的ね」二月のどんより曇ったある日の午後、タリアは言った。「あなたを感じさせるものがなにもないわ、エズメ。女性らしさが必要よ」

セバスチャンもうなずいた。「そのとおり。まずは、ガブリエルの艶かしい絵画コレクションにあらたな居場所を見つけないと。フランス人はセックスや裸体に関してイギリス人よりも寛容な見方をするから、わたしだったらそのままにしておくけど。でも、このタウンハウスをどこかの貴婦人が訪れたら、ひと目見ただけで圧倒されて気を失ってしまうかもしれない」

「まあ、あなたの言うとおりね。だけど、そういった反応が見られるなら、騒ぎになってもかまわないような気もする」エズメはにんまりした。

「確かに」セバスチャンが相槌を打つ。タリアは首を振りながら、声をあげて笑うふたりにまじって笑みを浮かべた。

それでも、エズメはまだ躊躇していた。ガブリエルに反対されたらどうしよう。だが、いざ話をもち出してみると、意外な返事に驚かされた。

「きみもここに住むようになったから、もっと早くにそう言われるものだと予想していたよ。きみの女友達や知り合いが見てショックを受けるかもしれない作品は、どれでも移動させるといい」

エズメは執事のパイクの手を借りて、目立つところに飾られていた作品を二、三、屋敷内の人目につかないところへ移動させたが、ブーシェの絵だけは図書室に残しておいた。貴婦人たちがそこに足を踏み入れることはそうないし、エズメはその絵がとても気に入っていた。図書室に入って目にするたびに、口元が緩むほどだった。

三月になると、寒さも緩みはじめた。木々には小さな蕾が膨らみ、芝も緑に変わりはじめて、ロンドンには上流階級の人々が大挙してやってきた。新しい社交シーズンにおおいに胸を膨らませながら、それぞれの領地から戻ってくるのだ。

エズメは身近な家族と折にふれて手紙をやりとりしていたので、彼らがロンドンにやってくることは当分ないと承知していた。まだ幼いこどもたちがおおぜいいるため、エドワードとクレア、ケイドとメグ、ジャックとグレース、そしてアダムとマロリーの夫妻はそれぞれ、ほんの二、三週間の滞在のために一家で移動するよりも領地で過ごすほうが楽だという結論に達したらしい。みな、夏の終わりにブラエボーンに集合してのんびり楽しく過ごすことに決めたそうだ。

エズメやガブリエルも、本格的に社交シーズンに参加するつもりはなかったが、招待状がぞくぞくと届けられ、屋敷を訪れてくるひともおおぜいいた。なかには真の友人もいて、そのときは夫婦ともども心から歓迎したが、罪深く悪名高きノースコート卿と、同様に話題を呼んだ新妻の顔を見たいと好奇心だけでやってくる手合いもいた。

エズメが驚いたことに、ふたりが性急に結婚したことや、その理由となったよからぬ絵のことについてはまだ噂が流れていたが、ガブリエルと一緒にロンドンのあちこちに姿を見せているうち、まさに予想したとおり、変な関心を寄せるひとたちはだんだん少なくなっていった。

そういう事情がなければ、エズメはテン・エルムズに戻って過ごしたかった。屋敷の改装があちこちで進んでいるので様子を確かめたかったのだが、いまロンドンを離れたら、ガブリエルが一緒に来てくれるかどうか確信がもてない。しつこく言って、はっきりした答えを突きつけられるのも怖かった。

ふたりはあらためて睦まじく過ごしていたし、エズメの愛情表現をもガブリエルはうれしく思っているようには見えたが、彼自身はまだ、それに応えるような言葉を口にしていなかった。いまも、彼にどう思われているのか、ほんとうのところはわからなかった。

確かに、好かれてはいる。それは疑いようもないけれど、愛されているかと問われれば……。

エズメは胸のなかでひそかに待っていた。ガブリエルがキスをしながら〝ぼくも愛している〟と言ってくれる日を。

ともかく、しばらくはロンドンに滞在して、社交シーズンの行事に参加することにした。というわけで、セバスチャンやタリア、そしてクレアとともに服を買いに出かけた。クレアはあれこれ言ったものの、結局ロンドンへやってきていた。といっても、滞在するのはわずか一週間だという。

「エドワードが貴族院の用事があるというので、同行することにしたの」クレアは夫とともに到着した翌日、みんなで出かけた仕立師の店で楽しげに言った。「ああ、あなたの顔が見られてよかった。それにしても、元気そうね。結婚生活が合っているのね。むしろ、旦那さまとの相性がいいと言うべきかしら。ともかく、結局は幸せな縁組みとなったようでうれしいわ」

エズメはうなずいたが、いつになく、理由もなしに気恥ずかしかった。「どうして、そんなふうに言い切れるの?」

クレアは薄い色の眉を片方だけあげた。「だれが見てもわかるわ。あなたたちふたりをひと目見ればね。さっきわたしたちが迎えにいったときも、ガブリエルはあなたからほとんど目を離さずにいた。その様子が見られて、ほんとうによかったわ」

つぎの瞬間、生地の長さについて問うタリアに答えようと、クレアは向きを変えてしまった。だがエズメはその場に立ち尽くしたまま、言われたばかりの言葉を胸に抱き締めた。どうか、クレアの言うとおりでありますようにと祈りながら。

一週間後、ガブリエルとエズメはある舞踏会に出席した。ノースコート子爵夫妻としてはじめての機会だった。正式には社交シーズンはまだはじまっていないので小規模な集まりだが、エズメを妻として紹介するにはまさにもってこいの場だった。主催者はガブリエルの大学時代の友人、クーパー卿。さいわいにも、ガブリエルと同様の胡散臭い評判にまみれるようなことはなにひとつしていない御仁だ。

実際、エズメがロンドンに来てからというもの、ガブリエルは、面の皮の厚い連中が集まるような場には彼女を連れていかないよう気を配っていた。みな、不道徳で罪深く、無作法で品のない男ばかり。エズメには、彼らと一切のつながりをもってほしくなかったのだ。ガブリエルもかつては、社交界のしきたりを無視することに大きなよろこびを覚えた——いかがわしい振る舞いであればあるほどいい。昔はよくそう言ったものだったが、いまはエズメのことを考えると、新妻を困らせたり評判を汚《けが》したりするようなことは何であれしたくなかった。というわけで冬のあいだずっと、あれやこれやのばか騒ぎにつき合えという友人たちの誘いを断っていた。そういった浅ましいおふざけにはもう興味を惹かれないと言って悪友たちを驚かせ、最近では、それまで疎遠だった友人たちとの仲を深めたり、旧交を温めたりしていた。クーパー卿夫妻の舞踏会に出席するのもまさにその一環で、久方ぶりに彼と会ってみると、ガブリエルは心の底からうれしく思った。

「招待してくれたことに礼を言うよ」ガブリエルが挨拶する横で、エズメは声を弾ませてレディ・クーパーと話をしていた。

「なにを言う、こちらこそありがとう」クーパー卿は頭を下げた。「先日はクラブで会えてうれしかった。ゆっくり座って話ができたのは久しぶりだったな」

「ああ、そうだな」

クーパーがエズメのほうに目を向ける。「最近のきみの関心を引きつけているのは、そちらか。娶ったばかりの奥方はじつに美しいな。きみたちふたりとも幸せそうでよかった」

ガブリエルもそちらに目をやってうなずいた。エズメは確かに美しい。見た目だけではなく、性格も心ばえもすばらしい女性だ。もう深入りはすまいと思っていたのに、気づいてみれば、かつてないほど彼女に夢中になっている。しかし、ふたりのあいだに燃えているのは欲望だけではない。ガブリエルは、エズメと一緒にいることをも楽しんでいた。

驚いたことに、彼女と一緒に腰を落ち着けて読書をしたり、寒い夜に暖炉の前で話をしたりするだけでも大きなよろこびと満足感を覚えた。パーティーや乱痴気騒ぎに興じていたころにはなかったことだ。あくまで正直に言うならば、胸の痛みを鈍らせ、心にぽっかり空いた穴を埋めるためにそんなことをしていたのかもしれない。だがガブリエルの人生にエズメがやってくると、古傷は昔ほど彼を悩ますものではなくなったようだった。

エズメはぼくを愛している。たいていはぼくが促すからだが、毎日のようにそう言ってくれる。それでも、何度耳にしても足りないような気がする。情けないものだ。かつては、そんな感情など信じないと言って憚らなかったのに。だが、エズメの愛はぼくをすっかり優しい男に変えた。エズメ自身はもちろん、彼女の愛なしでは生きていけない。

だが、ぼくのほうはどうだ？　彼女を愛しているのか？

ガブリエルははっと息をのんだ。どれほど否定したくとも、真実は明らかだった。

ああ、神よ、ぼくはエズメを愛している——心のなかにはまだ、それが意味するすべてを恐れる部分が確かにある。しかし、溺れかけている人間のように、みずからの避けがたい運命にいまは屈するべきなのかもしれない。

ここでふたたび、クーパーと目が合った。同情するような、それでいて楽しげに瞳を輝かせている。

「なにも言わないでくれ」ガブリエルは警告した。会う人がみな、彼自身が気づくはるか以前にこの想いを見抜いているようなのがおもしろくない。

だが、クーパーは笑っただけだった。「最後の砦が落ちるのが見られるのは、なかなかないものだからね。だが、心配するな——きみの秘密はだれにも言わないよ」

「すてきだわ」

その一時間後、エズメはガブリエルと二度目のダンスを踊りながらつぶやいた。うれしいことに今回はワルツだった。「あなたとならひと晩中でも踊っていられるけど、少しは離れているべきね。でないと、夫婦がいつまでも互いに夢中だなんて無作法だと言われてしまう」

ガブリエルは彼女をくるりと回した。「言わせておけばいい。どうせ、ぼくたちはみんなの噂の的だ」

「そうなの？」エズメはこっそりあたりを見回したが、彼の言うとおりだった。みな、好奇心まる出しの目を向けてくる。咎めるような、あるいは妬むような視線もあった。

「だとしても、噂をかきたてるのではなく抑えるような行動をしなければ」

曲が終わると、ふたりは腕を組んだままダンスフロアをあとにした。

「少しは、殿方たちのところへいらしたら？　カードゲームやビリヤードをやっているところがあるはずだわ」

「ぼくに、ギャンブルをしてこいというのか？」

「もちろん。負けなければいいのよ」

まぜ返すようなエズメの言葉に、ガブリエルは声をあげて笑った。

彼女はつま先で伸びあがって夫の頬にキスをした。「夕食をとるときは迎えにきて」

「きみを夕食の席に連れていったら、さらなる噂を呼ぶ。心配じゃないのか？」

「ほかのひとと食事はしたくない。あなたと一緒にいたいの」

ガブリエルの金色の瞳がふっとやわらぐ。エズメは一瞬、舞踏会に集まった人々の目の前で口づけされるのではないかと思ったが、彼は身をかがめ、彼女の耳に口を押し当てた。「気をつけないと、人目のないところにきみをさらって、よからぬことをするかもしれないぞ。だが場所が場所だから、いい子にしていよう。とりあえず、いまのところは」

ふいにエズメの鼓動が速まった。「さあ、行って。わたしの気が変わらないうちに」

手袋をした手でガブリエルの肩を押したが、彼はびくともしない。

彼はくすくす笑いながらエズメの耳たぶをそっと噛むと、ゆったりした足取りでカードルームへ向かっていった。

ガブリエルが行ってしまうとすぐにエズメは、彼に戻ってきてほしくなった。顔見知りが何人かいるだけで、あとはまったくの他人ばかり。バイロン家の人々も、だれひとり出席していなかった。

まだ幼いオーガストが風邪で寝込んでいるため、セバスチャンとドレークは家で看病をしていた。エドワードとクレアはすでにブラエボーンに戻り、レオとタリアもブライトヴェールにこもっている。ローレンスはある訴訟の件で忙しく、手が離せない状態だった。

近くに並ぶ椅子に座っている既婚婦人の仲間にでも入ろうかしら。舞踏室を横切ろうとしたエズメの前に、ひとりの男性が割って入ってきた。顔をあげると、そこには懐かしい瞳があった。

「エヴァーズリー卿」

「レディ・エズメ。やはり、あなたでしたか」エヴァーズリー卿は優雅なお辞儀をした。

エズメもひざを折ってお辞儀を返した。

「だが現在はレディ・ノースコート、でしたね？」

「ええ、そうです」

「お祝い申しあげます。ご結婚おめでとう」

「ありがとうございます」

ふたりはぎこちなく立ったままでいた。

「ぼくは――」

「あれから――」

エヴァーズリー卿とエズメが同時に口を開き、言葉が重なってしまう。ふたりはまたしてもぎこちなく笑った。

「なんとおっしゃいました？」エズメが先に尋ねた。

「いや、どうぞ、あなたのほうから」

「ああ、大したことではありません。かなり長いあいだ、お見かけしていなかったようですが」

エヴァーズリー卿の顔から笑みが消えた。「ええ、去年の夏にブラエボーンで会って以来ですね。ぼくは……その……どうか、ぼくの心からの謝罪を受け入れてください」

「謝罪？」まったく訳がわからず、エズメは眉根を寄せた。

「でも、なにに対して？」

「あの晩のぼくの振る舞いをお詫びしたいのです。あなたにきちんと挨拶もせず、逃げるように部屋を出た。もう少し長く留まっていれば、あなたの申し開きの言葉も聞くことができた。いまとなっては、あなたの側にはまったく非のないできごとだったとわかるのに」

「あら、まったく非がないわけではないのよ、エヴァーズリー卿」エズメの口元にかすかな笑みが浮かぶ。「だって、実際にノースコート卿の絵を描いたんですもの。ほら、わたしは衝動的な質《たち》だから、そのせいでひどい状況に放りこまれることがあるの。あなたはさぞかしショックを受けたことでしょうね。だけど、それも当然だわ」

「じつはそのとおりでしたが、それでもぼくの振る舞いは弁解できないものだった。あの場に留まるべきでした。真の紳士ならばそうしていたはずだ。きっと、ぼくのことなど二度と見たくないと思っていることでしょうね」

「そんなこと全然ありません。わたしたちは昔からお友達でしょう？　結局は、すべてがうまくいったのだし」

「ほんとうに？」エヴァーズリー卿は賭博をしている部屋のほうにちらと目をやり、すぐさまエズメの瞳に視線を戻した。「無礼を承知で申しあげますが、いまは幸せですか？」

「ええ、幸せです」エズメは静かに微笑んだ。いつしか夫のことを考えている。「とても」

彼女をじっと見つめていた卿は緊張を解いた。見るからに肩から力が抜けていく。

「ずっと心配していました。ほかに選択肢はなかったとあなたが感じているのではないか、と」

あのときはエズメも、ガブリエルと結婚するよりほかにないと思っていた。さもなくば評判もだいなしになって破滅するだけだ、と。だがエヴァーズリー卿にも話したように、結局は順調にことが運び、まさに目論んだとおりの結果となった。

「わたしは夫を愛しています、エヴァーズリー卿。ほんとうに、この件ではもう心配なさらないで」

ふいにエヴァーズリー卿は微笑んだ。「あなたは昔からいつも寛大な心をおもちだ、レディ・エズメ。いや、レディ・ノースコート。その寛大なところをもう一度発揮して、ぼくとまた友達になっていただけませんか」

「こちらこそ、そう望んでいます」

ふたりはふたたび、親しげに微笑んだ。

「ああ、ちょうど、つぎのダンスがはじまるところです。できれば、パートナーの役目を仰せつかりたいのですが？」

「でも、わたしは……」どんな言い訳ができるだろう？　でも、エヴァーズリー卿と踊ってはいけない理由なんてあるだろうか？　気まずい雰囲気はもうない。卿とも、あらたな関係に踏み出すべきだ。「ええ、よろこんで。わたしのほうこそ光栄ですわ」

エヴァーズリー卿はエズメの手を取り、ダンスフロアへと踏み出した。


それから一時間ほど経ったころ、ガブリエルは舞踏室に戻ってきた。勝ちを収めてかなりの現金を手にしたが、ゲームにはすぐ飽きてしまい、手元のカードよりもエズメへと思いは頻繁にそれた。

夕食は一緒にとろうと約束したので、少し早いが、彼女を迎えにきたのだった。妻のもとをひとときも離れられないと口さがない連中が言うのなら、勝手に言わせておこう。比べものにならないほどひどい噂を立てられたこともあるし、どうせ、これからもまた言われるにちがいない。

エズメの姿を探し、立ったまま舞踏室を見渡していると、この世でもっとも口を聞きたくない人間がいつの間にか隣に現れた。

「まあ、だれかと思ったらガブリエル・ランズダウンじゃないの。こんな品のいい集まりで姿を見かけようとは。あまりに驚いたから、挨拶しておこうとわざわざ来てあげたのよ」

ガブリエルは隣に立っている女性を見おろした。アマンダ・コイニング。歳はとったものの相変わらず美しい。魅力的だが、冷ややかで陰険な感じもする。最後に言葉を交わしたのはいつだっただろう——彼女が婚約を破棄してガブリエルを裏切ったあと。あまりにも前すぎて、日付や機会も覚えていない。

だが、六年ほど前のあの晩、ちょうど独り身だったアマンダは、ふたたび関係をもとうとガブリエルに言い寄ってきた。彼は公衆の面前で冷たく拒絶し、彼女は恥辱と怒りに体を震わせることとなった。以来、アマンダは彼を忌み嫌っていたのだった。

「元気か、アマンダ？　それとも、レディ……いまはなんと呼べばいいんだ？　きみのラストネームの変遷を追いきれない。あまりにたくさんありすぎるからな」

「ニップルハンプトンよ」アマンダはこわばった声で答えた。

「これはまた。そんなばかげたラストネームにきみが我慢しているとは、ご主人はよほどの金持ちにちがいない」

「ところが、驚くほど優しいひとなのよ。昔のあなたがそうだったみたいに」

「覚えていないほど昔の話だ」ガブリエルは皮肉な巡り合わせに唇をゆがめた。「なにか用か、アマンダ?」

「用がなかったら、あなたに話しかけてはいけないの?」アマンダは口をとがらせた。

「ああ。見返りを求めずになにかするなんて、きみにはあり得ないからな」

ふいにガブリエルは、その言葉の真実に思い当たった。アマンダは少女のころからずっと、もっと欲しいと追い求めるタイプだった。ティービスケットにせよ高価な宝石類にせよ、どれだけのものを手にしていても、それで満足するということを知らない。思い返してみると、彼女はいつも甘い言葉をささやいてガブリエルから贈り物をせしめようとした。それも、彼には簡単に手が出せないほど高価なものばかりだったが、若かったガブリエルは彼女の美しさにばかり気をとられ、欠点には目をつぶっていた。うわべだけのわかりやすい魅力を選び、その下に隠れている醜い自分勝手なところを許してきたのだ。

だが、エズメは違う。いまの見た目が失われてしわだらけの老婆になったとしても、美しさは変わらない。それは、心そのものが清く美しいからだ。エズメはダイヤモンドのように輝いているが、アマンダは人工宝石にすぎない。

アマンダを見ると、いままで彼女に対して感じたことのない思いがガブリエルの胸に広がった。

憐憫の情。

そして、悲しさも少し。

アマンダはこれからも、真の意味での愛や幸福を知ることはない。精神的な面からいえば、ひとりぼっちで毎日をおくり、ひとりぼっちで死んでいく。これ以上にむなしく、だれからも嘆かれない人生があるだろうか。

彼女を愛していると一度でも思ったことがあったとは、ぼくはなんという愚か者だったのだろう。真実の愛とはなにか、それさえも知らなかったことに今夜はじめて気づかされた。しかし、エズメを伴侶に得たいま、ぼくは真実の愛を知っている。アマンダに対する昔の怒りは消えた。彼女には傷つけられたが、これ以上不愉快な気分になることはない。もう二度と、思い悩むことはないのだ。

「さっきも言ったけど、ここであなたを見かけて驚いたわ」アマンダは物憂げな声で言った。「今夜のような催しは、あなたの趣味に合うものでは全然ないから」

「それはきみも同じだろう?」

アマンダは肩をすくめた。「主人の義理の娘がレディ・クーパーの友人で、どうしても来てくれと頼まれたの。まだ社交シーズンもはじまったばかりだから、いい退屈しのぎになると思って。あなたが、結婚したばかりの奥さまと一緒にいるとは思ってもみなかった。ところで奥さまをお探しなら、ダンスフロアにいらっしゃるわよ。ああ、ひと違いでなければ、あそこだわ」

ガブリエルが目をやると、エズメは確かに踊っていた。音楽に合わせて体を動かすたびにスカートがふわりと広がる。

アマンダは扇を片方の手のひらに何気なく打ちつけた。「これもわたしの見まちがいでなければ、奥さまのお相手はエヴァーズリー卿よ。前の社交シーズンで彼女に熱烈な求愛をしていた方。秋にブラエボーンに彼が招かれたときは、ふたりがじきに婚約するものだとだれもが予想した。ところが、彼女はあなたと結婚した。しかも、ふつうとは言い難い状況のなかで。わたしたちの受けた衝撃を想像してみてよ。なんらかのスキャンダルが絡んでいるのよね？」

ガブリエルは、アマンダの悪意など無視しようとした。声をかけてきたほんとうの理由がわかったからだが、すでに取り返しのつかないところまで傷を負い、彼女の言葉を振り払うことができなくなっていた。

彼はあえて無関心な視線をアマンダに向けた。「ぼくの妻は美しい女性だ。確かに、前の社交シーズンではおおぜい求婚者もいたことだろう。だが、彼女が結婚相手に選んだのはこのぼくだ。これで失礼する、レディ・ニッブルハンプトン」さっとお辞儀をすると、アマンダがなにか言う間も与えずに大股でその場を去った。

ダンスがちょうど終わるころ、エズメと以前の求婚者のもとにたどり着いた。ふたりはダンスフロアから下りてきて、エズメの言葉に彼が声をあげて笑っている。

そうか、こいつがエヴァーズリーか。ちらと見ただけでガブリエルは彼が嫌いになった。とくに、エズメに見とれている目つきが気に入らない。エヴァーズリーはどうでもいい男性だと彼女は言っていたが、彼のほうは？　同じように思っているのか？

ガブリエルの表情が険しくなる。

彼を見つけて、エズメは足をとめた。近づいてくる夫の姿に微笑み、顔を輝かせている。「まあ、いらしたのね。こんなに早く戻ってくるとは思わなかったわ。まさか、カードテーブルで不運に見舞われたわけではないでしょうね？」

「いや、まったく。むしろ独り勝ちしたが、きみと夕食をとると約束したから迎えにきた」

「もう、そんな時間？」エズメは扇を広げ、桃色の頬の前であおいだ。そばではエヴァーズリー卿がじっと待っている。「まあ、ごめんなさい、エヴァーズリー卿」彼女は視線をそちらに移した。「主人のノースコート卿にお会いになったことはありますか？　ガブリエル、こちらはエヴァーズリー卿よ」

ふたりの男性は頭を下げて挨拶を交わした。

「お会いできて光栄です」エヴァーズリーが言う。

「こちらこそ」

互いを探るような視線が絡み合う。先に目をそらしたのはエヴァーズリーだった。

ガブリエルは腕を差し出した。「きみさえよければ、食堂へ行こうか？」

「ああ、そうね」だが彼と腕を組む前に、エズメはエヴァーズリーを振り向いた。

「ダンスのパートナーを務めてくれてありがとう。昔のように過ごす機会がもててうれしかったわ」

「ぼくもです」エヴァーズリーは微笑んだ。「じきにまた、お会いできるのを楽しみにしています」

彼がそれ以上言葉を継ぐ前に、ガブリエルは腕にエズメの手をかけさせてその場を離れた。「で、あれが例の男だな？」

「例の男？」エズメは怪訝な表情を見せた。

「ぼくたちが結婚する前にきみが話してくれた男だよ。きみと結婚するとだれもが思っていた求婚者」

「ああ、それね。世間のひとは、決して現実にはならないことをあれこれ想像するものよ」

「きみの家族もか？」

エズメは足をとめ、ガブリエルに向き直った。「ええ、わたしの家族にだって、そういうことはたまにあるわ」

「ではなぜ、やつがまたきみの周りを嗅ぎ回っている？」

エズメは目を見開いた。「そんなこと、エヴァーズリー卿はしていません。わたしにダンスを申しこんだだけ。これは舞踏会よ、ガブリエル。舞踏会では踊るものでしょう？」

「ふむ」ガブリエルは彼女の腰に片方の腕を回し、さらに引き寄せた。「そうか、これからダンスをするときは、相手はぼくだけにすること」

エズメは微笑んだ。「それはかまわないけど、さっきも言ったように、世間の関心をかわすためにここにいるのよ。さらに注目を集めてしまったら困るじゃないの。エヴァーズリーは昔の知り合いなの。それ以上のなにものでもないわ。社交界とはこういうものだから、どこかで彼と出くわすことだってあるのよ」

「それはそうだが」

エズメの言うとおり、ぼくが大騒ぎしているだけかもしれない。前の社交シーズンではおおぜいの求婚者がいたにちがいない。その全員に文句をつけていったら、これから数週間は怒りに駆られたまま過ごすことになる。だが、エヴァーズリーはエズメの飼っている動物と同じくらい無害だと聞かされても、とうてい信じられない。エヴァーズリーは男で、エズメは美しい女性だ。それに、やつが彼女を見るあの目つき。熱い血潮が流れるごくふつうの男ならだれでも、あんなまなざしでエズメを見つめることだろう。

ガブリエルはさらになにか言われるのを待ったが、エズメが黙ったままでいるので、この話題を追及するのはやめた。

「そろそろ食事をとりにいかない？　もう、お腹がぺこぺこ。ロブスターのパイやキャビア以外にもなにかあるといいのだけど」

ガブリエルはふたたびエズメと腕を組むと、ダイニングルームへ向かった。「心配するな、きみが飢えるようなことはない。必要とあらばぼくが厨房へ行き、食糧貯蔵庫を襲撃してパンとチーズをとってくる」

エズメは声をあげて笑い、夫に体を預けた。「それでこそ、わたしのヒーローだわ」

26

その十二日後、復活祭《イースターサンデー》の直後に、社交シーズンは正式にスタートした。ランズダウン・ハウスには招待状が殺到し、正面玄関はガブリエルやエズメが望む以上にひっきりなしにノックされた。少なくともしばらくは、ふたりだけの穏やかな日々はおあずけだ。騒ぎには巻きこまれまいと思っていたが、今日はこちらの催し、明日の夜はあちらへというように、ふたりの生活は一変した。

だが、毎朝ふたりで乗馬に出かけることだけは続けていた。まだひとのいない緑の公園の端から端まで、緩い駆け足《キャンター》で走る。愛を交わさない夜などめったになかったが、そんなときでもお互いの胸のなかで眠った。

しかし、四月もなかばをすぎると、エズメはテン・エルムズに帰りたくてたまらなくなった。とはいえ、それをガブリエルに告げることはなかった。彼が一緒に来てくれるかどうかわからないし、断られたときのことを思うと二の足を踏んでいた。というわけでロンドンに留まって友人とランチやティーを楽しみ、夜にはガブリエルとパーティーに出席したが、その間もずっと、静かでうららかな田舎を恋しく思った。我を忘れてひたすら絵を描きたい気もしたが、それもひとまずは抑えなければならなかった。

ロンドンを離れたいと思う理由は別にあった。いまはまだ、事実というよりも漠然とした予感でしかなかったが、最近ひどく疲れた感じがしたり、思いもよらない時間帯に吐き気までする。最初は、社交シーズンの行事にいろいろ参加したのと、あまり眠れないでいるせいかと思っていた。

だが、それ以外の理由があるのかもしれない。もっとよろこばしい理由。もしや、お腹に赤ちゃんがいるのではないかしら。エズメはよろこびとともに、同じくらい不安を覚えた。母親になることについて、わたしはなにを知っているだろう？　しかし考えれば考えるほど、それがほんとうであってほしいと思うようになった。

でも、ガブリエルには黙っていよう。少なくとも、正確なところがわかるまでは。よろこんでくれると思うけれど、もし、そうじゃなかったら？　いかなる愛の言葉もガブリエルからはまだ聞いていないが、ふたりの暮らしは日々すばらしくなるばかりだった。彼も幸せそうに見えるし、至福の結婚生活を乱すようなものは必要なかった。

あらたに見つけたふたりの満足感を唯一くもらせるのは、シドニー・ランズダウンとその家族をときおり見かけることだった。ある夜会で出くわしたときなど、エズメは雷に打たれたような衝撃を覚えた。ちょうど、社交シーズンがはじまって二週間ほど経ったころだった。

前の社交シーズンで一緒に社交界デビューし、いまはすでに結婚した若い女性と楽しくおしゃべりをしていたエズメが振り向くと、一メートルも離れていないところに卑劣な叔父が立っていた。逃げ出したいとばかりにちらと脇に目をやったものの、長年の鍛練のたまものの礼節が邪魔して、足に根が生えたように動けなかった。いかに不愉快な人物とはいえガブリエルの叔父を無視したら、上流階級のあいだに非難の嵐が吹き荒れるだろう。彼に対しては反感しかないが、エズメは笑顔を貼りつけ、ひざを折ってお辞儀をした。

シドニー・ランズダウンも丁寧なお辞儀を返した。色白の顔には、テン・エルムズでの不愉快な出会いのおりに交わされた憎悪の念など少しも現れていない。

「これはこれは、我が姪よ」

「叔父さま」

エズメを見つめる瞳は氷で覆われた湖のように真っ青だ。「元気そうだな。都会での暮らしがよほど性に合っているとみえる」

「ええ。叔父さまもお元気そうで。ロンドンへは最近いらしたんですか?」

「しばらく前から滞在している。ジリアンが陛下に謁見するのに間に合うよう、やってきた。そんなことはともかく、あらたにきみの家族となった者たちに会わせよう。妻のイーニッド、娘のジリアンだ。きみにとってはいとこにあたる、私の息子たちはロンドンにはいない。いたら、彼らにも紹介するのだが」

そのときエズメはようやく、生霊のように立ち尽くすブロンド女性ふたりに気づいた。年嵩のほうの女性はおもしろくないのを隠そうともせずに薄い唇をすぼめ、夫と同じように冷ややかな青い瞳をしている。ジリアンのほうはまだ、よくわからない。ブロンドの髪をした小柄な美人で、テン・エルムズのギャラリーで見た肖像画のだれかに似ている。おずおずと彼女が微笑んでくるので、エズメは驚きつつも笑顔を返した。両親のように冷たいのではなく、単に人見知りなだけかもしれない。

エズメをじろじろ見ていた叔父は、首を飾るエメラルドのネックレスに目を留めたかと思うと、頭のティアラへも視線を走らせた。「それはランズダウン家に伝わる装身具か?」

とっさに彼女はネックレスに手をやった。「ええ、そうだと思います。最近、ガブリエルがくれたのよ。すごくすてきじゃありませんか?」

「いや、私はそうは思わない」叔父は急に冷酷な表情に変わった。

エズメは思わず、うしろに下がった。

「ガブリエルはなんということをしてくれたんだ」叔父の両手が拳に握られる。

「彼のせいでめちゃめちゃになったのがわかって驚いているの?」イーニッドがはじめて口を開いた。「だから言ったでしょう? 宝石はどこかに埋めて、彼にはなくなったと伝えるべきだ、って」

エズメは叔父夫婦の反応に困惑した。なにを言っているのかわからない。

ふいになじみぶかい腕が腰に回された。守ってくれるようなガブリエルに引き寄せられて、エズメはほっと安堵した。

「なにをなさっておいでですか、叔父上?」ガブリエルはさらりと言ったが、ほかのひとには聞こえないよう声を低めて続けた。「先週話をしたときに、はっきり告げたはずだ。ぼくの妻には話しかけるな、と。もう忘れてしまったのか?」

ジリアンの目が丸くなる。父親がひとに咎められるのには慣れていないらしい。

「私が彼女に声をかけなかったら変に思われるじゃないか、ノースコート」叔父は両脇に垂らした両手を引き攣らせた。「それはイーニッドやジリアンも同様さ。うわべを取り繕っているだけだよ」

「ふむ、ひとの目などどうでもいい。叔母上、ジリアン」ガブリエルは頭を下げると、エズメに向き直った。「さあ、行こうか。もうすぐダンスがはじまるはずだ」

「そんなにあわてるな」叔父は嘲りの色を隠しきれずに言った。「その宝石類は、ランズダウン家に二百年以上前から伝わるものだ」

「いまもそうですが？　ずっと必要とされていた修繕を施しただけだ」

シドニー叔父はいまにも卒中を起こしそうなほど白目を剝いた。

「微笑んでください、叔父上。家名を汚さぬように。とはいえ、すでに泥にまみれているが」ガブリエルは小声で言った。「ほら、みんながこちらに目を向けはじめた」

イーニッドが前に出て、夫の腕をつかんだ。「認めるのは不愉快だけれど、ガブリエルの言うとおりよ。飲み物でも取りにいきましょう」

「叔母上のおっしゃるとおりにしたほうがいい」ガブリエルは言った。「なにしろ、おふたりはジリアンのことを考えなければならない。みんなに噂されて、彼女の社交シーズンを台無しにはしたくないでしょう？」

「おまえをベルトで打ってやりたいものだ」

ささやくような叔父の言葉に、ガブリエルは全身をこわばらせた。「そうでしょうね。だが、ぼくはもう昔のような無力なこどもではない。あなたのことなど怖くありませんん、叔父上。ぼくがあなたの立場だったら、じゅうぶんに警戒しますがね。これからはお互いに距離をおきましょう。叔父上はとくに、ぼくの妻には近づかないでもらいたい。彼女を困らせている現場をこんどおさえたら、地獄に堕ちろと呪ってやるから覚悟しておけ」

ジリアンは甲高い叫び声とともに片方の手で口を覆った。いっぽう、イーニッドは不快感に薄い唇を引き結び、外からは口が見えないほどだった。シドニーはといえば、ガブリエルに殴りかかりそうな体勢を崩さずにいる。

「よかろう」シドニーは急に声をあげた。「前に話したときのもうひとつの約束をおまえが守るなら、私も言うことをきいてやる」そして娘にさっと目をやった。ジリアンは困惑と動揺に震えている。「心配するな。おまえと娶ったばかりの花嫁が存在しないかのように振る舞うのはさぞ楽しいことだろうよ」

「こちらも同感だ」ガブリエルはエズメの腰に回した腕に力をこめた。

「イーニッド、ジリアン、来なさい」叔父は踵を返し、大股で去っていった。ふたりの女性は言われるがままに、そのあとをついていった。

「やれやれ、なんて不愉快な方なのかしら」エズメは、ガブリエルとともに逆方向に歩きながら言った。「あなたの叔母さまも、あまりいい方ではないわね」

「ああ。不愉快な気性という点では、叔父と叔母は似合いの夫婦だ」

エズメは眉根を寄せた。「でも、驚いたことにジリアンは優しいお嬢さんのように見えたわ。なんだか気の毒になるほど」

「あんな人物が父と母なんだからな。ぼくが見たところでは、叔父も叔母もジリアンをとてもかわいがっている。躾は厳しかったかもしれないが、大事に育てられたはずだ」

それを聞いてエズメはほっとした。「ジリアンについて叔父さまが言っていた、謎めいた言葉はなに？　あなたは叔父さまと、彼女についてなにか話をしたの？」

ガブリエルはエズメの目を見つめると、ダンスフロアの端についてから自分のほうを向かせた。「きみが心配するようなことではない。いつものように叔父が威張り散らしていただけだ。すべて問題ないよ」

エズメはガブリエルをじっと見てからうなずいた。「あなたがそうおっしゃるなら。ロンドンにいるレディの何人かには、ジリアンを薦めておこうと思うわ。ご両親とわたしたちの仲が悪いという理由だけで、彼女が苦しむべきではないから」

ガブリエルは微笑んだ。「きみはほんとうに優しい心の持ち主なんだな。いつも、自分以外のだれかを助けようとする。きみのような擁護者が現れたのを、ジリアンにも知らせてやりたいよ」

「わたしはわかってるわ」音楽が流れはじめて、エズメはガブリエルの腕のなかに体を寄せた。「ときには、それだけでじゅうぶんなのよ」


四月の第三週のある午後、ハッチャーズ書店にいたエズメが小説の新刊本を探していると、入り口のベルが鳴った。なにげなく顔をあげると、エヴァーズリー卿が入ってくるところだった。ほどなくして卿のほうも彼女に気づき、笑みを浮かべながら近づいてくる。

しょっちゅう会ったわけではなかったが、クーパー卿の舞踏会で旧交を温めてから二、三度、ふたりは話をした。エヴァーズリー卿は常に感じのいい話し相手で、かつてはロマンティックな希望を抱いていたかもしれないが、それを乗り越えたように接してくれるのがエズメにはうれしかった。実際、卿は友人としてつき合うという言葉を裏切らずにいた。

「レディ・ノースコート」彼がお辞儀をする。「ここでお目にかかるとは、なんとうれしい偶然だ。あなたが読書をなさる方だとは知りませんでした」

エズメもひざを折ってお辞儀を返した。「ええ、ときどきは本を手にするの。あなたも同じだと知ってうれしいわ」

「はい。だが今日は、友人に頼まれて来たんです」

なんともなしの会話をいくらかしたのち、卿は友人の注文を店員に伝え、エズメは自分の本を探した。そして、彼女の買った本が包装されるのを待つあいだ、ふたりは立ったまま楽しく話を続けた。

「急いでお宅にお戻りですか？」店から歩道に出ながら、エヴァーズリー卿はエズメに尋ねた。

「急いではいませんが、どうして？」

「いや、とくに理由はありません」卿はふいに落ち着かない様子になり、片方の袖口を引っ張った。「いや、それもほんとうではないが、こんな話をもち出すべきではなかった」

「でも、あなたはもう口に出してしまったわ。なにをおっしゃりたかったのか、わたしにはわかりませんけれど」

「レディの意見をうかがえたら、と思ったんです。ぼくにはこういうことがよくわからないし、女性の親戚は全員、いまはロンドンにいないものですから」

要領を得ない言葉に腹が立つやらおかしいやらで、エズメは手を伸ばして彼の腕にそっとふれた。「エヴァーズリー卿、お願いですから、なにをお望みなのかおっしゃって」

彼は足をとめて、エズメの目を見つめた。「許してください。緊張にかられてお見苦しいところをお目にかけてしまった。じつは、ある令嬢に結婚を申しこもうかと思っているのです」

「まあ」エズメはにっこり微笑んだ。「それはすてきだわ。お祝いを申しあげます。幸運なお嬢さんのお名前をうかがってもいい？　それとも、秘密にしておきたい？」

エヴァーズリー卿はエズメの様子をうかがった。「まあ、お伝えしてもさしつかえないでしょう。少なくとも、ぼくたちが幸せを見つけたのはあなたのおかげと言ってもいいのだから」

「わたしが？　いったいどんなわけで？」

「それはもちろん、あなたのおかげでぼくたちはお互いを意識するようになったからですよ。むしろ、ぼくが彼女を意識するようになったと言うべきだろうか」

エズメは眉根を寄せた。「どんなふうに？　あなたが心奪われた令嬢とはだれですか？」

「レティス・ワックスへイヴンです」

エズメの眉が吊りあがり、口はあんぐり開いてしまった。

「もちろん以前にも会ったことはありましたが、わざわざ彼女と近づきになろうとしたことはありませんでした」エヴァーズリー卿は話を続けるのに夢中で、茫然自失といったエズメの表情にはまったく気づいていない。

「彼女と母君、そしてぼくは馬車に同乗した。ブラエボーンを発ったときのことです。レティスとぼくは話をしました。じつにすばらしい女性です。とても寛大で思慮深い。それにスポーツが得意だ。彼女はローンボウリングやアーチェリーが好きなことを、あなたは知っていましたか？　共通の関心がこれほどたくさんあるとは思ってもみなかった」

エズメは、陰険で意地の悪いレティス・ワックスへイヴンにはとても似つかわしくない形容詞の数々だと思った。でもわたしは、ほんとうのレティスを知らないのかもしれない。彼女があんなふうに振る舞っていたのは嫉妬のせいかも。だって、レティスについて覚えていることがあるとすれば、エヴァーズリー卿にどうしようもないほど恋していたことだけだ。

それがいまや、エヴァーズリー卿が彼女に恋をして、結婚を申しこもうとしている。

「おふたりのためにもうれしいわ。それでも、わたしがどんなお役に立てるのかわからないけど」

「さっきも言いましたが、少しつき合っていただけませんか？　これから婚約指輪を選びにいくところなんです。あなたのご厚意につけこむようで心苦しいが、力を貸してくれたら、ほんとうに助かるのですが」

「まあ、それはあまりいい案だとは思えません。レティスの好みはよくわからないし」エズメは言葉を濁した。

「でも、あなたは女性だ。あなたがいいと言うものなら、ぼくが選ぶものよりはいいはずですよ」

エズメは口ごもった。正直なところを告げたものかどうか悩みつつ、下唇を噛む。

「エヴァーズリー卿、善かれと思っていらっしゃるのはわかりますが、結婚指輪を選ぶのをわたしが手伝ったと知ったら、レティスはよろこばないと思うわ」

「なぜです？」

「だって、彼女はわたしのことがあまり好きじゃないから」

エズメの言葉をエヴァーズリー卿は一笑に付した。「まさか、レティスはあなたのことが好きですよ。あの晩にブラエボーンで起こったことを気の毒に思うとさえ話していました。あなたにぶつかるつもりはなかったと言い、あれ以来罪の意識を覚える、と」

まさか、嘘よ。エズメははなから疑っていたが、しかし、レティス・ワックスヘイヴンの振る舞いがなかったら、ガブリエルを描いた絵が人目にふれることもなかった。あの絵が人目にふれなかったら、ガブリエルに出会って結婚し、恋に落ちることもなかったのだ。そう考えてみると、こちらこそレティスに感謝すべきなのかもしれない。とはいっても……。

「わかりました。でも、わたしが手伝ったことを彼女には言わないと約束して。レディならだれしも、花婿になる男性がひとりで選んだと思いたいものよ」

エヴァーズリー卿は満面の笑みを浮かべた。「やっぱり、あなたはじつにすばらしい方だ、レディ・ノースコート。レティスと結婚するのでなければ、ここでキスでもしたいところですよ」

エズメは声をたてて笑い、一歩下がった。「そんな、お願いだからやめて。主人が知ったら、ぜったいに腹を立てるわよ」

エヴァーズリー卿は身震いした。「確かに。ノースコートだけは敵に回したくない」

「その宝石店はどちら？」

「ほんの二、三ブロック先です。よろしければ、歩きませんか？」

エズメはうなずいた。「ええ、楽しそう。御者に言って、馬車でついてきてもらうわ」

ガブリエルはブルックス・クラブを出た。二頭立ての二輪馬車ではなく歩いて家に帰ることにして、制服姿の従僕をひとりで先に戻らせた。今日はうららかな春の日で、脚を伸ばしたくてたまらなかったのだ。街は活気にあふれ、ざわめいていた。いつもなにかが起こっている大都市での生活も楽しいが、それにも少し飽きてきた。彼やエズメをわずらわせるあれこれにもうんざりしていた。

静かで落ち着いたハイへイヴンが、エズメとハネムーンを過ごした至福の数週間が懐かしい。あそこに戻ろうと提案したら、彼女はなんと言うだろう。ロンドンや社交シーズンなど忘れて、海辺のひっそりとした隠れ家へこもろうと言ったら？

エズメは上流階級の人々のあいだでとても人気があり、さまざまな催しに出席するのも楽しそうにしているが、最近は日に日に落ち着かなくなっていた。変になにかを隠しているようだったり居眠りをしていたり、ぼくが気づいていないと思っているときにふと物思いに耽ったりする。なんでもないことだ、とガブリエルは自分に言い聞かせた。社交シーズン中の子爵夫人としての務めの多さに疲れているだけだ。だが、それだけではないような気がしてならなかった。

やはり、ハイへイヴンへ行こうと話をしよう。場所を変えれば、ぼくたちふたりにとってもいいはずだ。

ガブリエルは角を曲がり、そのまま二ブロックほど歩きつづけた。前を向いて通り過ぎるひとたちを見ているうち、馴染みのある馬車と馬たちが目に入った。

そういえば、買い物に出かけるとエズメは言っていた。このあたりの店にいるにちがいない。

妻を探すために通りを渡ろうとしたところ、とある宝石店のドアが開いてエズメが出てきた。

だが、彼女はひとりではなかった。

男がひとり、一緒にいた。見覚えのある男。

エヴァーズリー。

ガブリエルは脇に垂らした両手を拳に握ったまま、エズメが微笑み、以前の求婚者とともに声をあげて笑うのをじっと見つめた。エヴァーズリーも同様に笑うと、彼女に近づいて腕を取り、通り過ぎようとしたカップルのために道を開けてやる。

エズメとエヴァーズリーは一瞬、いわくありげな、楽しげな顔をした。まるで、ふたりにしかわからない秘密があるかのような。それから向きを変えて、馬車のほうへ歩いていく。エヴァーズリーはエズメの手を押しいただくようにしてから、彼女が馬車に乗るのを助けてやった。

ガブリエルはうしろに下がった。見られないよう建物の陰にそっと隠れて、エズメの乗った馬車が去るのを待った。

そのとき、痛みに襲われた。みぞおちに容赦ないパンチを食らったかのように、胃袋がかきまわされた感じがする。

ある意味では、ほんとうにパンチを食らったのと同じだった。

すぐ目の前に証拠が存在しながらも、エズメに裏切られたとはとても信じられなかった。まさか、ぼくのエズメが。

しかし、ぼくは前にも裏切られた。まったく突然に、頭のなかが真っ白になる。

うつろな目のまま向きを変えると、ガブリエルは歩きはじめた。

27

真夜中もとうに過ぎたころ、錠に鍵が差しこまれて玄関のドアが開き、また閉まる音がした。

何時間も待っていたエズメは跳びあがるようにして立つと、居間から廊下へ急いで出た。帽子と手袋を玄関ホールのテーブルに置くガブリエルの姿を見て、ようやく安堵する。すばやく駆け寄り、彼の体に両腕を回した。胸に顔を押しつけて、馴染み深い温かな彼の香りを吸いこむ。「ガブリエル、よかった、帰ってきたのね。ずっと心配していたのよ」

ガブリエルもエズメの体に腕を回し、なにがあったのか、帰りがこれほど遅くなった理由を説明してくれるものだと思った。だが、彼は全身をこわばらせ、腕も脇に垂らしたままだった。

エズメは顔をあげた。「どこに行っていたの？　何時間も前に帰ってくるものだと思っていたわ。クラブを出たのは午後三時ごろだと御者は話していた。彼をもう一度クラブへ遣いにやって探させたけど、あなたがどこへ行ったのかはだれも知らないみたいだった」

ガブリエルは彼女をふりほどくように体を引いた。「歩いていたんだ」鈍く疲れたような声が、なんだかおかしい。

ただ事ではないような声だ。

エズメの体に震えが走った。「クラブを出てからずっと歩いていたの？　どこへ？」

彼女とは目を合わせず、ガブリエルは肩をすくめた。「ロンドンのあちこち。あまり覚えてないな。書斎へ行く」

くるりと向きを変えて玄関ホールを横切ると、ガブリエルは廊下を歩きはじめた。冷たい大理石に足音だけが響く。エズメは黙ったまま、彼の背中をしばらく見つめていたが、やがて、そのあとを追った。

彼女が書斎に入るころには、ガブリエルは酒を注いでいた――どうやらウイスキーのようだ。グラスを口に運んで一気にあおると、またしてもデカンターに手を伸ばして注ぎ直す。音をたてて栓を戻しながらも、妻には顔も向けずにいる。

そんな様子を眺めながらエズメは思い出した。前にも一度、ガブリエルがとくにこれといった理由もなく急に態度を変えたことがあった。わたしに心を閉ざし、出ていったときだ。

「どうしたの？」エズメは小声で尋ねた。「なにがあったの？」

ガブリエルは彼女を無視して、さらにウイスキーを飲んだ。

「話はしてくれないの？　今夜はずっと、あなたになにかあったのかと思って気がおかしくなりそうだったのよ。恐ろしいことをあれこれ想像してしまった。あなたの具合が悪くなったとか、事故に遭ったのかとか、追い剝ぎに襲われて殺されてしまったのか、とか」

ようやく彼と目が合った。嘲るような皮肉なまなざしをしている。「追い剝ぎ？　ぼくが殺されたかと？　ほんとうに、エズメ？　それほど大げさなことを言われるとは思ってもみなかったが、そういえば、きみは芸術家だったな。ぼくは、きみがまだ外出しているものだと思っていた。朝まで踊り明かして、ぼくがいないことなど気づかずにいると覚悟していたよ」

エズメは驚きのあまり息をのんだ。「あなたもいないのに、夜にひとりで出かけるわけがないわ。今夜はニュージェント男爵夫妻を訪問する約束があったけれど、うかがえないと知らせをやったのよ」

「そんな必要はなかった、きみひとりでも行くべきだったのに。エスコートを買って出る紳士を見つけるのだって、たやすいはずだ」

ガブリエルのあごがぴくりと動く。目の色はさらに暗く、陰鬱なものになっていく。

エズメは胸の前で腕組みをした。「なにが言いたいの？　あなたの言う紳士は、兄たちのことではないようだけど？」

指に力を込めると、ガブリエルは中身が飛び散るのもかまわずにグラスを机にたたきつけた。「ああ、そんな意味ではもちろんない。今日、きみを見かけたぞ」と責めるような口調で言う。

「わたしを見かけた？　どこで？」

「やつと一緒にいた。エヴァーズリーだ」

あまりにも意外な言葉に、エズメの口から笑いがもれた。

ガブリエルの目に炎が燃えあがる。「きみには、これがおかしいことなんだな？　店の外で体を寄せ合い、ひどく仲睦まじげな様子だった」

「ハッチャーズ書店のこと？」

「違う、あの宝石店だ。彼に、安い宝石でも買ってもらったのか？　ロンドンに来てからというもの、やつは子犬のようにきみを追いかけている。ぼくに隠しておけるなんて思うなよ。エヴァーズリーはきみの求婚者で、いずれ結婚するものと思われていた。それは周知の事実だったが、きみは裸体画の件で自分の評判が落ちるのを恐れて、ぼくと結婚せざるを得なかった。あのときは彼も異を唱えなかったが、いまになってそれを悔いているのかもしれない。きみも、自分の決断を後悔しているのかも」

気分がすっかり悪くなり、エズメの手や心が冷たくなった。「後悔することなどなにもないわ。旦那さま、あなたはくだらない嫉妬に駆られている大ばか者よ」

こんどは、ガブリエルの右目のあたりがぴくぴくした。奥歯をぎりりと嚙み締める音がいまにも聞こえそうだ。「よくもそんなことを言えたものだな」

「その台詞をそっくりお返しするわ。夫に貞節を誓って誠実でいるわたしに向かって、あなたを裏切っていると責めるようなことを言うなんて。しかも、説得力のまるでない根拠をもとに非難するとは」

「説得力がない？　この目できみを見たんだぞ」ガブリエルは低く凄みのある声でたみかけた。

「わたしのなにをご覧になったの？　知り合いの紳士と、逃げも隠れもできない公道で話をしていただけよ。それから馬車に乗って家に帰ったけど、同乗者などいなかった。それがあなたの見たことでしょう？　さあ、こんどはこちらから質問するわ。なぜ、わたしを見張っていたの？」

ガブリエルが顔色を変えた。「見張ってなどいなかった。クラブから帰ろうと歩いている途中、あの店から出てくるきみを見かけたんだ。なんら身に覚えはないと言うなら、宝石店でエヴァーズリーとなにをしていた？」

エズメは思わず声をとがらせた。「彼が結婚したい女性に贈る婚約指輪を選ぶのを手伝っていたのよ。友人としてのアドバイスを求められたから、それに応じたまでのこと。信じられないなら、ネイサンに訊いてみるといいわ。彼はずっとそばにいて、わたしがどこへ行ったのか、だれと会ったのかすべて知っているから。エヴァーズリー卿との話だって、どうでもいいことまで一言一句聞いていたはずよ」

「きみは、男性の友人などもってはいけない」

「だったらあなたも、わたしを自分の母親か、あのアマンダとかいう娘と同じように扱うのをやめることね。あなたを振ったのは彼女なのに、わたしがその尻拭いをさせられるなんて」

ガブリエルは殴られたかのようにびくっとした。ひどく無情で険しいまなざしになる。その瞬間、エズメは自分が一線を越えてしまったのかと思ったが、引き下がるつもりはなかった。いまは、ふたりの将来がかかっている。

「ぼくの母や、あの……女について、きみがなにを知っているというんだ？」ガブリエルが冷たい声で問いただす。「ひどい醜聞を、あれこれきみの耳に吹きこんだやつがいるようだな。いったい、だれだ？」

漠然とした不安がエズメの全身を駆け抜ける。「だれだろうと、関係ないわ」

「ロンドンにいる噂好きなやつのだれかか？　それとも、きみのおしゃべりな友達か？　ここに呼んで一緒に紅茶を飲むような？　あるいは、いや……まさか……そんなはずはない。叔父上だったのか？」

エズメの目に答えが映っていたにちがいない。ガブリエルは自分の最後の当て推量にうなずいた。「ああ、もちろんそうだろうな。親愛なるシドニー叔父以外にいるはずはない。これまできみが黙っていたことのほうが不思議なくらいだ」

「あなたを苦しめるだけだから、言う必要もないと思ったのよ」

「情けなどかけたくない、と言いたいんだな」

「違うわ、ガブリエル、そんな――」

「いや、とにかく、下劣な話をきみがすべて聞いたと認めようじゃないか。叔父上はなんと言った？　ぼくの母は売春婦も同然で、父は母のせいで平常心を失い、母と最後の愛人を殺したあとで自分の頭も吹っ飛ばしたとか？　ほかにはなにを聞いた？」

「なにも聞いてないわ、もうやめて――」エズメは静かに懇願した。

「叔父はお気に入りの部分を話したか？　数多いる愛人のひとりとのあいだに母がたまたまもうけた私生児がぼくだと思っている、というやつだ。ぼくは母似だが、父とは似ても似つかぬ見た目をしている。ランズダウン家のほうの人間とはまるで違っているのだから、たぶん、父はほんとうの父親ではないのだろう。ぼくはノースコートの爵位を継ぐに値せず、ベルトで打ったり鉄拳を振るったりして矯正しようとしたが、どうにもならなかったできそこないの悪魔にすぎない。叔父はそう思っているようだが、それは聞いたか？」

「やめて、ガブリエル」エズメの目に涙があふれた。「お願いだから、もうやめて」

「いや、やめない」彼は辛辣な声で答えた。「話をもち出したのはきみのほうだ、全部ぶちまけてしまおう。真実を知るがいい。そうすればきみも、自分の結婚した男の本性がわかる」

叔父の残酷な言葉と同じような響き。ガブリエルの胸のなかには、いまも癒えない傷があるのだ。彼を抱き締めて慰めてあげたい。まだ幼い彼が受けて当然だった愛をいまここで与え、元気づけてあげたい。だが、エズメはその場を動かなかった。彼はそれを、愛ではなく同情だと思うのではないだろうか。そう思うと怖かった。

「ガブリエル、あなたがどんな人間か、わたしはちゃんと知っている。それ以外のことはどうでもいいの」エズメは息を継いだ。「あなたは意志が強く、知性を備えたまっとうな男性よ。優しい心をもっているのに、ほかのひとには見えないところに隠している。だけど、わたしには見える。召使いたちや動物に向ける思いやりのなかに、そして、あなたがわたしにふれてキスをするたびに、その優しさを感じるの。

こどものころ、あなたはひどい扱いを受けた。最初はご両親から。あなたを愛し守るべきなのに、それぞれ自分勝手な欲望を追って、お互いを破滅に追いやった。それから叔父さまに。両親を喪《うしな》って嘆き悲しむ甥を気遣い慈しむべきだったのに、あなたをさらに傷つけた。あなたはお兄さまを喪ったうえに、愛を誓った女性に裏切られて手ひどい拒絶を受けた。だけど、そんなことがいろいろあったにもかかわらず、あなたは今日《こんにち》あるような男性に成長した。胸のうちは真っ黒だと世間には思わせようとしているけれど、じつは善き心をもつ男性よ」

「それはきみの思い違いで、結局は邪悪な心の持ち主かもしれない」

エズメはガブリエルの言葉に首を振った。「いいえ。肝心なところではやっぱり、あなたはまっとうで善良な男性よ、ガブリエル・ランズダウン。徳の高い聖人ではないけれど、そんな男性を欲しがるひとなんている？　あなたが聖人だったら、ひどくつまらないでしょうね」

ガブリエルの口の端がぴくぴくした。瞳からも陰鬱な光が少し薄れた。

エズメは彼に近づいた。「出生にまつわる話がたとえほんとうでも、あなたという人間が変わるわけではないわ。もっとも、わたしははなから信じていないけど。あなたが別の男性の息子だという決定的な証拠を見せられたとしても、わたしの気持ちは変わらない」

「きみの気持ち、とは？　エズメ、きみはぼくを愛していると言ってくれた。しかし……」

「そうよ。だけど、なんだというの？」

ガブリエルは険しい表情で目をそらした。のどの奥がなぜかつかえて、エズメは息をのんだ。「これでは堂々巡り。今夜の言い争いがはじまったところにまた戻ったのね。あなたは結局、わたしを信用していないんだわ」

ガブリエルはふたたびエズメと目を合わせた。「信じているさ」

「嘘。もし信じていたら、わたしはここに立ち、自分がやってもいない、そしてこれからもぜったいにやったりしないことについて反論し、みずからを擁護しているはずがないもの。舞踏会に行けば必ずひとりやふたりは昔の愛人がいると知っていても、あなたはわたしを裏切ったりしないと信じているのに。つい二、三週間前の舞踏会でアマンダと話しているのだって、知っているのよ」

ガブリエルは驚きに目を見張った。「アマンダのことなどぼくはなんとも思っていない、エズメ。きみが目撃したのはなんでもないことだ。彼女のほうから近づいてきて、きみがエヴァーズリーと踊っているのを見て、ぼくをけしかけてきた。きみだってわかっているはずだ。ぼくが愛する女性はきみだけだ。ベッドをともにしたいと思うただひとりの女性だ」

エズメの鼓動が倍速になった。「ほんとうにわたしを愛している？　そんなこと、ひと言も言ってくれないのに」

ガブリエルは大股で前に出ると、彼女を胸に抱き締めた。「もちろん愛しているさ。そうでなければ、ぼくが昼間から夜中までずっとロンドン中を歩き回ると思うか？　きみが別の男といると想像しただけでめまいがして、胸がむかむかした」

エズメは手を伸ばして彼の頬をそっと撫でた。「ああ、ガブリエル、そんなふうにわたしを思ってくれることはないのかと思っていた。あんな言葉を言ってくれることはないのかもしれない、と」

「じゃあ、これから言う。きみを愛しているよ」

「わたしもあなたを愛していると知っているのになぜ、わたしを信用できないの？」

ガブリエルの表情が険しくなる。「それほど簡単なことではないからだ。たとえ友人としてでも、ほかの男と一緒にはいてほしくない。嫉妬に駆られるんだ」

「だけど、そんな必要はないわ。あなたは、わたしが欲しいと思うただひとりの男性よ。嫉妬することなんてなにもないのがわからないの？」

「ほんとうにそう言い切れるのか？」ガブリエルはエズメを長いあいだ見つめていた。

「最近のきみは口数も少なく、ぼくになにか隠しているかのように息をひそめている。エヴァーズリーのことでないなら、いったい何なんだ？」

「ああ、そのこと」エズメは夫の鋭い観察力に驚いた。

ガブリエルの目がすっと細くなる。「ああ、〝そのこと〟だ。話してくれ、エズメ。何なんだ？」

エズメは口を開けたものの、また閉じた。身ごもっているかもしれないという、まだ不確かだが期待に満ちた知らせを夫と分かち合いたいのはやまやまだが、刺々しい言葉をぶつけ合っている最中ではなく、よろこばしい状況で告げたかった。

いまガブリエルに伝えたら、言い争いが収まるのはまちがいない。ふたりのあいだの意見の不一致さえ解消されるかもしれない。でも、それは一時的なものだ。ほかの男性がそばにいるときの妻の振る舞いが気に入らないと、ガブリエルがまた憤りを感じるまでのことにすぎない。

「あなたに伝えたいことがあるの。でも、いますぐはだめ」

「なぜ、だめなんだ？　いったい何のことだ？」

エズメは首を横に振った。「だめ、教えられないわ。今夜は言えないの」

「では、いつ？」

「それにふさわしい時がきたら」

「じゃあ、それはいつになるんだ？」

「わからないわ。あなたにはそれまで待ってもらわないと」

ガブリエルは両腕を下ろし、エズメから離れた。口元がまた厳しく引き結ばれている。「ぼくが思い違いをしていないかどうか確認させてくれ。きみには秘密がある。ぼくになにか隠しているが、その内容については言わないということか？」

エズメは胸の前で腕組みをした。「そうよ。とにかく、わたしを信用してほしいの」

「ほう、そういうことなんだな？　これはなにかの試験なのか？　きみは秘密をもっているのに、ぼくはきみをただ信じなければいけないということか？」

「ええ、そうよ。あなただって秘密にしていることがある。嘘は言わないで。秘密がないなら、アマンダと会えばまだ言葉を交わす仲だということもわたしに告げていたはずよ。彼女のラストネームが何なのかはどうでもいいけど――」

「ニップルハンプトン」

「えっ？」

「現在のラストネームはニップルハンプトンだ」

「まあ、なんという」

「まったくだ」

エズメは一瞬、アマンダの名前のおかしさにすべてを忘れそうになったが、ガブリエルが話を続けた。

「アマンダとはそういう仲ではない。彼女は話しかけてきたが、ぼくは逃れようとした」

「では、最後に意思を伝え合ったときのあなたの態度が曖昧だったのね」

「じゃあ、ぼくはきみにすべてを打ち明けなければならないのか？　生涯ずっと、なにをして、だれと話したのか詳細にいたるまで全部？」

「いいえ、もちろん違うわ。だけどあなたのほうも、わたしがなにもかも話すものだと期待してはだめよ」

「なぜだ？　きみはぼくを信用しているはずだろうが！」ガブリエルは憮然として言った。

「ええ、信用しているわ。あなたのほうこそ、わたしを信用していないのに！」エズメも大きな声で言い返した。

ふいに沈黙が流れた。炉棚の上の置き時計が絶え間ないリズムを刻む。

そのときはじめて、エズメは自分が震えていることに気づいた。こんなふうにガブリエルと言い争ったことは一度もなかった。彼に向かってまた叫べばいいのか、素直に負けを認めて涙すればいいのかもわからない。結局、彼に背を向けて戸口のほうへ歩きはじめた。

「どこへ行くつもりだ？」

「ベッドに」エズメはドアの枠に手をかけて振り向いた。「今夜は、あなたはご自分の部屋で休んだほうがいいと思うわ」

ガブリエルは目をすうっと細め、冷ややかな表情になった。「ほう、きみはそう思うのか？」

「ええ」エズメは小さく答えた。「ああ、もうひとつだけ」

「いったい何だ？　別の秘密か？」ガブリエルは嘲るように言い添えた。

「ある意味ではそうね。少し前から考えていたのだけど、ロンドンにはもううんざり。家に帰りたいの」

ガブリエルの顔が青ざめる。「ぼくを置いて出ていくのか？」

「いいえ」エズメは静かに答えた。「決して、あなたの言うような意味で出ていったりはしない。でも、ひとりになる時間が必要なの。田舎に行けば、わたしのためにもなるわ」わたしたちふたりのためにもなるわ、きっと。エズメは思ったが、口にはしなかった。

ガブリエルは心を閉ざしたような顔になった。「じゃあ、ブラエボーンに行くんだな？　ぼくにひどい扱いを受けたと、兄さんたちに不平をこぼすために？」

エズメはため息をもらした。「わたしはひどい扱いなど受けていないわ、ガブリエル。それに、家に帰りたいと言ったら、わたしたちふたりの家、テン・エルムズのことよ。あなたも来て。一緒に来てほしいの」

しかしガブリエルはふたたび、彼女に心を閉ざした。「おやすみ、エズメ」

「おやすみなさい」

そう口にしながらも、エズメにはこれが別れの言葉だとわかっていた。

荷造りと、出席することになっていたさまざまな催しに欠席を告げる手配をするのに二日ほどかかった。犬や猫もすべて連れていくので、それも踏まえて旅程を考えなければならなかった。そして、急な出立を説明しようとローレンスの住む隣のタウンハウスに行ったところ、しゃくりあげながら彼の肩に顔を埋めることになってしまった。

兄は、大ばか者の義弟に体でわからせてやると提案したが、エズメは今回も断った。これは彼女自身の結婚生活で、自分で解決しなければならない問題なのだ、と。

ガブリエルはエズメにはほとんど話しかけず、食事の時間さえ別にした。彼女が頼んだとおり、眠るのも彼自身の部屋。だが、エズメはいまでは自分の言葉を取り消したかった。彼の腕に包まれて眠りたくてたまらなかったのだ。

でも、ガブリエルに謝って赤ちゃんのことを——二か月も続けて月のものがないのを考えれば、ますます夢ではなく現実に思われた——告げさえすればいいとわかってはいても、ここで屈するわけにはいかない。これは賭けだわ。浅はかな賭けかもしれないけど、ガブリエルのほうから来てくれなければだめ。妻を信頼していると彼がいま示す必要があるのよ。でなければふたりの結婚生活は、ガブリエルがわたしの深い愛情を少しでも疑ったときにはいつも、わたしの言葉を悪く受け取り、嫉妬に駆られた言い争いが永遠に続くことになる。

エズメはあらためて不安を覚えた。真夜中の言い争いから三日目の朝、出発しようと玄関ホールに立っているときも、自分がまちがったことをしているのではないかと思い、もう少しで気を変えそうになった。

だがそのとき、ガブリエルの姿が目に入った。雷をもたらす雲のように陰鬱な表情をして、最後の指示を使用人たちに告げるエズメを見つめている。

置かれていた荷物はすべて積みこまれ、玄関ホールでふたりきりになった。

「では、これから出発だな？」ガブリエルはむっつりとした声で言った。

「ええ」手が震えているのを見られまいと、エズメは手袋をした。「着いたら、こちらに知らせをよこすわ」

ガブリエルはうなずいたが、彼女と目を合わせなかった。「では気をつけて。御者には、できるだけ早くあちらに到着したいと言われてもあまり無理をするなと言っておいた」

「優しい心遣い、どうもありがとう」

「どういたしまして」

ほんとうに、こんなことになってしまったの？　またしても見知らぬ仲に戻ったかのように、こんなばか丁寧な口を利いているなんて。

「では、そろそろ出発したほうがいいな」

エズメはうなずき、ガブリエルも背を向けようとした。

「ガブリエル」

妻の呼びかけに彼は振り向き、何日ぶりかに彼女と目を合わせた。

「わたしと一緒に来て。少しなら出発を遅らせても大丈夫。あなたがバッグに荷物を詰めるあいだぐらい、待っていられる」

ガブリエルの顔にさまざまな感情が浮かんでは消えていく。内心の葛藤に、答えを決めかねている。

「ぼくに隠していることを、まずは教えてくれ」彼は挑むように言った。

「いつかは話すわ。わたしがいいと思うときに話すのを認められるほど、あなたがわたしを信用していると証明してくれたら」

ふたりの視線が絡み合い、ふたたび火花が散った。

口元を引き結びながら、ガブリエルは顔をそむけた。「道中の無事を祈る」

エズメは目をしばたたき、こぼれそうになる涙をこらえた。馬車に乗りこんだら、きっとしゃくりあげてしまうだろう。彼女はきっとあごをあげて、屋敷を出た。

出発する馬車をとめようと、ガブリエルはもう少しでエズメのあとを追うところだった。

しかし、実際には書斎へ行って腰を下ろし、拳に握った両手を太ももにこすりつけた。皮膚を剝がされたかのように、胸が痛くてしかたなかった。

エズメが出ていきたがっている。出ていかせればいいじゃないか。

ぼくになにか隠している？　秘密にさせておけばいい。

三十三歳になるまで、エズメ・バイロン・ランズダウンのいない人生を送ってきた。

これからの三十余年だって、彼女がいなくてもなんとか生きていける。

つぎの瞬間、ガブリエルは急に肩を落とした。かがみこんだときのように、背中の筋肉から力が抜ける。

ぼくは、なにをごまかそうとしているんだ？

エズメなしで生きていく？

そんなこと、一日だって無理だ。

しかし、まちがっているのはエズメだ。彼女もそれを学ぶべきだ。彼女を信じろだと？　いったいなぜ、ぼくが彼女を信じなければいけないというんだ？　ほかの男といちゃついていたかと思えば、その説明を求められたとたん、家に逃げていく妻だというのに。

だが、エズメはほかの男といちゃついてなどいない。それはぼくもわかっている。確かに彼女は人懐こくて親切だが、若い男性に対するのと同じように、老人にも礼儀正しく親切にしてやる。決して、相手によって態度を変えるようなことはない。熱く意味ありげな目で見つめたり、はにかんで微笑むこともない。それは、ぼくだけに向けられるものだ。

エヴァーズリーについては、結婚公告がその日の朝刊に載っていた。まさにエズメの言ったとおり、ぼくのライバルだったはずの男は、エズメが選ぶのを手伝ってやったと思しき指輪を持ってほかの女性と婚約した。

だが、いまここでエズメを追ったらどうなる？　男にはプライドというものがある。ぜったいに折れるものか。彼女のほうからぼくのところに戻ってくるべきだ。

そう思いながらもガブリエルは、手ひどく思い知らされているのはエズメではなく、自分のような気がしてならなかった。

28

エズメのあとを追いたくなるのを、ガブリエルは必死にこらえた。みじめでやりきれない一日はいつの間にか、つぎの日になっていった。彼女が出ていって六日目には、テン・エルムズに無事に着いたという知らせが届いた。

返事を書こうと机に向かったが、ガブリエルには書けなかった。文面はあまりにも短いか、長くなるしかなかった。インクの染みにまみれながらあれこれ書いた紙を丸めてはくず箱に投げつづけ、結局はなにも送らないことにした。紙くずは使用人が処分した。

夜明けとともにあらたな一日がやってくるたび、ガブリエルの気持ちは少しずつささくれ立っていった。食欲も衰え、細切れにしか眠れなくなる。広すぎるベッドでひとり寝《やす》もうとしても、目覚めたときの爽快感はなかった。

犬の吠える声もなく、足元に猫のいない屋敷はがらんとして、不安になるほど静まり返っていた。ひどく腹立たしいことに、ガブリエルも犬猫がいないのを寂しく思った。とくに、バーとモーツァルト。どちらも主人を追って書斎までついてきて、書簡やさまざまな書類の処理をする彼の足元にちゃっかりと陣取る——モーツァルトの場合は、机の上が彼の特等席だった。

だがいまは、書斎にいるのはガブリエルだけ。屋敷にいるのもガブリエルだけだ。もちろん、使用人たちはこれまでと変わらず働いているが、できるだけ主人に近寄らないようにしていた。一度など、ガブリエルはパイクを怒鳴りつけてしまった。ある日の午後、奥さまにお届けものがあったが、領地のテン・エルムズのほうに転送したほうがよいかと尋ねられたときだ。

「うるさい。さっさと務めを果たせ、そんなことまで訊いてくるんじゃない」ガブリエルはちょうどウイスキーを注ぎ直したところだった。その日は、それが昼食の代わりだった。

パイクはすっと背筋を立てた。明らかに気分を害した様子だ。「承知いたしました、旦那さま。料理人には、今夜は夕食の準備をするよう伝えましょうか？　それとも、やはりお酒をお飲みになりつづけるのですか？」

ガブリエルはグラスを投げつけた。さいわいにも狙いが外れて執事の頭のうしろの壁に当たり、クリスタルの破片が散らばった。パイクはたじろぎもせず、同情するようなまなざしを主人に向けた。「職を解かれるのを覚悟で申しあげますが、奥さまはきっと、旦那さまにお食事を召しあがっていただきたいと思われるかと存じます」

ガブリエルは自分の振る舞いにひそかに恥じ入り、ため息とともにうなずいた。

「よかろう、食事を出してくれ」

パイクが職を解かれることはなかった。

それから四日経っても、ガブリエルは書斎に引きこもっていた。昼も近いというのにカーテンを閉めたまま。夜もほとんど眠れず、ひげも剃らずに、前日の服をまだ着ていた。とそのとき、思いがけずドアをノックする音がした。

ガブリエルは怖い顔で戸口を睨みつけた。邪魔はするなと厳しく言いつけておいたのに。「だれとも会わないと言ったはずだ」と、開いたドアに向かって厳しい声を出す。

「言われた覚えはないな」

顔をあげると、ローレンス・バイロンが入ってくるところだった。

「ここでなにをしている？」ガブリエルはむっつり不機嫌な声で問いただした。

ローレンスはさらになかへ進み出ると、向かいのひじ掛け椅子にどさりと腰を下ろした。「きみがまだこの世にいるかどうか確かめに来ただけだ。もう何日もきみの姿を見かけた者がいないし、パイクによれば、棒で突かれた穴熊のように機嫌が悪いそうじゃないか」

「パイクは口が軽すぎる」

やっぱり、あの執事はクビにすべきだ。エズメがこの屋敷にやってきてからというもの、パイクはあれこれ口やかましい年配女性に変わってしまった。

だが、エズメはもうここにはいない。

そう思うと、ガブリエルはナイフで身を切られるような気がした。

「出ていけ、バイロン」感情のない声でつぶやく。怒るだけの気力もない。

「ほう。いまさら、ぼくに向かって〝バイロン〟と呼びかけるのか？」ローレンスは椅子の背にゆったりともたれた。出ていくつもりはないらしい。「近ごろでは兄弟も同然の仲だと思っていたのに。もっとも、ぼくが言い争う相手は友人よりも兄たちのほうが多いというのは有名な話だが。こっぴどく尻を蹴られるのが怖くて友人には言えないようなくだらないことも、家族に話してしまえばすっきりするぞ」

「きみの尻をこそ、いますぐその椅子から蹴り飛ばしてやりたいよ」ガブリエルは文句を言った。

ローレンスはにやりと笑ったかと思うと、真剣な面持ちになって身を乗り出した。

「なあ、ガブリエル、こんなことはやめにしろ」

「こんなこと、とは?」

「これだよ」ローレンスはガブリエルの全身をぐるりと手振りで示した。「きみとエズメのあいだのこの争い。きみたちはふたりとも傷ついている。きみはみじめさのあまり気分が悪くなるほど飲んだくれているし、エズメも体の調子が思わしくないようだ」

「どういう意味だ?」ガブリエルは衝撃を受けた。「エズメの具合が悪いのか?」

「それほど大したことではない。少なくとも、エズメはぼくにそう言った。心配するなと言われたが、こういったことは進行が速いからな。気にするなというほうが無理だ。きみも知っておいたほうがいいと思って」

ガブリエルは皮膚が冷たくなった。不安で全身がこわばる。「もちろん、ぼくは知っておくべきだ。なぜ、彼女はぼくに直接知らせてこない?」

「時間が経てばよくなると考えていて、きみに心配をかけたくないと言っていた」

脇に下ろした両手を拳に握り、ガブリエルはぱっと立ちあがった。「ぼくに心配をかけたくない、だって? エズメはぼくの妻で、ぼくは彼女を愛している。妻の具合が悪いなら、夫のぼくが心配するのは当然じゃないか。エズメは、ぼくにこそ真っ先に知らせなければならないのに」

「まさに同感だよ。きみはテン・エルムズで彼女とともにいるべきだ。それに、あと数日でエズメの誕生日だ。いますぐここを発てば、それまでにあちらに到着して彼女を祝ってやれる。病気で寝たまま、ひとりきりで誕生日を過ごすなんて、これ以上に悲しいことはないだろう？」

「きみの言うとおりだ。礼を言うよ、ローレンス。この恩はぜったいに忘れない」

「それは疑ってもいない」

ローレンスはつぶやいた。だがガブリエルはすでに聞いてはおらず、大きな声でパイクを呼びながら書斎を出ていった。


部屋を出ていくガブリエルを眺めるローレンスの耳に、急いで出立する主人のために支度をしようと、いっせいに立ち働く使用人たちの物音が聞こえてきた。

これでうまくいけばいいのだが。

いつもなら、他人のことには首を突っこまないことにしている。家族が関わっていることだって――いや、家族が関わっている事柄ならばなおさら。

だが、エズメはかわいい末の妹で、どうしようもないほど不幸せな状況にある。彼女の晴れ晴れとした顔をふたたび見たいなら、ガブリエルとよりを戻させるしかない。そのために多少真実を誇張する必要があるならば、それもしかたない。といって、まったくの嘘をついたわけではない。エズメは吐き気に苦しみ、疲れを覚えている。ただ、ガブリエルが思っているような理由ではないだけだ。ローレンスは微笑むと、ガブリエルが自分の思ったとおり利口な男で、このチャンスをふいにしないよう祈った。


カーテン越しに降り注ぐ朝の光でエズメは目を覚ました。気分はすぐれないものの、どうにかベッドを出た——というよりも、出ざるを得ない状態だった。いちばん近くにある洗面器に急ぎ、わずかばかり胃に残っていた昨日の夕食を吐きもどす。最悪な状態を脱すると、きれいな水で口をゆすいで、またベッドに潜りこむ。

五月六日。エズメは思った。わたしの誕生日。しかも、ひとりで過ごす誕生日だ。

だが、お腹に手を当てて、彼女はいまの言葉を訂正した。わたしはひとりじゃない。

赤ちゃんが一緒にいてくれる。

テン・エルムズに到着してほどなく医師の往診を受け、うすうす感じていたことが確信に変わった。

エズメはまちがいなく、身ごもっていた。

まだ疑惑があったとしても、こんなふうに吐き気やむかつきをひとしきり経験したことで消え失せた。とはいっても、吐き気がするのは午前中だけで、その後は徐々に体調もよくなり、翌日の朝方まで困らされることはない。朝をのぞけば食欲が落ちることもないので、その点で苦しむことはなかった。

彼女を悩ませていたのは、まったく違うものだった。深く絶え間ない痛みで心をちくちくと刺すもの。

エズメとガブリエルの仲はすっかりこじれていた。結婚してからこれほど疎遠になったのははじめてだった。もうとっくにガブリエルがテン・エルムズにやってくるものだと思っていた。もしくは彼女を迎えにくるか、悪かったと謝罪してやり直そうと手紙をよこすものだと期待していたが、彼は手紙どころか、走り書きのようなものさえ送ってこなかった。もっとも、いままでにぶつけ合った言葉を思えば、これ以上話し合うことなどないようにも思われた。

少なくとも、体調はよくなったわ。エズメはふたたびベッドを出ると、呼び鈴を鳴らしてメイドを呼んだ。お風呂に入り、青地に白の水玉模様のモスリンドレスに着替えてから、階下へ下りる。ドレスは奥さまを元気づけようとメイドが選んだものだったが、エズメの気分はやはり沈んだままだった。

屋敷内の改装でやるべきことはもう、なかった。工事はすべて終わり、どこもかしこも新しく、見違えるように輝いていた。どの部屋も、壁はしわも縒《よ》れもなくきれいに塗り直されていた。新しい絨毯やカーテン、タペストリーで飾られ、ランプや設備、家具も一新された。エズメの雇った職人たちはみなすばらしい働きを見せ、暗く陰鬱だった屋敷を明るく陽光あふれる空間に作り変えた。いまやテン・エルムズはあらたな息吹を吹きこまれ、〝我が家〟と呼ばれるのを待つ屋敷へと変わっていた。

使用人たちも貴重な存在となっていた。ベルはエズメの期待以上にすばらしい執事となり、新しく雇った家政婦のミセス・リスの助けを借りながら、きめ細かく調整された掛け時計のように屋敷内を切り盛りしていた。

少なくとも、この午前中は邸内で指示すべき用事もない。エズメは絵でも描こうかと思った。ガブリエルの肖像画の仕上げがまだ終わっていなかったからだが、油絵の具のにおいを嗅ぐと吐き気がするし、描かれている題材を見ると悲しくなる。残念だがそれはあきらめて、ほかにすることはないかと考えた。

もっと単純なことをしよう。庭を散歩してから、しばらく座って太陽の光を浴びながら本でも読む。今日はいいお天気だ。気分的には落ちこんでいてひとりきりだとはいっても、新鮮な戸外の空気を吸えば体にもいいはずだわ。

エズメは、犬たちについてくるよう声をかけた。走ったり、植物のにおいを嗅いだり、目の前を横切るリスを追いかけられる機会をみすみす逃すなんて、彼らには考えられないことだ。ボンネットをかぶって外套《ペリース》をはおると、彼女は外へ出た。

29

「ようこそ。当家にどういったご用向きでしょうか？」テン・エルムズの正面玄関に立つ、きりっとした着こなしの男性が尋ねる。

見た目から察するに、これが執事だろう。若すぎるようにも見えるが、そんなことにかかずらわっている暇はない。いまはとにかく、エズメに会いたい。

ガブリエルは彼の視線をまっすぐ受けとめた。「まずは、ぼくをなかへ入れてもらおうか。ノースコートだ」

彼が目を見開く。「ノースコート卿でいらっしゃいますか？　これは大変失礼をいたしました。ベルと申します。執事です」

「ああ、きみがベルか。動物の扱いがうまいとかいう」

「はい、旦那さま」執事は口元を緩めた。「それはわたしのことでしょう」

世間話はこれくらいでいい。屋敷のなかへ入って帽子と上着を押しつけると、執事は慌ててそれを受けとった。ガブリエルは一瞬、ここがどこかわからなかった。すっかり見違えている。明かりが降り注ぎ、いい空気が流れている。とても居心地がいい。いままで見知っていたテン・エルムズとはまったくの別物だ。

ガブリエルはふたたび執事に向き直った。「妻はどこだ？　上の階か？」

「いいえ、お庭のほうにいらっしゃるかと存じます」

返事を聞いてガブリエルは足をとめた。庭？　エズメはなぜ外にいるんだ？　だが、病人というのは健康回復のために戸外で新鮮な空気を吸うものだ。もっともエズメが病を得たと確定したわけではない――とにかく、いまのところはまだ。

ひどく険しい表情のまま、上着を返そうとするベルの言葉も聞かずに、ガブリエルはふたたび外へ出た。ブーツを履いた足で砂利道を踏みながら屋敷の側面へ、そして庭園へと向かう。秋から冬にかけては墓場のようにしか見えなかった庭だ。

だが、ガブリエルの目に入ってきたのはまったく違うものだった。近くに寄って見てみると、花や木々で見違えるように生き生きとしている。どれもまだ植えられて新しいものだが、十本の楡《テン・エルムズ》の樹はいまも変わらず、この屋敷名の由来となった名誉ある場所に堂々とそびえ立っていた。

つぎの瞬間、エズメの姿が目に飛びこんできた。ベンチに座り、前かがみで本をのぞきこんでいる。足元には犬たちが心地よさげに収まっていたが、ガブリエルの姿を見ると跳びあがって駆けてきた。先頭にいるのは、旗のようにしっぽを振るバー。ガブリエルは彼らの頭を撫でてやり、静かに挨拶をした。

上半身を起こすと、エズメが彼を見つめていた。青い瞳は驚きに見開かれ、少し用心しているようでもあった。どう反応していいのかわからずにいるようだ。頬を染めているのがなんともかわいらしい。

それとも、熱のせいか？

だとしたら、外にいてはいけない。

妻のもとに近づこうと、ガブリエルは大股で歩いた。

「ガブリエル……」エズメは本を置いて微笑んだ。「来てくれたのね」

「ああ」彼女の返事に勇気づけられて、ガブリエルは答えた。「できるだけ早く来たつもりだ。ずっと具合が悪い、とローレンスが言っていた」

エズメの笑みが消え、外套《ペリース》の下で肩がこわばる。「まあ、お兄さまがそんなことを？　あなたには全部話してしまうのね。お兄さまに打ち明け話などしてはいけないってわかってたわ。すべて筒抜けになると知っていたら、ぜったいに話さなかったのに。あなたがいらした唯一の理由がそれならば、もう帰ってくださって結構よ」

エズメは本を取りあげ、ふたたびページを開いた。

妻の言葉にたじろぐどころか、ガブリエルは隣に腰を下ろした。「じゃあ、きみはそれを秘密にしておきたかったのか？　自分がどれほど具合が悪いか黙っていようとした？　ローレンスによれば、医者が往診に来たとか」

「ええ、来ていただいたわ」

「で、医者は何と言っていた？　どんな治療を施していった？」

「治療などなにもないわ。疲れたら横になって休みなさいと言われただけ」

「では、屋敷のなかへ戻ろう。使用人たちも、こんな寒い外にきみを座らせておいてはいけないな。体が冷えてしまうじゃないか」

「いまはもう五月よ、ガブリエル。真冬の一月とは違うわ。ここにいても何の問題もありません。このペリースは少し暖かすぎるぐらいだもの」

「それにしたって、きみに無理をさせるわけにはいかない」ガブリエルは妻のひじに手を添えて立たせようとしたが、エズメは従わなかった。

彼女は首をかしげ、探るような目でガブリエルを見つめた。「つまり、あなたがここへ来たのはわたしの具合が悪いと思ったから？　ほかに理由はないの？」

「ほかにどんな理由が必要だというんだ？　きみはぼくの妻で、ぼくはきみを愛している。状態が悪化して間に合わないんじゃないかと心配で、できるだけ早く飛んできたのに」

「ああ、ガブリエル」本を放り投げるようにして、エズメは夫の体に両腕を回して抱きついた。「そんな、あなたが心配しているような病気ではないのよ」

「それは確かか？」ガブリエルは妻の表情をうかがった。

「ええ、確かだわ。そんなに心配させたなんて、ごめんなさい。ローレンスにつぎに手紙を書くときは、しっかり懲らしめておくわ」

ガブリエルはエズメを引き寄せた。「きみが自分で言ってくれればよかったのに。ぼくに秘密にしておかなければならないと思う必要はなかったんだよ。エズメ、いろいろとすまなかった。愚かにも嫉妬したり、ばかげたプライドを振りかざしたりして。きみの手を離したりしてはいけなかったんだ。きみがロンドンを発った日、ほんとうは馬車をとめたかったのにその気持ちを抑えてしまった。きみが言ったとおり、ぼくは大ばか者だった。きみのいない生活はまさに地獄だったよ」

「わたしにとってもそうだったわ」エズメは瞳を潤ませながら言った。「あなたがいなくて、ほんとうに寂しかった」

ガブリエルの胸に安堵と希望が広がった。「じゃあ、ぼくを許してくれるか？　二度と嫉妬しないとは約束できないが、努力はしてみる。癇癪を爆発させたり、不安に駆られてばかなことをしたりしないよう全力を尽くすよ。だって、ぼくはきみを信じているから。愛しているんだ。きみが秘密にしているのが何であろうと、話したくなったら教えてくれ。そうじゃないなら、言わなくていい。決めるのはきみだ。とにかく、ぼくをまたきみの人生に迎え入れると言ってくれ。ぼくたちは二度と離れ離れにはならないと言ってほしいんだ」

エズメは笑い声とともにガブリエルに体を押しつけた。「もちろん、よろこんであなたを迎え入れるわ。もう二度と離れ離れになりたくないのはわたしも同じ。愛しているわ、ガブリエル。あなたはわたしにとって最初で最後の恋人。そして、わたしが愛情を注ぐただひとりの男性よ」

ガブリエルはエズメに口づけた。力づよくも甘いキスに悦びが全身を駆け抜け、胸の底から楽しくなってくる。こんなふうに緊張を解いて愉快な気持ちになったのは生まれてはじめてだ。胸の底から彼女を愛し信じるのは弱さの表れだと思っていたが、それこそが強い気持ちを与えて支えてくれる、唯一のものだった。

エズメは彼の髪に指を梳き入れて、激しいキスを返してくる。熱い想いに酔いしれるうちに周囲の世界がぼやけていく。いや、エズメこそがぼくの世界だ。いまこの瞬間から、それ以外の世界などいらないとガブリエルは思った。

エズメは漂っていた。どこかで、これは現実かそれとも夢かと思い悩んでいた。夢だとしたら、二度と目覚めたくない。あんなに美しく、すばらしい言葉をガブリエルが口にした。心の底からの意味を込めて言ってくれた。彼がわたしを愛している。信じている、と。こんどは、わたしが彼を信じる番だ。だって、いつまでも秘密にしているのは好きじゃない。これからは、ガブリエルには隠し事をいっさいしない。彼にずっと打ち明けたいと思っていたことはとくに。

だが体を引くのではなく、エズメは熱烈に、いつまでもキスを返した。目もくらむような悦びで足の先がきゅっと丸まり、時間や場所の感覚がわからなくなるほどだった。熱い想いや、押しつけられるガブリエルの体の熱気のせいで暖かく、いきなりの突風も感じられなかった。

だがガブリエルのほうは違ったようで、キスをやめて体を引いた。「なかへ入ろう」

「そうね」エズメは夢見心地でうなずいた。「そうしましょう。そして、ベッドへ行きましょう」

彼は片眉を吊りあげた。「きみはベッドにいるべきだが、体ごとまた愛し合うのは少し待ったほうがいい。まずは、きみが回復したことを確かめたい」

「ガブリエル、それなんだけど、あなたが思っているようなことじゃないの」

「うん？　具合が悪かったんだろう？」

「それはそうなんだけど、でも――」

「そんな言い訳はいい。きみの体調を戻すのが最優先だ」

「体調に問題はないのよ。少なくとも、わたしのような状態の女性と同じくらい順調だわ」

「きみのような状態？」ガブリエルは長いあいだエズメを見つめていたが、ふいに思い当たる節があったのか、まなざしがやわらいだ。「エズメ、それは、きみの言う秘密と関係があるんだな？」

エズメは唇に小さな笑みを浮かべてうなずいた。「ええ。もっと早く伝えたかったのだけど、そのときはまだ確証がもてなくて。それに、あなたに伝えるからには楽しくよろこばしい場にしたかったのよ。ひどい言い争いの真っ最中ではなくて。だから、話せなかったの。心の底ではずっと言いたくてたまらなかったのに」

さまざまな感情がガブリエルの顔をよぎる。エズメがこれまでに言ったことをつなぎ合わせて、なにげない情報がパズルのようにかちっとはまった。「エズメ、きみは……身ごもっているのか？」

エズメはふたたびうなずいた。「ええ、そうよ」

ガブリエルが呆気にとられたような表情になる。

「で、あなたはどう思う？」エズメはにわかに落ち着かなくなった。

さらに数秒ほど彼女を見つめていたかと思うと、ガブリエルはいきなり立ちあがって彼女を抱き寄せた。そのまま地面から持ちあげるようにしてゆっくりとその場で回り、唇を重ねる。キスを続け、さらにもっと口づけた。

酸素を求めて、ようやく唇を離してもらってから地面に下ろされると、エズメは少しふらつきそうになりながらガブリエルを見つめた。彼は、いままで見たことがないほど屈託のない顔で幸せそうに笑っていた。

「じゃあ、あなたもよろこんでくれるのね？」彼の両腕にまだしっかり抱かれていることに感謝しながら、エズメは尋ねた。

「よろこぶ？　ああ、愛おしいひとよ、我を忘れそうで天にも昇る心地だよ。わくわくするね。いまの気持ちを表す言葉など見つからない」

温かな気持ちが胸いっぱいに広がり、エズメも声高らかに笑った。これほどの幸せを感じる日が来るとは思ってもみなかったが、いまはまさにそうだった。

「じゃあ、きみがぼくに隠していたのはこのことだったんだな？」ガブリエルは冗談半分で彼女を責めた。「しかも、ぼくより先にあのいまいましい兄貴に話したとは」

エズメはばつの悪い顔になった。「だって、あなたと言い争いをしたあとにローレンスのタウンハウスに行ったから。堰が切れたように、言葉が勝手にこぼれたのよ。話すつもりはまったくなかったの。あれからずっと、罪の意識に悩まされてるわ。許してちょうだい、ガブリエル」

「もちろん、きみがなにをしようとぼくは許すさ」ガブリエルはふたたび唇を重ねた。「愛しているよ、エズメ」

「わたしもあなたを愛しているわ」

ガブリエルは妻のお腹に片方の手をそっと押し当てた。「じゃあ、きみの具合が悪かったのはこのせいなんだね？」

エズメはこくりとうなずいた。「悪阻《つわり》のせいよ。そんなふうに一日がはじまるなんて、あまり楽しくないわね。でも、だんだんによくなって、夕方ぐらいにはなんともなくなるの」

「ローレンスのやつめ。つぎに会ったら命を奪ってやるから、きみも覚えておいてくれ。やつも、きみがいまにも死にそうだとぼくに思わせるのではなく、お腹が大きくなってきたと言ってくれればよかったのに」

「あなたにはもちろん、だれにも言わないよう口どめしたの。お兄さまはそれを尊重してくれただけ。でも、そのせいであなたが心を痛めたのは悪かったわ」エズメはガブリエルの胸に手のひらをそっと押し当てた。ちょうど、心臓が確かに強い鼓動を打っているあたりだ。「とはいえ、お兄さまの口出しがなかったら、わたしたちがいまごろここで一緒にいることはなかったでしょうね」

一瞬考えてから、ガブリエルの表情がやわらぐ。「それもそうだな。きみの言うような見方をするならば、ぼくは感謝すべきかもしれない。ローレンスはちょっと殴るだけにして、命は助けてやろう」

エズメは声をあげて笑った。ガブリエルは冗談を言っているだけだ。少なくとも、冗談だと思いたい。

つぎの瞬間、彼はエズメにゆったり笑いかけた。彼女の背筋に必ず甘い震えを走らせる、よからぬことを考えているときの笑顔だ。「ローレンスはほかにも、あることを教えてくれた」

「あら、なにかしら？」

ガブリエルはエズメをさらに抱き寄せた。「今日はきみの誕生日だ、と」

「ええ、そのとおりよ」

彼は唇を妻の唇に重ねた。「誕生日おめでとう、愛するひとよ。ここに来るために急いだせいでプレゼントを買う時間はなかったが、きみの望むものならなんでも買ってあげよう。なにが欲しいか、言ってくれ」

幸福感と愛を全身からあふれさせながら、エズメは微笑んだ。そして、ふたたび優しくガブリエルにキスをする。「なにもいらない。欲しいものはすべて持ってるわ。この腕のなかに、そして、このお腹のなかにも」彼の手を片方取って、お腹に当てさせた。ふたりの赤ちゃんが育っているところだ。

ガブリエルはにっこりしながら彼女の額に額を押し当てると、また唇を重ねた。深い敬愛の念をこめて妻をいとおしむ。

「さあ」数分後、エズメは息もつけずに言った。「暖かな屋敷のなかに連れていって。そうすればあなたもまた、わたしを相手にみだらでいけないことができるわよ」

ガブリエルは頭をのけぞらせて笑うと、彼女をさらに脇に抱き寄せ、ふたりで屋敷のほうへ向かった。「こちらこそ望むところだ、ぼくの愛するエズメ」

エピローグ

イングランド、ダービーシャー
テン・エルムズ
一八一九年七月

書斎のドアを急いでノックすると、エズメは返事も聞かずになかへ入った。存在感のあるマホガニーの机の向こうにガブリエルは座っていた。洗練された、しかしどこまでも男性的な魅力を放つ部屋の窓は両側ともに開け放ってあるが、そよとも風は入ってこない。今日はひどく暑い夏の日だ。彼は上着を脱いでウエストコートだけになり、シャツの袖をまくりあげていた。

ガブリエルは目を通していた書類から顔をあげ、エズメの姿に笑みをもらした。彼の向かいにテン・エルムズの土地管理人のミスター・ヘイが座っていることに、エズメもようやく気づいた。

ミスター・ヘイは椅子から立ちあがり、彼女にお辞儀をした。茶色の髪がいつもよりきつめにカールしているのは、まちがいなく湿気のせいだろう。ほんのいっときでもいいから雨が降って少しは涼しくならないものか、とあたりの人々は口々に言い合っていた。

「まあ、お邪魔してごめんなさい。お話の最中だとは知らなくて。旦那さまおひとりかと思っていたの。また、あとで来るわね」

「なにを言っているんだ」ガブリエルは手にしていた書類を置いた。「もうすぐ話も終わるところだよ。そうだな、ヘイ?」

管理人は初耳だという顔をしたものの、うなずいた。「ええ、そうですね。続きはまた、いつでもよろしいときに。ミスター・ブラッケンには、私が農場まで馬で行って、果樹の様子を検分すると伝えてありますので。彼があらたに改良している梨のことです」

ガブリエルも立ちあがった。「ブラッケンの果樹園で採れたサクランボと同じぐらいの出来だったらいいな。楽しみにしていると伝えてくれ」

「わたしからもお願いね」エズメが言った。「ミセス・ブラッケンにもよろしく伝えてくださる? 肌に塗るクリームのことも、あらためてお礼を言っておいてください。ほんとうによく効くのよ」

へイはうなずいた。「承知いたしました、奥さま」もう一度頭を下げると、静かにドアを閉めて書斎を出ていった。

「肌に塗るクリームとは何だい?」ガブリエルが尋ねた。「きみは小作人たちのあいだでも人気者で、いつもなにかしら贈りものをされているのは知っていたが、薬までもらっていたとは」

「人気者だなんて、大げさね」エズメは彼のほうに近づいた。「わたしが身ごもっていると聞いたミセス・ブラッケンは、お手製のクリームをどうしても持っていけって言ってくれたの。娘が四人いるんだけど、みんな妊娠中にこのクリームを使っていたら、肌にひび割れのような線がひとつもできなかったそうなの」

「ほう、それはそれは」ガブリエルもエズメに歩み寄ると、彼女の手をとって机のほうへ連れていった。ふたたび椅子に腰をかけ、ひざの上に妻を座らせる。そして、柳の若芽のような色合いの軽やかなドレス越しにもはっきりわかるようになってきたお腹に手を当てた。ガブリエルは、日に日に大きくなってくるお腹にさわるのがたまらなくうれしいようで、ふたりでベッドに横たわっているときにはとくにそうした。赤ん坊がお腹のなかから蹴ってくるのを待つかのように、お腹に手を当てるのが最近の気晴らしだ。それと、大きくなったエズメの胸を愛でることがとくに楽しいようだった。

「そのクリームは安全なものなのか？」

「ええ。材料を尋ねたら、オリーブ油と花のエキスがほとんどで、あとは秘密のなにかを加えているそうよ。まったく無害だけど、とても効き目の高いものだとか」

「豚の脂とかかな」

エズメは怯えて口をあんぐり開けた。「まさか。そうでないことを祈るわ」

ガブリエルは声をあげて笑い、妻を抱き寄せた。「すまない、からかっただけだ。二十マイル四方に住む者はみんな、動物好きのきみが肉を食べないことを知っている。ミセス・ブラッケンだって、きみが気を悪くするようなものは渡さないよ。先月、彼女がかわいがっている子犬の世話をして、元気にさせてやったんだからね」

エズメは一瞬、眉根を寄せたが、豚の脂うんぬんというのはガブリエルの冗談だと思い直した。ミセス・ブラッケンはいつも親切にしてくれるし、領内の農場や借地人の家を回って寄ったときも、肉類の入った料理は出さないよう気を配ってくれた。

「で？」ガブリエルは妻の唇に口づけた。「どうして来たんだ？　ぼくがいないのが寂しくて、離れてはいられないのか？」

エズメは微笑んでキスを返した。「もちろん、あなたと離れていたら寂しいわ。昼食をご一緒してから二時間しか経っていないとしてもね。だけど、それで来たんじゃないの」

「じゃあ、何だい？」ガブリエルはふいに顔をしかめ、エズメのお腹に当てた手を広げた。「なにか悪いことでも？　まさか、きみの具合が悪いとか？」

「そんなことあるわけがないわ。悪阻《つわり》もようやく収まって、このごろは気分も上々よ」エズメは柔らかな笑顔とともに、ガブリエルの大きな手に自分の手を重ねた。

「万事順調だとお医者さまもおっしゃってるわ。十一月の終わりごろには、あなたの息子が生まれてくるのよ」

「あるいは娘かも。男の子だと決めつけないほうがいい」

エズメはスカートをぎゅっと引っ張った。「女の子でもかまわないの？」

「ああ、全然。きみの兄さんのジャックと同意見だ。娘ばかりが屋敷にあふれようとも、ぼくにはなんの不満もない」

「だけど、子爵の跡継ぎが必要だわ」

ガブリエルは頭《かぶり》を振った。「叔父のシドニーか、いとこたちがよろこんで継ぐだろう。跡継ぎはいなくても大丈夫。男の子だろうが女の子だろうが、五体満足であればいい」

「まあ、そうおっしゃるなら、ぜったいに男の子を産むわ。あなたの叔父さまには二度と、この屋敷には指一本ふれさせないから。わたしがあれだけ時間と手間をかけたのだから、なおさらよ」

ガブリエルはおかしそうに笑ったが、すぐ真顔に戻った。「まったくそのとおり。この屋敷が見違えるように生まれ変わったのはすべて、きみのおかげだよ。村のほうの様子を見にいったり、ヘイと一緒に畑や牧草地を馬で見聞したあとには、ここへ戻ってくるのが楽しみになったほどだからね。昔はここが嫌いだったが、いまは違う。きみがいて、ぼくの帰りを待っているとわかっているからだ」

「ここはわたしたちの家よ。あなたとわたし、そして赤ちゃん。もちろん、動物たちも」

ガブリエルはにっこりした。「ああ、それはもちろん」

エズメは、彼がちらと目をやった方向を見つめた。机の片側の涼しい陰になっているところでバーが寝転び、窓辺の陽だまりのなかで猫たちが伸びをしている。

「それに、使用人のみんなも」

「ああ、彼らのことも忘れてはいけないな」

「ミセス・グランブルソープから手紙が来たのはもう、お知らせしたかしら？」エズメは勢いこんで言った。「引退は取り消して、赤ちゃんのお世話をする仕事をしてもいいって言ってくれたのよ。わたしたちがブラエボーンでの休暇から戻ってきたら、すぐにこちらに来るんですって」

あと二週間もしたら、エズメとガブリエルはブラエボーンに出立し、九月の末まで休暇を過ごすことにしていた。

ガブリエルはまたしても眉根を寄せた。「お産がすむまでブラエボーンに留まらなくて、ほんとうにいいのか？　きみの家族がみんないて見守ってくれるだろうに。この件は前にも話し合ったが、出産予定日の間近にきみが旅をするのが、やはり気がかりだ」

エズメは口元を引き結んだ。ガブリエルが〝強情っぱりの顔〟と呼ぶようになった表情だ。

「ええ、確かに前にも話し合ったわね。でも、あなたの跡継ぎであるこどもはテン・エルムズで産みますから」

「エズメ――」

「いいえ、わたしの気持ちはもう決まっているの。これだけは譲れないわ。ブラエボーンまでの長旅についてもそうよ。マロリーは赤ちゃんを産む前にさんざんあちこちを旅していたけれど、どの子も無事に生まれてきた。出産日の何週間も前にブラエボーンからこちらに戻ってくるのだから、なにも心配はいらないわ」しかたないとばかりにガブリエルが笑みをもらすのを見て、エズメは議論に勝ったのを確信した。

「少なくとも、きみの母上が一緒にこちらへ来てくださる。予定日より早くきみが産気づいても、どうすればいいかはご存じだろう」

「ええ、もちろん」エズメは身をかがめてガブリエルにキスをした。「それに必要とあらば、あなたひとりでもなんとかしてくれるんじゃないかしら。とても機転のきく方だから」

「機転がきく？　ぼくが？」ガブリエルは声をあげて笑った。「きみにどれほど高く買ってもらっているとしても、お産に関しては、ぼくよりずっと経験豊富なひとたちにお任せするよ」

「じゃあ、お産のあいだ、わたしのそばにいたくないの？」

ガブリエルは警戒するように片眉を吊りあげた。「いてほしいのか？」

エズメは一瞬考えてからうなずいた。「お腹にいるこの子はふたりの愛の結晶よ。生まれてくる場にはあなたもいるべきだわ。わたしの手を握っていてくれるだけでいいの。あとは、お母さまとお医者さまにお任せすればいいから」

「手を握る？　ふむ、それならぼくにもできそうだな。ただし、きみの母上と医者に追い出されなければ、の話だが」

「そんなこと、わたしがさせないわ」

ガブリエルはくすくす笑みをもらした。「それはまちがいないな。よろしい、ふたりの赤ん坊が生まれてくるときにはぼくもそばにいるよ、愛おしいひと」そして、エズメにそっと口づけた。「いつだって、ぼくはきみのそばにいる、エズメ・ランズダウン。きみを愛しているよ。いまとなっては、きみこそがぼくの人生そのものだ」

「あなたこそ、わたしの人生そのものよ」エズメは夫の頰に手を添え、唇を重ねた。愛と幸せが日ごとに強く体にあふれてくる。

上の階にあがって午後の昼寝でもするのはどうかと言おうとした瞬間、ドレスのポケットでかさりという音が聞こえた。

「ああ」エズメは体を少し引いた。「もう少しで忘れるところだったわ」

「忘れる、ってなにを？」ガブリエルはつぶやいた。瞳には隠しきれない欲望がにじんでいる。

「あなたを探して、ここに来た理由」

ガブリエルは目をしばたたかせながら、唇を妻の首筋に押し当てた。「きみの侍女が戻ってくるという話じゃないのか？」心ここにあらずといった口調で尋ねる。

「いいえ、まったく別のことよ。屋根裏部屋の片付けをしているときに見つけたの」

エズメの言葉にガブリエルはぱっと顔をあげた。ちょっと凄むように目が細くなる。

「屋根裏の片付けとはどういうことだ？　そんなことをいつやった？」

うしろめたさにエズメは頰を赤く染めた。「今日の午前中、あなたが湖の総ざらいをしに出かけたときに。わたしは立っていただけで、家具を動かしたり、旅行かばんをいくつか開けたりしたのは従僕たちよ。三階のこども部屋を改装している最中だから、昔のおもちゃや、赤ちゃんが使えるようなものがほかにもないか見たかったの。じつは、予備の毛布なんかを入れておくのにちょうどいい、昔ながらのすてきな整理だんすを見つけたわ」

「おもちゃや整理だんすはロンドンから新しいものを取り寄せればいい。しなくてもいいことをして、わざわざ疲れることはないのに」

「全然疲れてなんかいないわ。それに、体を動かして働いてくれたのは使用人たちなのよ。屋根裏部屋にいるあいだ、いくつかおもしろいものを見つけたの。不思議なことだけど、そのなかのひとつはあなたの叔父さまの肖像画。あなたがあそこにしまわせたの？」

ガブリエルは厳しい表情になった。「いや、おそらくフォイかスターがやったことだろう。ぼくは燃やしてしまえと言いつけたのだから。ついでがありしだい、ごみの山に捨てるようベルに申しつけよう」

「でもね、あなたの気持ちはよくわかるのだけど、家族の歴史を明らかにしておくためにもあの絵は取っておくべきだと思うの。こどもや孫たちにもわかるよう、叔父さまがどれほど邪悪な人間か覚書をしたためて裏に貼っておくから」

ガブリエルはにやりとした。「シドニー叔父はさぞいやがるだろうな。よし、そうしよう」

エズメはふたたび微笑んだが、すぐ真面目な顔になった。「それとは別に、まだあるの」

「ほう？　何だい？」

彼女はガブリエルのひざから下りると、ポケットから手紙を一通取り出した。年月が経ったせいで紙は黄ばみ、いまにもちぎれそうだ。「書き物机の抽斗のなか、奥のほうに突っこんであったわ。もう少しで見逃すところだった」

ガブリエルは手紙に目をやったが、手を伸ばそうとはしなかった。

「あなたのお兄さま宛てのものもあったけど、この手紙はあなた宛てよ」

「ぼくに？」

「ええ。たぶん……お母さまからのものだと思うわ」

ガブリエルの顔に驚きが広がる。

「わたしは読んでいないから」エズメは急いで説明した。「少なくとも、どなたが書いた手紙かわかってから先は読んでいません。だけど……いままで見たことはなかったの？」

ガブリエルは一瞬ためらったのち、さわっただけでぼろぼろ崩れそうな手紙を妻の手から受け取り、ゆっくりと開いた。わずかに目を見開き、息をのむ。「ああ、はじめて見るものだ」

〝私の大切なガブリエル、私がこれからしようとしていることをどうか許してちょうだいね……〟手紙がこんな言葉ではじまるのを、エズメも知っていた。

ガブリエルは覆いかぶさるようにして、手紙を読みはじめた。

その様子を眺めていたエズメはふいに、自分が邪魔者のような気がしてきた。しかし、ガブリエルをひとりきりにしたほうがいいのだろうかと思った瞬間、手首をつかまれて引き寄せられ、ふたりの脚がまたふれ合った。

「母は、マシューとぼくを呼び寄せようとしていた」ガブリエルは低くつぶやいた。

「この屋敷を出て落ち着いたら、父に反対されたとしても、ぼくたちと一緒に暮らすつもりでいた。ぼくのことを愛している、マシューのことも愛していると言い、もっといい母親になれたはずなのにそうでなかったことを詫びている」手紙を持つ指に力がこもる。「これまでずっと、母はぼくのことなどまったく気にかけていないと思っていた」

「まさか、そんなことあるはずないわ。あなたは実の息子よ。大切に思い、愛していたに決まっているじゃないの。お父さまだってそうよ、分別を失った一瞬の怒りに任せて、どれほどひどいことをしたとしても」

「結婚生活の最後のほうでは、ふたりは一緒にいてもひどく不幸せだった。ぼくはたぶん両親のことを、悪いときもあれば善いときだってあるふつうの人間だとは見ていなかったんだろうな」

机に手紙を置いたガブリエルはエズメの体に両腕を回し、お腹にいる赤ちゃんをふたりで挟むような形になった。

エズメは彼の髪を梳き、撫でた。「手紙を見せるべきじゃなかったかもしれない。だけど、お母さまはここを出ていく前にもあなたのことを思っていた。それだけはあなたも知る権利があると思ったの。お母さまは、ちゃんとあなたを愛していたのよ」

ガブリエルは、妻のまろやかな曲線を帯びたお腹に一瞬頬を当ててから、顔をあげた。「いや、見せてもらってよかった。おそらく叔父が、ぼくもマシューも手紙を見ることのないようにしたんだろう。あるいは父がやったのかもしれない。母が自分のもとを去ったことを、父はこの手紙を見て知ったのかも」

「ああ、ガブリエル」

エズメの目に涙があふれたが、ガブリエルはそれを親指ではらってやった。「泣かないでくれ、愛おしいひと」

「だけど、あなたに悲しい思いをさせてしまった。そんなつもりはなかったのに」

ガブリエルは首を横に振り、微笑んだ。「きみのせいじゃない。きみにはぼくを悲しませることなんてできない。毎日、こうして幸せで包んでくれるのに。きみは、ぼくを導く希望の光。きみなしではもう生きていけないよ」

「わたしだって同じよ。愛してるわ、ガブリエル。いままでも、これからもずっと」

そっと引っ張るようにしてエズメをふたたびひざに座らせると、ガブリエルは優しくキスをした。「ありがとう」

彼女は驚いたような顔でガブリエルを見つめた。「わたし、感謝されるようなことをなにかした？」

「罪深く、非情な仮面をつけて隠れていた男の真の姿を見つけてくれたこと。数多《あたま》ある欠点にもかかわらず、ぼくを愛してくれたこと」

「わたしに言わせれば、あなたには欠点なんてないわ」

「いや、ある。だが、それを見逃してくれるきみは優しいな」

「あなたもわたしの欠点を見逃してくれるからよ」

「おや、そこは意見がくいちがうところだな。きみは完璧な人物そのものだからね。きみはまったき善であり、寛大さと思いやりが服を着て歩いているようなものだ。そんなきみがぼくの人生にやってきた幸運に、毎日感謝している。ぼくを救ってくれてありがとう、エズメ。きみがいなかったら、ほんとうの幸せとはどういうものか知ることはなかっただろう」ガブリエルはふたたび、エズメのお腹に手のひらを押し当てた。「きみがいなかったら、我が家と呼べる場所を、そして家族を手に入れることは決してなかったはずだ」

彼の肩に両腕を回し、エズメは惜しみないキスを注いだ。「あなたがいなかったら、わたしのほうこそ真の幸福というものを知らずにいたわ。あなたに出会うまで、わたしはふわふわと漂いながら生きていたの。家族といえば、あなたはいまや大家族の一員よ。姻戚があまりにおおぜいいすぎて、後悔する日がくるかもしれないわね。生まれた赤ちゃんの顔を見ようとみんながいっせいに押し寄せてきたら、とくにそう」

ガブリエルがまた、さっきまでの不安げな表情になる。「きみの兄さんや姉さん七人と、その家族が全員集まるのか？　このテン・エルムズに？」

「ええ、たぶん来るわよ。部屋数の多い屋敷でよかったわね。昔からの言い伝えにあるじゃない？　〝ひと多ければ、楽しみ多し〟でしょう？」

妻の言葉を少し考えたのち、ガブリエルは微笑んだ。そして、声高らかに笑った。

「きみの言うとおりだな。いろんなものをもっとたくさん手に入れていこう――愛も、幸せも、赤ん坊も多ければ多いほどいい！　生涯最後の日まで、みんなで楽しく暮らしていこう！」

そして、エズメにふたたびキスをした。それは、彼女を心の底から幸せにするようなキスだった。

訳者あとがき

　トレイシー・アン・ウォレン描くバイロン一族の末の妹、エズメの物語をお届けいたします。〈バイロン・シリーズ〉五作に続く、〈キャベンディッシュ・スクエア〉三部作の第二弾（第一弾は『真珠の涙がかわくとき』）となります。

　ヒロインのエズメは十九歳。けがをしたり親とはぐれたりした動物を見ると放っておけず、面倒を見てはふたたび自然に戻してやったり、卵や乳製品は食べるけど獣肉や魚は遠慮するというラクト・オボ・ベジタリアンでもあります。また、画才にも秀でていて、ぬかるみをものともせず野原を何時間も歩いては、目にとまったものをいろいろスケッチに残していました。世間の常識よりも自分の意思や考えに従うことを重んじますが、母や長兄のエドワードもそれをとくに咎めることなく、裕福な公爵家の令嬢として自由闊達に暮らしていました。

はじめての社交シーズンを終えてバイロン家の領地ブラエボーンに戻り、いつものように隣人の地所を散歩していたある日、エズメは湖で水遊びをする男性がいるのに気づきます。男性美そのものといった肉体に芸術家としての心を刺激されて彼の姿をスケッチに残すのですが、ふとしたアクシデントでそれが、ブラエボーンを訪れていた客人たちの目にふれる事態となってしまいます。レディが足首を見せるのは寝所に下がったときだけという時代にあっては、若い娘が裸体の男性を描いたと聞いた人が、ふたりはそういう関係と思ってもしかたありません。結婚してからならこっそり婚外恋愛を楽しんでもかまわないが、未婚のうちに評判が汚されては即、身の破滅です。窮屈なしきたりにとらわれず自由に生きてきたエズメとはいえ、社交界につまはじきにされた娘に幸せな未来はありえません。いっぽうガブリエルも子爵の地位を継いではいるものの、温かな家庭とは無縁に育ったため、結婚して跡継ぎをもうけることに関心もなく、放埒な生活を送っていました。バイロン家の男たちになかば脅され、エズメの評判を守るため夫婦となりますが、汚れなき処女《おとめ》にみだらな悦びを教えるのが待ちきれないと口にして憚りません。ロンドンで一、二を争う放蕩者としての面目躍如といったところです。

大家族のなかで愛されて育ったエズメと、ノースコート子爵の次男として生まれたもの兄を喪い、後見人の叔父に厳しい虐待を受けたガブリエル。はじめから期待しなければ、裏切られても深く傷つくことはないという人生観のもとに生きてきた彼もやがて、感情を偽らない若い妻に感化されて少しずつ正直な思いを出すようになりますが、そこには彼女がかわいがる〈ふわふわの生き物たち〉の存在も大きな役割を果たしています。愛をこめて世話をする人間に対して感情を豊かに表して応える犬や猫たち。幼いころの悲しい思い出のため、ペットとともに暮らす生活から遠ざかっていたガブリエルですが、毛があちこち舞って困ると文句を言いつつ、彼らには素直に心を開いていきます。膝に頭をのせる犬のバーを撫でてやったり、ふと猫のモーツァルトに愚痴ったりする場面などは、思わず笑みを誘われます。

便宜上の結婚にあまり多くを期待していなかったエズメですが、複雑でいながら興味深く、知性にあふれて謎めいたガブリエルをいつしか心の底から愛するようになります。激しく奪われるようにして体を重ねたある晩、おぼろな意識のなかで思いの丈を打ち明けますが、愛し合って結婚したはずの両親が冷たく罵り合う家庭で育ったガブリエルは妻の告白を受け止めることができず、ロンドンのタウンハウスへひとり去っていきます。最初こそショックを受けたエズメはしかし、夫が〝我が家〟と呼べる場所を作ろうと古めかしい屋敷の改装に取り掛かり、さらには、彼を子爵の正当な後継者とは認めない叔父からひどい話を聞かされたのち、夫を取り戻す強い決意のもとにロンドンへ向かいます。愛されて育った人間の芯の強さや、地に足をつけて自分にできることをひとつずつ実行していくところなど、単なる公爵家のわがまま娘ではない彼女の魅力がうかがえます。

こうしてエズメは、きょうだいや親戚がおおぜい集うブラエボーンではなく、ロンドンでガブリエルとクリスマスを過ごします。飽くことなく激しく愛を交わしながらも、ほんとうに気持ちが通じ合っているのかどうか疑いを拭えずにいた彼女ですが、贈り物を交換した際のふとした言葉でガブリエルの胸のうちを知るシーンはしみじみと美しく、心揺さぶられました。その後にもエズメに求婚していた紳士を巡ってまだひと波乱あるのですが、愛するとは、相手の過去をも含めてひとりの人間をまるごと引き受けることだと気づくふたりの物語を、どうぞご堪能ください。

さて、〈バイロン・シリーズ〉から本作までで、八人きょうだいのうち七人の恋模様が語られました。最後に残ったのはローレンス。前作『真珠の涙がかわくとき』では双子の兄レオが年上の貴婦人タリアに恋愛ゲームをしかけるのをじっと見守っていましたが、本作でも、かわいい末の妹が幸せになれるよう、あちこちでさりげない心遣いを見せます。優秀な開業弁護士として忙しい日々を送る彼のロマンスを描いた『Bedchamber Games』も、いずれお届けできたらさいわいです。

二〇一八年二月

ザ・ミステリ・コレクション

ゆるぎなき愛《あい》に溺《おぼ》れる夜《よる》

著者　トレイシー・アン・ウォレン

訳者　相野《あいの》みちる

発行所　株式会社 二見書房
東京都千代田区神田三崎町2-18-11
電話 03(3515)2311 [営業]
03(3515)2313 [編集]
振替 00170-4-2639

印刷　株式会社 堀内印刷所
製本　株式会社 村上製本所

落丁・乱丁本はお取り替えいたします。
定価は、カバーに表示してあります。

ISBN978-4-576-18037-3
http://www.futami.co.jp/

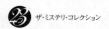